2017中国年度散文

王剑冰　选编

漓江年选 ■ 品质阅读 ■ 恒久珍藏

漓江出版社

目 录
contents

到佛子岭去

叶 辛

国庆十周年的时候，1959年10月1日，哥哥送了上小学三年级的我一本红封面的硬壳笔记本，装帧十分漂亮，里面还有彩色的照片，都拍的是祖国大地上新的建设成就和风光。

其中一张彩照，下面标明的文字是：佛子岭水库。

只见巍峨的大坝后面，是一泓碧水，煞是漂亮。

那时候我不知道佛子岭在哪里，只因喜欢那张彩照，喜欢漂亮的笔记本，我记住了佛子岭水库这个地名。

上了中学，课本里有一篇《到佛子岭去》的散文，是和巴金一起创办《收获》杂志的老作家章靳以写的。课文不长，老师要求背诵，故而加深了对佛子岭的印象。

课文里提到好几个地名：官亭、梁家滩、霍山、淠河……一些小地名，就是没有明确提到佛子岭水库在什么位置、什么地方。课文中也讲到很多从湖南、山东、成都到佛子岭去的客人，通过人们的对话，我感觉到，全国各地各行各业的人都在往佛子岭的工地上赶，去看热火朝天的工地，去仰望建设中的连拱坝。这让我更增添了对佛子岭的向往和憧憬。

再后来，爱上了文学。从国庆十周年的散文集中，又读到了《到佛子岭去》的散文，这才知道，哦，原来中学课本里的，只是整篇散文的节选，原文要长得多，于是不由自主又读了一遍。

读了整篇散文,仍然不知道佛子岭在什么地方,只是感觉是在安徽省山区的某个角落里。

乍到佛子岭

说是乍到,是因为人已经到了那座六十年前开始建造的巍然大坝跟前,这才恍然大悟,原来这就是佛子岭,这就是青少年时期留在记忆中的、课文里背过的、散文集中读过的佛子岭水库。

哎呀,我使劲地回想,昨天坐着大客车,雨雾朦胧之中,从省会城市合肥出发,经过六安市,再到了六安市下面的霍山县,不知不觉间就到了佛子岭。车窗玻璃上蒙满了水汽,必须用手抹拭一下,才能看清外面的景致。章靳以当年写到的茅草棚,路边的小吃摊,都不曾看到。实在是有点遗憾。

我睁大了双眼看,有雨,雾很浓,唯有散文里写到的那条淠河,清朗而又澄净,显得十分温顺。雨雾之中,湿气很重,空气却很清新。同行的作家蒋子龙说:"这地方有雾,没有霾,空气中的负氧离子高,不但夜间睡得好,午睡都睡得很沉。"来自山东的作家张炜则说:"这地方好就好在不可复制的生态之美。"

可见他们的心情和我的一样,虽然碰到了朦朦胧胧看不甚分明的雾天雨地,还是发现了佛子岭独特的生态。同行的张炜私底下还对我们人手一瓶的水发出疑惑的议论:"为什么取名'剐水'?这个剐字……"

于是我仔细端详佛子岭出的这一款口感清冽的水。哦,原来佛子岭上雨雾茫茫之中,有漫坡漫岭的竹海,这水从竹根下流过,经过根须的层层过滤,佛子岭山上的老百姓世代饮用,俗称"剐水"。这水汇聚到山坡下的河谷之中,就是淠河。怪不得当年章靳以写到的"水又清又浅"的淠河,六十年过去了,现在还是那么清碧呢!

我呢,说不清是一种青少年时的情结,还是望着眼前细雨中透光的水波、一湾涟涟碧水,也写下了一首小诗:雨中佛子岭,雾纱漫山林;溪色酿美酒,剐水无弦琴。

最后这一句，是从古诗"青山不墨千秋画，绿水无弦万古琴"化过来的。

清澄碧透的水色让我想到能酿美酒，是当地老乡告诉我，这地方古来确有酿酒的糟坊，出的酒就以地名相称。是叫霍山酒还是佛子岭，老乡也讲不清了。

我心里说，这无关紧要，只要有依据就行。

回到上海，多少还是有点遗憾，虽然知道了佛子岭的大致方位，是在安徽六安的霍山县境内，但是一路之上，究竟有些什么见闻，具体路径怎么走，还是不甚了了。不过，总算是看见了童年时代在照片上看了又看的佛子岭水库，这可是"共和国第一坝"啊！可以说是不虚此行。

这是两年之前，2015年初夏的事。

又到佛子岭

正是怀有这一心理，今年春夏之交，说又有一次去往佛子岭的机会，你愿意去吗？

我欣然而往。这一次去，内心里有了准备，暗自说，得把如何到佛子岭去，该怎么去，细细地摸个透。

第一站自然是到六安。

知道六安，有两个缘故，一个是六安瓜片，一种名茶，在上海名声很大。周总理生前喜爱喝六安瓜片，邓大姐在二十世纪九十年代，还让办公室的同志下去代购六安瓜片。另一个原因是，高铁通了，六安到上海才三个多小时，大量出自六安的农副产品运进了上海，六安的朋友说我们是上海的后花园，茶叶、红桃、冬笋、香菇、木耳、石斛、小鱼干都运出来卖给青睐生态农副产品的上海人。

吃到六安的农副产品，喝到六安的瓜片茶，六安在上海的知名度大大提高。

这一趟走进六安，又一次到佛子岭去，我这才知道，六安还是更为响亮的大别山区的核心区域，六安不仅仅是一片产农副产品的绿色山区，还是一片红色的土地，有悠久的革命传统和历史，晚年的周总理在1975年病中想着喝一口六安瓜片，是因为他怀念已逝的战友叶挺，叶挺将军转战鄂豫皖时，曾给周总理送过一筒六安瓜片茶。新中国成立后，修建的共和国第一坝，筑起的佛子岭水库，就是根治淮河的重要水利工程。佛子岭水库建好了，才把当年时不时危害百姓的水害变成了水利。

望着那条清澈碧透的淠河，引发我诗性一湾流水，我想起了小时候背过的课文："……这阵它的水又清又浅，发起水来可吓死人……"说的原来就是千军万马修建佛子岭水库的意义。

因为当知青时种过茶，年年春天采过茶，又喜喝茶，懂一点茶，贵州省人民政府聘我为茶文化大使。这一回走进六安茶谷，我很快发现，六安的茶，和别处的全国名茶，确有不同之处，比如西湖龙井、都匀毛尖、信阳毛尖、君山银针一类名茶，都讲究喝个明前茶，清明前后采摘的茶叶，价格大不一样。六安瓜片则讲究采摘谷雨前后的茶，况且采下来加工制作的方式也不一样，甚而至于卖出去的对象也不同。走进一碧万顷的茶谷，会看见路边书一条醒目的口号：中蒙俄万里茶道，六安五百里茶谷。

哦，原来五百里六安茶谷的茶，还远销到蒙古国和俄罗斯。

这是啥原因呢，走久了，在茶谷里喝一杯六安瓜片，品了几口，我顿时明白了，这茶喝来的最大特点是浓醇馥郁，其他的名茶在这一点上不能和它相比。怪不得它从晋朝流传至今，怪不得它曾是贡品，怪不得蒙古国、俄罗斯人都喜喝它，那些地方冷啊！喝来就感觉舒爽有回味。

走车看花，一路绕着弯弯拐拐的山路到佛子岭去，只见群山环抱的层峦之间，碧水缭绕，竹海茶坡连绵无尽，淡绿浓绿深翠，瞅得人眼也醉了。

一路同去佛子岭的作家苏童说："我知道佛子岭，是小时候集香烟牌子，有一张印着佛子岭水库。"

我听了不由笑起来，这和我从笔记本上看到彩色照片，是同样的童年记忆。

泛舟佛子岭水库的碧水间，站在船头，仰望那巍然耸立的大坝，已然有了六十三年的岁月痕迹，我不由问：

"这地方产酒吗？"

闻者哈哈大笑："怎么不产酒？产。"

"是霍山酒还是佛子岭大曲？"

"那是半个世纪前的老皇历了，"闻者继续笑道，"那时候用过你说的这两个名字，三四十个人，一个小酒厂，一年到头才出产一百万产值的酒。"

"现在呢？"我追着问。

"现在这酒厂，每天交给国家的利税，三百多万。"

我骇然，心算了一下，一年足有十亿。

船仍在碧水间疾行，拐弯了，我眺望着佛子岭的远近山水，随着初夏时节的风，吟出一首小诗："船行碧水间，风轻一帆悬；雾尽群山艳，万岭露笑颜。"

是佛子岭的笑颜。

是祖国的笑颜。

刊于《人民日报》2017 年 7 月 18 日

水银花开的夜晚

迟子建

　　腊月到正月，在哈尔滨还是有花可看的，那是寒流之笔，描画在玻璃窗上的霜花。出了正月呢，即使飘雪的日子还有，但雪魂魄已失，落地即化，霜花也杳然无影了。你若想看花，只能去花店买南方运来的鲜花了。花儿是女儿身，经不起折腾，一路奔波令其花容失色，瓶中的"花娘娘"们，总有种"身在异乡为异客"的落寞感，没有本土应时而开的花儿那么气韵饱满。

　　猫冬让北方人筋骨疲弱，所以当积雪消融，埋藏在雪下的枯草出狱似的，瑟瑟缩缩地出现在阳光下时，人们以为摸到春天的触角了，奔向户外的漫步者不在少数。寒风虽是强弩之末，但威力尚存，我不幸被击中，有一日傍晚从江畔回来，咳嗽流涕，身上阵阵发冷。

　　我便取放在玄关托盘上的体温计，想看看自己是否发烧。

　　我取体温计的时候，不慎将外壳的护帽朝下，这一竖不要紧，由于对接处咬合不严，护帽叛徒似的落地而逃，将体温计彻底出卖了，它随之坠落，摔成两截。

　　它这一跌，我家的黑夜亮了。

　　从玻璃管内径流溢而出的水银，魔术般地分裂成大大小小的珍珠状颗粒，像一带雪山巍峨地屹立在我面前。我先是拿来一块抹布擦拭，以为它们会像水滴一样，迅速被吸附，岂料它们欢欣鼓舞地一分二、二分三、三分四地遍撒银珠，泻地水银非但未少，反而如满天繁星，在白桦木地板上，朝我眨眼。它们近在咫尺，却仿佛远在天边，不可征服。

　　我少时数理化不灵光，对水银的了解，竟来自当时广为流传的一本小人书《一块银元》，主要情节围绕一块银元展开，写了穷人的苦，地主的恶，其中最让人惊悚的情节，是一个地主婆死了，她的儿子竟让一对童男童女为他老娘殉葬。他们给童男童女灌注了水银。故事浓墨重彩的是那个身世凄惨的童女，在出殡的行列中，她端坐在莲花上，手持一盏纱灯，双目圆睁，虽死犹生。她的亲人在路旁声声唤她，可她无法应答了。那个画面给我幼小的心灵，带来了强烈的阴影，恨地主，也恨水银。水银是毒蛇，它要了如花似玉的姑娘的命！

　　我们在日常生活中能接触到水银制品，除非是在镇卫生所。那时日子穷，谁家会拥有温度计和体温计呢！如果感冒发烧了，卫生所的护士会神气地甩一下体温计，将它夹在患者腋下。童年时我曾盼着感冒（因为父母会给感冒的孩子买山楂罐头吃），但却怕发烧，万一去卫生所测体温，体温计碎裂了，水银流入我体内，我成了僵死的人，那可怎么好？谁还能在爸爸喝醉时为他取一杯茶？谁还能在妈妈拆洗被褥时为她挑上满缸的水？谁还能在姐姐除夕夜不想吃饺子时，给她烙上两张糖饼？谁还能在弟弟闯祸挨打时，夺下爸爸手中的棍子，让他少受些皮肉之苦？除了亲人，还有那些可爱的动物让我难以割舍，谁能给吃饱了的猪用破木梳刷毛？谁能在黄昏时把游荡的鸡及时赶回鸡笼？谁能给看家狗偷些它惦记着的人吃的食物？还有夏天时满沟满谷的野花谁去采？冬天时满院子的白雪谁来扫？

　　我那时感冒了，发烧了，抗拒去卫生所，骨子里是恐惧水银体温计。总觉得我的腋窝藏着火苗，会将爆竹似的它引爆。它灿烂了，我就黑暗了。体温计是恶魔，这在看过《一块银元》小人书的同学心中，根深蒂固。以至于我们憎恨一位班主任老师时，私下议论要是小人书中被灌注了水银的是她，而不是那个女孩，该有多好。好像我们真的掌握了水银，都会沦为施恶的地主婆的儿子。

　　这位班主任是我们的语文老师，她中等个儿，微胖，圆脸上生满雀斑，厚眼皮，眼睛不大，但很犀利。她不是本地人，住在学校的板夹泥宿舍里。因为没有食堂，她得自己弄吃的，所以我常在清晨去生产队的豆腐房买豆腐时遇见她。因为怕她，又因为豆腐房总是哈气缭绕，人在其中如在雾里，面目模糊，我假装没看见她，溜之乎也。

我们为什么怕这位老师呢？她严厉起来不可理喻。她有一杆长长的教鞭，别的老师的教鞭只在黑板上跳舞，她的教鞭常打在学生手上。期中期末考试总成绩不及格者，是她惯常教训的对象。她会让他们伸出手来，这时她的教鞭就是皮鞭了，抽向落后生。痛和屈辱，让被打的同学哇哇大哭。这种示众的效果，倒是让所有的学生不甘落后，刻苦学习了。但大家心底对她还是恨的，她头发浓密，梳着两条粗短的辫子，我们背地就说她带着两把锅刷；她脸上的雀斑，被我们说成耗子屎；她擦黑板上红红白白的字时，粉笔擦不慎碰着脸，成了大花脸，我们在底下偷着乐，没一个提示她的。

她管理班级严格到什么程度呢？要是教室的泥地清扫不净，值日生的苦役就来了，会被罚连续值日。最让我们难堪的是检查个人卫生，我们上课前她会手持碎砖头，高傲地站在门口，我们则像乞丐一样朝她伸出手去，如果我们的手皴了，或是指甲里藏污纳垢，她会扔给你一块碎砖头，让我们出去蹭掉手上的皴，抠出指甲里的泥，砖头在此时就成了肥皂了。如果春夏秋季，拿了砖头的学生会去溪边洗手（那时大兴安岭植被好，溪流遍布），冬天时只能用积雪清理了。我有一次也被检查出手上有皴，不允许我进教室，我一赌气，到了溪边，把她那堂课都消磨掉了。看山看水，看花看草，不亦乐乎。我面临的惩罚，可想而知了。

这位班主任老师看上去跛扈，但她业务好，很敬业，也有善心。有的同学家贫，她家访时会带上她买的作业本，她还帮助交不起学费的学生交费，并带我们进城，去照相馆拍合影。当然，她还常在我们下午该放学时，给我们加一小节课，讲那些经典的励志故事。如果是冬天，天黑得早，讲台就点起一根蜡烛。烛火跳跃着，忽明忽暗，她的脸也忽明忽暗，那也是她最美的时刻。她不用教鞭，脸上的雀斑看不见了，语气温柔，面目平和。

她离开我们小镇，似乎没有任何预兆。突然有一天，她要调到黑龙江东部的一个小城去，说是她恋人在那儿，是去结婚。这时我们才意识到她是一个女人，是个有人惦念的人。

　　她要离开了，按理说我们是奴隶得解放了，该同声庆祝的，可大家突然都很沮丧，因为她一点狠劲都没了。她带着偿还之意，将自己所用之物，分给常遭她鞭打的人，那多是家庭困难的同学，我听说的就有书本、衣物、脸盆。在她走前，有天我在小卖店碰见她，她还买了一双雨靴送我。从此后她离开的风雨时刻，穿着雨靴走在泥水纵横的小路上，总会想起她。而她带我们拍的合影，成了同学们最美的珍藏。我们不知她婚后过得怎样，她丈夫会像我们小镇的男人那样，爱打老婆吗？她为师还喜欢手执长教鞭吗？当我们班级的卫生越来越差，同学们随地吐痰，随手丢废纸，教室再也不是窗明几净时，爱洁的女孩子就想念她；而当那些学习成绩差的学生，将书本视为无用之物而放任自流时，学生的家长就慨叹，要是她在就好啦，孩子就有人管了！

　　四十多年了，我没有她的任何消息，也极少想起她来。但水银泻地的这个夜晚，也过了半百之岁的我，却很热切地思念起她来。不知她是否还在她当年嫁过去的小城。按她的年龄，应是儿孙满堂，颐养天年了。

　　我不知当年的这位班主任老师的长辈，是否有出自旧学堂的，她的一些教育方式，私塾痕迹明显，教育为主，体罚为辅，在今天可能会遭到众口一词的谴责。但试想在二十世纪七十年代一个荒僻的山镇，一个有抱负的教师，面对着一群天性顽劣的野孩子，她最直接有效的教书育人方式，也许就是恩威并施。她用教鞭打了那么多孩子，可没一个因之致残或受伤，可见她心里是有轻重和尺度的；当她把砖头抛向你，让你蹭掉手上的皴时，尽管你满心不快，但至少让你从此后注意个人卫生，时常用温水泡手，让它们散发出我们那个年龄的手，本该有的鲜润光泽。

　　再回到体温计碎裂的那个夜晚吧。夜一点点地黑起来，我见抹布清理水银，起到的反而是推波助澜的作用，赶紧上网查询对付它们的办法。水银有毒，我先是敞开窗子通风，然后用笤帚将它们轻轻扫到撮子里，放到一个新打开的垃圾袋中，之后用纸巾擦拭余下的细碎的水银珠。每片纸巾罩住一两颗，将它们轻轻拈起，包饺子似的封住口，丢进垃圾袋，再取一片纸巾奔向另一处。我就这样朝圣似的趴在地上捉水银珠，足足用了半盒纸巾，直到我认为已把它们消灭殆尽。

我关了厅里的灯，打算回卧室休息一下。借着卧室的微光，我突然发现刚清理过的地板上，仍有水银珠一闪一闪的。我不相信，取了手电筒照向那里。嗬呀，这分明是一个微观花园么，我发现了无数颗更加细小的水银珠粒，在白桦木地板的表面和缝隙，花儿一样绽放着。

这不死的花朵，实难相送，那就索性不送，我不相信就凭它们，会让我性命堪忧——将其当花来赏又如何！权当它们是蜡梅的心，是芍药的眼，是丁香的小袄，是莲花的罗裙！

因为在黑夜面前，所有的花朵都是无辜的。

刊于《文汇报》2017 年 4 月 16 日

松浦居随笔

张　炜

葡萄园

我不知还有什么比一座葡萄园更好。拥有这样一片园子将是幸福的。它是生机盎然和甜美的代名词，是和平与安逸、勤奋与劳动的代名词。如果这片葡萄园在半岛地区，享受了湿润的海风和明丽的阳光，那么简直就是无与伦比的美好了。

什么人拥有这样的一片园子更好？首先是种植葡萄的行家里手。半岛上有许多这样的人，他们的一辈子劳作就为了北风吹出的葡萄香气，为了人们口中的甜汁和酒厂的佳酿。他们因为日日操劳而变得肤色黝黑，脸上闪着光亮。

如果一个读书人做了葡萄园，那可能也是上上之选。为了不致太孟浪（注：鲁莽、冒失之意），这样一个人最好和老葡萄把式合伙干，这样才稳妥一些。这种工作不像想象般的浪漫，它甚至一点都不浪漫。这是一种辛苦的农活，也是技术含量很高的园艺。如果只看到一片茂盛的葡萄树而忽略了其中的奥秘，那是太天真了。以为施用了充足的肥水就可以享用适时而至的收获，那也太过奢望了。这是古老而神秘的种植，从地球的另一面算起，关于它的记载汗牛充栋。圣卷典籍上的尤其要注意，那些神圣的记录不可不牢记在心。

葡萄园会被学贯中西的人士看成某种象征。这个意思自然是存在的。这不是书生意气，更不是偏见。有葡萄园的地方该有完全不同的气氛，似乎属于另一种生活。这种生活质地甚至在现代工业化浪潮中也无法改变。

大量收获物都运到了酒厂。这是葡萄的合理归宿。也有一部分运到了鲜果市场上，由包着头巾的妇人看护和照料，向客人时不时地夸耀。葡萄产自哪片园子是重要的，葡萄摊前的人从不忘申明这一点。

有一些很大的园子工业化的痕迹很重。这除了它与酒厂有一种联合的关系，再就是整齐划一的机械化操作、一望无际的矮架，一切都给人这样的感觉。现代化的工业生产形式将古老的葡萄园的诗意冲洗净尽，这里就像大农场上等待大型收割机的麦田差不多。

开进畦垄里的小型施肥机、一架架自动喷雾器，都向人展示了规模生产的最新方式。这样的葡萄园告别了古老的诗句，也从圣典记录中剥离了。

我们在心底奢求的那种葡萄园还有吗？它在何方？

在半岛地区的确还有一些小型的葡萄园，它们安安静静地待在一些角落，同样茂盛或更加茂盛。由于拥有园子的人往往把这里当成了自己的家，所以总有一幢不大的屋子，有水井，有堆房，有看护园子的狗和无所事事的猫。这儿鸟雀比较多，它们好像更喜欢这里的烟火气，这里的错落有致。它们或许在这里看到了古老记忆中的园子。

小型的葡萄园一般并不使用中大型机械，所以并没有统一的矮架，而是矮架与高大的棚架兼备。比如那些园中的宽道就由高高的棚架罩起来，这样既可通行车辆又可收获果实。这样的棚架使园子看上去更加神秘庄重，增加了层次感和立体感，绝不像一片矮架那样单调、一览无余。

一座园中小屋就紧依在一道道棚架旁，像童话中的情形差不多。绿色移到、攀爬到高处，人们可以更好地享受它的荫护。夏天和秋天都是这里的好季节，园子凉爽、繁茂、朴素而静谧。每一座这样的园子都有花椒之类的矮树围成的栅栏，上面还有密密的蔷薇或凌霄。这是一道厚实的彩色镶边，加强和美化了一座葡萄园的概念。

侍弄这样一片园子，因为更多地倚靠传统的手工，所以会更加辛苦。这辛苦本身也透露出一点古典信息。辛苦是愉快的组成部分，正像劳动是幸福的组成部分一样。

夜晚，点亮一盏桅灯，在小屋的白木桌前记下一些文字。粗手捏住小小的笔杆有些吃力，但显然更加有力了。一笔一笔画在厚厚的笔记本上，像是用刀子刻字一样。许多事情需要写下来：园子里的事，往事回忆，某本书，对朋友的思念，愤愤不平的心绪。很多很多。

只有葡萄园而没有记述，这对于某些种植者来说是极大的缺失。除了夜晚还有雨天，只要是不适宜在园里劳作的时刻，种植者都要在屋子里书写。

一些美好的树

相信人人都有关于树木的记忆，或一片，或一棵，或几株，是它们的故事和印象，甚至是一份情感。它们大半在远处，在依稀可辨的遥远之地，或早已经模糊了，消逝了。

一些美好的树留在了昨天，在原地，而我们自己移动了。有时候正好相反，是我们自己留在了原地，而树木离开了，不见了。

总之我们与它们的故事，是分别离散的故事，是伤感的故事。这种分离往往是人间最不幸的，它或许根本就不该发生。想想看，当我们离开一片土地很久之后，归来时一眼又看到了它们待在原地，那是怎样的欣喜。这时会有一句滚烫的话在胸间泛动：又回来了。它像昨天一样沉默、含蓄、深情，也像昨天一样细语和注视。你想听清它的每一句话，你抚摸它，亲近它。它从不主动对你说些什么，现在仍旧如此。但是它镇定自尊地站在那儿，满怀期待或一无所求。

我还记得少年时代的那片白杨。它们高大，洁净，挺立在白色的沙滩上。每一株都英姿勃发，树干粗粗的，泛着鸭蛋青色，叶片油亮。它们相互之间并不密集，而是恰到好处地疏离，相距有五六米或十几米不等。它们组成了不大的一片树林，自成一个世界。这是我度过了许多美好时光的地方，我迷恋关于它们的一切。冬天春天，夏秋，它们都有自己的故事，自己的表情和模样。洁净的沙地上偶尔走过一只小虫，它在树下徘徊一会儿，然后就沿树干爬向高处。蝴蝶飞来了，从这一棵飞向那一棵，亲近过一株白杨才离开。有五个大喜鹊窝建在了树顶，这些一尘不染的大鸟与这些白杨是最好的朋友。牵牛花开了，一朵朵仰向天空，似乎要与高大的白杨对视。

如果穿过这片白杨树往西北方向走，五六里的地方，还会遇到七棵高大的橡树。人们都说这七棵树是年纪最大的了，到底多大年纪谁也不知道。它们是兄弟七人，从很远的地方走啊走啊，一直走了几千里，直至看到了这片沙滩。它们大吸一口清新甘甜的空气，看看脚下和四周，决定就生活在这里了。它们驻足不前，从一棵棵不到碗口粗的小树，长成了如今这样的苍劲大树。它们不像白杨那样笔直，而是略带弯曲，看上去就像探身说话一般。它们相距也有五六米的样子，每到了风大起来，就要大声地费力地说话。它们是兄弟，它们总是有说不完的话。

在我的心目中，没有什么树比橡树再严肃的了。它们黑黑的粗粗的皮肤，说明这是一种在风霜里毫不畏惧的生命。它们一律都是男子汉，刚直，坚定，眼神沉重。树木像人一样，有目光。我试着感受过不同的目光。柳树的眼神是顽皮的，白杨的神色是温暖的，槐树的眼睛是闪烁的。橡树有时严厉地看着我，让我小心翼翼地挨近它，或退开一点。但我喜欢它们，有些离不开它们。我每隔几天一定要来看望这七棵橡树。

我们居所正北方是园艺场。在场部的边缘那儿有东西一排大银杏树。它们奇异而旺盛，漂亮极了，那么神奇的叶子，简直是画出来的一样。我看过了多少树木的叶子，就从来没见过一种叶子像银杏的一样美丽。每一片叶子就像一面小小的扇子，又像一只小巴掌。它有均匀的掌纹，有涩涩的手感。银杏的表情就来自叶子，这叶子是娟秀而羞涩的。

银杏树从第一眼看到就是那么高大。它们一定是先于我很多年来到这片沙滩上的，那时这里可能是清静的，没有多少人烟的。它们见证了这里的一切，将所有的故事都记在心里。我不知道它们与那片白杨和橡树是否互通消息，只知道不同的树林是难以相见的，因为它们无法像人一样移动，只要生在了那里，差不多也就要待在那里一辈子，直到生命的结束。

我认为银杏树全都是女性。它们温柔细腻，有和善的面容。它们的身材高爽而美丽，几乎比人世间一切的生灵都要好看。是的，植物和植物、植物和动物，所有的都可以比较，比性格，比容貌和身材，比力气和品德。当然这种比较是十分困难的，有时真的难以判断。比如一只洁白的小羊和白杨之间，它们谁更洁净和可爱？再比如一头青牛和一棵橡树，它们谁更有力和顽强倔强？还有，我们班新来的女老师，她不知为什么越看越像一棵银杏树。

在离我们家不远处有一棵紫叶李。它长得有屋檐那么高的时候，简直茂盛到了极点。叶子浓浓的，枝条疏密有致。我几乎每天都要从它身边走过，除了高兴也没有什么其他的感觉。可是这一年夏末的一天，大约是黄昏时分，我正从它的西面走来，当走到它的旁边时，突然就将脚步放慢了。我在看它，渐渐一动不动了，我觉得它太美了，太可爱了。我这时才意识到：我爱上了这棵紫叶李。

一连许多天，我都要远远近近地望向这棵紫色的树。我甚至觉得我们之间彼此拥有。我有许多话要向它倾诉，而它也不停地向我诉说。我在依偎它的时候，感受到了来自它的痒痒的抚摸。那时我已经清晰无误地明白了，这是发生在人与树之间的一场爱恋。这也算初恋。

时光飞逝，转眼十年二十年过去了，三十年四十年过去了。我走向远方，树木们留在原地。我向它们告别，然后一步步远去。我在几年后也曾回过那片沙滩，那时就有一次难忘的相逢。后来我越走越远，返回的机缘越来越少。我在异地他乡想念着那些树。

我特别想念那棵紫叶李。

我想念我的白杨林，七棵橡树和一排高大的银杏。我想念所有的树。

直到有一天，我又一次归来了。这是可怕的遭遇，因为那无边的沙滩上所有的一切都在改变，时代之劫终于开始了。我看到了塔吊、围墙、人流。唯独没有了树木。荒原被剖开，一条条壕沟里是铁锈色的水，让人想起血汁。那棵紫叶李早就没有了，我甚至无处指认它原来的、具体的生长之地。七棵橡树没了，一排银杏没了，一小片白杨没了，一切都没了。

那些可爱的树都没有了，它们因为完美和正直，所以难以存活人间。人世间的杀伐是如此惨烈，以至于没有留下什么。当几十年过去之后，谁能在故地找到记忆中的大树？一片，一株，一丛？都没有了。

身上的热力

从心上漫开来，继而涌遍全身的一股热力，会让人坚持和不倦地去做一件事、做成一件事。这种热力是由生命力的强弱来决定的，拥有强大的生命力，涌遍全身的灼热感就会频频出现。这也可以看成是生命的冲动。但冲动的性质和结果会是不同的，强有力的冲动会把一个人的行动推向很远。

随着年龄的增长，人会变得沉稳和迟缓。一般来说年轻人是更长于行动而少些顾虑的。从生理上讲年轻的心脏推动血流更有力，生命还是簇新的，外部的世界也是簇新的。一个人在渐渐走向衰老之后，会涌起多少年轻的记忆，总是回忆翻过的一座座山岭、跋涉的一条条长路。

为什么要动身？就因为心头一热，再也不能停息，于是就行动起来。去结识、去倾诉、去辩论、去劳作、去寻找、去歌唱。汗水浸湿了浓密乌黑的头发，迎着冰凉的北风毫不畏惧。这就是青春的优势，青春很少叹息。

还记得那些黑漆漆的夜晚，因为月光还没有升起，所以丛林和沙地显得神秘吓人。听多了鬼怪故事，认定所有的鬼怪都在这样的夜晚。可是心口发热，这热力一点点散到全身，当从胸部扩展到双腿双脚的时候，也就再也按捺不住了。

不管随时从黑暗里溜出的鬼魅，也不在乎荆棘刺破双腿，翻过一座座沙岭，穿过一片片丛林，还要过一条河，去对岸找一个能够聆听的人。这个人是少年伙伴，他能够欣赏我刚刚写出的这篇文字。

一路上想象着灯下诵读和倾听的情景，那是多么有趣又多么幸福啊。不记得还有什么比这样的经历更诱人，它可以深深地吸引我，并让我久久地记在心底。

因为走得急促，我的衣服很快汗湿了，头发粘在前额上。月亮刚刚升起，黑影处有什么沙哑地叫了一声。不知是否看花了眼，好像有一只大鸟扎到了旁边的灌木中。天上的星光渐渐稀了，这个夜晚清明极了。

终于踏上了窄窄的独木桥。这小桥滑滑的，走到中间就颤颤悠悠的。因为心急和兴奋，我几乎是跳着跑着过了河的。

小村紧紧伏在河岸不远处，差不多没有什么灯火。我多么喜欢这样的小村和夜晚，甚至喜欢它的气味：有一股白杨花的气息从小巷里飘出，一直钻到鼻子深处。鸡鸭入窝了，它们为了缓解一天的辛劳而不断发出哼哼声。狗打哈欠的声音尽管不大，但十分清晰。猫在院墙上守候了一会儿，开始扭动着走路，偶尔止步，自信地望着远方。

敲开了朋友的门。啊，不吭一声，一只手搭到肩上，就接通了最隐秘的暗号。我们急急地奔到小屋的东半间里，脱鞋上炕，炕上有一面小木桌，桌上是如豆的油灯，我们盘腿相对坐下。

我读起来，声音不高，就像深夜里的溪水在流淌。他垂睫倾听，一会儿发出轻到不能再轻的一声："啊！"他的嘴巴微微张开，露出稍大一点的门牙。我只停了一秒，然后又让溪水流动起来。

当诵读完毕的那一刻，我已经知道了他将说出的一切。他的话在腹中跃动时，我就能一字不差地捕捉它们。这事多么奇怪，可差不多是真的。他赞叹，重复我说过的一些句子，找出我自己最得意的字句和段落。我知道，任何有趣的字眼儿和意思，都别想逃过他的耳朵。有时我想把最好的东西藏在文字的丛林里，再盖上一层茅草，可是一切都没用，他全能翻找出来。

这是少年的至宝，彼此都将对方作为至宝，珍惜，庆幸，依赖，羡慕。真不知道人世间还有什么能够抵得上这种相知和友谊，和这一切的价值。一人因为感激和幸福，鼻尖上生出了汗粒；另一个在特别的冲动中，使劲扭动着双手。

夜深了。但是必须离去，因为第二天还要起早上学。再说家里大人一旦发现孩子彻夜不归一定会分外焦急。

就像去的时候一样，回程再次经过那条河、那些起伏的沙岭，还有丛林。不过最大的不同是月亮更高了，整个大地都笼罩在晶莹的光色里，而且四野愈加安静了。

我心上充满了异样的感觉，这是语言难以表述的压抑了的冲动，一种表面上的满足和平静。我正为自己的创造而自豪和得意，并像一个领取了最大奖赏的人那样，用自信和欣喜的目光打量周围的一切。

道德楷模

几十年之后，我再次回到这个镇子。街巷变化不大，这让人一下想起往昔。匆忙的生活让人无暇回返，甚至连思绪也要紧随脚步。我熟悉这里的人和事，许多故事在短时间一齐涌入心头。这是一种热辣辣的感觉。

镇子上中年以上的人才认识我。这里出现了这么多青春的、陌生的面孔。于是我只能和中老年人说话，共话当年。那些熟悉的人和事成为今天的话题，说了一件又一件。令人神伤的是，那么多人死去了，他们已经永远离开了这个镇子。这是我始料不及的。扳指算一下，他们的年纪的确不小了，在六十至七十之间，个别是八十岁左右。

可是我发现有一些年纪更大的人还活着。这其中的几个还出现在街巷上，张大嘴巴看着我，然后就笑了。他们的笑容还像昨天一样顽皮。这些人的记忆力都很好。

在镇子上度过的第一个夜晚久久不能入睡。我在想往事，想那些离开的人。我后来突然觉得有什么不对劲，就打开灯坐起来。我在想：真是奇怪啊，这简直有点巧合了。我发现那些离开镇子的人，大多都是中规中矩的人，他们口碑很好，受人尊敬，可以说是镇子上的道德楷模。而今天仍然健在的几个老家伙，当年都是令人厌恶皱眉的。这几个家伙几乎个个不太正经，时常流出不雅的传闻，简单点说就是有"生活作风问题"。可就是这样的几个人，他们尽管年龄这么大了，还要赖在这个镇子上，久久不愿离去。

如果说生活中有太多的不公平，那么这个镇子就是最好的例子了。平时常说的一句话是"仁者寿"，难道这几个行为不端的家伙是"仁者"吗？

我想不明白。

来了一群大清的人

比我年长四五岁的朋友告诉了我一个令人吃惊的故事，这是他亲自经历的，没有一丝夸张的。他说：

有一年秋天，是初秋，天还有点燥热，六七岁的他正在一家路边饭店里玩。那饭店空空荡荡，食客不多。大约是接近中午时分，突然杂杂沓沓进来了一帮挑担子的人，一色中青年男子，都很壮实。他再次注目立刻有些惊讶，还有点小小的害怕，因为他看清了，这帮人打扮差不多，老式布扣衣褂，宽松的黑裤；最主要的是个个剃光了前额那儿的毛发，扎了长长的独根辫子；这辫子有的缠在颈上，有的搭在背上。

他这样端量时，店里一点声音没有。所有人都在看着这群客人，见他们轻撂担子，擦汗，坐下来准备吃饭。旁边有人半晌才轻轻吐出一句："大清的人！"

这一伙打扮完全是清朝式样的人不是来自舞台，而直接就来自现实之中，这在现场的所有人看来都是新奇而怪异的。听口音这伙人其实相距并不远，问了问，原来来自泰山周边的山村。

我的朋友说，他和身边的几个人好奇极了，一直盯着这伙人，看他们怎样吸烟、买饭，怎样说话和吃饭。他发现这伙人礼礼道道的，互相像敬酒那样举碗，然后才喝下一口白水。这些人不太笑，嗓门也不高，话不多。

后来时间长了一点，他和几个人才试着问他们话，这一问才知道是进城担东西的。他们常年住在偏远的山村里，那里交通不便，这回是头一次被人领出来。原来在当地，许多人都是这样的穿戴，所以这对他们来说一切都是自自然然的。

这个故事让我久久难忘。像朋友说的那种装束，而今只有在电视剧中才看得到。这真是不可思议。要知道朋友口中的那个场景，就发生在二十世纪五十年代初的济南，具体点说是靠近城市西郊的一家小吃店里。

这使我想到了服饰的演变，它的许多诡谲之处。服饰与方言古语一样，只保留在商业文化活动不够剧烈的偏僻之地，在那里留下几处标本。时间在那里不是停滞了，而是大大放慢了。

不同的时间流速，使历史的印记更清楚有序地展示出来。不同的印记叠加在一起，让匆忙的历史从容一些，驻足观察的机会也就来了。

比如说，除了大清的人拥入五十年代的街头，更早的人可不可以？如果仅从观感而论，我们不少人都喜欢明代的服装，赞叹它的五光十色，华美和大方。我们街头出现一些明代打扮的人，且又不是为了表演而来，那该是多么美、多么动人。

看来这是不可能的。人总要趋新就时，要跟上时尚，只要时新就是美，美没有什么固定不变的客观标准。人如果能真正自由地选择，真正独立持守地生活，将是难而又难的事。

仅仅就服饰打扮来说，人也不是自由的。

夜　访

在荒野上有一座小土屋，它的四周光秃秃的，少树木，更无邻居。土屋平时静静的，无声无息。一天里的某个时候，会有一个老男人从屋里出来，在屋外忙些什么：搬搬屋旁堆的碎木，从屋前的土井里提一桶水。

这个老人脸黑黑的，戴了一个黑线小帽，嘴闭得紧紧的，看上去有些吓人。谁也不认识他，都认为这个不属于任何村庄的人太奇怪了。我们几个一直观察他的少年觉得，这人足够可怕。大家甚至打赌，说谁如果敢于一个人进到他的小屋，那就是极了不起极勇敢的；谁如果敢在夜间进屋，那更是了不起的。大家谁都不敢逞强。

我从未想过独自一人去小屋探险，因为这太可怕了，也实在没有必要。

怪就怪在有一天夜晚我走在月光下，不知为什么一抬头看见了黑魆魆的小屋，心里立刻痒了起来。我端量了一会儿，竟然不太畏惧地迎着它走了过去。

小屋没有围墙，只有半截豆角架子简单做了标界，走过它，就算进了小院。小窗上灯光阴暗，肯定点了一盏煤油灯。我在门口站了一瞬，然后敲了一下，还没等里面的人应声就推开了门。一股浓浓的煮红薯味儿。

老男人坐在炕上抽烟，好像刚刚醒过神来。他看着我，烟斗含在嘴里。他不说话，偶尔发出一声"哼哼"。我在离他三四步远的地方站住，没有勇气靠前。我并不知道为什么来这儿，只是想进来。

他从炕角端过一个小筐，里面是黑乎乎的东西。灯光下我努力看着，看清是小半筐炒煳了的红薯条，就是当地人所说的"地瓜糖"。它的做法是将红薯煮熟，然后切条晒干，最后放在锅里，埋入大量细沙炒熟。地瓜糖是过年时家家必备的，平时倒也少见。他的眼神送来鼓励，我就取了一个。地瓜糖在我嘴里咬得咔咔响。

他抽出烟锅，也捏了几个地瓜糖。

余下的时间我一边吃地瓜糖，一边端量这小屋里的一切。只有小一间，被一个大炕占去了一半。炕上是油滋滋的蓝被子，枕头。屋角有紫穗槐编成的小囤子，里面装了半囤红薯。有两只小木凳。还有一些不起眼的杂物，如一个生锈的老鼠夹子、一把小镰刀、一个玻璃瓶。好像再也没有别的东西了。

他咀嚼地瓜糖的声音真响。我这会儿觉得他的食物主要是地瓜糖。这就使我明白了，他为什么不到别处去，很少出门，也不需要邻居和其他亲人，因为他的生活是最简单的，只要有水、有地瓜糖就可以了。

在屋里待了一会儿，我终于坐在了那只小木凳上。老人一直看我，吸烟，不时抓一块地瓜糖放进嘴里。

我要走了。当我一脚踏进小院时，觉得外面的月亮真大啊。他站在背后，说："哼哼。"

我离开了。刚跨出小院我就飞跑起来。跑了足有四五里路我才站下。我发现自己的衣服全都湿透了。回身望那座黑魆魆的小屋，它在月光下竟然微微活动，就好像一只大动物在呼吸似的。我搓搓眼，小屋不动了。

刊于《十月》2017 年第 5 期

推 磨

刘庆邦

　　小时候我不爱干活儿，几乎是一个懒人。居家过日子，家里的这活儿那活儿总是很多，老也干不完。不管干什么活儿，都要付出劳动，我觉得都不好玩。拾麦穗我怕晒，捡羊粪蛋儿我嫌脏，从井里打水我嫌水罐子太沉，漫地里刨红薯我没有耐心。可我娘老是说，一只鸡带俩爪儿，一只蛤蟆四两力。娘的意思是说，小孩子也有两只手，比鸡爪子强多了；小孩子只要端得动饭碗，就比一只蛤蟆的力气大。在这样的观点支配下，一遇到合适的小活儿，娘就会拉上我，动用一下我的"俩爪儿"，发挥一下我的"四两力"。

　　秋天，生产队给各家各户分红薯。鲜红薯不易保存，把一块块红薯削开，削成一片片红薯片子，摊在地里晒干，才便于保存，并成为一年的口粮。削红薯片子是技术活儿，由娘和大姐操作。娘分派给我和二姐、妹妹的任务，是把湿红薯片子运到刚耩上小麦的麦子地里，一片一片摊开。队里分给我们的红薯是一大堆，一削成红薯片子呢，数量数倍增加，体积迅速增大，好像从一大堆变成了三大堆。这么多红薯片子，啥时候才能摊完呢，我一见就有些发愁。娘好像看出了我的畏难情绪，手上一边快速削着红薯片子，一边督促我：快，快，手脚放麻利点儿！我虽然不爱干活儿，却很爱面子，不愿让娘当着别人的面吵我，只得打起精神，用竹篮子把红薯片子装满，抵在肚子上，一趟一趟往附近的麦子地里运。天渐渐黑下来了，月亮已经升起，照得地上的红薯片子白花花的。当时我一点儿都不觉得美，更没有感到什么诗意，只想赶快把活儿干完，好回家吃饭。

要把红薯片子晒干，并不是那么容易，全看天意。若赶上好天好地好太阳，红薯片子两三天就晒干了，干得瓦棱着，一咬嘎嘣响。若遇上阴天下雨，那就糟了，红薯片子一见雨水，很快就会起黏，发面，烂掉。记得不止一次两次，半夜里我们睡得正死，娘会突然把我们喊醒，召集她的虾兵虾将，去地里拾红薯片子。娘说，天阴得重了，她已经闻到了雨气，得赶快把晒得半干的红薯片子拾回来。不然的话，红薯片子就白瞎了，一冬一春就没啥可吃。真倒霉，连个囫囵觉都不让人睡。我真不明白，娘怎么知道天阴重了呢，难道娘整夜都不睡觉吗！深更半夜里，小孩子还得扒开眼皮，到伸手不见五指的地里去干活儿，那种难受劲儿可想而知。按我的想法，宁可饿肚子，也不想下地拾红薯片子。可是不行啊，爹去世了，娘成了我们家的绝对权威，我们兄弟姐妹都得服从娘的意志，在黑暗里深一脚浅一脚往野地里摸。

比起晒红薯片子和拾红薯片子，最让我难忘的活儿是推磨。

现在的年轻人大都不知道何为推磨，为何推磨，我须先把推磨这个活儿简单介绍一下。从地里收获的粮食，如小麦、大豆、高粱、玉米等，叫原粮。把原粮煮一煮，或炒一炒，就可以用来充饥。但作为灵长类动物的人类，不甘心老是吃粗糙的原粮，还想变变花样儿，吃一些诸如馒头、面条、烙饼、饺子等细致的食品。而要把原粮变成这些更好吃的食品，必须先把原粮加工成面粉。原粮颗颗粒粒，每一粒都很结实，那时又没有打面机的铁齿钢牙，怎么才能把原粮变成面粉呢？没有别的办法，唯一的办法就是用石磨研磨粮食。我们那里是平原，没有山石，不产石磨。所用的石磨都是从外地的山区买来的。圆形的石磨呈暗红色，是用大块的火成岩雕制而成。石磨分两扇，下扇起轴，上扇开孔，把轴置于孔中，推动上扇以轴为圆心转起来，夹在两扇石磨间的粮食就可以被磨碎。推动石磨转动的动力来自哪里呢？一是来自驴子，二是来自人力。驴子属于公家，是生产队里的宝贝，不是谁想用就能用。能使用的只能是人力，也就是各家各户自家人的力量。磨的上扇两侧，各斜着凿有一个穿透性的磨系眼，磨系眼上拴的绳套叫磨系子，把推磨棍穿进磨系子里，短的一头别在上扇的磨扇上，长的一头杠在人的肚子上，利用杠杆的原理，人往前推，石磨就转动起来。

在我的记忆里，我伸手刚能够得着磨系子，娘就要求我和大姐、二姐一块儿推磨。推磨伴随着我成长，也可以说我是推磨推大的。刚参与推磨时，我自己还抱不动一根磨棍，娘让我跟她使用同一根磨棍推。娘把磨棍放在小肚子上往前推，我呢，只能举着双手，举得像投降一样，低着头往前推。人的力量藏在身上看不见，只有干活儿的时候才能显现出来。可因为我和娘推的是同一根磨棍，我不知道能不能帮娘增加一点儿力量。娘一个劲儿鼓励我，说好，好，不错，男孩子就是劲儿大。得到娘的鼓励，我推得更卖力，似乎连吃奶的力气也使了出来。一开始我觉得推磨像是一种游戏，挺好玩的。好多游戏有一个共同的特点，那就是让不动的东西动起来，不转的东西转起来。推磨不就是这样嘛！可很快我就发现，石磨可不是玩具，推磨也不是游戏，推磨的过程过于沉重、单调和乏味。只推了一会儿，我就不想推了，拔腿就往外跑。娘让我站住，回来！我没有听娘的话，只管跑到院子外边去了。

等我长得能够单独抱得动磨棍，就不好意思再推磨推到半道跑掉。娘交给我一根磨棍，等于交给我一根绳子，我像是被拴在石磨上，只能一圈接一圈推下去。推磨说不上前进，也说不上后退，因石磨和磨盘是圆形的，磨道也是圆形的，推磨的人只能沿着磨道转圈，转一圈又一圈，转一圈又一圈，循环往复没有尽头。我们家的石磨放置在灶屋里，一边是黑暗的墙夹角，一边是锅灶和水缸。从黑暗的夹角里转出来，满心希望能看到点儿什么，可看到的只是同样发黑的锅灶和水缸，别的什么好玩的东西都看不到。在磨道外侧看不到什么风景，难免扭脸往磨顶上看一眼，不看还好，一看更让人发愁。磨顶上堆的粮食总是很多，磨缝里磨出来的面粉总是很少，照这样磨下去，磨顶上的粮食什么时候才能下完啊！就这样，娘还嫌粮食下得太快，面磨得不够细，事先在下粮食的磨眼里插了一根用高粱秆子做成的磨筹，以降低粮食下行的速度。等磨顶上的原粮好不容易全部变成堆积在木制磨盘一圈的面粉，这次推磨是不是就此结束了呢？不，面粉还要收进丝底细箩里，搭在由两根光滑木条做成的箩床子上来回罗。罗面也是技术活儿，通常由娘和大姐执行。通过来回筛罗，已经合格的面粉落在箩床子下面的大笸箩里，而留在箩底未获通过的部分还要倒回磨顶，再推第二遍，第三遍，甚至第四遍。什么叫折磨，这是真正的折磨啊！

比起娘和大姐、二姐，我推磨的次数、时间少多了。以上学为借口，我不知逃避了多少次推磨。尽管推磨不是很多，我对推磨已经深有体会。我的体会是，推磨不仅要付出体力，更要付出耐力。人类通过绳子和鞭子驯化了牲口，使牲口克服了野性，有了耐性。人本来可以利用牲口的耐性，代替人类的劳动，并为人类服务。可在人民公社时期，因人多牲口少，人只得把自己变成牲口，从事和牲口一样的劳动。大食堂时期还好些，那时还用驴子拉磨。当时我娘在生产队里专事为食堂磨面，我多次在磨坊里看见过驴子拉磨的情景。驴子拉磨时，嘴上须戴上笼嘴子，眼上须蒙上驴罩眼。戴笼嘴子的目的，是防止它偷吃面。戴上罩眼呢，是为了蒙蔽它，不让它看见磨顶上还有多少粮食。我注意到，驴子的耐心也是有限度的，拉磨拉到一定时候，它就站下不走了，不管娘怎样呵斥它，怎样用巴掌抽它的屁股，它对抗似的，就是不动。娘这时还有办法，娘的办法是欺骗驴子，拿起扫粮食用的小扫把在磨顶的空地方扫，故意发出唰啦唰啦的声响。每当粮食快磨完时，娘都会用扫把扫磨顶，驴子大概记住了这种声响，一听到这种声响，条件反射似的知道活儿快干完了，就会加快拉磨的速度。果然，驴子一听见娘在扫磨顶，便重新启动，继续拉起磨来。而人推磨时，不能蒙上眼睛，那样会发晕。既然大睁着眼睛推磨，磨顶上有多少粮食，都看得清清楚楚。还有，人的脑子是清醒的，不可能用骗驴子的办法骗人。人所有的苦处都在于人的脑子太过发达，过于聪明。那么聪明的人怎么办呢？只有采取笨办法，那就是使用耐心，使用比驴子还有耐心的耐心，以战胜驴子，也战胜自己。

每个人的耐心，都不是天生就很足够，多是后天经过锻炼积累起来的。还拿推磨来说，对我的耐心最大的考验来自每年春节前的推磨。一年一度过春节，要蒸白馍，包饺子，炸麻花，需要比较多的面粉。所需面粉多，就得集中时间推磨，一连推上两三天不停脚。我们那里有一个说法，磨归石头神管着，石头神也要休息，从大年初一到正月十五都不许再动磨，半个月内吃的面粉必须提前磨出来。过年主要是吃白面，白面都是由麦子磨出来的。在所有的粮食中，因麦子颗粒小，坚硬，是最难研磨的品种之一。没办法，人总得过年，总得吃饭，再难推的磨也得推。年前学校已经放寒假，我再也找不到逃避推磨的理由，只得硬着头皮加入推磨的行列。

推磨棍一上手，我怎么觉得磨推起来比平时沉重呢？噢，我想起来了，我们家的石磨请锻磨的老师傅刚刚锻过。锻磨其实是錾磨，可我们那里不说錾磨，都是说锻磨。经过一年的使用，磨上的槽沟已经变浅，磨齿几乎磨平。经过年复一年的使用呢，原本厚厚的石磨就会变薄。从这个事实上说，我们在吃面粉的同时，也在吃石头粉；在吃粮食的同时，也在吃石头。磨齿磨平后，推起来是比较轻了。然而轻了不见得是好事，磨变成平面滑行，粮食不易磨碎，效果就差多了。要取得好的磨面效果，就得用钢錾子把槽沟凿深，让磨齿凸起，使推磨的过程重新沉重起来。推磨的活儿如此沉重，又如此枯燥，要是能有人讲个故事就好了，一边推磨，一边听故事，我们的注意力或许会转移一些，沉闷的气氛或许会冲淡一些。可是，我们都不会讲故事，只会闷着头推磨。心里的希望还是有的，那就是推完了磨，到过年的时候可以吃到白面馍。平常我们吃不到白面馍，都是吃用红薯片子面做成的黑面锅饼子，锅饼子结实又粘牙，一点儿都不好吃。吃白面馍的希望构成了一种动力，推动我们把磨推下去。

后来我给自己提了一个问题，中国人什么时候开始使用石磨的呢？我想，在原始社会的旧石器和新石器时代，原始人虽然会加工和使用简单的石头制品，但不可能会制造石磨。大概到了冶铁时代，人们有了铁器，才有可能雕凿出结构相对复杂的石磨。这样推算下来，中国人使用石磨的历史至少也应该有两千多年了吧。

不能说出我们的祖先开始使用石磨的确切时间，但我可以以自己的亲历亲见高调宣称，我能说出石磨在我国终结的确切时间，那就是二十世纪的八十年代，也就是中国开始改革开放的年代。随着农村通电和打面机的普遍使用，石磨就用不着了。我每年回老家，见村里的石磨扔得东一扇、西一扇，都成了废弃之物。我娘下世后，我小时候反复推过的、曾磨炼过我的耐心的石磨，也不知扔到哪里去了。

推磨的时代结束了，怀念就开始了。我怀念我们家的石磨。

刊于《人民日报》2017 年 2 月 22 日

常书鸿：此生只为敦煌

李 辉

366——奇妙数字与莫高窟巧合

时隔十年，又一次走进敦煌。上一次是在 2006 年，这一次是在 2016 年。

我生于 1956 年，一生许多机缘巧合都与 6 相关。1977 年高考的第一天是 12 月 6 号，大学编号 7711026，办公楼是 16 号楼，楼层是 6，家的楼号是 36，驻地的邮编是 100026……故我一直把 6 作为自己的幸运数，旅行在外，拍摄与 6 相关的门牌号，成了我的习惯。

没有想到，第二次敦煌之行，更巧的、难以置信的事情发生了。

走出敦煌机场，在神州租车租了一辆车，车号为甘 A7D366。我颇为得意，我们六根微信公众号推出，是在 2014 年 6 月 6 日，每年此日，大家总会相聚，一醉方休。曾经有计划，在中国、美国的 66 号公路去行走一番，虽未成行，梦想还在。

殊不知，更奇妙的巧合出现——敦煌莫高窟的横空出世，竟然就在公元 366 年。资料写道：莫高窟始建于十六国时期，据唐《李克让重修莫高窟佛龛碑》一书的记载，前秦建元二年（366 年），僧人乐尊路经此山，忽见金光闪耀，如现万佛，于是便在岩壁上开凿了第一个洞窟。此后法良禅师等又继续在此建洞修禅，称为"漠高窟"，意为"沙漠的高处"。后世因"漠"与"莫"通用，便改称为"莫高窟"。另有一说为：佛家有言，修建佛洞功德无量，莫者，不可能、没有也。莫高窟的意思，就是说没有比修建佛窟更高的修为了。

车号366，一个数字，就这样与莫高窟的起步，与一千多年的历史有了衔接！

曾有朋友常说我是"数字控"。其实，各位有所不知，数字与历史相关，与诸多巧合相关。在后面叙述的常书鸿先生的命运起伏中，6又何尝没有巧合？

"说完巴黎说敦煌，长江黄河长又长"

认识常书鸿是我在《北京晚报》工作期间。当时我负责采访文化活动，不时会在一些场合与常书鸿见面。后来，编辑五色土副刊的《居京琐记》栏目，请一些文化老人谈自己居住北京的各种感受。我写信前去，请他赐稿。

很快，常书鸿寄来三页稿纸的《北京的变迁》。手稿他改了又改，极为认真。收到稿件，我打去电话，他要我在手稿最后补上一句："我幸福地看到，祖国已经踏上了振兴的道路。"如此漂亮的手稿，被我的难看的字加了一句，真是糟蹋了。排出校样，寄去请他校订，他又做了少许调整与润色，标题改为《耄耋之年话北京》。

常书鸿是满族人，1904年4月6日出生于杭州。他人生的第一个数字"6"，出现了。

文章开篇，常书鸿谈儿时对北京的向往与想象：

自小生长在江南号称天堂的杭州，的确心满意足地活动在青山绿水的西湖之滨家乡，并没有什么奢望地过着自己的童年。只是通过父亲在一九二三年一次自北方远处工作的地方回来时带来一些北方的土产，和栩栩如生的"面人"儿童玩具时引起我的好奇心，于是我幼小的心灵中，埋藏着一颗向往的玄想，不断追问父亲看到的六七十年前北京城的观感，问这问那地追问在北京紫禁城，那样皇帝所在的堂皇富丽的景色，什么琉璃瓦，三大殿，北海，颐和园的名胜。

（《耄耋之年话北京》）

常书鸿晚年离开敦煌之后才在北京居住。他在文中，提及相伴敦煌四十年的那种融入血肉的关联：

时间在消逝，年龄也随着历史在演变。三十年代，我在法国学习时，发现伟大的敦煌民族艺术宝库，早在辛亥革命之前，就分别受到资产阶级所谓"学者"们的劫夺和破坏。作为炎黄不肖子孙，怀着败子回头振兴中华的意愿，我到敦煌从事保护研究，匆匆四十年，已到了耄耋之年，承蒙党和国家的关照，我来到了北京，养尊处优地居住在日新月异变化中的首都闹市中。

（《耄耋之年话北京》）

敦煌，在常书鸿心中。四十年，艰苦而悠长的日日夜夜，他把一切留在了敦煌。赵朴初先生最早称常书鸿是"敦煌守护神"。五个大字，当之无愧。

准备发表常书鸿这篇文章时，我寄去照片请丁聪先生配图。丁聪画常书鸿肖像，颇为形象，因是谈北京的变迁，他特意在肖像旁画了文中所写的紫禁城建筑。十几年过去，结识山东画报出版社的汪稼明兄，我将《居京琐记》结集于1999年出版，封面设计时，选用三个人物：冰心、胡风、常书鸿，他们分别生于1900、1902、1904。在我而言，这也是与常书鸿的一个机缘。

常书鸿发现敦煌却是一个偶然。留学巴黎期间，1935年，一次塞纳河畔的傍晚散步，从此改变他未来的人生走向。

走进新千年，我为大象出版社策划一套"大象人物聚焦书系"，请与常书鸿熟悉的叶文玲大姐，撰写常书鸿画传《敦煌铸就五字碑》。读叶文玲文字与图片，深为常书鸿的敦煌情结所感动。恰在此时，2002年吉林卫视《回家》栏目创办，找到我，希望我能做该栏目的艺术总监，挑选一些合适的文人拍摄他们的"回家"。清明时节，拍摄第一批人物，分别为丁聪、郁风、余光中、冯骥才。画传出版时，我自然想到了常书鸿。

常书鸿早在 1994 年去世，但这样一个伟大的"敦煌守护神"，怎么能不拍呢？我找到常书鸿的女儿常沙娜，问她能否重回敦煌，拍摄"回家"。常沙娜与父亲从巴黎到敦煌，经历诸多变故之后，在父亲心目中女儿是最大的精神安慰，是女儿一直陪伴他走过最艰难的日子。常沙娜同意了，因为每年她都会前往敦煌一次，祭拜父亲。生于 1931 年的她，此时已过古稀之年。在敦煌，她敞开胸怀，谈父亲常书鸿，谈母亲陈芝秀，谈陪同父亲在莫高窟度过一个个黄沙弥漫、无比艰辛的日子。我有事未能同往，但依然高兴，能有这样一次全程拍摄，留下诸多珍贵镜头。在常沙娜、叶文玲等人的讲述中，"敦煌守护神"的形象顿时立体而丰富。

常书鸿与陈芝秀于 1925 年结婚，1928 年陈芝秀来到法国，与常书鸿汇合，也开始美术留学生活。1931 年常沙娜出生，姓名取自塞纳河的谐音。她在节目中这样回忆父亲与敦煌的偶遇：

巴黎塞纳河边经常有书摊子，他在书摊上发现的，上头写着《敦煌石窟图录》，伯希和的，印刷了这么一本，他一翻，讲的都是在中国，在甘肃西北，发现了有这样的藏经洞，藏经洞里都是卷画，还有那里有石窟，我父亲很惊讶，他说中国人都不知道中国自己有这样的宝藏。

（《回家》之《常书鸿：大漠痴魂》）

这本《敦煌石窟图录》，令常书鸿虽然人在巴黎，心却早已飞到遥远荒漠中的敦煌。他说过，自己曾是个倾倒于西洋文化、言必称希腊罗马的人，而敦煌艺术却早于欧洲近一千年，真是个不可思议的奇迹！他毅然决然，要离开巴黎，期待与敦煌拥抱。

这就是不可思议的常书鸿。主意一旦拿定，就没有任何人可以改变他。妻子学业未能完成，他却执意前往敦煌。1936 年，留下妻子和女儿，他独自一人，踏上归国之路。

常书鸿人生的又一个数字"6"，为了敦煌！

回到国内，中国正处在战争旋涡，哪里谈得上敦煌的保护？等候几年之后，1942年9月，"国立敦煌艺术研究所"成立，常书鸿担任筹委会副主任，期待已久的敦煌之行，即将启程。半年之后，1943年3月24日，历经千辛万苦的跋涉，年复一年魂萦梦牵的敦煌，终于出现在常书鸿眼前。无比艰难的日子，从此与之伴随。陶醉其中的幸福，旁人却无法体会。

在常书鸿来敦煌之前，莫高窟已经破败不堪，附近的农民不仅在洞窟里生火做饭，而且还在莫高窟前的绿洲中放牧。原本为绘画艺术而来的常书鸿开始带领大家清理积沙、修筑防沙墙，原本拿画笔的手开始挥动铁锹。同时，常书鸿着手绘制莫高窟全景地图，为敦煌学研究积累最基础的资料。那时的敦煌是千里沙漠的一个点，在荒无人烟的绝境中，他们忍受着被人遗忘的苦痛和恐惧。

守护敦煌，漫长四十年！

可以说，敦煌永远在常书鸿心中。八十年代，成为政协委员的他，如果小组发言，必说敦煌。认识不少与常书鸿熟悉的前辈，他们开玩笑说，小组会上，常书鸿讲话总是从巴黎谈到敦煌。于是，便有了一个顺口溜："说完巴黎说敦煌，长江黄河长又长。"同为一组的黄苗子先生，在一篇文章中写道："我们政协文艺界这个小组的委员，都很尊敬常老，大家开小组会时都有一个准备：如果今天上午或者下午有常老发言，大家就只有听的份了——常老的发言，自始至终就是敦煌。"

怎么能不谈敦煌？那是他的人生最艰辛也最辉煌的地方。难以想象，如果没有这样一个执着、坚韧、全身心投入其中的人，敦煌到底会怎样？

这个院落的故事

再到敦煌莫高窟，又一次走进常书鸿生活过的院落。自1943年抵达莫高窟，最艰难的日子里，他们一家一直住在这里。先后与他相伴的有妻子、女儿，有董希文夫妇、李浴、周绍森、乌密风夫妇、潘絜兹夫妇等同仁。四十年岁月，多少悲欢离合的故事，依次在此发生。

走进院落，迎面是两棵大树。常沙娜对《回家》摄制组人员说，这两棵树是父亲亲手种植的。说起父亲与树，她伤感难已：

> 他在的时候种的，原来是一个寺庙，它没有这个树，他特别喜欢植物的东西，这叫长巴梨，这个刚结的，这个梨现在不大了，很小，但是很甜，我秋天下半年来他们老给我摘，带回北京吃去，很有意思，我每次来都在这里照相，现在长高了，原来我都趴在这个上头，上个月正好是梨花盛开的时候，一晃，当年我十几岁，现在都七十多岁，半个多世纪过了，不过这个房子景依旧，人都去了，我父亲也去了。

> （《回家》之《常书鸿：大漠痴魂》）

遥想当年，敦煌生活条件之艰苦可以想象。常书鸿与女儿常沙娜坚持走下去，未能陪伴到底的却是结婚长达二十年的妻子。1945年，敦煌研究所新调来一位总务主任，与陈芝秀恰好是诸暨老乡，他对陈芝秀的热情与殷勤，很快由暧昧变为私通。此时的陈芝秀，再也无法忍受敦煌的艰苦，她执意前往兰州看病，实则是"私奔"出走。

许多年之后，女儿对母亲当年的出走，有了新的理解。在她看来，痴迷于敦煌、为诸多烦恼事情操心的常书鸿，缺乏对妻子的呵护与关爱，也是一个重要原因：

> 那时候我母亲成了一个很虔诚的天主教徒，所以她这一点很不适应，她在房间里还挂了一个圣母玛利亚的像，天天做祈祷，但到洞子里呢都是佛教，是两个教，但是她从艺术的角度她也觉得早期的北魏，唐代的彩塑是很漂亮的，她也在那里搞临摹，这一点也坚持了待了一两年，但是生活很枯燥，再加上我父亲很烦躁，压力太大，那个时候来研究所，行政的、搞会计的、搞文书的、画画的，董希文这些，也就有十几二十多人工

资的问题、住宿的问题都要考虑，完了要适应生活，国民党的工资贬值，我父亲面临的压力也很大，所以他对我母亲照顾，说实在的是不够的，感情上的一种安抚呀，关心不够，我母亲也感觉到很寂寞，很失落，再加上各方面她觉得忍不住，待了两年，1943、1944、1945，1945年抗日战争胜利嘛，大家都复员，走了一批人，她也想走，当然我父亲坚决不让走，后来她说她身体不好到兰州去看病，结果去了兰州再也没回来。

（《回家》之《常书鸿：大漠痴魂》）

常书鸿开始并不知道陈芝秀是出走，以为是去兰州治病。同仁董希文在从一位小喇嘛处截获的陈芝秀的信件，才知道事实真相。叶文玲在画传中写道，当董希文把信交给常书鸿，忽然发现眼前的这位老师，一双眼睛竟然刹那间"变成两个深深的黑洞"。面对镜头，叶文玲这样讲述1945年4月发生的故事：

就是画《开国大典》的，就是最早那幅很有名的油画（作者）董希文，董希文发现了陈芝秀跟那个人来往的信件，董希文拿在手里不敢告诉老师，当他看到老师要备马去追，那时候黄昏呀，他说老师你不要去追，师母不会回来了，他说为什么，因为当时她说是去看病，那天常书鸿先生还杀了一只羊为他妻子饯行，他就把——他无可奈何把信给他看，为了追赶他的妻子昏倒在沙漠当中，如果当时他没碰到石油勘探队的一个工程师搭救了他，他可能就死在沙漠当中了。

（《回家》之《常书鸿：大漠痴魂》）

夺妻之恨，令常书鸿陷入了极度的愤怒，他撕碎了所有陈芝秀的照片。

私奔之后的陈芝秀未来的生活却十分艰难。与那位老乡结婚之后，五十年代丈夫被定为"反革命罪"关押狱中而去世。之后，陈芝秀再嫁给一位工人。时隔十八年，1963年，常沙娜终于在故乡杭州，重新见到母亲陈芝秀。

一次令常沙娜难以忘怀的场景。说起这次重逢，常沙娜语气颇为平静：

见了以后我一看，我非常同情、心疼，完全变了一个人，原来打扮得很讲究，完全是比家庭妇女，比一个用人还要，怎么说呢，特别惨，我们两个人默默地对视，没有掉眼泪。

她后来说她更惨了，她跟工人有了一个孩子，孩子长大了也有孙子，但是儿媳妇对她非常不好，她像老妈子一样，后来（我）赞助她，又赞助她，大概（每个月）二十块钱差不多，她每次给我来封信，说那个你寄来的钱我特别高兴，我拿了你的钱买了两袋奶粉，买了一个热水袋，我买了一点什么药。

（《回家》之《常书鸿：大漠痴魂》）

陈芝秀 1979 年因心脏病离开人世。常沙娜重新黏合父亲撕碎的照片，她还四处询问父亲的朋友，从他们那里找回所有的母亲照片。毕竟母亲曾在敦煌度过艰难的日子，毕竟母亲养育了常沙娜这位优秀的工艺美术人才。母女情深，常在心中。

过去的一页，如此翻过。

1946 年，李承仙如期而至

抗战胜利前后，常书鸿没有想到，敦煌却一下子陷入困境。

1945 年 7 月，国民政府教育部下令撤销敦煌研究所，莫高窟交给敦煌县（现为敦煌市）政府。常书鸿得知消息，四处致信，寻求支援。每封信的后面，他总是忘不了加上这样一句掷地有声的话："我所同仁，誓死不离敦煌！誓死不离莫高窟！"

一个月后，日本投降，举国同庆。可是，与常书鸿一起前来敦煌的不少同仁，开始思乡还家，一个接一个前来提出离去。董希文夫妇先行离开，随后是李浴、周绍森、乌密风夫妇，他们四人都是与董希文夫妇陪同常书鸿一起最早来到敦煌的。

潘絜兹也来提出离开。他来敦煌时间并不长，但在常书鸿眼里，潘絜兹是与董希文、李浴一样不可多得的敦煌人才。陈芝秀的出走，已让他痛定思痛，开始考虑同仁们家庭的稳固，他不愿意同样的悲剧在潘絜兹身上出现。

无法挽留，他只能忍痛割爱，目送一个个学生、助手，踏上归途，身影消失在荒漠远方。

我没有想到，1984年，除常书鸿之外，与曾在敦煌度过艰难日子的潘絜兹先生，我也有所交往。在约请常书鸿为《居京琐记》写稿时，我也给潘絜兹寄去约稿信和已经发表的文章，请他赐稿。他很快回复于我。

李辉同志：

您好！

两次寄来的信和报纸都收到了。谢谢你对我的鼓励！《居京琐记》栏辟得好，看过几篇，是从不同角度写的，都亲切动人。因为都是谈自己感受，如老友倾心交谈，谈者随意，不板起面孔，听者亦觉不"隔"也。

我也准备写一点，但近日事忙，容稍迟写寄奉教。匆复即请

撰安！

潘絜兹

4.25（1984）

寄来此信前，潘絜兹在信的上方补上一句："匆匆写了一篇，看可用否？又及。"这篇文章是《乡情》。文章发表，我随信附寄报纸，潘絜兹很快回复一信：

李辉同志：

信、报都收到。拙稿发表是晚报对我的鼓励，感谢不尽。照片不须寄回，就请留作纪念吧！丁聪也见到了，他画得很像，根据照片是很不容易画像的，可能也因是熟人之故。

我写东西毫无计划，兴到就写一点。计划内的选题往往因引不起兴趣，反而难产，所以最好对我勿抱"奢望"，但我还是很愿为晚报写点短稿的。

我住后海南沿北官房17号，靠近鼓楼前银锭桥边，编辑部偶尔一去，在家时间为多，有空欢迎来玩。

近期（十月）我们工笔重彩画会要举行画展，希望您光临指教！

祝好！

潘絜兹

5.7（1984）

我如约前去拜访，走进北官房胡同，见到这位著名工笔画画家。后来，他又写来《招鸟归来》一文，对把鸟关进鸟笼与国外任鸟自由飞翔的现象进行比较。他的两篇文章，都堪称美文。

最后一次与他联系，是在2000年，家还在北官房胡同，人却已住院。这一年，丁聪沈峻夫妇请我帮忙为三联书店编选他的另外一本《文化人肖像》，需要找肖像主人和朋友，各写一段文字。潘絜兹在医院回信，写来一段"自说自话"：

旧世称浪子，新时作画师。

丹青路，何崎岖！

左顾右盼实难行！

走出低谷抬头望，

天外有天山外山。

莫叹画道难！

生甘学春蚕，死作铺路石。

两年后，2002年潘絜兹去世。我的晚报同事侯秀芳撰写《潘絜兹画传》，由作家出版社出版，其中写潘絜兹在敦煌临摹的细节，读来感人：

潘絜兹和伙伴们去洞窟里临摹。洞里黑黢黢的，点着煤油灯也就只能照亮一小片墙，壁画又很大，上去看，上来画，有时要反复好几次，才能画好一笔。有的壁画在天花板上，仰头时间长了，脖子都酸了，还要趴在地上画。由于当时物资匮乏，加上研究所的经费少得可怜，他们几乎得不到起码的工作条件，只好自己动手。董希文好研究，他创造了许多土办法，像矾纸，就是用热水化开胶，加矾化在一个木槽子里，一张纸一张纸地过，使生纸变为熟纸；修笔，就是把毛笔改为适用的笔，坏了的笔也可以修出尖来再用；制色，就是把黄土、白垩、红土放到碗里研磨；裱褙，就是把画托纸加固。他们做这些事情都是在晚上，白天都各自分散在一个个的石窟里。

（《潘絜兹画传》）

潘絜兹讲述的这些故事，早已融进敦煌的历史之中。

回到 1945 年在敦煌陷入困境的常书鸿。曾经患难与共的诸多同仁，先后离开敦煌，为敦煌再招收一批新人，成了常书鸿的当务之急。

为了生存发展，常书鸿带着常沙娜前往一千公里之外的兰州，在那里举办双人画展。画展虽然成功，却无济于事。无奈之下，他听从朋友劝告，奔赴重庆，寻求支持。

走进 1946 年新年。为了敦煌未来事业的发展，常书鸿在重庆几个月时间四处奔波，终于在 5 月，与"中央研究院"院长傅斯年见面，得到有效支持。"敦煌艺术工作人员招聘处"的招牌，立在常书鸿下榻的旅馆。他再次为敦煌招兵买马，他对每一位报名者，都一一面试，有的老朋友也写信推荐志愿者。

1946 年 5 月 29 日这一天，对常书鸿来说，是个重要的日子——虽然此时的他，并不知道这位前来应聘的姑娘，一年之后，会成为他的妻子。

她是李承仙，生于 1924 年，比常书鸿小二十岁，迷恋绘画。当天面试之后，常书鸿在日记写道："5 月 29 日晨，李承仙来，请求去敦，并列其作品呈检，尚合格，准其随去敦煌。"

常书鸿人生至为关键的第三个"6"，如期而至！

招聘颇为顺利。离开重庆，常书鸿坐上一辆十轮大卡车，满载小型发电机、照相机、胶卷、绘图纸张、画笔、颜料等其他物资，返回敦煌。李承仙暂时不能同行，将随后自行前往，但她在面试时对敦煌的向往痴情，常书鸿为之感动。或许，这就是命中注定的另一份爱情，在缓缓前来。

途经成都，他遇到在北平国立艺专学校教过的两位毕业生霍熙亮、范文藻，在艺专共事的教师沈福文夫妇，他们一起与之同行，奔赴敦煌。正是这位沈福文，大约不到一年，于1947年致信常书鸿，内容大致如下：

常先生，你不是说不日要到兰州办事吗？赶快来吧！依我看，趁便，你就把李小姐李承仙的好事办了算了，我们观察她的行止也近一年了，她真是如您期望的那样，是一位敦煌痴人，我们把您的事都跟她说了，她同意，她从心底尊敬您……

1947年，常书鸿与李承仙在敦煌结婚。今年2017年，正好是他们结婚七十年的纪念日。

真正理解常书鸿的是李承仙。从1946年抵达敦煌，1947年两人结婚，她陪伴常书鸿在敦煌度过整整三十六年的艰难岁月。叶文玲在画传中的这段话写得特别好："李承仙对这位比她大二十多岁的父辈似的师长，充满了崇拜和尊敬。爱情需要崇拜和尊敬，常书鸿是值得崇拜和尊敬的，常书鸿就是她心中的敦煌。"

1994年常书鸿去世之后，李承仙撰文怀念，她写下的这段文字，我把它作为补白，印在画传上：

1982年，先生和我迁居北京。他人在京城，心在敦煌，家中挂了好几个铃铛，微风一吹，叮叮当当，他感到自己又像回到了敦煌，九层楼的铁马叮当，时时呼唤着他。

对他来讲，敦煌就是生命，就是一切。他是在对敦煌和敦煌艺术的深切怀恋中，离开我们，离开人世的。

读这段文字，可以看出，只有李乘仙，才真正理解常书鸿与敦煌融为一体的那种至真至深情感。

常书鸿去世之后，骨灰运回敦煌，墓碑面对莫高窟的标志性建筑九层楼。他曾精心画过九层楼，现在，他魂归敦煌，永远不会离开了。

再次观看《回家》，听常沙娜讲述父亲的故事。我眼前出现的是1945年的一个画面：母亲出走后，十四岁的女儿常沙娜成为常书鸿最大的安慰与依靠，父亲绘画时，她在一旁掌灯，她用心呵护父亲，陪伴他走出精神低谷……

一年一度，常沙娜总是来到敦煌为父亲扫墓。她又一次来到这里，细心地用抹布擦去墓碑的灰尘，为父亲献上花束。站在墓碑前，她深情地对父亲说："爸爸，我今天又从北京，带了新的花给你种上。老爸，一年到头在这里，你曾说：'我不信佛，但是如果有来世我还做常书鸿，我还要继续我的事业，那就是保护研究敦煌的艺术。'"

常书鸿，此生只为敦煌。

敦煌有幸，常书鸿有幸！

刊于《山花》2017年第5期

去额尔古纳的几种方式

徐则臣

从呼伦贝尔一路往东北走，出了城区同行的人就陆续睡着了。我努力醒着，为的是跟包师傅说说话。初秋的午后太阳很好，酒足饭饱，困倦之意忍不住升腾上来，包师傅免不了偶尔也恍惚。开车时包师傅不太喜欢说话，但那个下午我们聊得很好。我们去额尔古纳。一辆越野，五个人。大概七年前，我好像去过额尔古纳，记不清了，呼伦贝尔太大，草原上、白桦林里处处是美景，我就分不清哪里好看、哪里更好看了。那一次我们一个团，二十多号人，一辆中巴车，一路唱歌、讲笑话，路途的遥远和艰难完全不知道，怎么到的额尔古纳我也没有印象了。不过可以肯定的是，三五个人驾着一辆越野在草原上奔驰，应该是去额尔古纳的最佳方式。车足够宽敞，怎么歪着坐着躺着都可以，有美景可以随时下车，累了就停下来抽烟，碰巧赶上个驿站服务区，买两听罐装咖啡，喝过后就像游戏中满血复活的大力神。的确也是，见羊群我们停，遇马群我们停，有一群奶牛经过我们也端着相机照。还有神山和圣湖，一个都不能少。

但是包师傅说，去额尔古纳最美的方式是骑马。一匹好马，一天能跑四百里，这差不多是我们此行距离的一半。我想象我们几个人策马扬鞭飞奔在国道上。包师傅就笑了，骑马怎么会在国道上跑？当然要横穿草原，取最近最直的路。再坚硬的马蹄和马蹄铁也受不了柏油路面，得在暄软蓬勃的草上跑。一个朋友迷迷糊糊插了一句："包师傅曾是牧马人。"说完又睡过去了。我更来了精神，追着包师傅听当年的牧马生涯。

一晃四十年了，那时候包师傅二十出头，到陈巴尔虎左旗当知青。草原上知青最羡慕的工种就是放马，拉风，骑上去吆喝一声就下去几十里地。放羊的、种地的、养猪的下乡青年看着直流哈喇子。"姑娘们也喜欢。"包师傅嘿嘿一笑。他和另一个知青搭档，一千四百匹马，乌云一样在草原上涌动。"我们想去额尔古纳。"他和那个上海来的知青搭档。当然是骑马。坐火车很麻烦，得先到海拉尔，骑上一天的马，还不知道能否赶得上唯一的一班车，错过了就得在火车站待上一宿。上了车也不痛快，那火车慢，见站就停，"光吃光吃"，包师傅用的就是这个词，还得绕道，四百里地一天都未必跑得完。

　　"那会儿火车时速多少？"我问。

　　"谁知道。"

　　"你们没去？"

　　"没去。没去成。"

　　火车没去成，马也没去成。生产队不允许。赶不上探亲假，马得天天放。去额尔古纳来回得三四天，到了你总得看看吧。每人一匹马这么跑下来，受不了，哪舍得让你喜欢的马一口气跑那么远？得有备用的。有一回差点成了。大冬天，一场雪刚化，生产队空出来个时间，两人在队长的默许下上路了。出发时天已经黑了，但月亮好，他们打算跑累了借个蒙古包睡一会儿，醒来继续走。

　　"那晚月亮真好，草原亮得像一片海子，"包师傅说，"你睡着没？我们看见狼了。"我一惊，清醒着呢。"狼呢？"我问。狼在野地里站着，看样子吃得不错，肚大腰圆，听见马蹄声就跑。包师傅和搭档打马就追。他们庆幸随身带着套马杆，防着这事儿呢。大白月亮下两匹马追一头狼，天高地迥，天清地泰，包师傅让我看着车外的草原想象那个壮观的夜晚。马跑得快，狼走得更疾，一路脚不点地。那狼肯定吃多了，身子越跑越沉，慢下来。套马杆都抓到手里了。那头狼奔到一处挤满碎石的高地上，一声长噪，吐了。"这是它们惯用的伎俩，"包师傅解释，"轻装上阵速度又快了。"果然，肚子空了的狼重新提了速。

　　"结果呢？"

"结果我跑丢了。"

包师傅的马速度跟不上，被落下越来越远，只有上海搭档一直盯紧了跑。包师傅眼睁睁地看着同伴骑着他的大黑马和狼一起消失在夜半的地平线上。包师傅仰观天象，现在与额尔古纳南辕北辙，已经后半夜，人困马乏，可怜的枣红马鬃毛上的汗没滴下来就结成了冰。他决定找个地方歇一会儿，他记得这附近有个牧羊的蒙古包。找到后，倒头就睡。天快亮时，包师傅突然觉得被窝那头钻进来一个冰坨子，竟是上海知青。那家伙说，他娘的，累死老子了。指了指蒙古包外，头一歪睡着了。

第二天一早，包师傅起身到了蒙古包外，赫然看见一张新鲜的狼皮挂在木栅栏上。上海的搭档昨夜终于套住了那头狼，拖得它断了气。他想把死狼捆到马鞍后面带着，大黑马不答应，它憷这东西。没办法，他只好在一处蒙古包的遗迹上找到一个遗弃的酒瓶子，敲碎，拿一块玻璃碴当刀，顺手剥了狼皮。卷起来放到鞍后，这下大黑马没意见了。"狼皮一定要留，"包师傅说，"那会儿供销社收，好皮毛能卖到八块钱。大数呢。"等上海知青醒来，两人再合计，路越走越远，额尔古纳是去不成了。于是上马原路返回。

"想来真是遗憾，放了三年半马，竟然就那么一次机会。"

包师傅再也没能骑马去额尔古纳。然后知青返城了。额尔古纳有最好吃的面包和灌肠，作为牧马人的包师傅没有吃到。

故事讲完，额尔古纳到了。我们的确吃到了美味的面包和灌肠。其实额尔古纳的美味还有很多。不过我想说的是另一件事。晚上我们在马路上散步，遇到一个借火的老兄。

九月夜晚的额尔古纳已经开始清冷，街道上零星的行人和车。借火的老兄把摩托车停在路边，夹着根香烟等着对面有人来。我用打火机帮他点上，他用山东和东北夹杂的口音谢我。一身摩托客装扮，头盔，防风服，登山鞋，武装到了牙齿，独独在半路上丢了火。他刚从根河骑过来，一定要在额尔古纳住宿。他喜欢这地方，每次骑行漫游到附近，只要车程不超过四小时，都要睡在额尔古纳。"听听，额尔古纳。不知啥意思你都会觉得这名字好听，是不？"他说。年轻时他在辽宁当了六年兵，就想着来额尔古纳玩。然后退伍了，然后在老家烟台工作了，然后退休了，终于可以来了。一个人骑上摩托车，满世界跑，额尔古纳却是每年都要来的。他拍拍胸脯，"咱这身板！"的确是条壮汉，说四十我也相信，就是风吹日晒脸膛黑了点。

"跟你说老弟，趁年轻要多跑，"他一副掏心窝子的眉眼，"摩托车是首选。肯定的。咱不看别人脸色，一切行动听自己。你是江苏人？好，啥时候还想来额尔古纳，给老哥言一声，咱哥俩一起来。一定要记下我的电话啊。"

我记下了。抽完两根烟，精神头足了，他附在我耳边说："额尔古纳你一定要再来。我今晚要住宿的那家旅馆，老板娘人是真叫一个好。"然后戴上头盔，跨上车走了。

我们从马路这头走到那头，返回来时经过一家旅馆，烟台大哥的摩托车停在门口。

刊于《福建文学》2017 年第 1 期

何处是乡愁

梁　衡

乡愁，这个词有几分凄美。原先我不懂，故乡或儿时的事很多，可喜可乐的也不少，为什么不说乡喜乡乐，而说乡愁呢？最近回了一趟阔别 60 年的故乡，才解开这个人生之谜。

故乡在霍山脚下。一个古老美丽的小山村，水多，树多。村中两庙、一阁、一塔，有很深的文化积淀。我家院子里长着两棵大树。一棵是核桃，一棵是香椿，直翻到窑顶上遮住了半个院子。核桃，不用说了，收获时，挂满一树翠绿滚圆的小球。大人站到窑顶上用木杆子打，孩子们就在树下冒着"枪林弹雨"去拾，虽然头上砸出几个包也喜滋滋的，此中乐趣无法为外人道。香椿炒鸡蛋是一道最普通的家常菜，但我吃的那道不普通。老香椿树的根不知何时，从地下钻到我家的窑洞里，又从炕边的砖缝里伸出几枝嫩芽。我们就这样无心去栽花，终日伴香眠。每当我有小病，或有什么不快要发一下小脾气时，母亲安慰的办法是，到外面鸡窝里收一颗还发热的鸡蛋，回来在炕沿边掐几根香椿芽，咫尺之近，就在锅台上翻手做一个香椿炒鸡蛋。那种清香，那种童话式、魔术般的乐趣，永生难忘。当然炕头上的记忆还有很多，如在油灯下，枕着母亲的膝盖，看纺车的转动，听远处深巷里的狗吠和小河流水的叮咚。这次回村，我站在老炕前叙说往事，直惊得随行的人张大嘴合不拢。而村里的侄孙辈也如听古。因为那两棵大树早已被砍掉，河已不再，只有旧窑在，寂寞忆香椿。

出了院子，大门外还有两棵树，一棵是槐树，另一棵也是槐树。大的那棵特别大，五六个人也搂不住，在孩子们眼中就是一座绿山，一座树塔。长记树下总是拴着一头牛或一匹马。主干以上枝叶重重叠叠，浓得化不开。上面有鸟窝、蛇洞，还寄生有其他的小树、枯藤，像一座古旧的王官。而爬小槐树，则是我们每天必修的功课。隐身于树顶的浓荫中，做着空中迷藏。槐树枝极有韧性，遇热可以变形。秋天大人们会在树下生一堆火，砍下适用的枝条，在火堆里煨烤，制作扁担、镰把、担钩、木杈等农具，而孩子们则兴奋地挤在火堆旁，求做一副精巧的弹弓架或一个小镰把。有树必有动物。现在，野生动物事业，就归国家林业部来管。村里的野物当然也不离古树。各种鸟就不用说了，松鼠、黄鼠狼、貛子、狐狸的造访是家常便饭。夏天的一个中午，正日长人欲眠，突然老槐树上掉下一条蛇，足有五尺多长，直挺挺地躺在树荫中。一群鸡，虽以食虫为天职，但还从未见过这么大的虫子，一时惊得没有了主意，就分列于蛇的两旁，圆瞪鸡眼，死死地盯着它。双方相持了足有半个时辰。这时有人吃完饭在河边洗碗，就随手将半碗水泼向蛇身。那蛇一惊，嗖的一下蹿入草丛，蛇鸡对阵才算收场。现在，就是到动物园里，也看不到这样的好戏。

还有一天的晚上，我一个叔叔串门回来，见树下卧着一个黑影，便上去踢了一脚，说："这狗，怎么卧在当道上！"不想那"狗"嗖地翻身逃去。星光下分明是一条狼。大约是来河边喝水，顺便在树下小憩片刻。第二天听了这故事，很令人神往，我们决心去找这只狼。长期在农村，早得了关于狼知识的秘传：铜头、铁身、麻秆腿。腿是它的最弱项。傍晚时分，四五个孩子结伴向村外走去。随身带上镰刀、斧头、绳子，这都是平时帮大人打柴的家什。大家七嘴八舌，说见了狼，我先用镰刀搂腿，你用斧砍，他用绳捆。正说得热闹，碰见一个大人，问去干什么。答，去找狼。大人厉声训斥道："天快黑了，你们还不都喂了狼？给我回去！"我们永远怀念那次未遂的捕狼壮举。

出大门外几十步即一条小河。流水潺潺，不舍昼夜。河边最热闹的场景是洗衣。在没有自来水和洗衣机之前，这是北方农村一道最美丽的风景。是家务劳动，也是社交活动，还是一种行为艺术。女人和孩子们是主角，欢声笑语，热闹非凡。许多著名的文艺作品都喜欢借用洗衣这个题材。如藏族舞蹈《洗衣歌》，歌剧《小二黑结婚》等。我们山西还有一首原汁原味的民歌就叫《亲圪蛋下河洗衣裳》。印象最深的是河边的洗衣石，有黑、红、青各色，大如案板，溜光圆润。这是多少女子柔嫩白净的双手，蘸着清清的河水，经多少代的打磨而成的呀。河边总是笑声、歌声、捶衣声，声声入耳。偶尔有一两个来担水的男子，便成了女人们围攻的目标。现在想来，那洗衣阵中肯定有小二黑、小青、亲圪蛋等。洗好的衣服就晒在岸边的草地上，五颜六色，天然画图。

我们常在河边的青草窝里放羊，高兴时就推开羊羔，钻到羊肚子下吸几口鲜奶，很是享受。那时也不懂什么过滤、消毒。清明前后，暖风吹软了柳枝，可褪下一截完整树皮管，做成柳笛，呜哇呜哇地乱吹。大人不洗衣时我们就在这洗衣石上玩泥，或坐上去感受它的光润。那时洗衣用皂角，村里一棵硕大的皂角树，一季收获，够全村人用上一年。皂角在洗衣石上捶碎后，它的种子会随河水漂落到岸边的泥土里，春天就长出新的皂角苗。小村庄，大自然，草木之命生生不息，孩子们的心里阳光满地。大家比赛，看谁发现了一株最大的皂角苗，然后连泥捧起种到自家的院子里。可惜，这情景永不会再有了，前几年开煤矿破坏了地下水，村里的三条河全部干涸，连河床都已荡平，树也没了踪影。洗衣歌、柳笛声都已成了历史的回声。

忆童年，最忆是黄土。我的老乡，前辈诗人牛汉，就曾以敬畏的心情写过一篇散文《绵绵土》。村里人土炕上生，土窑里长，土堆里爬。家家院里有一个神龛供着土地爷。我能认字就记住了这副对联："土能生万物；地可载山川。"黄土是我的褓褓，我的摇篮。农村孩子穿开裆裤时，就会撒尿和泥。这几年城里因为环保，不许放鞭炮，遇有喜事就踩气球，都市式的浪费。且看当年我们怎样制造声响。一群孩子，将胶泥揉匀，捏成窝头状，窝要深，皮要薄。口朝下，猛地往石上一摔，泥点飞溅，声震四野，名"摔响窝"。以声响大小定输赢，以炸洞的大小要补偿。输者就补对方一块泥，就像战败国割让土地，直到把手中的泥土输光，俯首称臣。这大概源于古老的战争，是对土地的争夺。孩子们虽个个溅成了泥花脸，仍乐此不疲。这场景现在也没有了，村子成了空壳村，新盖的小学都没有了学生。空空新教室，来回燕穿梭。村庄没有了孩子，就没有了笑声，也没有人再会去让泥巴炸出声了。

农家的孩子没有城里人吃的点心，但他们有自己的土饼干。不是"洋"与"土"的土，是黄土地的"土"。在半山处取净土一筐，砸碎、细筛、炒热。将发好的面拌入茴香、芝麻，切成条节状，与土混在一起，上火慢炒至熟，名"炒节子"。然后再筛去细土，挂于篮中，随时食用。这在城里人看来，未免有点脏，怎么能吃土呢？但我们就是吃这种零食长大的。一种淡淡的土味裹着清纯的麦香，香脆可口。天人合一，五行对五脏，土配脾，可健脾养胃，村里世代相传的育儿秘方。

从春到夏，蝉儿叫了，山坡上的杏子熟了，嫩绿的麦苗已长成金色的麦穗，该打场了。场，就是一块被碾得瓷实平整，圆形的土地。是粮食从地里收到家里的最后一道程序，再往下就该磨成面，吃到嘴里了。割倒的麦子被车拉人挑，铺到场上，像一层厚厚的棉被，用牲口拉着碌碡（注：一种农具，用石头做成。又叫石磙），一圈一圈地碾压。孩子们终于盼到一年最高兴的游戏季，跟在碌碡后面，一圈一圈地翻跟斗。我们贪婪地亲吻着土地，享受着燥热空气中新麦的甜香。一次我不小心，一个跟斗翻在场边的铁耙子上，耙齿刺破小腿，鲜血直流。大人说："不碍，不碍。"顺手抓起一把黄土按在伤口上，就算是止血了。至今还有一块疤痕，留作了永久的纪念。也许就是这次与土地最亲密的接触，土分子进入了我的血液，一生不管走到哪里，总忘不了北方的黄土。现在机器收割，场是彻底没有了，牲口也几乎不见了，碌碡被可怜地遗弃在路旁或沟渠里。有点"九里山前古战场，牧童拾得旧刀枪"的凄凉。

没有了，没有了。凡值得凭吊的美好记忆都没有了。只能到梦中去吃一次香椿炒鸡蛋，去摔一回泥巴、翻一回跟斗了。我问自己，既知消失何必来寻呢？这就是矛盾，矛盾于心成乡愁。去了旧事，添了新愁。历史总在前进，失去的不一定是坏事。但上天偏教这物的逝去与情的割舍，同时作用在一个人身上，搅动你心底深处自以为已经忘掉了的秘密。于是岁月的双手，就当着你的面将最美丽的东西撕裂。这就有了几分悲剧的凄美。但它还不是大悲、大恸，还不至于呼天抢地，只是一种温馨的淡淡的哀伤，是在古老悠长的雨巷里"逢着一个丁香一样的结着愁怨的姑娘"。乡愁是留不住的回声，是捕捉不到的美丽。

那天回到县里，主人问此行的感想。我随手写了四句小诗：

何处是乡愁，
云在霍山头。
儿时常入梦，
杏黄麦子熟。

刊于《人民日报》2017 年 3 月 29 日

吉祥是某种几乎错过

刘醒龙

实在没有料到，这一次会遇上狼。

小心遇上狼这句话，小时候经常听到。长辈们这么说话，完全是出于一种习惯。他们所说的狼，是一切危险的代名词，甚至包括跌倒与摔跤，是否真的遇上狼并不重要。所以，小时候听长辈说狼时，整个就是著名故事《狼来了》的家庭生活版，如果将小时候觉得害怕的动物排出名次，狼的位置肯定排在老鼠后面。

在抵达曲麻莱之前，也曾走过各种各样荒僻野险的地方。偶尔想到狼，几乎全是对某些人事的感觉，鄙视其人其事，或狼狈为奸，或狼心狗肺，或狼子野心。真的是如此，用不着脑子想，随便用脚后跟想一下，就能得出与真理相差无几的结论。狼很稀少，狼事也很稀少，多的是那些如狼似虎者做的如狼似虎事。

曲麻莱是县名，去往长江源头的计划行程里，原本没有这一站。

到玉树后，先是在当地作家的活动上，介绍玉树州的文联主席时，提起这个地名。我有些没记住，过后问别人，说那个县名有三个字，对方说那就是曲麻莱了。玉树地区所辖六个县，其余称多、杂多、治多、囊谦、玉树等县名都是两个字，只有曲麻莱县县名是三个字。关键因素还在于，长江北源楚玛尔河，在曲麻莱县境内汇入通天河，对方还说，已安排好让我们去到在通天河边放牧的牧民家看看。从长江入海的吴淞口一路走来，多是以各地水文站为重要节点，在青藏高原上，能与靠水居住的牧民有所交往，这机会并不是说找就能找到的。

治多县的人也插进来，也要我们去，说治多县才是长江北源的最源头。我们都路过治多县城了，终归没有停下，不只是时间问题，还有或许涉及某些大政方针的问题。比如他们迫不及待地告诉我们，自己的一位县长曾在本县县域之内被外来的警察扣留了三十六个小时，最后还是由省政府出面与相关方面沟通才得以放人。说起来县长还是在做本分工作，上面来了专业人员要考察长江北源，县长带着客人过去，被也是在工作岗位上值守的以唐古拉山山脊为省界的邻省派驻的警察拦截下来了。县长大吼大叫，掏出工作证，证明自己是治多县的县长，说我在治多县管辖范围内履行宪法职责，行使行政职权！县长带人硬闯时，同样是在执行公务的警察毫不客气地将其扣下了。说起来，这也是在西宁时三江源国家公园管理局负责人痛心疾首提及的那份尴尬。当年唐古拉山南坡的那曲地区闹雪灾，为了支援兄弟省份，唐古拉山北坡这边的玉树地区，允许山那边那曲地区的牧民越过山脊，到玉树这边来放牧。多少年下来，那些受邀过来的客人倒过来变成了主人，毫不客气地将真正主人拒之门外。这有点像如今的作家协会，当年本是一个纯粹的文学团体，因为作家们长年累月忙于创作，具体工作没人愿意做，就请了一些类似管家的勤杂人员来做些行政服务工作。哪知道天长日久，管家们摇身一变成了作家协会的主人，一天到晚颐指气使地吆喝着要作家们多写作品，写好作品，其中最让人啼笑皆非的是，如果作家们没有完成写作任务，这些成了主人的管家们就拿不到奖金。凡事一旦与利益挂钩，就有变质变味的可能。这些年，三江源地区成了自然资源保护区，国家一年年加大资金投入，各种人为的冲突更加频繁。

都说狼的领地意识极强，狼对领地的拼死捍卫，完全建立在生存必须得到保障的基础之上。人的领地意识看上去没有狼那么明显，骨子里比狼有过之而无不及。狼只在自己的领地里，维系着生殖权和生存权，没有其他欲望。人就不同了，只要能想到的东西，就会想着法子希望弄到自己手里，而不管这东西是不是自己的。欲望虽然是人类发展的最大动力，同时也是妨碍人类发展的最大破坏力。

在三江源地区，狼的任何欲望都要受到尊重。

相反，任何人为的欲望都会给三江源地区造成万劫不复的灾难性后果。

离开玉树，沿着通天河一路往前走。玉树在通天河下游，曲麻莱在通天河上游，我们的行走理所当然必须是逆流而上，越接近曲麻莱，越接近可可西里，情况越不同寻常，汽车一如既往地向前奔驰，不时地，通天河也会抓住什么机会似的，哗哗流淌着并驾齐驱。同一条通天河，有时很蹊跷地变得很纤细，转眼之间便又恢复到汤汤模样。通天河终于在河中心创造出一座铺满高原沙棘的小岛，远远看去，就像是藏羚羊那黑黑的秀目。过了这小岛，就不怕治多县的朋友追着要我们回去了，因为路旁赫然立着曲麻莱县的标示牌。

曲麻莱之辽阔来过以后才知道，汽车在可可西里长驱直入大半天，无论是路边的指示牌，还是手机上的导航显示，仍在其境内。在玉树时就知道再过两天的七月二十五号就是当地赛马节，等我们到了曲麻莱，才明白其盛况，后悔何不将行程往后推迟两天。整个县城除了从内地来的建筑工人，街面很难见到当地人。问过县委宣传部的副部长，说是都到玉树看赛马节去了。宣传部共有三个人，只留下他在家值班，部长带着仅有的科长去了玉树。我们说笑，行走长江以来，从未有当地宣传部全体人员都出面迎接的，这也算是受到最隆重的欢迎了。

这一刻的曲麻莱是如此，不是赛马节时的曲麻莱想来也差不多。去到通天河边牧民家的路上，天上飞翔的黑鹰，地面掠过的红隼，远远多过人。如果与那些或奔走或觅食的珍稀黄羊和藏野驴相比，此时此刻出现在草原上的人简直要反过来被当成珍稀动物了。

是太阳西下的时候了，高原上飘起了牛粪燃烧的特殊酽香。

从县城出发，车行六十公里才到达父亲的名字意为英雄，儿子的名字意为金刚的牧民家中。

我一点也没有瞧不起他家那一千多只美人般的羊儿的意思，相反，当比英雄更胜一筹的金刚骑着摩托车像越野赛车手一样冲上屋后高高的山坡草场，赶起铺天盖地的羊群，让那毛茸茸的整面山坡在偏西的太阳下浪漫地飘动起来，着实令人诗兴高涨。我也不会不对金刚的美丽妻子挤牛奶的风韵没有兴趣，那身美丽到极致的藏族服饰，配在标致的身材上，还有脸上迷人的高原红，足以影响一个人往后的审美。我更不会不满那片面积达数万亩的草场略显沙化与贫瘠，在连年少雨的自然条件下，英雄与金刚坚持让他们家的羊群数目保持在一千头上下，一有多出便行宰杀，反而使草场生态有所好转。

我是迫不及待地想要知道通天河在哪里，在他们家门口，有一条干涸的草原小溪，如果这就是通天河，那就太恐怖了。幸好，当我终于有机会发问时，叫英雄的父亲扬起手中的抛石绳，指着太阳底下的远方说，在那里。

在辽阔的草原上，这一指至少有好几公里。

说他们家在通天河边，是因为在他们家和通天河之间，再无其他人家。

在长江源头，不要说雪山边，草原边，就是一只羊边，一头牛边，那距离与空间，就足够感叹。汽车翻过几道沙岗，驶过几道沟坎，前车扬起的沙尘落下后，一片宽阔的水面终于出现了。

这中间有羊也是英雄和金刚家的，有牦牛也是英雄与金刚家的，有草地有沙岗也是英雄与金刚家的。那些总在这一带盘旋觅食的鹰和隼，那些总在这一带来回踱步的狐狸与黄羊，不是英雄与金刚家里的，反而是将英雄与金刚当成狐狸或黄羊自己家里的。

在山上，英雄用抛石绳抛出的石子，可以从一面山坡抛到另一面山坡。在草地，英雄用抛石绳抛出的石子，可以从羊群的这边抛到羊群的那边。在通天河，英雄一连三次抛出的石子，都只能勉强到达离水线不远的水边。英雄既没有说自己是英雄无用武之地，也没有说自己是英雄迟暮，英雄一次次地盯着石子落下时溅起的水花，终于不再做新的尝试。往上游去不远就是长江北源楚玛尔河入通天河的河口。过了那河口，再往上就是万里长江的正源沱沱河了。大概是草原宽阔的缘故，作为上游的通天河反而比快要流成金沙江的通天河宽阔许多。也不知那水底都有些什么，本该平静的宽阔水面一点也不平静，看不出有何必要，也分不清什么原因，除了我们，再无任何打扰的河水，生生地涌起各种各样的浪花。

曲麻莱当地的一位诗人写过这样的话：坚硬的冰／封冻了河水吟唱的季节／／藏家人用通天河边的细沙／在冰面上／写下一行行诵文／／当春风来临／一声声信念的祈祷／化成流动的经声／漂向天涯和海角。

此刻，我们的手机上不断响着长江中下游各地面临四十摄氏度高温天气的预警铃声。通天河水终归要流经武汉，最终由上海汇入大海，到了那些地方的通天河水，将山作嘛呢石，以水当转经筒，有了夏天的体会，也只能等待转世。真的转世了，回到通天河了，面对雪山冰川，火焰山一样的经历，同样会转世成为一种幽默笑谈。都七月中旬了，最低气温才六摄氏度、最高气温不会超过十六摄氏度的通天河，从不给诗人抒写夏天的体会。前几天，这里还飘着雪花，过几天说不定还会落下雪雹，外面的牛羊从来不曾换下绒装，屋里的火炉从来不曾断过粪火，还要夏天干什么呢？能用细沙在通天河的冰面上写诵文，拥有这样一个冬天，足以胜过用一百个无法写成诗的夏天。如此浪费，如此奢侈，如此不珍惜，如此没才华，还不如让冰雪的冬天多来一些。

我将手机上的天气预警消息揿出来，递给英雄看，又递给金刚看。

像是受到某种惊吓，他们提议是时候该返回了。

我以为这中间隐瞒着某种忌讳，试着问过几位陪同者，对方都坚决地摇了摇头。

汽车车头一转，我们就离开了通天河，翻过一道沙岗，又翻过一道沙岗，曾被我痛苦地误以为是通天河的那条小溪又出现了。就在这时，一只狗一样的动物出现在沙石道路的右边。由于沙尘太大，我们乘坐的越野车一直与当地的前导车保持着五十米左右的距离。那狗一样的动物从容不迫地从右往左越过我们的车头时，我突然想起来，不由自主地大叫两声：狼！狼！车上的人也像是猛醒过来，司机也下意识地踩下了刹车，大家一齐叫起来：是狼！是狼！

毫无疑问，一匹大灰狼就在我们眼前，不紧不慢地穿过沙石路，轻轻跃过道路旁那浅得不好意思称为排水沟的水沟，又毫不费力地蹿上水沟边的陡坡。陡坡上面是很绵延，也很曼妙的沙丘，以及沙丘最高处的沙岗。那些沙粒全是由唐古拉劲风从通天河中吹上来的，那匹狼在上面似走又似跑，看看离沙岗岗顶不远了，那匹狼回过头来看了我们几眼。离沙岗岗顶更近一些时，我以为狼会再次回头看我们几眼，哪知道那匹狼再也没有做任何表示，用在我们看来是绝对均匀的速度，越过沙岗岗顶，将那灰色的身影掩映到正对着我们的霞光里。

　　我们在通天河边逗留了四十分钟。那匹狼要么是在我们前往通天河边时，站在高高的沙岗上观察过，要么是在我们的车队从那地段经过时，那匹狼正躲在道路下方深深的小溪里，悄悄地喝自己的水。总而言之，我们这一行无疑受到那匹狼的蔑视。所以，那匹狼连一分钟都不愿意多等，坚持按照自己的行走节奏，该穿越我们的车队时，能踏出花来的四蹄，一点也不拖泥带水。

　　这时候，第二和第三辆越野车从后面追上来，车上的人探出头来问怎么停车了。听说遇见狼了，他们还不相信，第一个人问了，第二个人还要问，接下来的第三个人依旧重复问，是真的吗，真的是狼吗？回到英雄父亲与金刚儿子的家，那父子俩都在前导车上，他们先于我们发现那匹狼，不仅确认了我们的发现，还说他们家牧场周围有好几匹狼，这是其中的一匹。这一次轮到我发问了。这个疑问从一开始就有了，我不明白凡是藏区的牧民，家家都会养上几只藏獒，为什么他们家连一只狗也没有。当父亲的英雄笑一笑，什么也没有说。父亲不作声，哪怕儿子是金刚也会学着不肯回答。好在有别人告诉我，藏区牧民特别相信，遇见狼是一件很吉祥的事。养了藏獒，不到万不得已，狼就懒得来了。不养藏獒，是为了给狼的出现提供方便，也为自己经常看见狼提供方便。理所当然，吉祥想来光顾他们家也就方便多了。

　　当天晚上，依然是从当地诗人的诗作中读到的：前方有几匹狼出现／走走停停消失在山间／传说／途中遇狼是平安的吉兆／我们为此兴奋无比／高诵祈

福颂词 / 感念神灵庇护。诗人没有在诗中说起，如果狼从一个人的右前方往左前方走过去，那就更加吉祥了。

我完全不用细想也清楚，这是自己第一次遇见狼，而且只是在可可西里最边缘，只是在长江源头的咫尺处。那匹狼用当地藏家人最喜欢的方式，从我们的右前方走向我们的左前方。我没去问别人，只是回忆自己，回想自己，这样的吉祥对自己意味什么？这一想，我心里一惊，赶紧掏出手机，拨打自己最熟悉的那个号码。电话拨通后，我对着那边说，如果不是刚刚遇到狼，我险些忘记今天的日子。吉祥的狼让我想起二十年前的前两天，自己在大连遇上的那场空难。也想起二十年前的今天，因为那场空难而出现最吉祥的遇见。

我还清清楚楚地记得一句俗话：狼若回头，必有缘由，不是报恩，就是寻仇。到目前为止，那匹狼是这辈子我在野外环境中见过的唯一的狼。那匹狼原本可以从前导车前走过去，狼没有那么做，因为车上的英雄与金刚，与那匹狼相遇的机会如同左邻与右舍。那匹狼还可从临时车队的第三辆车前，或者第四辆车前由右向左走过，也会成为需要纪念的吉祥。偏偏那匹灰狼要从第二辆车前走过，偏偏要让我第一个发现那匹灰狼走过。在充满转世与轮回的可可西里，或许上辈子曾经有过让狼们一代代不曾忘记的善举，而使那匹灰狼必须与我发生这样的交集。

从通天河边回到曲麻莱县城，夜里我吸上了此前数次上青藏高原从未吸过的纯氧。只是几下子，昏昏沉沉的脑子就彻底清白起来。长江中游的大别山区很久以前就没有狼了，狼的故事一直没有间断，最有名的是说，夜里走山路，如果有什么东西突然从后面拍一下自己的肩膀，千万不要贸然回头。因为有可能是狼。只要人一回头，狼就会一口咬住人的喉咙。如此，我为自己和狼虚构了一个与吉祥有关的故事。很显然，狼要袭击一个人时，最好的方法是从身后发起。狼从谁的身前经过，意味着狼对谁没有企图攻击的恶意。至于从右往左，也是大大有利于人。狼从右边来，右手拿着武器刀具的人自然更加方便应对。除去人与狼的对垒中的种种不得已因素，剩下来的当然是对人有利的吉祥了。

这些年，说狼事的人越来越多，信仰狼性的人也越来越多，将狼性在人性中的缺乏当成人性最大缺陷的人同样越来越多。在此种背景下的时下人文，盲目的自由与盲目的自我，确实有如狼似虎的极大改变。说狼事，讲狼性，目的只是让生命过程变得凶猛一些，让人间意义变得残酷一些，那绝不是真正的狼。真正的狼，应当是保持住狼性的吉祥一样的存在。

从唐古拉山到通天河边，人世间的俗事并没有太多。三江源一带成为国家公园是一件大好事，如果以为国家领导人说过三江源国家公园是第一家真正的国家公园，接下来就会有太多利益可供争抢，那就等于回到了视狼为恶狼的原始，要做到真的将遇见狼认为是吉祥，只有那样才是三江之源源远流长的国家民族大义之所在。

再好的事只要错过了，就什么好也不是。

吉祥原来是某种几乎错过。

刊于《人民文学》2017 年第 11 期

读红细解"三春"意

朱增泉

一

《红楼梦》一百二十回通行本中，出现"三春"一词凡八例。以往我所读到的红学文章，均以"三春"一词指代元春、迎春、探春、惜春四姊妹中的某三位，多数情况下指元、迎、探，有时又指迎、探、惜。这样随意组合，内涵不一，笔者难以认同。仅以权威性著作《红楼梦大辞典》（以下简称《大辞典》）一书为例，该书集红学研究之大成，对普及红学知识，为读者提供参阅工具，功莫大焉。但《大辞典》对"三春"一词的解读，则大可商榷。

第一例：第五回贾元春判词："二十年来辨是非，榴花开处照宫闱。三春争及初春景，虎兔相逢大梦归。"《大辞典》解读曰："三春争及初春景：隐指迎春、探春、惜春三姐妹的命运远不如元春的荣耀显贵。"（以"三春"指代迎、探、惜。）

第二例：第五回贾惜春判词："勘破三春景不长，缁衣顿改昔年妆。可怜绣户侯门女，独卧青灯古佛旁。"《大辞典》解读曰："惜春从三个姐姐——元春、迎春、探春的不幸命运中看破红尘。"（以"三春"指代元、迎、探。）

第三例：第五回红楼十二仙曲之八《虚花悟》："将那三春看破，桃红柳绿待如何？把这韶华打灭，觅那清淡天和。说什么，天上天桃盛，云中杏蕊多。到头来，谁把秋捱过？则看那，白杨村里人呜咽，青枫林下鬼吟哦。更兼着，连天衰草遮坟墓。这的是，昨贫今富人劳碌，春荣秋谢花折磨。似这般，生关死劫谁能躲？闻说道，西方宝树唤婆娑，上结着长生果。"《大辞典》解读曰：

"'将那三春看破'二句，与惜春判词'勘破三春景不长'同义，意谓惜春正是从'三春'（元春、迎春、探春）的悲惨命运中，看透了人间的荣华富贵，领悟到人生的虚幻。"（以"三春"指代元、迎、探。）

第四例：第十三回秦可卿临终赠言王熙凤："三春去后诸芳尽，各自须寻各自门。"《大辞典》解读曰：这里的"三春"一词，"实际上是指元春、迎春、探春三人，死的死，嫁的嫁之后，大观园内女儿们都将遭受毁灭的命运，贾府的末日即将来临"。（以"三春"指代元、迎、探。）

第五例：第十八回贾宝玉奉大姐元春之命题大观园五律四首之二："蘅芜满净苑，萝薜助芬芳。软衬三春草，柔拖一缕香。轻烟迷曲径，冷翠滴回廊。谁谓池塘曲，谢家幽梦长。"《大辞典》解读曰："'软衬三春草'二句，承上联，具体写满苑异草，牵藤引蔓，柔软的枝叶衬托着春日嫩草，吐露出一缕清香。"此例解读与人物命运无关。

第六例：第六十八回尤二姐初见王熙凤时，书中对王熙凤的美丽形象有两句描绘："俏丽若三春之桃，清洁若九秋之菊。"（《大辞典》未作解读。）

第七例：第七十回林黛玉重建桃花诗社举行《咏柳絮》同题诗会，薛宝琴作《西江月·咏柳絮》词一首："汉苑零星有限，隋堤点缀无穷。三春事业付东风，明月梅花一梦。   几处落红庭院，谁家香雪帘栊？江南江北一般同，偏是离人恨重！"《大辞典》解读曰："这首词描绘了一幅东风送走三春，到处落花飘零，江南江北一派晚春景象的暮春残景图。其格调悲怆苍凉，其中当寄托了宝琴对封建大家族夕阳残照、落红遍野的衰败的深深惋惜与惆怅之情。"未涉及具体人物。

第八例：第一一八回，贾宝玉犯疯癫病时与四妹贾惜春对话，脱口将他梦游太虚幻境时读到过的惜春判词念了出来："勘破三春景不长，缁衣顿改昔年妆。可怜绣户侯门女，独卧青灯古佛旁。"（此例内容是第二例的重复，《大辞典》未作解读。）

以上八例，前七例均在前八十回，出自曹雪芹之手；第八例在第一一八回，是续作者重复第二例内容，可忽略不计。

二

"三春"一词的首次出现，是在小说第五回贾元春的判词中。它不仅是破解元春个人悲剧命运的关键之词，而且是破解贾府这个封建大家族迅速衰败的一把密钥。

话要从头说起。小说第五回写道：因东边宁国府会芳园内的梅花盛开，贾珍之妻尤氏备好了酒水果品，带了儿子贾蓉和儿媳秦可卿到西边荣国府来请贾母、邢夫人、王夫人等过去赏花。那天吃过早饭，贾母等一行人就去了东边宁国府会芳园游玩，王熙凤、贾宝玉等人以及众丫鬟们也都跟随了去。这是宁荣二府女眷家宴小集，先茶后酒，说说笑笑，人欢花艳，暗香浮动。吃过午饭，宝玉忽觉倦怠，要睡午觉。贾母命人好生哄着，歇一会再来。秦可卿便忙笑回贾母道："我们这里有给宝叔收拾下的屋子，老祖宗放心，只管交与我就是了。"于是，秦可卿将贾宝玉领进了自己卧室，亲手抱枕解帐，将宝玉安顿睡下。

贾宝玉睡在秦可卿床上蒙眬入梦，在警幻仙子引领下飘然前去游历太虚幻境。他们来到一处名曰薄命司的去处，内藏十二金钗判词。贾宝玉先看了又副册上的晴雯与袭人判词，又看了副册上的香菱判词。再看正册，第一篇是薛宝钗与林黛玉的合判词，第二篇就是贾元春的判词。元春的判词上面有一幅画，画着一张弓，弓上挂着香橼。"弓"与"功"同音，隐喻贾元春的曾祖宁国公、荣国公，为国征战立过大功；弓上挂着香橼，暗喻元春因祖上为国立有战功，才有"缘"被选入宫，当上了皇妃。元春的判词是一首七律：

> 二十年来辨是非，榴花开处照宫闱。
>
> 三春争及初春景，虎兔相逢大梦归。

"二十年来辨是非"：在外人看来，元春进宫做了皇妃，作为一名女子，这是她的无上荣光。但元春的亲身体会，宫内却是个"不得见人的去处"，她入宫后过得并不快乐，内心凄苦无处诉说。第十八回写元春省亲，她回到家中，隔着帘子对父亲贾政哭哭啼啼诉说道："田舍之家，虽齑盐布帛，终能聚天伦之乐；今虽富贵已极，骨肉各方，然终无意趣！"元妃经过二十年宫内生活，终于对入宫封为皇妃的"无上荣光"与田舍之家"虽齑盐布帛，终能聚天伦之乐"两者之间辨明了孰是孰非。

"榴花开处照宫闱"：意指元春被晋封为凤藻宫尚书，又加封为贤德妃，是在榴花盛开的季节。石榴花鲜红艳丽，但花期较晚，暮春盛开。这样的"表面风光"稍纵即逝，并不长久。

"三春争及初春景"：《大辞典》与许多红学文章都把"三春"解读为迎春、探春、惜春，而把"初春"解读为元春。意思是说迎、探、惜三姐妹都不如元春"荣耀显贵"，看似颇通，其实不通。元、迎、探、惜四姐妹是同一出悲剧中的命运共同体，"一荣俱荣，一损俱损"。"荣"与"损"的关键是元春，元春"荣"则四姐妹俱"荣"，元春"损"则四姐妹俱"损"。因此，不应该把她们四姐妹的命运好坏分割开来、对立起来解读，尤其不应将元春的"荣耀显贵"与迎、探、惜的大家闺秀生活做"贵贱"对比。

问：以上所引，对"三春"一词的误读究竟错在哪里？

答：笔者认为，"三春"一词不是指代人物，而是指代时间。

首先，元春判词的四句诗，都是从时间性上点明她一生悲剧历程的不同节点。第一句"二十年来辨是非"，讲的是她入宫以来的时间；第二句"榴花开处照宫闱"，讲的是她被晋封为贵妃的季节，也是讲时间；第三句"三春争及初春景"，讲的是她被封为贵妃后三年间的景遇变化，也是讲时间；第四句"虎兔相逢大梦归"，讲的是她去世在虎年和兔年相交之际，也是讲时间。因此，"三春争及初春景"的原意是说，元春被封为贵妃以来的三年中，第一年风光无限，随后因宫中政治斗争错综复杂，她的处境每况愈下，第三春已无法与第一春相比了。"三春"与"三夏""三秋"一样，本义是一个时令词。"三春"指农历春季的三个月，"初春"是指春季第一个月。《辞海》对"三春"有两种解释：一说"三春"即农历春季三个月，二说"三春"即三年。

其次，笔者认定"三春"一词是指元春晋封为贵妃后的三年，更有《红楼梦》小说情节发展脉络为证。请读小说原文：

第十六回，写元春晋封为贵妃的消息传到贾府，喜从天降。贾府上下立即行动起来，为迎接元妃省亲做准备。没过几天，贾珍就派儿子贾蓉来向主持荣国府家政的贾琏报告说："我父亲打发我来回叔叔：老爷们已经议定了，从东边一带，借着东府里花园起，转至北边，一共丈量准了，三里半大，可以盖造省亲别院了。已经传人画图样去了，明日就得。"贾府为迎接元春省亲兴建省亲别院，为什么要由贾珍派儿子贾蓉来向主持荣国府家政的贾琏报告？理由有二：一是元妃省亲乃贾府宁、荣两房的共同荣耀，宁国府是长房，必须积极参与其事；二是建造省亲别院涉及"东府"（宁国府）地界。按封建时代"哥东弟西"的昭穆排序制，宁国府是贾府长房，在荣国府之东。而荣国府有贾赦、贾政兄弟俩，贾赦是荣国府长房，他隔出别院，在贾政居住的荣禧堂老宅之东，而在宁国府之西，等于夹在宁荣两房住宅的中间。兴建省亲别院，需"借着东府里花园（即宁国府会芳园）起，转至北边"，这一带正是宁国府与贾赦居所相邻之处。因此，贾政主动叫上兄长贾赦，一起来到长房宁国府，与贾珍商量为元妃建造省亲别院之事。贾珍虽然比贾赦、贾政小一辈，是贾赦、贾政的堂房侄子，但由于他父亲贾敬长年累月在道观中迷恋炼丹求仙，家事全交给儿子贾珍作主，所以贾政、贾赦一起过来同贾珍相商。三人商议毕，立刻由贾珍出面，派儿子贾蓉前去荣国府，向在贾政家里主持家政的贾琏通报：兴建省亲别院之事"老爷们已经议定了"，命贾琏火速筹备动工。这是贾珍做出的一个姿态，表明他主动让出地面，以供荣府为元春建造省亲别院。以上所说，是元春晋封为贵妃第一年春天的事。

第十七回写道："又不知历几何时（请注意这个时间间隔），这日贾珍等来回贾政:'园内工程俱已告竣,大老爷(贾赦)瞧过了,只等老爷(贾政)瞧了,或有不妥处,再行改造,好题匾额对联的。'"于是,贾政领着负责监造工程的贾珍、贾琏等人,前往园中一处处踏看验收,并且乘机"试"宝玉之"才",命他逐一景点当场拟题匾额与对联。小说中写道,当时稻香村土围墙内的几百枝杏花正开得如"吐火喷霞"一般,各色树木都在长出新条嫩叶。这表明,这次踏看验收和"试才题对额"已是第二年春天。贾政踏验后,又叮嘱了许多后期工程要进一步完善之处。小说接着又写道:王夫人等也在内房日日忙乱,直到十月将尽,幸皆全备:各处监管都交清账目;各处古董文玩,皆已陈设齐备;采办鸟雀的,自仙鹤、孔雀以及鹿、兔、鸡、鹅等类,悉已买全,交于园中各处像景饲养;贾蔷那边也演出二十出杂戏来;小尼姑、道姑也都学念会了几卷经咒。贾政方略心宽意畅,又请贾母等进园,色色斟酌,点缀妥当,再无一些遗漏不当之处了。于是,贾政择日奏报皇上,接待元妃回家省亲的条件已经具备。皇上见奏朱批:次年正月十五上元之日,恩准贾妃省亲。贾府接到这道圣旨,全府上下,兴奋异常,更加昼夜不停地忙碌,"年也不曾好生过的"。以上写的是元春晋封为贵妃后第二年年末之事。这表明,建造大观园的工程进度很快,是一项"急造工程"。

第十八回,写元妃于次年元宵节(即晋封为贵妃第三年的年初)省亲,这时表面上"风光无限",实际上宫中政治斗争错综复杂,元妃的处境已大不如前。证据之一,她省亲回到家中,面对亲人的一次次哭诉,她见了母亲和祖母"满眼垂泪","一手搀贾母,一手搀王夫人,三个人满心里皆有许多话,只是俱说不出,只管呜咽对泣"。过了片刻,元妃安慰贾母、王夫人道:"当日既送我到那不得见人的去处,好容易今日回家娘儿们一会,不说说笑笑,反倒哭起来。一会子我去了,又不知多早晚才来!"说到这句,不禁又哽咽起来。元春这里所说的宫里是个"不得见人的去处",这句话颇值得玩味。她所说"不得见人"的这个"人",是不是指皇上?如是,说明她已被皇上冷落。接着,她父亲贾政前来拜见娘娘(元妃),元春坐在车内隔着帘子对父亲哭诉道,田舍之家虽蓄盐布帛却能聚天伦之乐，进宫虽封为贵妃却"然终无意趣"！她为何如此苦恼？最大的可能是她已经感觉到自己开始失宠，这才是"三春争及初春景"的真正答案。证据之二，秦可卿临终前托梦给王熙凤道："眼见不日又有一件非常喜事，真是烈火烹油、鲜花着锦之盛。要知道，也不过是瞬息的繁华，一时的欢乐，万不可忘了那'盛筵必散'的俗语。"秦可卿说的这件"非常喜事"，指的就是元妃省亲，她对这件大事的"定位"是"一时的欢乐"，"盛筵必散"。末了，秦可卿赠言王熙凤道："三春去后诸芳尽，各自须寻各自门。"秦可卿提醒王熙凤：元春封为贵妃这"瞬息的繁华"只有三年。三年一过，元春必将失宠，带来的恶果便是"诸芳"尽摧，迎春、探春、惜春等人便要"各自须寻各自门"了。秦可卿向王熙凤托梦之语，点明了元、迎、探、惜"一损俱损"的因果关系。

元春判词的最后一句是"虎兔相逢大梦归"，是说元春最终死于虎年与兔年相交之际，属于非正常死亡，原因不详。这一句，有的《红楼梦》本子印的是"虎兕相逢大梦归"，"兕"读音"四"，古代指雌性犀牛。"虎兔"说的是生肖、年份。在天干地支纪年法中，虎年与兔年相连。"虎兕"是两种动物，与元妃去世时间毫无关联，"兕"字显然是小说传抄过程中由"兔"字演化成的错讹，或是抄书人将"兔"字抄错，或是因书籍破损，"兔"字难以辨认而误断为"兕"。小说第九十五回写得明明白白："甲寅年（虎年）十二月立春，元妃薨日是十二月十九日，已交卯年（兔年）寅月，存年四十三。"这是《红楼梦》续作者对"虎兔相逢大梦归"最清晰的注解，比其他各种"考证"均可靠。元妃一死，贾府这个封建大家族的支柱瞬间垮塌，家境一落千丈，迅速走向衰败。

前面列举的第七例，是薛宝琴所作的一首《西江月·咏柳絮》："汉苑零星有限，隋堤点缀无穷。三春事业付东风，明月梅花一梦。　几处落红庭院，谁家香雪帘栊？江南江北一般同，偏是离人恨重！"《大辞典》解读曰："这首词描绘了一幅东风送走三春，到处落花飘零，江南江北一派晚春景象的暮春残景图。其格调悲怆苍凉，其中当寄托了宝琴对封建大家族夕阳残照、落红遍野的衰败的深深惋惜与惆怅之情。"这样解读，只是在讲季节变迁与风景变化触发了宝琴对封建大家族败落的伤感，似乎与元春的不幸遭际无关。这就给人以隔靴搔痒之感。其实，这首词中的"三春事业付东风"一句，恰恰同元春暴亡导致贾府迅速败落直接有关。词的上阕提到"汉苑""隋堤"，均隐喻皇宫，紧接着就说"三春事业付东风"，以此暗指元妃被封为贵妃后三年不幸暴亡，导致贾府迅速走向衰落，给贾府中各色人物命运造成了致命性的巨大冲击，不是表达得一清二楚了吗？

刊于《解放军文艺》2017 年 10 月号

大理风花雪月

丹　增

一

大自然创造了有感知、能思考的人类，先民们敬畏自然，崇敬自然，选择在最美的自然环境中生存。大理白族自古以来生活在四季风景如画、美丽多姿、艳丽迷人的自然环境中。

唐初，在大理洱海地区，同时出现了六个较大的部落，史称"六诏"。公元737年，南诏在唐王朝的支持下统一六诏，建立南诏国地方政权，臣属于大唐。宋代，段氏建立大理国，臣属于宋。元初大理设立上万户府和下万户府，相当于今地州一级机构。这里曾是云南政治、经济、文化中心，既有高大的城墙，雄伟的城楼，也有狭陌的街道，嘈杂的店铺。山水是人类美妙的伴侣，苍山洱海珠联璧合，奇妙之极天下少有。在伟大祖国辽阔的大地上，国务院公布了44个风景名胜区，其中有大理。风花雪月、四时有奇葩、百里飘幽香，这里是旅游观光、寻幽访胜、科学考察、休闲度假乃至终身宜居的仙境。

风花雪月是大理的名片、品牌。讲好这个故事，擦亮这个金牌是宜早不宜迟的大事，及时缝上一针可免将来缝个九针、十针。宋·邵雍《伊川击壤集序》有这样一段话："虽死生荣辱、转战于前，曾未入于胸中，则何异四时风花雪月一过乎眼也？"这里风花雪月指的是四季的自然景色。《西湖佳话·孤山隐迹》："惟以风花雪月，领湖上之四时。"当然以后《水浒传》《儒林外史》《喻世明言》

中常用"风花雪月"，但含义指华丽的诗文言谈和男女欢爱的风流韵事。而大理以风、花、雪、月来形容美景，真不是借来的、抄来的、引来的，更不是舶来品，而是在大理本土相传了千年的谜语诗。虫入凤窝不见鸟，答是风；七人头上长青草，答是花；细雨下在横山上，答是雪；半个朋友不见了，答是月。相传了400年的一首民谣是这么说的："身披下关风，脚踏苍山雪，早看上关花，晚观洱海月。"下关风猛如虎，上关花十里香，苍山雪四季莹，洱海月每夜明，这是近期民谣。著名作家曹靖华20世纪60年代初，对大理风花雪月四景，对仗工整，赋留诗一首，其中点出"下关风、上关花，下关风吹上关花；苍山雪、洱海月，洱海月照苍山雪"。

我上学在北京、上海，工作在拉萨、昆明，过早地脱离了泥土中摸爬，花草中打滚，河水中洗浴的大自然滋养。人是自然的产儿，但总想改造自然，入世深似一天，离自然远似一天。无法收敛的城市现代锋芒，已经变得所有城市都像多胞胎，彼此间竟然如此相像。大自然创造的人间仙境，风花雪月引出的动人故事，祖辈留下的名胜古迹，使大理成为绿色城市、自然城市、文化城市，但不是完美无缺。由于工作关系和对大理的眷恋，我2015年去了大理30多趟，给我留下的不灭印象是下关的风乐，上关的花语，苍山的雪景，洱海的月色。

二

风是什么，有人说是上帝的呼吸，有人说是魔鬼的诅咒，还有人说是人间的幽灵。风既有暴风、狂风、寒风，也有清风、暖风、晚风，春夏秋冬的四时风，东西南北的四向风。风是自然现象，是大自然不可或缺的组成部分，它给人类带来灾害，却把人锤炼得更加坚强；它给人类带来愉悦，却把人培养成悠闲自在。我在西藏遇到过狂风，突起的大风，呼啸着、吼叫着，弥漫高天，以排山倒海之势袭来，横扫原野。羊群被风从山坡上卷着跑，大树被风连根拔起，地上的沙石、牛粪被风挟着吹向天空。尖锐的风可以调转，可以旋转，把大街小巷打扫得干干净净，还扯着人的衣襟，摘去人的头巾，沙子射向眼睛。要说大理下关的风，那可叫风乐。我第一次到下关，打开车窗，扑进来的是温暖、清新、柔和、微带芳香的风。晚上住进海湾酒店，从门缝窗隙吹进来的风，呼呼作响，开始觉得似春风絮语，雪风夜曲，后来觉得这风似乎有乐感。像是笛声、琴声，又像是鼓号声、摇滚声。这些风声像流行音乐，而不是古典音乐，不知不觉让人进入梦乡。走在下关的大街上，风始终伴随着你，寸步不离，风把自然生长的、人工种植的各种树，吹动着、摔打着、摇晃着，树叶任随撩拨，树枝任随弯腰，甚至花草任随俯仰。这时我才感觉到，只有风才能使植物吹奏起音乐，不同的树木发出不同的声音，杨树的尖啸声，柳树的低吟声，榕树的怒号声，声声发出美妙的旋律，使男人心中烧出火来，使女人眼中带出泪来。下关的风里还带出一些新翻的泥土的气息和路边花圃的清香。下关的风四季不断，神鬼莫测，古代民间产生了很多神奇的有关风的传说故事。有一个故事说，位于下关的斜阳峰住着一只白狐狸，她爱上了下关的一位白面书生，美女和书生相爱相恋。住在洱海主宰婚姻的法师不许他们结婚，硬把书生带去洱海，投入江中。美丽的狐女为营救书生，去南海观音山借来装在大罐里的风，回到下关，把罐子打开，对着茫茫的洱海吹，想把大海吹干救出自己心爱的人。以科学解释，苍山十九峰太高，挡住了东西两面的空气对流，而靠近下关斜阳峰下的山谷中，一条江水波涛汹涌，穿峡而出，直奔下游的澜沧江，这又深又窄的峡谷是下关唯一的空气对流出口，因此风扬天揭地，正对着大理平川的下关。大自然决定，下关的风为东西向，自古下关的房为坐北朝南，才说下关的风不进屋。据说古时候，住在这里的人们在屋顶上安上风向标来测定风向，为人们揭示了南北方向的概念。当今下关农田少了，树木少了，高楼多了，汽车多了，房子间的距离近了，细密的道路狭窄了，人们辨别风向的能力也减弱了。不过还好，毕竟是大理人看惯了海景、山形、云影，他们超生命地热爱大自然，他们朴素的崇敬自然的感情，绝不会使大理在发展中堕落、在科学中愚昧。最近我去大理，春风拂面，令人心旷神怡。下关的风在纵立的高楼上空不动声色浩浩荡荡地行军，大地上能听到一股微微的鸣声。下关的风也在那些狭窄的街道，宽畅的马路间穿行，将那些纸屑落叶吹得飞舞。在大理公馆一位老人告诉我，谙熟风向的大理人，永远喜欢风，动物是顺着风向活动，人不能逆着风向而行，只要人不凌驾于自然之上，而风绝不会停息。

三

　　花是什么，是大自然献给人类最美的爱。女儿在音乐会上获奖，母亲送一束鲜花，儿子留学回国，父亲送一束鲜花，男女相爱，互赠一束鲜花表达感情，生日桌上的蛋糕旁，一定也有一束鲜花。一个人从始至终都由鲜花陪伴。大理人特别喜爱花，有人称，家家有花园，村村有花圃，人人戴花帽。著名作家曹靖华说，大理花多，园艺家定不出名字来称呼，大理花艳，美术家调不出颜色来点染，大理花娇，文学家想不出词句来描绘。我第一次到大理，去了一趟朋友家，三坊一照壁，庭院清幽，刚到门口就闻见一股细细的清香。院子里长着绿油油的青草，围着四周繁花盛开，红的、白的、黄的、星星点点的蓓蕾，簇簇怒放的鲜花，似乎摇曳着向我微笑。就在二楼的过道上，也摆满了干净整齐的花盆，傲慢的菊花、激情的梅花、甜蜜的牡丹花、幽静的水仙花，真是万紫千红、百花斗妍。这不是一座普通的家庭，是花点缀成的乐园，令人流连忘返。我们处在一个追求美的时代，花是美的，它带来了友谊和和平，友谊不是生活的装饰品，友谊是一种快乐，一种幸福，一种力量，一种艳丽的花。如果友谊是花，那得用忠诚去栽培，用热情去灌溉，用宽容去护理。大理上关的花语是特定的社会条件形成并逐渐传播，大众公认的事实。上关有个花树村，村子不大，但有一棵奇异的植物，取名"十里香"。天上的阳光、空中的风雨、大地的泥土把它养得像树一样挺拔，像花一样艳丽，人们给它取名为花树，村子也因其得名。据说这棵花树是仙人吕洞宾在唐代栽种的。常年开12瓣，花大如莲，闰年开13瓣，花大如杯，颜色黄白相间。一般花先长叶子，后开花，而花树先开花，后长叶子。一人多高的花树迎着微风，披着露珠，顶着日光，入夜时含苞未吐，可天亮时花蕊怒放喷芳吐香。公元 1639 年，正是崇祯十二年，徐霞客专程前来，慕游观赏上关花。他在游记中详细记载了上关花的观感："花开香味远甚，土人谓之十里香，则省中所未闻也。"历史上，上关的花名满天下，十里八街，省内省外，达官贵人，名流豪杰成群结队前来观赏，当地百姓又腾出房子，又拿出肉粮招待。一个白族青年看到人民不堪忍受沉重的负担，一个黑夜把上关的花给砍了，据后人考证，这里所说的上关花就是木莲花。要说大理是花的海洋，也不会太过，花店、花铺、花园、花圃无所不在，这里属于野生的花卉 67 种，大理特有的 13 种，光野生杜鹃就有 40 多种。在大理用花来表达某种感情，栽一株杜鹃花，怀念家园、家庭和谐；用花来表达某种情操，摆一盆山丹花，寓意意志坚强，战胜困难；用花来表达一种爱情，送一束玫瑰花，开始求爱，永葆青春；亲朋远行，送一枝百合花，惜别中含有一路顺风；老人祝寿，送一盆兰花，喜庆中含有益寿延年；节庆聚会，云南的八大名花，各展风采。用花来表达一种语言叫花语，用花来替代需要表达的感情语言也叫花语。上关的花，大理的花，朵朵迷住了我的心。

四

现在居住在城里的人，不容易见到山，但是，住在大理城里的人背靠苍山，面对洱海，青山抱绿水，湖光映山色，像一幅规模宏大的山清水秀长轴铺展在大地上。背后的山叫苍山，山不高峰多，苍山十九峰，峰不高雪厚，沟壑塞满积雪。苍山属于滇西北的横断山脉，起源于剑川云岭山的南端，延伸至下关的西洱河。从北至南边连绵 50 多公里，平均海拔四千多米。十九座山峰从山顶陡升上去，却又互相连接，互相掩映，互相衬托。有的雄伟，有的俏丽，有的幽邃，有的粗犷，形状不同，但各有各的英姿。当所有山峰银装玉簇，白雪皑皑的时候，苍山像一条白色的巨龙蜿蜒着，起伏着，展示最美的风采。雪是什么，当空气中的水汽在摄氏零度下的气温中凝结而成的冰晶就是雪。自古以来，雪是大自然的骄儿，以她素洁的灵魂、高贵的气度、迷人的姿色、神奇的变幻，博得人类的钟爱。苍山的雪景也有动人的故事。相传在古时候，有一群瘟神跑到大理坝子，抢劫百姓财物，宰杀当地畜群，瘟疫很快在平川传播，十人得病九人死亡。看到这残酷的场景，一对白族兄妹，去南海观音山学习法术。兄妹俩学成归来，使法将瘟神赶到苍山顶上，为了使它们永不复生，妹妹变成雪人峰，傲立山顶，让苍山之冰雪冻死瘟神，永远镇住。我生长在雪域高原，从来爱雪，我曾爬苍山看雪景。在山顶，洁白的雪花像粉碎的沙粒互不粘连，悄然无声地撒落在闪着银光的雪地上。我站在挂满冰柱的断崖旁，一脚踩上去就陷下半尺来深。看远处，一排冰封的山峰连接起来，个个像身披银盔银甲的武士。再仔细看，有的像伞顶，有的像尖盔，有的像斗笠，各有装束。突然山背后腾起一片雪雾，乳白色的，灰暗色的，浓度越来越大，冷风急速地推向前行，逐渐笼罩着山顶上空。接着，风呜呜地吼起来，凛冽的冷空气夹着飘来的大雪花，劈头盖脸地落下来。好像远处的山峰，近处的断崖，都躲藏在一片雪帘雾障里。不久雪雾渐渐消散，阳光从薄云后面透射出来，散发出微热的光芒。一触即发，那融化的雪水，从高悬的山间，从峭壁断崖上飞溅下来，像千百条闪耀的银链。苍山十九峰，有十八条溪水顺着山势，不分昼夜，泛起微波，涟漪荡漾，向着广阔的大理平川奔流，滋润着鲜花盛开的大地，最后进入洱海。绕着苍山走，常常被溪流拦住去路，但阳光下看着活泼的溪流，闪着银色的碎光，听着哗哗的流水声，如歌如诉，飞练泻下，愉悦的心情就像盛开的美丽花朵。苍山令人目眩神迷的奇丽景象还有曼舞轻飘的横云玉带，千变万化的腾云百态。晴朗的天空，50里苍山沉浸在阳光下，连绵不断的云带既像一条白色的银河，又像一条柔绵的轻纱，也像一条飘浮的哈达，缠绕在山腰。如果一阵强风吹来，云带摇动着，轻轻地翩翩摆舞，似乎是微醉的神态。有时候，山顶布满变幻莫测的白云，云朵变化着形状，幻成各种兽形，像一条蛟龙，像一头狮子，像一只猛熊俯瞰着大地。当夕阳落山不久，苍山顶上还燃烧着一片橘红色的晚霞，霞光映照雪峰，现出一片肃穆的神色。云海被霞光染成了红色，又红又亮，又像一片片霍霍燃烧着的火焰，闪烁着，滚动着，渐渐变成绯红，浅红。我听说，苍山顶上还可以看到佛光，我去大理几次看到的是彩虹，有一次太阳已经偏西了，下着急骤的阵雨，突然雨收云散，一道彩虹横跨苍山至洱海的上空，洒下金黄色、酱紫色、淡绿色为主的绚烂彩带，衬托着洁白的雪山。

五

我记得《红楼梦》里有句话："只见天上一轮皓月，池中一个月影，上下争辉，如置身于晶宫鲛室之内。"这似乎是大理洱海的写照。洱海占据了大理平川，总面积两千多平方公里，是云南第二大淡水湖。大理城围着洱海，沿着环湖公路，以质朴、含蓄、整齐、富有更多的民族风貌环绕着。我感觉大理乡村的气息多于城市，自然的风趣多于现代风味。洱海丰艳多姿、风光秀美，既能看到花红水碧，也有鱼跃鸟飞；既有湖的情调，也有海的雄伟。我在洱海岛上望月，洱海船上观景，洱海岸上饮茶，耳听着优美动听的洱海神话故事。这些故事多数反映着白族人民向往美满幸福的生活和善良的白族人民战胜邪恶势力的传说。有一个《望夫云》的神话故事改编为白剧，在省内外巡演，受到一致好评。在我的认识里，洱海是大理的血，大理的肺，人血脉堵塞了，心脏停止跳动，人肺衰竭了，呼吸也就停止了。我有时在洱海边上走动，看到的湖面有时是碧绿的，有时是蔚蓝的，有时是银白的，这湖色的多变，绝不是污染，是洱海怕污染，万种哀愁滴下的眼泪。大自然在唤求血肉组成的人，我们能冷面无情，无动于衷吗？洱海的月，圆月有如一面镜，高悬在蓝空，月光如水，月明星稀。每到农历八月十五的中秋节，洱海的湖面一片欢腾，白族群众驾着木舟、木船，在洱海里赏月。码头上锣鼓喧天，木船上挂满彩旗，船头上摆着一甜二苦三回味的三道茶，大理特有的风味小吃和月饼。青年男女身着白族服饰，唱着白族民歌，淡清的月光洒在他们脸上，清冷的湖水溅在他们衣上，湖风阵阵拂面，空气中洋溢着鲜花的幽香，每人都怀恋着祖先留下的故事。白族何时起在洱海观月，各说不一。有一个故事白族人尽人皆知。天宫中一位善良美丽的公主，羡慕人间的自由择配，美满幸福的生活，她下凡到洱海边上的一个风景优美的渔民村，和一位善巧能干的渔民成了婚。公主为了洱海四周的渔民打上更多的鱼，过上丰衣足食的生活，就把自己从天宫带来的万能宝镜沉入海底，把鱼群照得一清二楚，好让渔民多打鱼。后来时间一长，那宝镜在海底变成金月亮，放着光芒，照着世世代代捕鱼的人。的确，洱海的水产资源十分丰富，光鱼类就有 30 多种，特有的 17 种，珍稀的弓鱼、油鱼在省内外餐桌上是很难见得到的。在大理，没有月亮的夜晚是沉重的、寂寞的、孤独的。无论月圆、月缺、月残，只要万里无云的天空月亮一露面，满天的繁星就惊散了。地上的人们总在说"月亮代表我的心"，"举杯邀明月"，"明月挂中天，相思骨肉情"。沙漠上空的月亮是鲜红的，草原上空的月亮是浅绿的，湖面上的月亮是皎洁的，而我心中的月亮是纯洁的，诚实的。洱海，无论从湖心中，从湖岛上，从湖岸边，传来一阵阵鸟类的合唱，随着下关的风在水面上震荡。湖面浪静波平茫茫一片赏心悦目，湖面平展如镜，映出苍山雪峰的倒影，活像几条并排的银色巨龙盘踞在湖中。这时再飘来带着山林气息和花草气味的上关花香，那真叫人如醉如痴。

　　风花雪月，山水云月，大自然既简单又复杂，以自己博大精深的内涵，似乎偏袒着大理，给了大理太多的美和爱。大理人的回报也只有一句，不能在叛逆自然中自掘坟墓，而要在大自然中和合万世，颐养天年。

刊于中国作家网 2017 年 2 月

那一个地方
——康巴藏区散记

谭　谈

人的一生中，不知要走过多少地方。

人的一生中，又不知有多少地方能留在记忆之中。

那一个地方，却清晰地嵌在我心的深处。

那是神奇的康巴藏区，那是美丽的甘孜州。

情歌托起的小城

出了成都，汽车一直西行，一会在峡谷中穿行，一会在山腰间盘旋。过了那座威名远扬的二郎山，过了那座英名入史的泸定桥，傍着湍急的大渡河西去。

傍晚时分，我们来到了这里，两旁，高山耸立，山谷间，出现了一片错落有致的楼房。这是一座城，一座被大山挟着的城。

这里，便是康定，便是随着歌声飞扬四海的美丽的康定。

由于地势的原因，小城紧紧地缩在两座威严的高山之中。街道很窄，大一点的汽车想在这街道上找一个倒车的地方是极难极难的。一条河，由南向北穿城而过，河水十分湍急，日夜发出哗哗之声，如同一把巨大的琴，在不停地弹奏着一支优美而动听的歌。

听着这河水的哗哗声，一支歌的旋律立即响起在我的耳畔。

那是一支极具藏民风情的情歌。

没有到这里之前，就是这支情歌，在我的心中漾起一片向往之情。这支歌，曾使多少有情人热血沸腾？这次，我们这一群人，就是被这支歌诱惑来的。有资料显示，全世界60亿人口中，就有五分之一的人会唱这支歌。它被选为联合国教科文组织向世界推荐的中国唯一一首民歌，成为全世界十大经典情歌之一，可说是全人类的心灵之声。这首歌就叫《康定情歌》。

这样一首经典之作，是出自谁的手呢？这样一种震撼人类心灵的声音，最早是从谁的心中喷发出来的呢？于是，这座因这首歌而扬名世界的小城的人们，开展了一次极有意思的活动。《甘孜日报》曾发出通告，悬赏万元重金来寻求《康定情歌》的作者。

"结果呢？"听甘孜州委宣传部副部长、《甘孜日报》社社长郭昌平说起这件事时，我们禁不住向他发问。

"张大哥。"老郭笑了笑说。

听他这样回答，我们全愣了。

卖过关子之后，老郭这样对我们说："李家溜溜的大姐，人才溜溜的好哟，张家溜溜的大哥，看上溜溜的她。一来溜溜的看上，人才溜溜的好哟，二来溜溜的看上，会当溜溜的家哟。情感这样的甜畅痛快，无遮无掩。由此可以推断，只有看上了、迷上了、恋上了李大姐的张大哥，才激情难抑，不吐不快，才能即兴唱出这样直抒胸臆的歌。至于张大哥是谁？所有的康巴汉子都是！"

老郭说到这里，又笑了。自然，解开这个谜的答案，在我们各自的心里了。不错，这个张大哥，隐身在康巴大地之中，融汇在千千万万康巴人中间。

次日，小雨中，我们爬上小城北郊的跑马山。"溜溜"一番之后，忍不住用随身带的微型数码照相机，拍了一张被大山挟着、被小河缠绕的美丽的康定城的照片。至此，这座仅仅居住三四万人的小城，嵌进了我心的深处，汇入了我记忆的河流之中……

挂在岩壁上的藏寨

看了川西最大的高山湖泊——木格措海子，看了被摄影家誉为"摄影天堂""光与影的世界"的新都桥，看了"菩萨最喜欢的地方"塔公风景区，汽车往一座陡峭的山峰上爬去。一个"之"字，又一个"之"字，每一个"之"字都写在陡峭陡峭的崖壁上。想想看，要在这样的山崖上开出一条跑汽车的路来，是何等的艰难！路虽然陡峭，但路面颇平，且铺上了柏油。然而，这条刚修整的路，仍有几处垮塌了，汽车从垮塌处缓缓驶过时，每一个人的心都提到了喉咙口。这样的刺激，不亲身经历，是无法体验到的。

主人告诉我们，将要领我们去参观的，是一个藏民的寨子，名叫甲居藏寨。甲居，藏语意为"百户之家"。如果能爬到寨子对面的山崖上来看这个寨子，那寨子就是一幅挂在崖壁上的极美的壁画。

一番刺激之后，我们终于进了寨子。这时已是傍晚时分，日头就要从对面的山峰上落下去了，阳光斜射过来，照耀着这面山上的一幢幢造型别致、坐落在绿树丛中的、极富层次感的藏家小楼。一缕缕白色的云团，似乎就在小楼边飘动，一百四十多幢三四层的小楼，错落有致地立在山坡上。夕阳下看去，真是美极了！

屋前屋后的坡地上，一秆秆青青的苞谷上，一个个吐出暗红色穗须的苞谷，惹人喜爱。一株株高大的梨树上，果实累累，招人口馋。难怪去年在《中国国家地理》杂志组织评选"中国最美丽的地方"的活动中，这里当之无愧地被评为"中国最美丽的乡村"。

埋在泥土里的金子，一旦被人挖出来之后，就会立即放射出熠熠的光芒。几年之间，这个甲居藏寨，就为世人所瞩目了。一批批的外国人，一批批中国的城里人，到这里来参观、旅游、采风、休闲小住。甲居红火起来了。于是，山崖上修起了公路，公路又铺上柏油。我在扎瓦措藏家的客厅里，与女主人闲聊。她告诉我，每年大约有两万人到她家来参观，就餐者也有好几千人。

"那么每年，有多少收入呢？"

她笑了笑，没有正面回答我。"反正，比过去强多了，比放羊、种地强多了。"

她这幢小楼共有四层，我上上下下地看了看，非常整洁，不少房间里，摆放着床铺。光她家就能接待三十多位游客住宿。有两个房间还是带卫生间的"标准间"呢！在三楼的平台上，我看到，有四个金发碧眼的老外，正围坐在一张小桌边，有滋有味地饮着酒呢！

"像你这样接待规模的，全村有多少户人家呢？"

"有四十多户。"

"有到这里住上一些日子的吗？"

"来住上十天半个月的，常有啊！"

光这一户，全年就有两万多人参观，几千人就餐，那么全村寨一百四十七户，每年将有多少参观者呢？我们知道，光进寨子参观的门票，每人就是五十元。还有就餐者、住宿者。想想看，一年下来，这个村子旅游收入，将是多少啊！

这天，我们在扎瓦措藏家吃晚餐。虽然，酥油茶，我喝不惯；生牦牛肉片，我不敢咽，然而，就餐时，三位藏家少女给我们唱的藏家民歌，却使我心醉了。我感受到，藏民族独特的文化魅力，在震撼着我的心灵！

锁在雨雾中的冰川

常听人说：看山去张家界，看水去九寨沟。

那么看冰呢？

"去我们海螺沟吧！那是亚洲海拔最低、离都市最近的一座现代海洋性冰川。这里，生态完整的原始森林遍布山间。一棵棵树木，挺拔而高大。高的有一百多米。"陪同我们的主人，十分自豪地对我们说。

汽车在山间公路上奔驰着，几番盘旋之后，上到了山腰之中。路旁山坡间，遍是几人方可合抱的大树，挺拔直上，刺破云天，高约百米。云团在山间里飘动，洒下一片蒙蒙细雨。偶尔云团飘开，看到对面陡峭的绝壁悬崖上，泻下一片水瀑，如一挂白练从空中垂落。这种绝壁悬崖，这种百米飞瀑，生发出无比的气势，给眼下的这座山峦，平添一种威严与神奇。

上到一个山间台地上，汽车在一块坪地上停住了。我们走下车来，仿佛已经从初秋走进了严冬。我已把带着的所有衣服都穿到身上了，仍感寒气逼人。天下着小雨，山间林子中，处处升腾着白色的水雾。景区在这里架设了上到山顶的索道，游人们从这里登上缆车。如果天气晴好，这段乘坐缆车的二十分钟的游程，你能看到景色壮丽的冰川，看到气势磅礴的冰瀑。然而，这一天，老天不开恩，脚下一片细雨浓雾，把冰川所有的美景，全都严严实实地锁住。只偶尔看到缆车下面，在浓雾中探出头来的一棵棵树尖。这里，那高达一千零八十米、宽达一千一百米的大冰瀑布，那原始、古老、野性、神奇、独特、惊险的种种冰川风采，我们只能在图片中、只能在图书里看到。

缆车还是把我们载到了山顶。一条游道，引领我们去看一处冰川。细雨中，我们艰难地前行。想近距离地去感受一下冰川。这里海拔三千多米，空气稀薄，行路稍快，就胸闷，就气喘吁吁。不时有抬竹轿的人要拉我上轿，我都拒绝了。终于走到了几块巨大的岩石耸立的地方，导游告诉我们：那不是岩石，而是冰块。他说：有一年，一位游客在这里照相，一不小心，掉入了冰缝之中，就被冰川永久地收留了。在大自然面前，人的生命是何等的渺小！

没有观赏到冰川最壮丽、最雄伟、最神奇的景色，一种巨大的遗憾，占据了我的心胸。世界上的事物，总是有两面性的。遗憾里，深藏着一种诱惑。这种诱惑，就是我下次来探看这处冰川美景的动力。

这天晚上，我们落脚在海螺沟二号营地。这是一个温泉宾馆。四周冰天雪地，而这里却热气腾腾。一挂蓬生腾腾热气的温泉瀑布，从一处高壁上飞泻而下。冰川里冒出温泉，且出水口的温度高达九十八度。世间的热与冷、冰与火两种本不相融的东西，却神奇地在这里和谐相处，这就是天公地母的一处杰作。

我们住的这个房间后面，有一个高墙相围，却又露出天顶的小温泉池。晚餐以后，赤身躺在温泉池里，泡上半个小时，舒服极了。

不觉间，心间的遗憾悄然退去，一种温馨油然而生。

海螺沟，挺美；海螺沟的温泉，挺美！

刊于《湖南文学》2017 年第 6 期

那一年的白灾雪原

张承志

我没有经历过赶尽杀绝的"铁灾"（temur-jud）。

这个词，即便在乌珠穆沁也只在 1972 至 1973 年的冬春之交用过一次，而且被我躲过了。

我只在 1970 年冬，经历过寻常的白灾。

那种灾年固然恐怖，但还在限度之内。牧民们也有凭经验和贮备，应对它的余裕——解释一下：所谓白灾是指雪持续降下积厚，牧草被封在白秃秃的雪壳底下而牲畜吃不到嘴的灾年。相反，一冬干脆不下雪，使牲畜一冬不能解渴使人的锅里也无雪化水的冬季，因为大地上没有白雪覆盖，按牧民的语言描述"地是黑的"——所以叫作黑灾。

与黄蓝红三原色的绘画理论相悖，一对黑白是游牧世界的两原色。解释这一对观念很费事。

雪

对我来说，记忆牢固的只是那个白灾之年的印象。

确切地说，最初发觉积雪已经封闭了道路，牛车已经闲置不用，雪原上来回奔走着马拉的"切勒格"（小雪橇）的时候我还毫无感觉。后来"政权"（公社和大队）似乎无声瓦解了，有经验的牧民率先出走。就在人心惶惶之际，我们得到了自己插包的"家"的指点、获知了不冻青营盘的情报，于是独自一群走场，搬家到了额仁戈壁的时候——我才确认了灾年。

以前向东眺望，在传说是额仁戈壁的远方，有一座船帆一样的山影蹲踞在地平。问时，有人叫它冬根海勒汗，有人称它冬根敖包。如梦一般，我们灰黑破旧的毡包，已经扎营在冬根大山的西麓。

这里有三个青营盘（古和·努特格）。它们是过去谁家在冬春驻营的旧盘，地面有尺厚的硬羊粪层，护着下面的土壤永久不冻。须知，冬夜里羊群卧在上面是暖和的。若是入冬就冻透的夏秋盘，何止寒冷难熬，一夜间牛羊会被自己的粪尿冻得粘在地上！

这是宝贵的秘密。

那一年牧民们对这样的知识彼此保密。我们悄悄搬来，备足粮草，安上另一件宝贝——抽火凶猛的铁皮炉子，开始越冬。

素日的平原，如今是难渡的雪海。最初，我不信骑马不能跑过平地，可一蹦子冲出去不久，马腿就扑通扑通陷进深雪。随即甚至不能拔足了。

前面是延伸的、一望迷蒙的白硬雪壳。早忘了到对岸山头之间有没有深沟，谁也不敢说雪有多深——那时人突然害怕了。

单骑拉着切勒格，人们沿着连绵的山顶赶路，去几十里外的公社镇上买粮。用铁锹挖开尺宽的小径，每天羊群排成单行走上山顶吃草。以前仇恨闯入我们地盘吃草的马群，现在盼着马群来一夜刨碎雪壳，为了羊群在后面跟着吃个半饱。没有谁患上雪盲，人人都戴着墨镜，四眼儿们则在眼镜上套上黑套镜。夜晚把削下的羊肉贴在烧红的烟筒上，羊肉吱吱冒着青烟刹那间烤熟了，一口把喷香的肉塞进嘴里，立即觉出力气在体内聚集。

连续相接的山峦顶部，由于风大没有多少积雪。羊群啃着低矮的绒草，虽然不能任它们饕餮餍足，也算差强人意。我呢，常常把骆驼牵着让它横着挡住风，然后靠着毛茸茸的骆驼，用皮袍袖口压住翻开的书或隔月的《参考消息》，多少读上几页。

走场，还能使枯燥的牧人日子至少开阔些地理感觉。不管怎样，恼人的地平线被突破了，视野里出现了新鲜的山峦风景。

还结识了新的朋友。一个白音图嘎大队的老人慷慨地送来燃料，我们和她家，包括她家的知识青年（一个西语系教授的女儿）结下了友谊。

羊群能不能吃饱，是天下第一问题。决不能在我们放牧的苏鲁克（集体畜群）里发生牲畜的倒毙——是那时知识青年的理想、革命和做人的首要问题。

每天归牧回来，我们（偶尔来串门的牧民一样）都不住眼地从背后打量羊群的肚子：若是羊肚子横了出来，大家就会满意，因为羊吃饱了。

没有刮起白毛风的雪原生活，大体是安详和宁静的。只要盐、茶、米、油（点灯的煤油）四样东西贮备充足，封闭的草原甚至给人幸福的感觉。

但一旦稍过边缘，雪原便露出本相。那时，静谧的恐怖使人永志不忘。

由于春季骟羊的不彻底，几个漏网的小羊耙子作孽，就在雪最厚硬的月份里，一些母羊生羔了。哪怕蒙古包里匆匆搭起了棚圈，哪怕人和羊羔挤在一起睡觉，但无计无力，倒毙终于发生了！

那是命中的煎熬，我们只能眼睁睁看着可怜的小生命饿死僵硬，再忍着一刀刀剥下羔皮，等着秩序恢复上缴羊皮时，再接受嘲笑和侮辱。

此外，后来接近春天时又被狼袭击一次，羊被咬死了六只或八只。由于这些，后日在北京上学时（1972）听说谈虎色变的"铁灾"过后，我家在额吉率领下居然没有一只牲畜死亡——远远地，我真服了。

——后来，就凭这无赢毙的成绩，我额吉终于被选为东乌旗劳动模范。

那是1981年的事，正好我阔别九年回乡探亲。听说了额吉获奖，一边我得意得张牙舞爪。我想干脆担任保镖陪额吉去旗里开会，但没去成。额吉回来那一晚全家美滋滋围着吃饭，我心正暗想，额吉开会得的纪念品……额吉就伸手过来。

"喏，吐木勒，恩尼因姆其尼赫西特。"（嗯，吐木勒，这东西是你的。）

一个塑料封皮的笔记本递到了我手上。我欣喜极了，上面可是有旗里的图章和额吉的大名哟，插队时我们地位低下，几乎被踩在泥里……哎，流逝的时光！那本子究竟是被我记了考古笔记还是小说构思，已经记不清了。

——都是后话了。

当时我的牧民意识还丝毫未褪。

独自在北大的文史楼，我咀嚼着这个传闻。我琢磨着他们的消息，和体验过的那一年做着比较。摊开的考古讲义里，浮现出一连串灰污硬雪和羸弱牲畜相叠的画面。

狼

第一声狼嗥传来的时候，谁也没有在意。白灾的乌珠穆沁，狼嗥狗吠，时常伴随。

由于它们的"隐身"，我们已经败给了它们一次。

因为天气很好，羊群就在不远的山坡对面，我还是谁回家喝茶。等茶喝罢了回到羊群，一眼瞥见几头死羊血肉模糊躺在雪地里，喉咙和屁股被残忍地撕开了。散乱的羊群呆呆站着，瞪着我一动不动。不知它们刚经历了什么，每一只都那么表情惊恐。

但那一夜的狼嗥很快就使人听着不对劲。太近了——狼嗥一般是不易判断远近的，但那一次实在近在耳际。有一声还伴着踢开雪块的破碎声和紧张的厮打声，"嘎呜呜……呜呜……"嗥得近在耳边。

那时没想起来害怕，倒像是大大愤怒了。当然我们也明白不可能去揍它，门外的夜，是一派无涯的混沌。夜已深，但四野并未黑透。雪夜的黑暗不是黑的，是不透明的浓浊浅黯。

地上雪的反光只在五六步，再远就是一堵墙般四围逼近的浓重白幕，而就在那片混沌后面，我不是听见，而是一瞬辨出了一些环绕影子，比狗古怪，比羊灵活。突然，那堵夜幕黑墙上亮起了一簇簇绿莹莹的光。

是狼！伙伴们一声大喊。

这时才发觉羊群早站立起来，它们显然知道得更早。此刻它们紧张地呼呼响着，哗地拥过来，又呼地挤过去。

不知有几条，但这是一个狼群。包门外的寒冷都似乎消失了，我们与狼进行着无语的对话。

它们好像在威胁：让开！只拖走几只羊！

我们也像固执地回答：想咬羊，先过人的一关！

我们（唐和我还有两个）在门口吼叫跺脚，那时人陷入兴奋，居然丝毫不怕。人比狼更早地疯狂了。

忽然谁大声喊道：点火！烧报纸！狼怕火！

一两张整页的报纸被团成一团，点燃后使劲扔到天上。黑蓝夜空上的火球美极了，它鲜艳地哗啦抖响，把静卧的雪原一刹照亮。在那一刹那绿炯炯的狼眼熄灭了，但报纸烧完熄掉，它们又围了过来，绿火狼眼，又幽幽地点亮了。好倔强固执的凶恶！狼决意不走，嚎叫包围，等着我们崩溃。

我们只靠一把火。若是没有了火会怎样，事后谁都不愿多说。手抓一团熊熊的火，狂喊着向狼群冲去。看不见，也听不着，但无声之间狼群迅疾退后了——这些阴险的暗藏者，这些凶残的敌人，从那一刻我懂了它们畏惧火焰。除了最开始辨出过影子之外，我没看见它们的实体。

只有那惨烈的狼嚎，不依不饶地纠缠着。它交错回绕，阴森瘆人，与我们这座孤零零走场异乡的毡包对峙。

我们轮流举着闪耀的火焰，怪吼大叫着，一次次冲向对面的混沌暗夜，把火球使劲扔向隐身的狼群。地盘愈来愈拓宽了，狼嚎里听出绝望的音色，不像刚才那汹汹的要求了——我们敞开蒙古包的木门，哪管寒风涌入，让铁皮炉里的牛粪火也红通通对着雪夜，盼着能借火势，让狼群死心走掉。

绿光看不见了，唯有凄厉的号叫还死缠不弃，如一个仇敌的宣言。亢奋中，我解下系在车辕上的马，不备鞍子跳上光背，举起一大团点燃的《参考消息》，"嗷……呀……"怪叫着，向那堵夜墙驰去。

依然没有看见它们。我扯着马嚼子转了一圈，报纸烧完就一蹦子跑了回来。也许根本就不是狼群，一切只是恶意的幽灵？

也许可以说那一夜我们战胜了狼群？但是光天化日下七八头羊被咬断喉咙又从肛门掏出肠子的场景——成了我最痛苦的失败回忆。

日子久了，记忆磨退，细节渐渐漶漫。后来连那绿幽幽的注视，也只剩下一个概念。在我当牧民的岁月里，如那一夜狼群逼近，亲身实地，直面威胁的局面，没有再次出现。

我也参加过亘古传承的合围捕狼，《蒙古秘史》把那种围成的圈子称作"古列延"。沿着一线连山围成巨大圆圈的数百牧民，大概都有过类似的体验，也都怀着仇恨或痛苦。我忘不了那一年在冬根海勒汗山麓下血迹斑斑的惨烈图景，心里也种下了狼即死敌的牧人观念。它们永远卑鄙地隐藏着，准备发动凶残的偷袭——我留意着，握着火种，准备与它们一决胜负。

驼

除了敌人，还有朋友，更有性命相托的伙伴。

也是那一年，那个白灾之冬。快进春天的时候，我们已经从额仁戈壁那块宝贵的不冻青营盘搬家回迁，准备回到我们的原籍进入接羔季节。一只冻掉了耳朵的褐色花羊，和一条冻掉了尾巴的小狗崽——跟在勒勒车的后面。

终于重新进入了我们汗乌拉队的边界，在布东古修以东驻营。记得那时，冬季将尽的雪层，已经硬得像铁了。

我骑着苦累一冬的骆驼回家。

暮色中视野很不清楚，山峦和地平都变了，白蒙蒙的很容易迷路。

骆驼一步一哼，不时转头叫着，好像在向谁申辩。一个冬天里数不清多少次降下的积雪，被白毛风裹挟和堆积，填平了所有的沟壑也拉直了处处的斜坡。原来的地形，早被遮蔽了。

噗嚓的重重一声，骆驼踩破了硬硬的雪壳，一条腿直直戳进了雪坑。这头金毛驼其实岁口很小，它惊吓了，嗷地一叫，想猛使劲抽出腿来，但同时另一条腿又扑通一声踩漏了硬雪。挣扎几次后，小骆驼的半个金毛松暖的毛茸茸身子，就陷进了雪坑里。

　　我跳下驼背，手拉着缰绳，喊着吆着，让它不负重自己走。

　　我鼓励着、吓唬着它，一次次让它鼓起劲拔出腿来。前一阵，我们一人一驼，在布东古修山梁旁铁壳般的雪野上，一步一陷，挣扎走着。

　　它只成功地挣了几步，但愈走愈进入了低凹的深雪地带，坚硬的雪壳一次次被踩塌。我的小金毛骆驼，它停下并开始哀叫，雪太深了。

　　不像异乡的冬根海勒汗，这里是我们的领地，每道山梁我都大致熟悉。平日里我常纵马唱着歌跑下这道低矮的缓坡（布东古修意即大的山梁），从未在意它的几米高度。而此时，雪沿着北侧的斜面，一直填平到山梁之顶，平地造出了恐怖。

　　其实多处的积雪至多不过一米（当然沟里莫测其深）——但它已足够充当我们人畜的克星。平地就是天堑：羊群可以勉强在雪壳上行走到被马群趟碎牧草露出的山顶地带吃草，人可以骑马一步踏着硬壳一步陷进雪坑好歹过去；可怜的是牛，前蹄不能刨、牙齿不会啃的牛，天生只能吃露出的草——白灾里，饿死的牛是最多的。

　　骆驼呢？我居然忘了骆驼怎么吃草！……谁都没留意观察骆驼。由于它们的忍耐，由于人只向它们索取。在灾难里，别的生灵都依赖着人，但是人却依赖着骆驼。

　　此刻我孤身单驼，眼前的雪地是无法渡过的海。

　　扑通！呜……噗嚓！嗷……挣扎跌陷中，骆驼精疲力竭了。我拉着骆驼的鼻绳，雪壳大致能经得住我，有时我也一脚踏破，这样吆喝跌倒一步一挣地，到了我猜是布东古修斜坡正中的地方，骆驼拒绝再走。

　　此刻我才头一回仔细打量它。这头老实的金毛小骆驼，从去年 11 月起每天负重已有五个月。金毛早没了光泽，干枯得像块黄毡子。我明白，它已殚精咳血，每一根筋肉都拔净了气力。

此刻它一动不动，神色安详，甚至不那么烦人地叫了。它的四腿都没入深雪，雪堆到了它的肚子。它只探过头，左右闻闻雪地，像寻找露出的草。

天迅速地黑了。

它纹丝不动站在雪里，已然不能拔出哪怕一条腿来。我无计可施，一旦拉扯鼻绳，它就低下眼皮、摇着头嗷嗷哀叫起来，不知它是在抗议我，还是害怕临近的前景。它企图用哀叫声抵抗，不管是对我，还是对身下的冰冷。

不知是它哀叫得特别，还是我自己心惊肉跳，我突然悟到危险近在眼前。动物比人看见得更多，连最愚笨的羊都是这样。我不知是不是听懂了小骆驼的音色，但念头在心里绕了一个圈之后转过来了：现在不是骑骆驼走，而是怎么救出这头骆驼。

夜幕迅速降临，天越来越黑了。

慌乱中我决定先回家去拿铁锹，给骆驼挖路。天马上就会黑透，只要入夜，我担心会找不到这个地点。

摔倒了慌忙爬起，拼命朝着家的方向，我连走带爬。四野静寂无声。就在那个冬天彻底悟透了蒙语"呼勒抖"（冻）的语感。以前听说过的、一夜冻断了马腿的故事突然被想了起来。金毛小骆驼这会儿正站在雪坑里冰冻着四腿，我突然害怕了，心急如焚。

待我叫上伙伴扛着铁锹，吭哧吭哧地踏着深雪来营救它，上下六合四顾漆黑，已是低头不见衣襟。

这是一个连星光也没有的黑夜。

骆驼在哪儿呢？向左走没有，往右绕也不见。奋力踩着雪跌撞着，分不出高低上下，视野里只有暗淡的混沌一片。什么坏事都聚齐了，居然就在自己的家门口，迷路了！

那时不是害怕而是气急败坏。在雪窝里停住脚，我凝神屏息静听：偏偏此刻骆驼却一声不叫。急得冒汗的我一把抓下皮帽子，大声喊叫起来——可恨的骆驼还是无声无影！

一个骑马人，缓缓地从黑暗里走出来。模糊的人影，徐徐靠近了。

是小孩儿阿迪亚。我们几个同声喊："看见一匹骆驼没有？"

"看见啦，那不是么。"他若无其事，随手一指。

我算彻底服了牧人的眼睛了。不单是远视，他们都长着天生的透视眼。

"在哪儿呀在哪儿呀"一气乱喊，最后还是靠了阿迪亚，我们才被领着走过一段糊涂路，到了骆驼跟前。

它安静地原样站在雪里，看见我们，好像只微微哼了一声。铁锹立刻挥动，就这么，一条尺半宽的小径，渐渐引着骆驼腿迈开了步，离开了布东古修的恐怖斜坡。

阿迪亚一直没下马，跟在一旁看着。显然我们和骆驼的一切，于他只是一场小小趣事。

不可思议的是，离开险境后骆驼反而嗷嗷地叫开了，不依不饶，好像哭诉，又像抗议。那么多年都过去了，那骆驼的哀叫依然声声入耳。但我并没能辨出它的音色，更不用说神情。当夜天太黑，它使劲地摇晃着脑袋叫时，我看不见它的模样。

不节制的话可以这么一直写下去，可是该结束了。

春天的结尾是"哈伦·杭秀"（热清明）。一过了它，就融雪了。沿着每条大的山梁都出现了一条陌生的河，哗哗喧响着奔流。这是季节河，我又从生活中学了一个地理词汇。白灾后我真的蜕了一层皮，浑身褴褛，蓬发破靴，大声说笑着，有了点老牧民的滋味。

前面已经写过一句，由于 1972 年进入大学，我躲过了擦肩而过的一次"吐木乐·召德（temur-jud）"。至于以后，命中是否还会与真正的"铁灾"相遇，就只有上天知道了。

刊于《人民文学》2017 年第 9 期

我多想让他再恨我一回

——与百岁老作家马识途先生的交往

周　明

中国作协"九代会"于丙申岁末在北京召开，这个季节正是北方寒冬。五年前的作协"八代会"时，老作家马识途作为四川省代表团的代表来京出席了会议。那时他已是九十七岁高龄。这次，我想他也一定会来的吧？我期待着和这位健康长寿的百岁老人再次聚会。谁知他没有来。据说亲属不赞成老人家冬季远行。然而我却意外地收到他托人带来的一本新近出版的装帧精美的诗词集，马老虽然是以小说闻名，但他的诗词、书法也成就斐然，令我爱不释手。

最近几年我多次收到马老亲笔签名的赠书。他的长篇小说《清江壮歌》、短篇小说集《夜谭十记》《雷神传奇》《马识途讽刺小说集》、传记文学《我这十八年》及《百岁拾忆》《马识途百岁书法集》等都是我的珍藏。2014年中国现代文学馆曾为老人举办了一次盛大的马识途百岁书法展。在开幕式上，马老精神焕发，神采奕奕地站在主席台上以洪亮的声音发表了热情洋溢的长篇致辞。看到马老如此健康、如此状态，令人欣慰。会前他还特别叮嘱文学馆的年轻人一定邀请我出席。马老一直挂念着我，令我感动和感慨。

那次，我曾到他的住地北京饭店去看望，发现老人依然身心健康、思路清晰、谈锋甚健，并极富幽默感。对于我和他的忘年交的一些往事，他说历历在目啊！难以忘怀。

是啊，我们常说"往事如烟""往事如歌"，往事如什么什么，我和马老的往事难忘，马老真真是我在几十年的编辑工作中所遇到的令我格外敬重、格外思念的前辈作家之一。

当年我在《人民文学》做编辑，有幸做过马老20世纪60年代发表在《人民文学》的一批短篇小说的责任编辑。那些小说佳作引起文坛的关注，受到读者的喜爱。当时马老是身居高位的领导干部，并非从事写作的专业作家，然而小说却写得那么好！所以他后来说："我和人民文学出版社的关系与我和《人民文学》杂志的关系，就是我和文学的关系。""如果不是人民文学出版社和《人民文学》杂志社把我硬拽进文学圈里来，也许我的人生道路会是另外一个样子……"他所说的人民文学出版社由于曾出版了他的革命历史题材优秀长篇小说《清江壮歌》和其他几本短篇小说集，而建立了深厚情谊。出生于1915年的马识途其实20世纪40年代毕业于西南联大中文系，曾受闻一多、朱自清、沈从文、李广田、卞之琳、陈梦家等名教授的教诲与熏陶，本来是一个钟情于文学的青年，有可能在文学道路上走下去，成就自己，但他由于加入了地下党，真正的活动是革命工作。他在党的云南工委领导下，担任联大党支部书记，领导学生运动，一直从事党的隐蔽战线工作，及至新中国成立后他陆续担负着繁重的行政领导工作。我结识他时，他已是国家一个行政大区中共中央西南局宣传部副部长，中科院西南分院党委书记、副院长。从这些职务可想而知他的工作是何等繁重而繁忙！而我却还屡屡去打扰他。现在想起来都还觉得抱歉。

我和他的关系，《人民文学》和他的关系，究竟是怎么个文学关系呢？说来话长。在此，我只能略述一二。1959年是新中国成立十周年，《四川文学》要出纪念专辑，时任省作协主席的沙汀熟悉马识途同志的革命经历，写信邀他写一篇革命回忆录。沙汀是他的老朋友，又是省作家协会负责人，马识途不便推托，便忙里偷闲地写了一篇回忆录《老三姐》。谁知《老三姐》的发表引起四川文学界的注意。《人民文学》也看中了这篇小说，破格予以转载，又引起全国文学界的注意。这时，思想敏锐的《人民文学》副主编陈白尘希望马识途再有新作亮相《人民文学》。陈白尘认为从小说可以看得出马识途很有潜力，又有艺术表达能力。于是陈白尘立即派我赶赴成都当面表达编辑部的期望，并要求我必须马到成功，能带回马识途一篇稿子。天哪，这可是一项艰难的任务。到了成都，我先拜访了沙汀主席，而后通过沙汀找到时任中共中央西南局宣传部副部长的马识途同志，我向他说明来意，特别告诉他我奉陈白尘主编之命，这次一定要带回一篇你的稿子。他立刻说："这哪行？你不知道我每天工作多少个小时哪，太忙了！哪里顾得上写小说？"同时推说他的生活经历没有多少可写的。他这么推脱，我紧张起来，心想：完不成编辑部的任务，怎么回去？马老在他的回忆文章中关于我这次的组稿有一段记述。他在文章中说："周明对我就是不放手，他趁我休息时来找我闲聊，说想听一听我的革命经历，我就随便向他摆了摆几个过去的革命斗争中的故事。他马上就抓住说：这几个故事多么感动人啊！照你摆的写出来，就是好作品。"马识途想，如果这样写下去就是作品，那他倒可以试试。

　　我见有希望，便在成都住了下来，耐心等待。几天后我欣喜地拿到了马识途的稿子，一篇革命历史题材的短篇小说《找红军》。小说既有引人入胜的故事，人物形象又栩栩如生。到底是他的亲身经历、真情实感的抒发。当月，就发表在《人民文学》头条，引起轰动。主编张天翼和副主编陈白尘都是当代的文坛大家，他们一致认定马识途是个可发掘的"矿藏"，要求编辑部关注马识途，加强和马识途的联系，争取他更多的作品刊发在《人民文学》，以便扩大在读者中的影响。时任《文艺报》副主编的评论家侯金镜说："我们发现马识途的脑子是一座革命故事的富矿，要好好开发，会有好作品出世。"

　　果然在此后的几年时间，马识途陆续在《人民文学》发表了小说《老三姐》《找红军》《小交通员》。接着他又将计划写作的一部反映四川革命斗争的长卷《风雨巴山》中的部分章节，有七八万字的短篇系列交由《人民文学》发表，让读者熟悉了一个老干部的作家马识途，一个满脑子故事并且会讲故事的作家马识途。马老在回忆文章中说："这些都是《人民文学》编辑部派周明来挖的。"

　　由于他连续在《人民文学》和其他一些刊物发表了一系列小说，受到文学界的热切关注，并给予热情评介，一时间马识途声名远播。他的小说不仅写革命故事，而且反映当代生活。由于关注现实生活接地气，他也写了大家都怕触及的讽刺小说，比如发表在《人民文学》的讽刺小说《最有办法的人》《挑女婿》等都是揭露旧社会带来的痼疾与丑恶，讽刺那种损公利己、唯利是图的旧思想、旧作风，在读者中引起强烈反响。小说《最有办法的人》还引起了茅盾先生的注意，得到先生的称赞。茅盾说："解放后最缺的就是讽刺小说，现在开始有了。"

当时评论家阎纲主编一本《幽默小说选》，请王蒙写序，却顾虑：担心把有成就的作家称为幽默小说家，人家会愿意吗？是不是降低了作家的身份？王蒙立即说——"不是降低，而是提高。"

马识途，是位重情重义的前辈。作为作家，马老与编辑结交的友谊，深厚而长远，堪称典范。人民文学出版社在出版他的长篇小说《清江壮歌》的艰难曲折的过程中，他始终感念总编辑韦君宜，感念责任编辑王仰晨、黄伊、于砚章和刘稚。感念他们在《清江壮歌》的创作和出版中给予他的支持、鼓励和帮助。他说："他们多半都能对我的作品起催生作用，和那个时候的《人民文学》编辑部一样，他们有一种诱导创作的办法，使你不成熟的思考成熟起来，不明确的概念明确起来，不清晰的人物清晰起来，帮助你挖掘你潜在的能力使之发光出彩。"因此他认为——"他们在我的文学创作生涯中起过使我不能忘怀的作用。"这就是我和尊敬的马老虽然相隔千里，平日并无密切往来，但却心心相印的缘由。

马老不但常常有新著寄我，还时常牵挂着我。几年前我们中国现代文学馆几位年轻人去成都采访他时，他忽然对那几个年轻人说："我'恨死'你们周馆长了。"马老的话着实吓了年轻人一跳！他们说："我们周馆长人挺好的，您怎么恨他？"马老说："你们想想当年我当宣传部部长当得好好的，你们周馆长，那时他是《人民文学》的编辑，却跑到成都来，硬是逼着我写东西，《人民文学》一篇一篇地发表，结果'文化大革命'中我却为此挨了不少斗！那些批斗我的人说，我在《人民文学》发表的小说是毒草！要我交代'罪行'，弄得我很惊诧。你们想我不恨他恨谁！"年轻人听后感到有些紧张，不料，马老随即大笑了起来，几个年轻人这时才明白原来马老在玩他的幽默呢。

如今，马老已是幸福的百岁老人，当属巴蜀文坛乃至中国文坛的不老松。在此，我深深祝福老人福寿康宁，我期待着与老人的再相见！假如时光可以重来，我多愿马老再恨我一回！

刊于《中国文化报》2017 年 2 月 14 日

远思长忆

路小路

　　"远思长忆"，这是我最亲密的朋友老兄、著名作家贾平凹为我的母亲仙逝写的追悼挽词。听西安平凹身边的朋友说，这是迄今为止平凹写的最大的四尺整张挽联，也是对我最大的安慰。

　　妈妈离开我们已经整整十二年了。我原以为十二年前的那个深冬，我的泪水已经流干了，可没有想到十二年了，我还是不敢又忍不住回想那年的冬天。泪水，又模糊了我的双眼。妈妈去世的这些年来，我不敢为她老人家写一点纪念的文字，因为我怕去触碰很疼很烂的念母想母的心，我承受不了那样巨大的悲痛，我原以为时间会冲淡这一切的，等我能平静面对这一切时，我再去回忆和母亲在一起时的幸福和快乐，去品尝母亲人格美丽的时光。可我做不到。十二年来，我无时无刻不在想念着母亲。人在他乡，我不敢看甘肃台的节目，怕我又回到西部那个伤心的地方；我不敢走进任何寺庙，怕见菩萨神灵，因为我再不能许愿让苍天保佑我的母亲健康长寿；我不敢回想十二年前的冬天，怀着悲伤，向着老家奔走，怀着悲伤，又离开老家的情景。

　　那年的冬天，十分的寒冷，陇东黄土高原，下了四十年来最大的一场雪，足足有二尺厚。就在那一年的农历十一月十七日，母亲去了天国。当已经退休的大哥首先知道这个噩耗时，就担心这怎么给北京的小弟说呀？怕我承受不了这么大的悲痛。那时，我的右眼皮连续跳了一月时间，就在那天下午三时突然不跳了，母亲就是在那个时刻去了天国。她走时给三哥说她想吃红薯，因为她的许多牙都掉了只能吃红薯，可红薯没有买回来她就走了。得到母亲离世的消息，我当天晚上就匆匆赶到车站，买了站台票就上车了。车长看到我痛苦的样子，给我补了一张卧铺，我一个晚上都在流泪。火车一路向西，到西安后漫天大雪飞舞，一片洁白，大雪把所有的高速公路都封了。平凹兄在书房里等了我一夜，写好了挽联并塞给了我一沓钱，好朋友们给我找来大马力的越野车，系上防滑铁链上路了。走了六个小时好不容易到永寿梁了，但大雪把道路封死了，拉货的大车连绵几十公里，我们只能返回西安又从西桐公路翻越子午岭回正宁。大雪堵塞道路，车像蜗牛一样爬行，特别是过了铜川，上了金锁关山路后，随时都有翻车或者掉到深沟的危险，更不凑巧的是防滑链也被碾断了，我们又回到铜川市，重新装了两副防滑链接着上路。经过二十多个小时跋涉，我带着疲惫的身体和一颗沉重的心回到了生我养我的老家。那时，母亲躺在冰冷的棺板上，她去世已经快四十个小时了。叫了一声"妈"，我一头栽倒在母亲的棺材旁就不省人事了。我大哥后来对我说，当时，我悲伤过度，浓密的头发大片地掉下来，可把他吓坏了。

苏醒过来，我跪在母亲的灵柩前，悲痛断肠："星夜兼程赶回家，老母已把眼闭上；冷月空悬鹤一声，千言万语对谁讲？"妈妈哦妈妈，你为什么不让我见上您最后一面？电话上说您要等着我回来，您到处在找我，碰见人都给人说您把我丢了。您说那时家里穷，我从十六岁穿着单裤子去油田当钻井工人，在油田野外打井，要上四十米高的井架，穿这单裤子怎么行？您晚年就把家里的棉被拆了，给我缝成厚实的棉裤，挂在柜子里，就像夏天麦地里吓麻雀的稻草人样站立着。现在，我看见这棉裤，更让我悲伤。妈妈哦妈妈，是我把您丢了！我小时候给您说的话，一句都没有兑现。我跪在您灵柩前，千言万语涌心头："时在甲申年，仲冬中浣天，残月洒青泪，碧空白云翻，松柏结银露，山岭穿孝衫，老母归天去，揪碎我心肝，回忆童年事，酸辣苦又甜，妈妈为儿女，血泪已流干，母亲到我家，勤劳又节俭，冬天无棉衣，盛夏缺单衫，纺织到夜冷，缝衣五更天，不说自己苦，尽解别人难……"我在您的勤劳无私的品质培育下，十六岁到油田当钻井工人，忙于写作、自学考试、结婚建立家庭、工作调动，一直奔跑着生活，就是一心想着要给妈妈增光。可是，出门在外，回老家次数少，我没有好好陪母亲说话，没有陪母亲在大集上走走，我后悔啊。

我永远不能忘记，十二年前把母亲送走后，我是以怎样的心情离开黄土高原的。正宁笼罩在大雾之中，它不让我看清故乡的容貌，是怕我伤心吗？还是不让故乡看见我长长的泪水？我离开了永远长眠于九泉之下的慈母。一路上，我的泪水就像黄河一样长流，我带着泪水回来，又带着泪水和伤痛走。泪水伴着我走过泾河，走过渭河，走过黄河，一路上我都在悔恨，我都在忏悔，我用什么去弥补对妈妈的不孝？我只有将母亲的相片紧紧地揣在怀里，我要把母亲带回北京。到机场后，我专门要了靠窗的座位，我让母亲看看蓝天白云，看看北京的天安门。我曾多次想接母亲到北京，可是她从来不答应，家里兄长姐姐们也不同意，说母亲八十多高龄了，坐不了长途和飞机，就这样妈妈从没有来过北京。飞机在蓝天飞翔，我的心在流血，泪水冲洗不了我愧疚的心灵，泪水洗不净我长长的思念！妈妈哦妈妈，您能原谅我这个不孝的游子吗？我心痛如绞，我问苍天，我问大地，西部大地在浓雾中沉默不语。

母亲就在这样一个极为寒冷的冬天走了，她把春天留给了子孙，她选择了最为寒冷的冬天，难道这就是她一生的写照吗？她没有等到过年，没有等到我回来。母亲走后，天气奇冷，大地为她悲伤，普天为她戴孝，天白地素，山河恸哭！我痛苦，我悔恨，我自责，我捧着母亲的遗像，回到了北京的家里。妻子和女儿知道我对母亲的感情，她们在我没有回家前就商量好，不看电视不谈论老家的事情，不营造悲伤的气愤，怕引起我伤心。越是春节临近，我就愈加悲伤，每年春节前我都给妈妈寄钱，可今年妈妈不在了，她再也花不上我的钱了，我只有面对妈妈的像，默默地祈祷着她在天国里保重，宽恕我这个游子。我不知道自己什么时间能从这个悲痛中走出来。世界上最疼我的那个人去了天国，留下的是我长长的思念和忏悔。

一个春节期间，我一个短信都没有发出，沉浸在思念妈妈的悲痛之中。我听说妈妈是为等待我回家，为寻找我而渐渐失去记忆的。她去世前的那段时光，突然要求从县城三哥的家里，回到故乡染峪村。她每天都站在村口的风里，等待我回家，她说我是十六岁从村头离开家的，走时穿着单裤子，冬天到了，油田上野外工作更冷，她要我回来穿上她八十多高龄亲自缝的棉裤再走，一等就等到天黑下来，家里人才把她拉回家。后来，家里人发现她说的全是我小时候的事，是四十年前的事，就请来大夫给瞧病，医生说妈妈得了老年遗忘症，给开了些药，但也不见效果。我听说后，赶快请假回到老家去看她，见面后妈妈说你不是我儿子，他走时才十六岁，穿着单裤子人也瘦得很，长着一头浓密的黑头发，你怎么是他呢？我听了心里难过极了，泪水就涌出了眼眶。妈妈说你不要哭了，就算是我儿子吧，那你就是大儿子。我给妈妈讲小时候和妈妈一起经过的事情，听到关键时她突然明白了，这些你都知道，看来你就是我娃了，我这次一定要把你守住，不让你跑到油田去了。

可是，我离开老家时间不长，她又开始找我。此后，不再站立在村头，而是离开村子去很远的地方找，有一次家里人没有看住，她走出村子有十多里路，被一农民家人收留。家里人非常急，全家人和亲戚出动，找遍了方圆十多里的村庄才找到了母亲，从此家里就有人专门看守着她，再也不让她出门了。就在妈妈去世的前一天，她突然要去老庄院子看看。老庄院子好久不住人了，因为我三哥一家早搬家到县城，老院子的大门锁着，院墙上长满了蒿草。妈妈用手一遍遍抚摩了院墙后，很平静地回到了二哥家。说再也不用找我了，找回来他还会走的，她给三哥叮咛要告诉我吃好穿暖和些。三哥去给她买红薯，红薯还没有买回来，她就去世了。

妈妈说她把我丢了，其实是我把妈妈丢了。在我成长后的日子里，我除了给妈妈钱外，我还给过妈妈什么？我没有给妈妈做过一顿饭，洗过一次脚。可是妈妈给了我全部，给了我生命和思想，给了我无尽的爱。我是个骗子，小时候说的话，一句都没有承诺，没有实现。我之所以能有今天，是善良贤惠高德的妈妈给予了我教诲和榜样。我之所以悲痛，是这一辈子没有做够妈妈的儿子，留下了许多遗憾，不知下辈子还能给妈妈做儿子吗？妈妈哦妈妈，你能听到儿子的呼喊吗？

妈妈的一生，是中国千万个善良妈妈的写照。妈妈的爸爸的爷爷，原来是河南邓州人，那年河南黄河发大水，妈妈爸爸的爷爷兄弟几人，手拉手从河南逃荒到了陕西的富平县安家，此后老大和老二为了开辟新的土地，又继续西去到了甘肃的正宁榆林子黄土原开荒种地，渐渐发展到几十户人家，成为习家村。妈妈嫁给父亲时，用妈妈的话说父亲是一个"老头"，因为家里穷，父亲的父亲去世早，父亲就先给自己的弟弟即我的叔父卖地娶了媳妇，可叔父的媳妇我的婶婶在生了三男一女后却得了一场大病早逝了。父亲没有办法只有自己娶亲成家，所以妈妈嫁到我家就养育了我的堂兄堂姐。妈妈说那时一家十多口人，她仅缝布鞋，每次就要做十多双，经常是通宵纳鞋缝衣，第二天还要做饭去地里劳动，而且都让堂兄穿新衣服，我们亲兄妹全部穿他们穿过缝补的衣服。在妈妈八十大寿时，我的堂兄们流着热泪给妈妈磕头。所以我出生时，妈妈已经年龄大了，而且那时正值人民公社大食堂，妈妈天天要做够全村人吃的饭，高强度的劳动加上营养不足，我生下来就像个小猴子，妈妈奶水不足，我吃不饱就整天哭。长长的夜里，困光三月，土地还没有解冻，什么吃的都没有，我的哭声就穿透夜空，也穿透妈妈的心，她只有把我抱在怀里，夜长得让人心慌，让人透不过气来，我的哭声一夜又一夜，每一夜都是一把钢钎，刺透了妈妈的心。

在我两岁时，正是三年自然灾害。妈妈把她碗里少有的几片高粱面给我吃了，她就喝些菜汤，我吃了这些又涩又粗的红色高粱面拉不下，每次都憋得满脸通红，妈妈用手给我把大便抠出来。由于营养严重不良，我就得了贫血。妈妈说，我每天晚上都饿得满头大汗，心跳得像打鼓，浑身上下烫人手，肚皮薄得能看见里面的肠子。我成长的童年时光，就是妈妈心疼的岁月。我的每一哭声，都让妈妈揪心，妈妈是在心疼我中煎熬地度日子，这样的煎熬伴随了妈妈的后半生。到晚年了，她还为寻找我失去了记忆。

我的成长，倾注了妈妈全部的爱和揪心。可我给妈妈许诺下的话，一句也没有实现。我记得我第一次知道世界上还有一个甜的食品叫糖。那时，村里来了小货郎，可以用粮食换针线，也可以用头发换些像豌豆粒大小的"洋糖"，妈妈把她平时脱落的头发，一卷一卷地塞在墙缝中，拿出来给货郎，换来了十多粒洋糖，我头一次吃糖，太好吃，甜极了，吃了两粒就舍不得吃了，可又没有地方存放，就干脆放到嘴里，怕姐姐们和我抢。不知道糖是可以化成水的，第二天醒来，放到嘴里的糖没有了，就大哭大闹，硬说别人把我的糖拿走了。那时，妈妈没有办法，就一个劲地揪自己的头发，希望脱的头发多多的，好为我换糖吃。我就说妈妈等我长大了，一定想办法把你揪下的头发，让再长上去。可长大了一直到妈妈的头发花白了，我不但没有给妈妈买过任何生发灵，也没有给妈妈买过染发膏。我是个大骗子啊！

　　小时候，妈妈领着我去大姨家。那时乡村都是黄土路，我们去时路面冻硬实了，可我们回来时，路面解冻了，全部成了稀泥糊汤，我脚踩下去，就拔不出来了。走一步都很难，妈妈心疼儿子，把鞋用绳子绑上，踩在稀泥里，她把我背上走。我六岁几十斤重了，妈妈已经四十六岁了，小时候还缠过脚，就那么小的脚踩在冰冷的泥汤里，每走一步都十分困难，五里路走了半天时间，累了就站着喘口气，坚持不把我从背上放下来。我也心疼着妈妈，给妈妈说等我长大了，天天背着妈妈游。可是我长大了，没有背过妈妈一次。我是个骗子啊，妈妈我现在多想背着您啊，可这一辈子都没有可能了。妈妈哦妈妈，您知道儿忏悔的心吗？

　　妈妈还给过我第二次生命。妈妈说我生不逢时，自小多灾多难。在我五岁那年，我和孩子们玩耍不慎掉到一个几十丈高的悬崖下，当场就七窍出血，特别是下颌脱臼，奄奄一息，当大人们把我抱起时，就认为没有办法抢救了，准备用干草卷上就要埋葬了，就不让妈妈见我了。因为下巴拉得很长，耳朵鼻孔都流着血，样子惨不忍睹，我的堂兄说还是让老人看一眼吧，不然怎么向她老人家交代？听说妈妈看我一眼时，特别镇定没有哭，而是用手在我流满着血的鼻孔上试了试，这时我可能见到妈妈了，用尽了全身最后一点力气，鼻孔吹起了一点血泡。妈妈说这孩子没有死他有气，赶紧把我抱到还在重病之中的父亲跟前，听说父亲用了生命中最后一点力气，用手把我脱臼的下巴给安上了，听着"咔嚓"一声，我呼出了一口气活过来了。家里人赶快抱着把我送到了公社医院，简单地进行了治疗。不几天病重的父亲就去世了，至今父亲在我的印象中只留下一个高大的背影，我连他的形象一点记忆都没有。等我的伤渐渐好了的时候，发现我脱臼的上下颌粘在了一起，嘴张不大了无法吃饭，每天用一个吸管喝些面糊糊，已经参加工作的大哥回家见到我，给家里人说，嘴已经粘连了必须要进行开口手术，不然怎么吃饭，这才把我送到了县医院，大夫说来得太晚了，肌肉已经长在一起，开口要受极大的痛苦，就用开口器一点一点开，开始把长在一起的肌肉撕开，疼得我撕心裂肺地哭喊，满嘴鲜血流淌，妈妈就掐着自己的手在旁边流泪，后来当我有了自己的孩子时，我才体会到我给妈妈带来多么大的痛苦！疼在我的身上，可真正的疼却在妈妈的心里。就这样妈妈给了我第二次生命。我小时候，还特别希望得病，因为只有病了，妈妈才到邻居家借上一碗白面，用红布包住给我叫魂，叫着我小名从大门外走进来，一个人在前面叫着我的小名说"存平"你回来，后面一个人答应：回来了，回来了！用这驱邪，然后把这碗白面，给我擀成又薄又筋道的面条。面条薄得像一张纸，用蒜泥和韭菜加油泼辣椒拌得香香的，我吃了这碗世界上最好吃的面，病立马就好了。当时想皇帝也吃不上这么香的饭，现在回想起来还馋得流口水。

　　妈妈的善良无私，成就了我的人生。我离开村口时，妈妈给我说的话，至今还是那么清晰。妈妈说，你走出这个村口，就离开了家，以后的路靠自己走，一是要敬重他人，见有困难的人就要帮哩，帮人就不图回报，不要有目的，这样你的朋友就越来越多。后来，在我入了党后，我对妈妈的话有更深的体会，我们党员就要为人民谋利益，为人民做好事不图回报。我在工作中遇到困境和挫折时，我感到委屈时，就想回到妈妈的身边给她诉说，这时妈妈给我说着家乡的每一个人和家庭事，东家有困境西家有难肠，她把全家的人和全村的人都装在心里，就从来没有说过自己的艰辛。睡在妈妈烧的热炕上，静静地听着妈妈讲家乡的故事，我的委屈和遇到的难题就一下子化解了，更多的是有了承受挑战的勇气和战胜困难的信心。妈妈让我把挣下的钱要省着花，给家里有困难的姐姐、堂兄们多些帮顾。我怀着沉重的心情回家，一身轻松地回到油田，经受油田野外繁重的钻井工作的锤炼，我从一名钻井队场地工，干到了内外钳工，虽然我只有五十多公斤体重，但抬钻杆、挖元井、拉猫头、提卡瓦，一样不比别人差，沉重的高强度劳动没有压垮我，反倒锻炼了我，使我饭量增加，小时候的贫血病也得到了好转，身高也长了。我像铁人王进喜一样工作和学习，在钻井队下班后就利用一切时间学习和写作，在油田内外的报刊上发表了大量新闻和文学作品，我参加了全国自学考试，获得了大学文凭，被评为全国自学成才先进个人。现在我是研究生文凭，职称是正教授，特别是 2013 年我被国家人社部、中国文联授予建国 63 年以来全国文联系统享受劳动模范待遇的十五名先进个人之一。这些，既包含了我的努力，也是妈妈教育有方。

妈妈哦妈妈，你去那边已经十二年了，四千多个日日夜夜，儿子每时每刻都在想念着你。岁月已经沧桑，你的善良慈祥的形象却在儿子的脑电图上越发地清晰起来，一刻也没有离去。其实，我原本多么盼望能永远在您身边啊，记得那年我在长庆油田研究院工作，分了房子我就急忙接您到油田，可住了几天您就坚决地要回老家去，您说你们上班了，我一个人呆呆地坐在楼房里，急得没有办法，说话的人没有，想到田间地头树荫下走走也去不了，城里到处是水泥马路和楼房哪有乡下好？但我知道您放心不下那么多的孙子、孙女、外孙子，您一生养育了我们兄弟姐妹还有堂兄堂姐，带大了那么多的孙子，可以说是一个托儿所所长。但您从来没有打骂过任何一个孩子，就是孙子们不论哪位半夜尿床了，被他们的父母打骂时，您都要半夜起来把孙子接到您的怀抱里，我没有见过世界上有妈妈这样善良的老人，我小时候干过多少坏事，您都没有打过我，却只是给我讲道理。

我到北京后，您已经七十多高龄了，我一直想接您来北京，可哥哥姐姐们不让您来，说古来七十不出门，八十不留宿。我只有每年回家匆匆地看望您一次，每次离开老家的时候，都让哥哥姐姐们陪着我流泪。您把我送出村口很远的地方还要送，我实在挡不住您，就只有上车走了，可当汽车启动时，我从后视镜里看到您追着汽车跑，我只有停下来又陪着您向老家往回走。所以，每次离开老家我都特别地难过，甚至老家人不希望我回家，也怕我回家，怕分别时难以忍受的痛苦。您一辈子生过我一次气，好久不愿和我说话。那是大哥带着您游览了一次古城西安，这是您一生去过的唯一大城市，就在游览的时候，小偷把您的钱偷走了，您难过得不想继续游览了，让我大哥带着您赶紧回家。我知道后回家给您奖励，说您一辈子丢了一次钱，丢得好极了，我给您加倍奖励。您说都怪你给我那么多钱，你要不给我那么多钱，我就不会被人偷钱了。您不愿意和我说话，我知道您虽然怪罪我，但还是在自责。您一辈子凡事都在自己身上找原因，善良得连贼都不去谴责，怪儿子给了您钱怪自己没有保存好。

妈妈哦妈妈，十二年了，我实在放不下您，您在那边过得好吗？冬至那天，我又回了一次老家，在陇东黄土高原的寒风里，我一头扑进您的坟头，那里已长满了荒草，旁边的松树长成两人高了，坟头的荒草在凄凉而哀怨地摇曳着，墓碑的石亭庄严而肃穆，我跪在您的坟头诉说着我十二年来长长的思念。我在坟上，您在坟下，离得这样近，可却永世相隔。我记得在内蒙古石油前线会战的严冬，我感冒发展成了肺炎，没有条件得到治疗，后来落下顽疾性咳嗽和过敏性鼻炎，只要天气一变，我就打喷嚏不断，您说那是妈念叨你哩，所以我就常常打喷嚏，感到妈妈永远和我在一起，可是自从十二年前，妈妈走了后，我再也没有打过喷嚏，天气一变就只有流清鼻涕和眼泪，难道妈妈您已经一刀子把心割断了，再不念叨我了？我把妈妈的心疼死了！可我却无法把心割断，我的忏悔、我的对妈妈无尽的思念，将伴随一生。愿妈妈在那边不再操心儿子，愿妈妈在天堂幸福！

刊于《中国作家》2017年第6期

三看昭通

叶 梅

人称"七彩云南"，我看云南像一朵盛开的映山红。

这或许与我的家乡三峡有关，每到春天，巫山、大别山一带的映山红漫山遍野无比烂漫，此花"本是山头物"，没有牡丹富贵，也没有梅花孤傲，开得没心没肺似的，质朴而又天真，在山野里无拘无束的，相互和谐互不挤对，一簇簇相依相偎如姐妹家人抱着团。

映山红的雅名叫杜鹃。今年春天回到湖北，正逢大别山下的麻城杜鹃花节，方圆百里的龟峰山五月成了花海，无数人老远赶了去。我们去的那天有雾，白蒙蒙的，分不清究竟是云海还是花海，但见雾中的花儿格外凛然，深红透着筋道，粉红透着娇嫩，生气勃勃地支楞着，毫不扭捏。恰巧那段时间正要写"云南"，眼前的映山红让我心中一动，突然想到多次端详过的云南地图，恰似这盛开的映山红。伸向东边的花瓣是曲靖、红河、罗干多依河；西边是腾冲、瑞丽、高黎贡山；南边是西双版纳、热带雨林，从昆明往西北方向依次有楚雄、大理、丽江，以及巍峨的梅里雪山，而昭通则是朝向东北角的那一瓣，高高地翘起，正是那里长卧着的乌蒙山脉，四季葱茏奇峰峻岭，拱起了观斗山、豆沙关。

云南似一朵花儿，来自我这个外乡人的目光，云南朋友的心中一定会有更多比这恰当的想象。苏东坡道："横看成岭侧成峰，远近高低各不同。"云南的奇妙，值得一次又一次体验和琢磨。第一次去，会觉得知道了不少东西；第二次去，会觉得原来还有那么多东西不知道；第三次去，突然会觉得原来自己什么都还不太明白。

昭通，对我来说就是这样一个去了三次，而到后来猛然一想，却什么都还不太明白的地方。

说到底，昭通的文化源远流长，外乡人走近，必先存敬畏之心。

去昭通不能不到豆沙关，在这里，能立刻感觉到从远古到今天的峡谷之风。站在豆沙关隘口，只见百丈悬崖迎面而立，滔滔关河在峡谷的挤压间奔流而下，瞬间已是万年。

豆沙关连通四川与云南，两壁千仞石岩，形成天然关隘，古隋朝时期修成巨大的石门，厚一尺二，所谓锁滇扼蜀，一夫当关万夫莫开，只有鸟飞过，哪有人去得？据记载在唐代曾经锁关多年，一锁就是几十年光阴，滇川之间只得绕道而行。即便敞开关门，通往关隘的路也是极为狭窄难行。所谓"五尺道"，史料上解释为"横阔一步，斜亘30余里，半壁架空，奇危虚险"，现在残存遗迹尚约有350米，一级级青石阶上留有240多个深深的马蹄印。

五尺道始建于秦，由川入滇，是到缅甸、印度的古西南丝绸之路的重要通道，沟通了川滇商贸文化往来，中原、蜀地、夜郎、滇地的客商竞相而来，一队队马帮长年累月载着布匹、盐、大米、山货、药材、茶叶、银、铜等物品，络绎不绝地往返于五尺道上，马蹄声碎，喇叭声咽，多少故事撒落于峡谷深处，漫漫长路。

有了豆沙关，便不能没有豆沙镇，那里的烟火勾引着客商们的魂。

这镇子位于昭通盐津县西南，附近那些星星点点的村落，从名字便可知其古老：摩崖、石门、长胜、黑喜、石缸、万古、银厂，还有一处盐井。这一带既产出宝贵的盐，还炼出更为宝贵的银子，是谓名扬天下的云南朱提银。历代朝廷都将云南作为提银的天然银行，穿梭于五尺道上的不光是民间客商，还有声势浩大的官家马帮。无论是谁，走到豆沙镇都必得歇一脚。

关河水从高高的豆沙关奔流到此，水势逐渐变得平和，是歇船的好去处。

上得岸来，一壶热茶三杯老酒，上好的卤香牛肉切成大块，快活胜过神仙。一夜歇过再启程时，一定不会忘了揣上豆沙镇女人蒸的黄糖糕，几十个也不算多。

糕是磨细的米粉做的，加了黄糖，也就是红糖，用山里采下的新鲜棕叶包好，蒸出的味道松软甜香，是在山道上走乏的时候最好的填补。

还有少不了的干辣椒，大个儿的像红蜡烛，小个儿的像胭脂花，有的辣中带甜，有的又辣又麻，有的辣得人跳脚，头皮都要炸起来。但赶马帮的人喜欢，一路风餐露宿寒气重，没有辣椒和酒顶不住。云南人各地都喜做腌菜，昭通这一带也是如此，小镇的女人腌好的泡菜豆豉，装在一个个小巧的陶罐里，用麻绳扎紧了罐子口，不透风不变味，一旁走过便会闻到浓浓的香气，闻到的人会忍不住咽口水，下饭是最好的吧。

这些不是我的想象，是那天走在豆沙镇的小街上亲眼所见。

天气晴好，豆沙镇每逢二、四、七赶集，这天正是集日，暖洋洋地走在小街上，心情不由跟天气一样明亮。脚下的石板街据说已有一二百年，长长的麻条石光可鉴人，沿街摆满了小摊，酒、腊肉、药材、青菜、数不过来的小吃，摊子后面是敞开的店铺，更是琳琅满目。镇上的妇人长得美，一颦一笑真是好看，我举起手机想拍，有大方的女子侧过身子回眸一笑，也有不太愿意的扭过头去，手也收了，揣到系在身上的围裙里，假装跟旁边的人说话，其实眼角还瞄着这边，或许心里想，这些人干什么呢？

其实镇上从来都是来往不断的人，四面八方的都有，妇人们早都见惯了，只是懒得理会而已。倘若说要买黄糖糕什么的，妇人会立马高兴起来，笑着推过跟前的竹箕，说刚蒸好的，好吃得很，你要不尝一个嘛！她说着就要掰下一块来，我说不用了，看着就一定好吃的，买两个尝尝吧。妇人殷勤地包好了粑粑，递到手里，说再多买几个带回去给娃儿们吃嘛。

其实我心里倒是蛮想买给家人吃的，但一时半会儿回不了北京，放在包里怕是会馊，只好有些恋恋不舍一顾三盼地走了。

豆沙镇上下三五里，陪伴着远方来的关河。关河则像一个奔放的男人，行走到这里，得了女子的温存，也不由显出多情的样子，缓缓流淌而不忍奔腾向前。小镇近年间重新修缮过，添了很多新的气象，有意打造了古丝绸之路的痕迹，比如一些雕塑，一些文字，但有些像婚后的女子好多年都不怎么打扮，突然之间换了新衣裳，显得不太自然。但对不太知道昭通历史的人来说，却是入了一个窗口，从中窥见了几乎就要淹没在岁月尘埃里的往事。

回望豆沙关和小镇，不会忘了它的雄奇险峻与悠远的历史，那条承载了军事、商贸、文化的五尺古道，如今已化作立体通道，崖壁顶上有昆明至水富的高速公路穿山而过，山脚下有内江到昆明的火车呼啸而去。石门断壁上让世人称奇的"僰人悬棺"至今清晰可见，据考证，僰人的历史可追溯到夏朝和商代，周朝时曾建立过僰侯国，明朝之后消亡，只有那神秘的悬棺仍藏于高达四五百米、宽千米的黑色石壁上一条醒目的石缝里，是那古国存在过的证明。

悬棺在全国一些大江小河的峡谷里多处可见，三峡神农溪、大宁河一带就有，跟这"僰人悬棺"一样，人们一直在猜测是如何搁置上去的，但终没有肯定的结论。它引发人们的探究和无穷的想象猜测，或许这比结论更有意义。

豆沙关吸引了无数专家学者研究出名字的由来，望文生义，一般会以为这地方是因出豆沙而得名，实际上是历史上曾有过一位姓窦名勾的关守在此驻扎，天长日久因当地人的口音之故，叫作了"豆沙关"。

最吸引我的还是豆沙镇上的烟火，那些漂亮的妇人，巧手酿制的美酒佳肴，树荫下摆古的白胡子老人，欢笑着跑来跑去的孩子。

昭通古时曾叫朱提、乌蒙，是一个彝族聚居区，彝族古代以鲁望为中心向四方分野，鲁望即现今鲁甸县。

相关的历史错综复杂，但彝族人后来无论家在何方，都以昭通鲁望为祖先的发源地，这从四川凉山的彝族人那里可以得到印证。诗人吉狄马加就曾说起，在他的家乡凉山，老人故去后，人们会将他的头朝向云南，并在四周点燃火把，那是为他照亮回家的路。

鲁甸曾遭受多次地震，2014 年 8 月间发生了百年不遇最为严重的一次，顷刻之间龙头山一带良田房屋尽毁。

　　那天正是大中午，一个女人回到家稍作歇息，刚躺上床突然感到床板摇晃，大门砰砰乱响，她以为是在做梦，爬起来打开大门，惊骇地见到门前的场坝裂开了一条大缝，天地昏暗像是妖魔降落。女人顾不得多想，奔向场坝旁边一棵花椒树，一把紧紧抱住，只觉得天旋地转，她死死不敢松手。邻居院子里又跑出来几个人，女人拼命呼喊，叫他们赶紧抱树、抱树！直到地震停下来。事后得知，当时好多待在家里的人都被倒塌的房屋压住失去了生命，但在山上扯花椒的人，抱住花椒树的人都平安无事。

　　鲁甸人多为彝族，但也有大量汉族和其他民族，大家世代生活在一起。这一带盛产花椒，量大品优，当地农户大都喜种花椒，有的靠它修起了房子，有的为孩子上大学挣来了学费。8 月间正是满山花椒飘着清香的季节，农户们大都上山收获，当地人叫作"扯花椒"，万万没想到会突然之间发生地震，扯花椒的人却因此逃过了劫难。地震过后，人们不止一次感恩，说花椒树真是救命树啊！

　　房屋田地被毁掉的农户后来都住进了新房，这是在 2016 年的春天，我们去到鲁甸的新农村，只见一排排整齐漂亮的小楼，楼门前的院子里搭着竹篙，晾晒着花花绿绿的衣被，门侧贴着鲜红的对联："日暖芳园来紫燕；春和玉树发新芽。"

　　但见一位老伯正在门前择菜，便上前问好，老伯让进屋里，沙发上坐着他的老伴，手里正忙着针线活儿，见客来便起身让座。我们一行几人，只见这屋里窗明几净，都不由叫好，看这老妇人扎的鞋垫，白底红线针脚细密，中间绣出的红花绿叶更是好看。与老夫妇聊起，原先却是在龙头山那边住着，地震毁了房子才搬到这边来，儿子媳妇都在外地打工，留下一个小孙女请他们照看。田是没法种了，离得太远，只能做点针钱，能卖出去几双就算几双，也指望不上能挣什么钱，不过好在还有几亩花椒树，那是他们养家的靠山。

看看沙发上放着扎好的十来双鞋底，我们掏钱都买了下来。我很想上山去，看看他们家的那些花椒树，今年长得如何。但老伯说季节还不到，现在只是5月间，花椒刚刚冒出点小苞，跟小米粒一样，小得看不清。还是到季节你们再来吧，尝尝我们鲁甸的花椒，老夫妇送出门来说。

从鲁甸回到昭通城里的酒店，似乎是轻车熟路，三次来昭通，每回住的都是这家店，周围的街道都走熟了。

往右拐的街上开了一溜商铺，靠近的一家装潢齐整，专卖"野生天麻"。在我的记忆里，天麻是颇为贵重的特产，鄂西一带的二高山上才有，平常人家要是给朋友送上几颗天麻，会被当成大礼。这些年却感觉天麻似乎多了起来，并且比原来的个头大了很多，一个个长像跟土豆似的，怀疑不是野生的。一问果然有了人工培育的天麻，且产量不低，难怪有了产业化的加工、包装和销售。但昭通这家店里卖价不低，说都是从山上挖来的野生天麻，将绳子捆在腰上爬到悬崖边，或是老坡里，得来很费功夫。

店老板是一个光头的壮汉，他说不信你买回去试一试，比家生的效果好几倍都不止。天麻的疗效很多，民间流传最广泛的是治头昏，老母鸡炖天麻，这是一道经典。我想，要是哪一天头昏，就一定来买昭通的野生天麻。

但现在，我看到这家店前的人行道上，几个妇女在一边聊天，一边十字绣。被围在正中的彝族妇人五六十岁了，但眼神看上去很清亮，穿针引线全不费功夫，她手上绣的是一幅两丈开外的孔雀戏牡丹，已经绣好了大半幅，一摞小山似的堆在她的小竹凳旁，盖住了她的脚。她头戴一顶蓝色制服帽，有些像赵本山在小品里常戴的那种帽子，身穿蓝色大襟上衣，外系一条黑面绣花围裙，腰间扎得紧紧的。在云南红河、临沧等地也见过老年妇女的这种打扮，显得能干利索。

我请求几位妇女打开绣品让我看看，她们毫不犹豫地答应了，但嘴上却又说："有什么好看的嘛？"云南人的口音跟四川、贵州，包括鄂西都很相似，只是咬字更用力一些，女人们七嘴八舌，铿锵有力掷地有声，听出她们是在玩笑，也叮叮当当的。

说话间，那绣品从她们手上一卷卷放开去，放着放着，就见那孔雀飞了起来，翅膀抖搂着，满地都是花儿。一眨眼，这昭通的大街上都开遍了。

选自线装书局 2017 年 5 月版

脱贫何以称"攻坚"?

蒋子龙

　　从农历 2017 年除夕，到正月初二，我在情绪上几乎是没有间断地读完戴时昌的长篇报告文学《姜仕坤》。觉得这个春节过得洁净而受益，心里生出一种莫名的敬重之感。这是对生活、对人的敬重。此时也才意识到，这种"敬重感"值得珍惜。不知从什么时候开始，对生活的认知常常被怀疑、调侃、烦躁、亵渎乃至斥骂所左右。

　　这本书不夸张，不煽情，不受社会风气的拘羁，没有宏言大论，全身心地投入自己的真情实感，用扎扎实实的人和事，以朴茂坦荡的精神气格，坚实饱满的创作情绪，语言刚劲清和，又极具地方特质，慢慢清除了读者被信息爆炸弄脏弄乱的心绪。心先是静了下来，然后热起来，随之被打动，敬重便油然而生。

　　在信息迷乱的当下，只有端劲磊落地道出生活的真实，才能深合世道人心，也才能真正折服读者。

　　近年来国家着力推行一个观念："脱贫攻坚。"纵使从 1949 年计，贫穷已延续半个多世纪，涉及数十万乃至数亿人，贫穷竟如此"持久"，确实到了"啃硬骨头""攻坚拔寨"的时候。然而，所谓"物质极大丰富"的商品社会中人，特别是现代城市人，还真的能理解什么是贫困吗？

　　这本书告诉人们，什么是现代社会真正的贫困。贵州是中国唯一没有平原的省份，被称为"喀斯特王国"。全国最贫困的县：晴隆，正是坐落于黔西南的大山里。

对，是"最穷"，不是"之一"。

大山上有小山，小山上乱石如麻，光秃秃的山崖裸露于蓝天白云之下，满目苍凉。石头与石头之间的缝隙中，依稀有些泥土，可以种上一窝苞谷，"春耕一大坡，秋收几小箩"。书中有个令人称奇的细节，晴隆的鸡不啄米。因从未见过米，不知道大米是可以吃的。由此可以想象人穷到什么地步了。有的农民甚至没有锅，或几家共用一口锅。俗语形容最倒霉的人是"喝口凉水都塞牙"，连位于半山腰的晴隆县城，用水都要限时限量。

贫困、贫困，"贫"与"困"常常连在一块。他们又被"困"到什么程度呢？是实实在在地无路可走，闯险道曾摔死过两个乡镇干部，像兰蛇坡上的村落，地处海拔近 2000 米，"山高，坡陡，谷深，不通电，不通水，不通公路"。20 世纪 90 年代初，联合国卫生组织实地勘查后得出结论："晴隆是不适宜人类居住的地方。"

这是站着说话不腰疼。"人往高处走"，谁不想住好地方？晴隆百姓的祖先当初选择居住于此，肯定有不得已的理由，其子孙后代辈辈苦守于此，证明了另一种道理，对于中国的穷苦百姓来说，何处"适宜"，何处不"适宜"？既然"适宜"的地方住不了，不"适宜"就是适宜。民间还有句老话，"只有享不了的福，没有受不了的罪"。一年年延续下来，当贫困成为一种习惯，若想改变现状，须首先转变观念。贫困很大程度是困在观念上。

因举世尽知的贫困，许多年来晴隆接受救济多，本身开发少。没有开发也并非没有好处，首先没有走弯路，没有破坏，没有污染。随着科学的进步，人的思维的深入和拓展，再加上别处开发提供的经验与教训，晴隆的灵魂人物，开始重新认识眼前的这片大山：海拔最高 2000 余米，最低处 500 多米，落差达 1480 多米，形成一个个高山峡谷。年降水量在 1050—1650 毫米之间。这个数字称得上是雨水充沛，只因丰于石而歉于土，使传统农业没有优势。而发展草地牧畜业却得天独厚，在整个中国南方都找不到这样的好地方。

即便是北方产羊的盛地内蒙古、新疆，年降水量也只有150—450毫米，因水少土干，羊吃草几乎连根拔起。被羊啃过的草场要很长时间才能恢复，再加冬季漫长，一年只有五六个月能在户外放牧。而晴隆山体破碎，学称"石漠化"，经过实验却适宜种草。草长起来还可以把裸露的岩石覆盖，使秃山变绿。由于年平均气温14.6度，一年四季都可让羊吃鲜草。所以晴隆的羊高纤维、低脂肪，肉质极佳。有个小实验谁都可以做，到北京吃涮羊肉，肉一进锅很快会泛起一层黑沫子，而晴隆的羊肉，从头涮到尾都不会起黑沫子。

但，真正的脱贫是个复杂的系统工程：草的种植和管理，选择羊的品种以及繁育、饲养和销售，最终还要进入市场，形成商业规模……当一个科学的又是务实可行的思路确立之后，这个最穷的地方就可以吸引脱贫不可或缺的各路精英人才。比如从中国农科院北京畜牧研究所硕士毕业的刘树军、伊亚莉夫妇，没有像他们的许多师兄一样设法留在北京，而是毅然投奔了晴隆大山，一头扎进国外优质羊与本地羊的杂交扩繁研究。在此之前，国内优质羊品种多依赖进口，一只种羊进口价要3万元左右。以刘树军为首的团队采用胚胎移植和人工授精等技术，培育出适合南方喀斯特草地畜牧条件的优质种羊，直接将其命名为"晴隆羊"。每只售价仅5000元，满足了全国对优质种羊的需求。而且品种不断改良升级，2016年一年，第五代"晴隆羊"的种羊数量，就超过了5000只。此是后话。

有些特殊地区不能种草养羊，还可以种茶树、矮秆烟叶等，总之要让可利用的土层，实现经济价值的最大化。好主意有了，要说服农民却并不容易。他们觉得种苞谷虽然吃不饱，只要年景不是太差就饿不着，何况每年国家还给点救济粮，苦得实在，穷得牢靠。几辈子都是吃半碗稳当，就不要贪图冒碗，冒碗也容易翻碗……

还有，既然被"困"得走投无路，就必须修路，修路难免要占点地，占了谁家地县里给补贴，不要补贴的还可以置换别处的土地。有的农户签了协议、拿了补贴，到开工时却挡在挖掘机前不让施工。千难万难最后好不容易修成一条功德无量的大道，有些农民竟在路面上晒苞谷、晾柴火……一位基层干部气坏了，脱口说了一句："刁民！"当即被县长姜仕坤厉声呵斥："没有刁民，只有刁干部！"

他说话办事有个雷打不动的原则，脱贫是脱老百姓的贫，把利益全部让给群众。不把农民的利益放在第一位，任何项目都是短命的。这不是随口而出的大话，是需要长期以行动兑现的立场和感情，最底层的百姓已经厌倦了空泛的许诺和漂亮的口号，他们不只是听上边有什么新说法，还要有日久见人心的真性情、真作为。姜仕坤这个年轻的苗家汉子，坦荡又敏感，谨慎又急切，他进农户必先掀锅盖，看看这家人吃的是什么。陶金翠家却连锅都没有，他从口袋里掏出200元塞到她手里："先去买口锅，把年过了。"有个农民跟他说最大的幸福就是能养头猪，过年时把它杀了。姜仕坤领了工资先去买了头猪，给那位农民送去……

一个全国知名的穷县，一天到晚会有多少"穷事"！光靠他那点工资能帮几个人？脱贫更需要他的智慧、他的精力。他常常在凌晨一两点钟开会、碰头、给相关的人打电话。他每天都可以晚睡，也可以不睡，但清晨必须早起，天天有一大堆事顶着他的门口。赶上刮风下雨、电闪雷鸣，他就是想睡也睡不着了，担心羊的安全……

现代人大都活得精致，看上去比实际年龄小，唯他40岁出头看上去倒像60多岁。晴隆大山的石漠化治理得差不多了，他脑袋上的头发却快掉光了，他的脸总是灰扑扑的却又精力充沛。累死的人有个特点，到垮的那一刻都精力充沛，倒也要往前倒。因为他对工作经常处于一种痴绝状态。

这是一部有精神的书，写了一些有精神的人。没法不感动人。

姜仕坤常说："脱贫攻坚输不起，决不能败！"输了就会更穷，还会失掉老百姓的信任，成为历史罪人。既是"攻坚"就难免会有牺牲，去年（2016年）姜仕坤刚满46岁，就倒下了，清风两袖，寸蓄皆无。

不知多少辈儿都穷得叮当响的晴隆农民，却有了积蓄，当农民破天荒地一次拿到几千甚至上万元的现金后，声称一辈子没见过这么多的钱，舍不得存入银行，鼓鼓囊囊地放在身上，想起来就数一遍。有时"钱瘾"犯了，哪怕当着很多人也要数一遍怀里的钞票。有人嘲笑他显摆，但也印证了当地民风淳厚，扒手和骗子少。

如今晴隆的农户人均收入已达 12000 元。不说茶和烟，单是草场已有 70 万亩，晴隆羊的生产达到国际一流水平，存栏 100 万只，出栏 120 万只。这是本地湖羊综合澳洲白羊、杜泊羊和科尔索羊的优点，杂交繁育出的第五代"晴隆羊"。更为重要的是，创造了一种"晴隆模式"，"突破了中国南方 8 省石漠化地区 451 个县 2.2 亿人脱贫的困境，为我国南方喀斯特岩溶山区治理石漠化、增加农民收入，提供了成功的经验"。

读完这部书不由人心生感佩，在离群众最近的地方真有忘我的无私的好干部。当下世风败坏，贪腐之害严重，但社会仍在发展，生活能照常前进，恐怕跟有姜仕坤这样的基层干部，支撑着群众的信任和期待不无关系。

刊于《人民日报》2017 年 4 月 8 日

衣装亦庄

邵 丽

前些日子开一个非关妇女的大会，但其间有许多女性参与，各种年龄、各种品位的妇女。有人注意到魏小姐的腕子上戴了一只冰翠的镯子，一个饭局间，有好多人隔着桌子关注着那只镯子，懂行的都在心中暗估，价格大约得六位数以上了。待脱去大衣，她的颈项上又闪出一粒镶钻的南珠，应该差不多有二十毫米吧。魏小姐已经过了四十，未婚，虽非寻常，却也不是绝色。但由这两件首饰装备，陡然让她升高了几个段数。再去揣摩她的神情，仿佛依然透露出少女的矜持和高贵。比衬得我们这几位整日里相夫教子、已经向生活缴械投降的妇女好像天天都被烟熏火燎似的。她的配饰使她的服饰也显得雅致，让她在整个会议期间闪闪发光，的确让人惊艳。待到次日，再从各自的房间出来，众人不约而同地换了行头，都在暗暗较劲儿，争奇斗艳。

有个名人说，女人只是女人，而男人是猪。话虽然糙了点儿，但与宝玉所谓"女人是水做的，男人是泥做的"也大体差不多。流水不腐，水做的女人就应该多扎堆儿，从彼此身上映照到自己的优长和不足。最近日子稍微有点松散，我也能得闲到处转转，因此有了一点经验，女人还应该多找些时间逛逛街，看看试衣间里放大的赘肉，在衣服和身体之间明察真相，提醒自我修身的必要。只不过三五年的工夫，有些品牌或者某个款式，已经将某个年龄段的女人删除。不是牌子过时了，过时的是人物。

女人若是有幸成为女儿的母亲，那么母女将成为闺蜜。做母亲的会看上女儿的服饰，兴冲冲地穿在身上，却立马露了馅，完全不是那么回事儿。青葱一样的女儿哪怕蓬着头，脸也不洗不抹，T恤凉拖就冲到大街上去，简单到极致的装束，仍旧会收获到无数艳羡的目光。这阵势，母亲只会露怯，对自己严防死守，毫不懈怠，稍微有一点点的疏忽，就堕落成大妈了。这时候，你的闺蜜女儿就提醒你，置办几套有品质的衣裙，漂漂亮亮地出门；虽徐娘半老，当风韵犹存。

于是就摇头。于是就点头。于是就低头。

其实，真正不肯屈服倒饶了自己，年龄也未必就是关键。前几年去日本韩国，留心街上的行人。这两国的家庭主妇，去趟菜市也必将浓妆艳抹，穿戴考究。她们很少有机会出入公众场合，每天去超市采买都是一次时装走秀。窃以为，一个注重仪容的人，尤其是女人，是对公众表达一份诚意。曾经历过一次颁奖典礼，临时让几个年轻姑娘充当礼仪小姐。日常的功课瞬间暴露无遗，有的女孩脱去外套就如同轻盈的蝴蝶，飘然走上舞台。却也有两个姑娘，棉衣里面的毛衫皱巴得完全无法示人，直接穿着鸭绒棉袄上来，灯光映照得越加愚笨。这大约就是曹雪芹笔下"上不得台面"的粗使丫头吧。可见，功夫在日常。打量一个人的服饰，虽然不是百分之百的准确，但是学识教养，出身背景，大致是可以探得的。当然，当下的世面，不乏假冒伪劣的"贵族"，但凡有稍长一点的接触，仔细观其细节，便会露出底色。经验过一个衣着讲究的女子，偶然与之同途差旅，其内衣尽显破旧驳杂，没有一双不带洞的袜子。再品味她，心中便遍生枝节，有了许多遗憾。

女人到了该对自己负责的年龄，端的就是一个得体，依据自己的经济能力，总是可以让服饰合适自己身份的。过了四十岁，宁可少几套花样，也要选择两件喝茶衣装，大方示人。打扮得细致得体的女人，可以省却一半话语，以独乐乐带动众乐乐。所谓人靠衣装，绝非只是衣帽取人。一个静雅得体的女人，擦肩之间，便会教人多些敬意。

中国女人，大多是职业的，要靠一份工作养家。这是妇女解放运动给女人带来的副产品，是福还是祸，真不好说。很多女人，在外面还是会装点自己，回到家中就极度地不周致，一件睡衣已经旧到没了颜色还在穿。地板擦得锃亮，门口的拖鞋却烂污到让人不敢涉足。常常会有同事笑谈，我老公哪儿看见我妆出来什么样子，他早晨出门我还穿着睡衣做早餐，他晚上回来我又换上了睡衣准备晚饭了。这难道不是男人出轨的祸端？首先你自己抛弃了自己，轻贱了自己，怎么让老公待见你？他看别的女人都是俏娇娘，自己屋里却只寻见一个邋遢的厨娘——纵使是厨娘，也该是装扮得体俏皮可爱的。厨房有厨房的活泼，卧室有卧室的妩媚。让自己的男人看到的处处是对他的上心，任凭外面的世界多花哨，心里总还给自己的女人留着最重要的位置。

自零碎文字里，看那些旧时代的名媛，哪一个不是在装点上下足了功夫？秀外慧中，名留史册。五代时期的花蕊夫人，"刻意妆容，艳惊两朝"，先后为亡国之君后蜀孟昶和开国之君宋太祖赵匡胤两君专宠。但不要因此认为她是个花瓶，其《述国亡诗》，即使现在读来也荡气回肠，让多少男人汗颜："君王城上竖降旗，妾在深宫那得知？十四万人齐解甲，更无一个是男儿！"据宋美龄身边人说，她至死都是要日日装扮的，几十年坚持做护肤按摩，不化妆绝不见客人。旗袍一直穿到老去，满翠的耳环手镯从不离身首，环佩叮当，步步惊心。这样的一个老人，到老也依然肤如凝脂指若柔荑。令小她五十岁的人也会忍不住心生爱慕。想当年，她着一袭黑色旗袍，胸前绣一朵金色牡丹，代表蒋公介石会见前来劝降的希特勒的私人代表戈宁。当戈宁拿着希特勒的信件，要求国民政府与日本媾和、合力剿灭共产党时，宋美龄面不改色，字字千钧："我们中国有一句奉行了几千年的成语：'兄弟阋于墙，外御其侮'，说的是，两弟兄在家院里斗殴得很厉害，可是外面来了强盗，弟兄立刻停止斗殴，同心协力，去抵御强盗。今天，日本侵略者乃一江洋大盗，要亡吾人之国家，灭吾人之种族，我中华之全体国民，包括本党与中共，除了弘扬弟兄手足之情、同心同德共御日寇之外，别无选择！"

古往今来，衣装与时代、与政治有着千丝万缕的联系。子曰："微管仲，吾其披发左衽矣！"可见，服饰也有关国家民族之尊严。赵武灵王推行胡服骑射，被梁启超认为是"自商、周以来四千余年""第一伟人"。曾几何时，我们举国上下几乎所有的妇女都着蓝黑衣裤。有次王光美随刘少奇出访，穿旗袍戴珍珠竟成为一项罪名。改革开放以后，首先改的是衣装，终于，中国的街道上也走来了佳人。再不似我母亲那个时代，满世界木讷的脸孔，笨拙单一的袄裤，让她们的整个青春像兜在一只没有棱角的包袱里。如此说来，我们真真是赶上了一个好时代。

刊于《人民日报·海外版》2017 年 6 月 5 日

翼下盛开的故乡

张子影

暖阳照煦，旭风拂馥。透过飞机舷窗，大地上墨绿、翠绿、土黄、金黄、深黑、墨灰、浅灰、银白……大片大朵的色块，像无数巨型花朵，扑面而来。那是由田野、山林、河流以及村庄的房舍屋脊勾勒而出的色块与线条，这些在机翼下盛开的花朵，就是亲爱的故乡。

故乡在翼下盛开。长达半世纪的时光，这种景象无数次重现。每一次，父亲仍会像当年第一次飞临家乡俯瞰时那样，目热心醉，意迷神往。玉笛吹五月，山南落梅花。人情重怀土，飞鸟思故乡。父亲说，对故乡的情结无关时光与距离，愈遥远，愈深醇。

1

当年位于合肥三孝口的师范中学，两片木制的篮球架下，白粉画出的三米线球场，是父亲事业与爱情的幸福起点。簟纹如水，夏山如碧，那是沸腾的一天。全市的中学生男篮联赛，作为校队主力中锋，父亲腾挪跳跃身手敏捷，这一场占据了天时地利人和的比赛，师范中学代表队大胜。天意赐福，当父亲和众队友欢呼簇拥着下场时，父亲看到了女副校长身边站着一个娇小女生，正仰头看他，一双美丽的丹凤眼，两条油黑的麻花辫。

当日在场外观战的，还有空军某部的招飞工作人员。数日后，成绩优秀的父亲成为招飞人选，一路过五关斩六将，最后戴着大红花，被敲锣打鼓送去了航校。

航校第四年，父亲获准探家。某日，手提云片糕和麻饼回母校探望恩师，在女校长身边倏然看见一女生布衣素服静立，熟悉的丹凤美目油黑大辫。母亲9岁成孤，借居表舅家，舅家人多地少，舅母严厉，母亲读书却倔强，高分保送师范中学后做校工自给自足。此时母亲已是合肥师范的大二学生，那时节上大学的女孩寥若晨星。晨星照亮了父亲眼睛，周围一切都黯淡了。

父亲与母亲开始通信。1958年冬，父亲在信中说，锦州太冷，晨跑时鼻子要冻掉了。母亲就拆了自己唯一的围巾，用一周时间，织成带脖套和面罩的帽子给父亲寄去。其实纱线帽在北疆零下三四十摄氏度的天气里只聊胜于无，母亲不知道，十八年来生长于温带南方的父亲怎样坚韧地度过了那些酷寒漫长的冬季。国防航空事业刚刚起步，服役飞机无论性能还是人机界面均无法与今天的飞机相比，战斗机飞行员尤其要靠毅力和体格耐受特别恶劣的空战环境。父亲每日着单衣晨练，跑步游泳，从每日三千米到一万米，最后冷水浴身，飞行三十年从不间断。

2

父亲与母亲再见面，已是五年之后。他们的通信持续一年多后，突然中断。母亲大学毕业，分到《安徽日报》记者组。报社是年轻才俊聚集的地方，知书识礼、经济独立的单身女记者成了很多人追求的目标。有一天社长对静如止水的女下属说，把他的照片放办公桌上吧，要穿飞行服的。

三年多的杳无音讯，母亲也肠忧愁结：谁都知道飞行是有风险的。母亲收拾行装，去找父亲。

父亲原址上人去室空，部队换防去了外地，留守的兵士一脸警惕。母亲带了介绍信，一个电话打回社里。社长亲自帮忙协调寻找，母亲辗转坐车，数日后来到南方一小镇上的飞行团基地。团政委见到母亲的第一眼就明白了——他在父亲宿舍的相框里见过这两条油黑的大辫。多年后我问过母亲，当年父亲英俊风华，你就不担心他移情别恋？母亲睁大了仍旧美丽的眼睛吃惊地看着我说：你怎么会这么想？你父亲不是那样的人。母亲当时认为，失联的唯一原因是父亲在执行任务时失事失踪或者伤残。因此山高水低想了一路的母亲在政委面前第一句话就是：我来接他。

还是在操场。看到从天而降的母亲，父亲跳起来，冲过来拉着母亲的手就跑。一群生龙活虎的战友只来得及看到一双璧人飞跑远去的背影，两条油黑大辫甩在一握纤细的腰间。

20世纪50年代后期苏联撤走专家，国防航空事业雪上加霜。没有条件创造条件也要上，父亲毕业即参与新机改装，驻地位移，事关机密限制通信。情况缓解后，母亲亦离校，两头信件均"查无此人"。此后边境多秋，父亲转战频繁，耽于另一桩高等级机密任务，只能与母亲断了联系。

母亲虽在基地住下，但他们只能在晚饭后的一个小时自由活动时间见面。父亲带着母亲沿着机场跑道边的草地缓缓踱步，一架架巨大的银鹰静默蹲踞在黄绿伪装的机窝中。父亲说，地面虽远，天空很近。曾经有大半年，他在南京附近驻防，若干次驾机越过长江，机头再一偏，十数秒后就看到家乡肥东的土地，大片大朵如花般在翼下盛开的村庄，令他心热神迷。

他们在营区小径旁的石凳上对坐，落日如金，夕光照眼，身边两株高大梧桐繁花尽开，朵朵淡紫的花瓣，片片静淑飘落。

第五天的早晨，母亲醒来后发现飞行员公寓空寂无人，父亲和那些生龙活虎的飞行小伙子们一夜之间传说般地突然消失了。母亲狂奔到机场，只看见数架战机阵列跑道，一阵呼啸之后穿云而去。政委赧颜将一封信和一个纸包交给母亲，短信上父亲只简单写了爷奶的姓名和家庭地址，小包里是一条雪白绸巾——当年飞行员们特供的必备随身物品，这是父亲第一次升空作战时所佩戴。政委吞吐说大队将要执行特殊任务，时间待定，通信绝对禁止。政委没有说的是，父亲是全空军精选出的特种五人小队队员之一，任务目的地远到飞机只能单程供油。事关大局非比寻常。母亲平静地说，我在报社能看到内参。我明白。

一个月后师里收到母亲寄来的结婚申请，上面盖着安徽日报社的鲜红大章。三个月后，局势转缓，任务取消。新年之前，父母结婚了。

父亲与母亲通信的习惯婚后保持了十数年。直到上中学我仍然能经常看到远征在外的父亲写给母亲的信，通常是用只印番号的部队专用牛皮纸信封。有趣的是高大威严的父亲字体娟小纤秀，玲珑静娴的母亲却字大而刚劲，相映成趣。

3

飞行是勇敢者的事业。万千风云，只在弹指一挥间。驰骋云间三十年，父亲当年一个中队的战友，只有他仍在飞行。曾有一次，编队远征转场，突然雷风电雨，父亲眼看着他的僚机被闪电击中，机翼一斜落下了云端。他带出的中队长，结婚刚刚三个月，在一次训练中刚一起飞就吸入了大鸟，发动机骤停，飞机高度有限没有时间处置，飞机坠落跑道尽头，冲天的黑烟多少年后还在狠狠灼痛他的眼。做了指挥员的父亲每天花大量的时间在他的飞机和战友身上，他只要看一眼屏显数据，听一声话筒，默算时间，就能准确地说出每架飞机的编号和飞行员位置状态。

当年父亲招飞走时，在撮镇车站，爷爷站车下踮脚递上一个布包，里面是两双崭新的黑布鞋。二十多年里，尽管父亲早已穿上了定做的制服皮鞋，但奶奶还是每年给他做一单一棉两双布鞋。父亲爱如至宝，到家就换上，遇到家里打扫卫生，父亲会把穿着布鞋的脚抬得高高，等地板干了才落下来。

奶奶是 1995 年春节前去世的，那年的布鞋没有如期而至，父亲把旧布鞋用湿布仔细擦净晾干，收进了樟木箱子，同立功奖章和授衔证书放在一起。箱子是母亲的陪嫁，也是姥姥留下的唯一物件，黄铜的搭扣，四角包着同质的镂花铜皮，箱里还有另一件珍贵的传家宝，对的，就是那条白绸围巾。

故溪黄稻熟，一夜梦中香。还是老家好啊！离休后的父亲常常这样神往地说，老家前院有鸡鸭同饲，后院有四时之蔬，花草虽无多，果树三五棵。沿院墙插一圈修木细棍，篱笆稀落，夏挂葫芦秋爬豆，猫进狗出，遮阳蔽阴，十分生趣。

在父亲不断的回忆里，爷爷时常在我眼前出现：长年下地的爷爷终日赤足，露水打湿裤脚，脚丫缝里全是泥浆草屑。我不喜欢爷爷的脚，但我喜欢爷爷的味道，爷爷身上有青草和干草的味道。那年春节我们举家回乡却连逢阴雨，院子人来人往泥泞不堪，爷爷清晨起来，先青草喂猪，再抱干草把湿泥地垫起来，上面搁了块长长的条板，牵着我的手走上去说：伢啊试试，稳当不。那几天晚上我听见爷爷和父亲在谈话，声音渐高，父亲最后说，大，我不光是你的儿子，我还是国家的人。父亲一生敬重爷爷，不愿停飞回乡是他唯一的忤逆。身为特级飞行员的父亲一直飞到了空军规定的最高飞行年限。

爷爷熟悉人间所有时令节气，但他似乎不太懂他能在天上飞翔的儿子。

送别爷爷那夜，父亲一夜对窗独坐，闭门不响。窗外漆黑，夜寥树森，天凉院寂，忽听一声啾啾，一只夜鹰嘶鸣两句孤清而去，父亲仰头长息，潸然泪下。

父亲老了，时常会神归故土，在他的梦境里，故乡如色彩纷异的大片巨型花朵，于月明星亮之夜，在银翼下渐次盛开，扑面而来……

刊于《解放军报》2017 年 2 月 15 日

擅于离别的人和擅于到来的人

李 娟

我妈是擅于到来的人。她出现在我面前的时候，总是伴随着坏天气和无数行李。

她冒雪而来，背后背一个大包，左右肩膀各挎一个大包，双手还各拎一只大包。像是一个被各种包劫持的人。

一见面，顾不上别的，她先从所有包的绑架中拼命脱身。气儿还没喘匀，就催着我和她去拿剩下的东西。我跟着她走到楼下，看到单元门外还有两倍之多的行李。

我妈为我带来的东西五花八门。其中最值得一提的是两根长棍。

准确地说，应该是两棵小松树的树干。笔直细长，粗的一端比网球略粗，细的一端比乒乓球略细。大约三米多长……

难以想象她是怎么把这两根树干带上班车的。

要知道，在当时，所有的班车都不允许在车顶上装货了。

放进下面的行李仓？也不可能。

放到座椅中的过道里？更不可能。

况且她还倒了三趟车。

总之这是千古之谜。

她把这两根树干挂在我的阳台上方，然后……让我晾衣服……

她骄傲地说："看！细吧？看！长吧？又长又细又直！我找了好久才找到这

么好的木头！真是很少能见到这么好的，又长又细又直！……"——于是就给我带到阿勒泰了。

是的，她扛着这两根三米长的树干及一大堆行李，倒了三趟车。

没有候车室，没有火炉。她在省道线或国道线的路口等着。前不着村，后不着店。她守着她的行李站在茫茫风雪之中。

不知车什么时候来，也不知车会不会来。

头一天她也在同一个路口等了半天，又冷又饿，最后却被路过的老乡告之班车坏了，要停运一天……但第二天她仍站在老地方等待，心怀一线希望。

世界上最强烈的希望就是"一线希望"。

后来车来了。司机在白茫茫天地间顶着无边无际的风雪前行，突然看到前方路口的冰雪间有一大团黑乎乎的事物。据他的经验，应该有三到五个人在那里等车。

可是走到近前，却发现只有一个人和三到五个人的行李。

总之，她不辞辛苦给我带来了两根树干。

——它们又长又直又匀称，最难得的是，居然还那么细。她觉得这么好的东西完全能配得上城里人。却没想到城里人随便牵根铁丝就能晾衣服。

后来我搬家了。那两根木头实在没法带走，便留给了房东。不知为什么，当时一点也不觉得可惜。

又过去了好几年，搬了好几次家，最后打算辞职。我妈说："你要是离开阿勒泰的话，一定记得把我的木头带回来。"……到那时，才突然间感到愧疚。

我告诉她早就没了。她伤心地说："那么好的木头！那么直，那么长，关键是还那么细！你怎么舍得扔了！"

却丝毫不提当年把它们带到阿勒泰的艰辛。

那是2003年左右，我在阿勒泰上班，同时照料生活不能自理的外婆。工资六百块，两百块钱交房租费，两百块钱存到冬天交暖气费，剩下两百块钱是生活费。也就是说，日子过得相当紧巴。

我妈第一次来阿勒泰时，一进到我的出租屋，第一件事就是把所有房间的30瓦灯泡拧下来，统统换成她带来的15瓦的。

第二件事是帮我灭蟑螂。

那时我不敢杀生，后果便是整幢楼的邻居都跟着遭殃。

我妈烧了满满一壶开水，往暖气片后面猛浇。黑压压的蟑螂爆炸一般四面逃窜，更多的被沸水冲得满地都是。

接下来的行程内容是逛街。

乡下人难得进一次城，她列了长长的清单。然而什么都嫌贵。最后只买了些蔬菜。

菜哪儿没卖的？但是阿勒泰的菜比富蕴县的便宜。

还买了几株带根的花苗。

天寒地冻的，她担心中途倒车的时候花苗被冻坏，便将它们小心地塞进一个暖瓶里，轻轻旋上盖子。

她每次来阿勒泰顶多待一天。一天之内，她能干完十天的事情。

每次她走后，好像家里撤走了一支部队。

走之前，她把她买的宝贝花慷慨地分了我一枝。

我家没有花盆，她拾回一只塑料油桶，剪开桶口，洗得干干净净。又不知从哪儿挖了点土，把花种进去，放在我的窗台上。

因为油壶是透明的，她担心阳光直晒下土太烫了，对根不好，特意用我的一本书挡着。

她走后，只有这盆花和花背后的那本书见证了她曾到来。

而我，我最擅长离别。迄今为止，我圆满完成过各种各样的离别。

我送我妈离开，在客运站帮她买票，又帮她把行李放进班车的行李厢，并上车帮她找到座位。

最后的时间里，我俩一时无话可说，一同等待发车时间的到来。

那时，我想起来很久很久以前的另一场离别。旧时的伤心与无奈突然深刻涌上心头。

我好想开口提起那件事，我强烈渴望得知她当时的感受。

却无论如何都说不出一句话来。

此时此刻，彼此间突然无比陌生。甚至微微尴尬。

我又想，人是被时间磨损的吗？……不是的。人是被各种各样的离别磨损的。

这时，车发动了。我赶紧下车，又绕到车窗下冲她挥手。

就这样，又一场离别圆满结束了。

最后的仪式是我目送这辆平凡的大巴车带走她。

然而，车刚驶出客运站就停了下来。高峰期堵车。

最后的仪式迟迟不能结束。我一直看着这辆车。我好恨它的平凡。

我看着它停了好久好久。有好几次强烈渴望走上前去，走到我妈窗下，踮起脚敲打车窗，让她看到我，然后和她再重新离别一次。

但终于没有。

刊于《文汇报·笔会》2017 年 6 月 27 日

长袖曼舞的时光

葛水平

三十年前的一个秋天，我十六岁，在街角的一个不显眼处，守望一个人。

街上行人匆匆，逆着下午的阳光，我突然就有了一种孤独的感觉。

目及之处——县人民礼堂，我看到了他。他用手撕扯着所有进去听下午戏的门票。我肯定这不是在制造一种戏剧效果，因为，这是我的初恋。

我站在那个抬头正好目视他的地方，想该找一个机会和他主动说句话。甜蜜的欲望扩张着，"想说句话"似乎一天天在接近，眼睛里吸收的全是说话时的场景，然而那句话就这样在梦想中一天天弱了。这种焦渴让我在这样的时空界限里等待了一年，一年都没有找下个机会。我发现人家从来就不正眼看我，我一厢情愿买了当时属于贵族用品的文学杂志，在每一本杂志封面左下角写下我名字拼音的第一个字母，我委托别人送给他并要求不说是我送的。我多么希望他能直勾勾看到并引起注意，然后某一天朝着我笑一下。想到这里我眼眶里的泪水就满了，稍动一下心事泪就溢了。

我站在傍晚的街角，目光被一次次弹回来，孤独的影踪袭击了我，看不见一个微笑甩给我，我全部意义就因时间的提示愈加无奈了。

事实上，是我自己在单恋。

1986年冬日，我坐火车去长春拍一部戏剧电影。在卧铺车的上铺，夜里兴奋得睡不着，看火车在静谧的华北平原中穿行，想《日瓦戈医生》中的日瓦戈，也曾这样躺在去莫斯科的火车上，从格子里看雪花飘浸的苦难的俄罗斯，响起那刻意把政治浪漫化的旋律。文学的本质就是对现实的审美化的否定与超越，1945年的俄罗斯历史在黎明冉冉而起时让我激动。在火车上，一切仿佛是从一条道路到一条河流，当我清醒地意识到自己存在并加以关注时，我想到我的命运还有我的初恋。"执子之手，与子偕老"，早已经远我而去，想想看，我竟不曾与他说过一句话，永远看到的是拧着的眉，看人时从不多一点洞透，略微一扫，只记得他大声吼过："你们这一群唱戏的！"

我们这一群唱戏的，与现代生活截然相反的单调枯燥，却给我回味，那就是，历史以三五人的表演而延续着朝代更迭。历史很像是一幅图画里可以走来走去的部分，唱戏的虽不足解释整个生活的道理，却能让你读出近乎绝情的哀恸。

他认为我们是一群有失正统人格的唱戏人，我对自己说，淑女本来就不是那么容易扮的，我就是个唱戏的。唱戏的在舞台上向人们展示的都是帝王家的高尚趣味，于历史中超越历史，于有意中归于无意，使留下来的东西，更接近快乐。唱戏的有什么不好么，书本之外进入历史的又一途径，叙述和轶事，动感和细节，情态和心性，人物图谱和生活景象，姬妾制度之外的浪漫爱情，瞬息即逝的爱恨情仇，让民间很简单就明白了富贵不长久，善恶有报应的道理，对历史的解读更快捷方便，这么多的好处，唱戏的不可爱就没有可爱之人了。

唯一不理想的是，我不是一个好的唱戏把式。从开始唱戏到结束舞台生涯，我始终在跑龙套，有时候是衙役，有时候是丫鬟，只一次替a角的演员演过一回《杨门女将》里的杨排风，一句起腔唱走调了，台下观众起哄，台上演员另眼相看，人一下寂寞得恨不得钻进布景后再不出来。

那年月，舞台是乡村唯一的活动场所，赶庙会唱大戏，舞台上甚至可以看见牵骡牵马的人。我是舞台上的闲人，看台子下的人张着嘴欢喜，逆光的轮廓，炙热的晚霞把他们仰着的脑瓜盖晒得滚烫，每个人都长得不一样，节奏急欢的乐曲中他们喘着粗气担心着台上剧情的发展，虽然已经看过好几遍了，但是，他们还是要担心。

我开始想那个人，找不出原因，为什么他不喜欢唱戏的？一个穿着宽松半袖的女人怀里奶着娃，她不时地抬头低头，上下撕扯着的嘴唇，一缕鼻息吹动着她额前的刘海。两个老汉戴着破旧草帽，个子高一点的抽烟，一边抽一边咳嗽，个子矮一点的歪着脖子看戏。他们俩的旁边有一个汉子不时地摸一下旁边一位女人的手，女人的旁边是一位中年女人，实在看不下时就插在了他们中间，汉子很没趣。

人生如戏，我站在台上看风景，我想起我的三爷，一个朴实的农民，在这样的傍晚他一定还在地中央，他关心山外的事，关心当下社会。我回乡看望他，他叫我给他唱戏，我下了功夫唱，野田野地，日头下滑的傍晚，三爷也是这样张着嘴听，我演了回主演。三爷家的狗，举起了它的后腿，尿的温度在晚霞中升腾。我开始哭。三爷说，哭啥？我说，不哭啥。

我一直在想那个人。

我还记得唱《天波楼》杨六郎的唱段："手扯手叫老娘，孩儿有话对你讲。我杨家四代忠良将，赤心耿耿保宋王。我大哥幽州替主死，二哥短剑一命亡。三哥马踏淤泥死，四哥失落在番邦。五哥削发为和尚，镇守三关俺六郎……"常听到激动处泪下，一个家庭为祖国就这么支离破碎了。

因为一句起腔走调，我的外号被人喊"凉调把式"，这样一个外号笼罩在我的周围，我便明白，我一生要支付给命运的是我得永远勾着头走路，再都不可能找到一个唱主演的恋人，连礼堂收门票的都瞧不起我。我想和人家恋爱的目的不敢和任何人讲，不敢张嘴。我哀巴巴等待那个收门票的给我一个正脸，可他的脸总是看着我们进进出出时把脸别向另一个方向，我看那个方向什么都没有，有时候是一阵风卷起了一阵沙土，有时候是几片落叶，我好不忍心把目光收回来，我的目光收回来时犹如我曲折的人生，有所怨悔，是因为学了唱戏。

我现在想说的是我不唱戏了，唱来唱去，只演了一个被陈世美抛弃的秦香莲的女儿，怜兮兮一声声呼唤，如秦女士的两只水袖，拂来拂去，没有台词，没有唱，舞弄着戏台上生活和爱情的继续。

记得有一年在长春拍戏剧片《斩花堂》时，我写过一封信给他。那是去伪皇宫回来，我为皇族社会最后一位皇后婉容心痛。郭布罗家族和爱新觉罗家族攀上了亲，做了一个退了位的皇帝的皇后，她的初恋诞生在亚洲第一个资产阶级共和国，所有的子民已一律剪发喜庆共和，宣统只是一个空洞的尊号，给这样一个皇帝做皇后有多么尴尬苟且。她的初恋含合着常人无法企及的意味，她最后疯死在延吉。那是一个看上去瘦弱的皇后，她的眼神挣扎，无光，糊涂的光线，一点一点偷走她脸上的鲜艳，没有爱情，没有自由，她依依不舍地活着。

我要选择我的爱情，我不想和一个我不爱的人在一起，更不能用我的身体去温暖一个我不爱的人。虽然说单恋不算数，这一刻，我感到我对他的深深眷恋，我梦想我有列车的速度，不对，有北风肆虐的速度，我要向他表白！

信上我说，短的是初恋，长的是婚姻。婚姻是无法跨越的，因为我不能跨越初恋。我告诉他，我来长春是来拍电影的。那是一个电影演员吃香的时代，我做了电影演员，不唱戏了，命运将我如一片田野打开了四季的画面，我要见风生风，见雨生雨，我的命运里你的出现将要锦绣无边了。

一支蜡烛陪伴我度过一个别样的夜晚，东方吐鱼肚白的时候，我一下子明白了，我拍电影拍的是戏剧片，我依旧是演一个丫鬟，在人家心里，玉米在抽穗，泥土在喝水，我依然是个唱戏的。恐惧一下压得我喘不上气来，我木然等待天亮，早晨的清洌让我周身发僵，我想大声唱戏，我一定唱了，唱得软弱而冰凉，我的声音像鬼火一样，没有意识，没有方向。我在清唱中身体温度慢慢升高，没有了念想，甚至思维也断断续续，我睡过去，两天后醒来，我才知道我病了。

长春之后，我写过第二封信。那是在五台山。那里的女孩十五六岁，因恋爱不如意或别的什么而出家。人在剃度受戒之前是"在家"。而经过这道仪式之后，就算是出家了。有一女尼曾对我说，我没有家，这里是我修行的地方。一句让我没有得到一点安慰的话。在信中我表达了我一个绵长未了的心意，我说，你就是我的未来的家，你具备了家的特质，你让我心向往之。封住信口的刹那，我的脸上悬着笑容，我往邮局的路上，我唱着《三关排宴》里的唱词：

想当年那辽邦设下虎口

你弟兄去赴会大战幽州

你兄长一个个命丧敌手

不成功便成仁壮烈千秋

唯有你小畜生投降肖后

配了她桃花女得意悠悠

十余年来事敌寇

直到今日不肯休

还将银宗称母后

老身叫你懒回头

畜生你算杨门后

你教杨家羞不羞

得新窝忘故主不如猪狗

还妄想返辽邦与虎为俦

我大宋锦江山天阔地厚

也无处容你这无耻下流

唱到此处我一下警醒了，人家压根就不喜欢我，我压根就是一唱戏的，虽然唱不了戏，唱不好戏，出身在那里摆着，是更改不了"唱戏"户籍的。

我做了个云手，两封信一起撕成碎片，如蝴蝶一样叫它们飞向了垃圾。

1997年夏，我在北京和一位蒙古族女人秀琴，在电影院看弗郎西丝卡和罗伯特·金凯的爱情故事。当时，有一些南方的同学很不屑于《廊》剧的演义，他们甚至无法相信一个人，怎么能用四十年的时间，去守候、去思恋、去执着一种仅存活了四天的爱情？秀琴说，恋爱是人永生的困扰，世界上如果真有爱情，譬如说被我们弄得没了心情，那就是失恋。秀琴说，人生目的太多，真爱定有。南方同学的视觉之上，寸草不生。弗郎西丝卡和罗伯特·金凯，那是一种得到之后才找到的自己从前不知的遗憾和此刻的觉醒，用一生去守候。我和秀琴说起我的初恋。秀琴说，我能解读你那站着守望的形象与姿势。初恋是没有实现的心愿，也是平庸中企图的奇迹，因此美丽。秀琴说，美丽的初恋让你站成一种永远等待的守候。秀琴又说，如若不是戏曲你不会有如此好身段好眼神，因为戏曲，你便有了抓住爱情的好手段。

可我的好手段始终没有被我爱的人发觉。

想想人的一生，将会有多少东西遗失在路上。这是绝对的必然。我们无意抛弃人美好的一切，我们行走在生命途中，有一天会因心灵负载很重时，拾起被遗忘了的美好，感受着已往远去了的情调。我现在已经是一个孩子的母亲，自然也就是一个男人的妻子了。我们常坐在沙发上说起往事。他说他曾经有过初恋，只是记不起对哪个女子有爱产生。那么说，初恋只能是一个过程，没有结果了，但绝不可能没有记忆。他一定对我说了谎。

这时，电视上正播放着香港的武打片《东邪西毒》。

他说，你当初为什么不直接求爱？我说，因为我是唱戏的。

他说，职业是问题也不是问题，要看对方的素质。

他的意思是他的素质高过了我初恋的那个人，并不是因为职业不是问题的结果。

这时，电视上的东邪正带着一坛新酒，由东向西，送给那里的西毒。一坛酒，一世人，就只为了一个女人桃花。

"我曾经听人说过，当你不可以再拥有的时候。你唯一可以做的，就是让自己不要忘记。"

不久前，我遇上一个人，送给我一坛酒，她说那叫"醉生梦死"，喝了之后，可以叫你忘掉以前做过的任何事。我很奇怪，为什么会有这样的酒。她说人最大的烦恼，就是记性太好，如果什么都可以忘掉，以后的每一天将会是一个新的开始，那你说这有多开心。

　　一个醉汉斜斜地站起身，头与肩始终亲密地连在一起，一个用孤独抵达爱情的人，什么都扯不断他寂寞而又仇恨的旅行。桃花是以此试探西毒的真心，东邪是为借此一睹桃花的芳容，西毒是为了从此得到桃花的消息。一年一次，坛底见空。

　　"从小我就懂得保护自己，我知道要想不被人拒绝，最好的办法就是先拒绝别人。"

　　当手捏桃花的张曼玉，倚在夕照脉脉水悠悠的小轩窗前，肠断白苹洲时，结局自然明白。王家卫总是那样年轻而激情。他的电影跳出一些叫人心动的句子，心动的东西都酸心，我看着看着就想流泪，这么多年过去了，"知不知道饮酒和饮水有什么区别？酒越饮越暖，水越喝越寒"。

　　是我丈夫的这个人突然站起来说："我对你感兴趣的唯一一点是，你唱过戏，唱过戏还这么真实。"

　　初恋给我无尽的联想，我真切地感到了它的存在。从恋爱的第一页到婚姻的最后，一切都是完全的真实。它牵动着我的想象，让我相信世界上不仅存在着精神与念想，同时还有守候。我能够守候这些美好的事物，在生存的距离里与自然更为亲近，是因为我曾经学过的戏曲，它告诉了我太认真的事都该由唱腔中的"咦、呀、呼、哪、咳、哎"这些虚字、衬字带过，这样，唱腔才能优美，人生才好舒展明朗。

　　罢罢罢，"十余载皇驸马南柯一梦，此一番管叫你转眼成空"。这样的日子里我明白了爱情和职业都是一个人的一个驿站，经历了才好向大地弥撒！

　　春天是那样透明，思想在行进中就如水一样四处漫溢，我突然感到了某种温柔的触及。

刊于《伊犁河》2017 年第 3 期

重读汪曾祺赠画

韩小蕙

1988 年，我正在《光明日报·东风副刊》做文学小编。当时要强的我在心里暗暗使劲儿，一定要把中国文化界所有名家的稿子都拿到手。汪曾祺先生是我心中的大神，当然是追逐的大目标。

不久，天遂人愿，在一次会议上见到汪先生。看着这么和蔼可亲的一位小老头，当时既年轻又腼腆的我，竟一点儿也没害怕，上去就跟他提出约稿请求。他笑眯眯地听我说完，点点头，然后不紧不慢地说："我刚好有一篇小稿，发在你们那儿也合适，可就是有点得罪人，不知你们敢不敢发？"我一听连眉毛都笑了，赶紧说："您给我们吧，我们一定给您发好……"

那时还没有电脑，当然只有作家的手写稿，用信寄。过了几天，我果然收到汪先生的信稿，题目是《字的灾难》。不长，千五百字，却像拉响了一个炸雷：他在赞美了北京城的几处著名商家牌匾，比如"青藜阁""同陞和""懋隆""功德林""洞庭春酒家"之后，随即批评了当时北京的大街上，各种商店随便乱挂匾额，胡乱在橱窗玻璃上张贴广告，闹得"北京到处是字，喧嚣哄闹，一塌糊涂"（引自《字的灾难》，下同），把一座"文化城"闹得没了文化。特别少见的是，一向和蔼宽厚的汪先生，还很客气但决绝地点出两位正当红著名书法家的名字——刘炳森和李铎，请他们："应该意识到自己的社会责任，除了照顾老板、经理的商业心理（他们的字写成某种样子可能受了买主的怂恿），也照顾一下市民的审美心理。你们有没有意识到，你们的字对北京的市容是有影响的？"

哇，这么有识见而又浸润着深厚文化底蕴的好文章，只有汪先生一代老文化人才能写出来！我兴奋得直抖手，一溜烟跑去排字间发排，又闪电一般跑回办公室给汪先生写回信。当时，家庭电话还是远在天边的云彩，BP机也是几年之后才出世的宝贝疙瘩，经典的通讯方式就是写信。我向汪先生报告有四：一是信稿收到了，非常感谢他把这么重要的文章给了我们；二是全文照登，他有勇气写，又是为国家（北京）的文化大事呼吁，我们当全力支持；三是我认为这不是得罪人，而更是爱护人，两位书法家一定会感激他的提醒；四是小样排出后，还要不要给他寄去过目。

也就四五天时间吧，汪先生的回信就来了。让我难以想象的是，这回，他竟然寄来了这幅《雏鸡图》，在旁边附了短札。看得出来，当时他可能刚拿起画笔不久，笔墨还不十分娴熟，构图上也还不十分从容，但我对这种在中国画中加入一些西彩的自由挥洒，还是非常心仪的。沐浴焚香，我把此作小心翼翼地珍存了起来。后来等我有了住房后，立即将它装入镜框，挂于书桌旁。十年之后我又一次搬新家，仍把它悬挂在书房中，直至今日。让我痛悔的是，汪先生的这篇文字手稿，当时我却没多个心眼私存下来，"花自飘零水自流"，今已不知它流落到何处去了……

汪先生回信的落款是5月19日，我收到大约是5月22日，立即将《字的灾难》编入版面，于6月5日4版右上刊出。记得后来汪先生还关切地问过我，刘炳森和李铎二位先生有何反馈吗？——我据实答："我这方面，没有。"

今天睹画思人，重读汪先生大文，就像愈合的伤口又被重新撕裂，而且感慨越深痛！比之1988年，北京城多了些什么又少了些什么？我们生活中多了些什么又少了些什么？？唉，不言自明……

噫，有文化者，不论人抑或城（文化的北京城），远去矣，远去矣，令吾侪一代羞愧难当！

刊于《光明日报》2017年3月31日

王蒙：文学是一种特殊的记忆方式

张守仁

一

我多年编辑生涯所认识的数百位当代作家中，论及记忆能力之强，以王蒙为最。他1986至1989年当文化部长期间到中国美术馆参观画展，在讲解员、摄像师、众多慕名者的跟随、簇拥下，且走且谈且参观一幅幅展画，画上的题诗只瞥一眼，回到家中跟人议论起来，他竟能一首首背诵出来。对王蒙来说，过目就是摄影在心。过目不忘，实非夸张之词。

王蒙曾对我说，除了观察、感悟、想象外，"文学是一种特殊的记忆方式"。文学实际上是一种记忆。他的记忆能力好得惊人。他学外语、背歌词、阅读之快，无与伦比。我几十年来不敢写王蒙，唯恐记忆不准确，有所失当，被他指出来，肯定脸红。但不写他又不甘心，他是当代文学中一个不可忽视的存在，一棵根深叶茂的大树，你不能绕过他。绕过他，必然留下空白和遗憾。于是决定根据日记上确凿记下的、我脑子里印象最深的，约略素描几则，介绍给读者欣赏。

王蒙一生爱游泳，爱大海。他国内外走到哪儿，就游到哪儿。他热衷于游泳，到了痴迷的程度。我看到过一帧王蒙从高峻崖顶上飞身入水的惊险照片：他两臂前伸，身躯飘荡俯冲，双足像鸟尾似的向天空翘起，一副英姿飒爽弄潮儿的气概。故书法家黄苗子赠他一联，曰："白鸥海客浑无我；黄鹤山樵别有人。"

在蓝天下，在大海里，在海蜇、海草、海鱼包围之中，飘逸浮游，乘风破浪，弄潮前行，仰望高天白云，近看波涛翻滚，这是何等潇洒的人生。

王蒙是文学之海里的一条大鱼。"海阔凭鱼跃，天高任鸟飞。"以我的能力，实难逮住这条纵横驰骋的大鱼。如今勉强为之，权充一次试笔。

二

知道王蒙这个名字，是在 1957 年的早春。60 年前我在武汉防空学校当军事译员，经常到阅览室去看报。一天，我在《文汇报》三版"笔会"上发现刊有《青春万岁》的连载。看了几天之后，便放不下了，一直焦急地等待着下文。

王蒙的《青春万岁》描写的是中华人民共和国初建时期一群中学生的生活。那时的年轻人，像刚刚升起的朝阳，朝气蓬勃，透明向上，人人怀着一颗纯净的心，对未来充满向往，人与人之间诚挚、友爱、互帮互助、乐于给别人友谊和温暖。那时我也年轻，才二十三四岁，比书中人物郑波、杨蔷云等大五六岁。这些可爱的弟弟妹妹们多彩的生活感染着我、吸引着我。我至今还清楚地记得小说中写杨蔷云独自骑着自行车，沿着新修的马路，到西郊地质学院找她的朋友张世群的情节。还记得地质学院的大学生们正在义务劳动，有的用土铺路，有的砌造花圃，有的种树种花。那年我正在温习功课，向往着去北京上大学。甚至想考上了北京的大学，也过上地质学院大学生们那种热火朝天的生活。到了北京有了机会，我要去找那个写《青春万岁》的王蒙，问问他为什么如此熟悉北京的中学生活。

三

心想事成。我终于如愿以偿地考进了北京中国人民大学新闻系，于 1957 年 8 月底到首都上学来了。但是那一年夏天，青年作家王蒙被错划为"右派"，开除党籍，先是发配到门头沟山区劳动，后又远去新疆伊犁，一直到1979年6月，才正式调回北京。所以我初次见到王蒙，是在看了《青春万岁》22年之后。

在我的印象中，我第一次见到王蒙是在东城区北京市文化局一个简陋的招待所里。北池子招待所原是一个小剧团的排练场。那是1979年的夏天，王蒙只穿着背心、短裤，汗流浃背地埋头写作。他那个房间很小，大概八九平方米，一床一桌一椅，别无他物。房间对面是盥洗室，那里响着哗哗的水声，时有洗涤的肥皂气味传进室内。窗外是招待所的电视室，每晚大家都来看电视，故异常喧闹。还有不时打来的向王蒙约稿的电话。他就在如此吵闹嘈杂的环境里，旁若无人地爬格子。我佩服他的拼搏精神。他在那间小屋里写出了《布礼》《友人与烟》《悠悠寸草心》《夜的眼》《蝴蝶》等作品。当时我想，"复出"后的王蒙，可以评上写作劳动模范。因为初次见面，互相不熟悉，没有细谈。我只是请他为新创办的《十月》写稿。他答应了，后来，果然把许多佳作投给《十月》。同时他还向我推荐了陆天明。他说在新疆农七师锻炼的陆天明有写作才能，可向他约稿。他向我介绍陆天明时殷切的神态，至今历历在目。

从那次见面以后，他搬到了前三门新居，我给他送过刊物和稿费。因稿件事接触多了，谈心聊天，渐渐熟悉起来。

差不多同时，从维熙、邓友梅、刘绍棠的"右派"问题都得到了改正，纷纷从山西、辽宁、北京郊区通县回到北京。于是二十世纪七十年代末、八十年代初，出现了新时期文学的"井喷"阶段，出现了我们誉之为四只美丽"小天鹅"（王蒙、从维熙、邓友梅、刘绍棠）在首都文坛上展翅翔舞的身影。领舞者王蒙的《蝴蝶》《相见时难》、从维熙的《大墙下的红玉兰》《远去的白帆》、邓友梅的《我们的军长》《追赶队伍的女兵们》、刘绍棠的《蒲柳人家》等，都得了全国中篇小说奖，有的还被改编成剧本，拍成电影在全国公演。那真是一段令人难忘的岁月。

四

1981 年夏末，胡乔木写了一首诗给王蒙："故国八千里，风云三十年。庆君自由日，逢此艳阳天。走笔生奇气，溯流得古源。甘辛飞七彩，歌哭跳繁弦……"乔木此诗概括精准。据我看来，指导王蒙的创作思想大致是：1957 年前，革命加青春；1977 年后，八千里行程，三十年风云。1981 年 12 月，我编王蒙的中篇小说《相见时难》。编完我写过这样的审读意见：《相见时难》讴歌爱国主义的乡土之恋、"归根"之情，赞美了忠于祖国和人民的共产党员的坚贞品德，也贬斥了那种没有国格和人格、媚外崇洋的丑态。王蒙在这部中篇小说里融会了小说写作的多种手法。人称和叙述角度的转换、意识的流动起伏、时空的交叉错叠、人物视觉和听觉的通感，真切地描绘了时间跨度长达三分之一世纪、空间横跨东西两个半球的当代生活。行文生动，心理真切，句式特殊，老练自如。这部作品体现出王蒙写作技巧日臻丰富、多样。小说发表之后，影响很大，程德培、曾镇南、何西来等评论家纷纷撰文表示关注和肯定。不久，北京出版社出版了印数可观的单行本。1982 年春天的一个傍晚，我到王蒙家送刊物时，谈到文学作品中的爱情，他说：爱情描写要有正常的伦理。家庭是社会最基本、最稳定的细胞。耀邦同志希望：家家和睦，户户相爱。今年上半年主要抓物质文明和精神文明建设。

那晚离开王蒙家时，我感觉他接触广泛，消息灵通，这有利于思想的成熟和思路的深刻。

五

1983 年，王蒙调入中国作协，49 岁荣任《人民文学》主编。他的家便从前三门搬入虎坊桥中国作协宿舍楼，住房宽敞多了。1984 年 1 月 26 日去王蒙新家。王蒙向我建议:《十月》要抓一下装帧、设计、版式、封面、封底。封面多请画家们画,稿费可多付一点,内文排得松一点,留空大一点。文章不要把尾巴甩到另页上。下转多少页,一般读者会感到麻烦。《当代》发的小说比你们差,但报告文学比你们好。他们对刊物的封面、装帧、插图、目录,都比较精心。写小说要重视细节,办刊物也要关心细节。细节决定成败、好坏。你们要学习人家的长处,改进自己的工作。王蒙拿出 1984 年第一期《人民文学》和 1984 年第一期《十月》一比,我才吃惊地发现,就封面来说,我们的刊物比《人民文学》差多了。

1984 年 7 月 1 日晚,我去王蒙家,拿他给我第一本散文集《废墟上的春天》写的序。他在序中说:"对于我们大多数作者,他是一位和善而又顽强的编辑。他用他的学问、热心和蔫蔫的坚持性征服了作者,使你一见到他就觉得还欠着《十月》的文债。他不吵闹,不神吹冒泡,也不是万事通、见面熟式的活动家,但他自有他的无坚不摧的活动能力⋯⋯但更使我动情的,是张守仁直抒胸臆的那篇《离别的时刻》。从那里,从一件小事上,我们不能不想到我们许多可爱的知识分子的命运,他们的艰辛、正直、安贫乐道、善良,有时又是那么软弱可欺;而正是在这软弱的小草、芦苇似的外表下面,他们有松的高洁、孔雀的绚丽。我是含着眼泪读他那篇《离别的时刻》的。"看了他序中对我编辑工作、写作的鼓励,我感到惭愧。因为实际上我并无学问,也没什么交际能力。我生性羞涩,怯于活动,唯勤奋、认真而已。

那年 6 月,王蒙率领中国电影代表团访问苏联,带着《青春万岁》的电影参加塔什干电影节活动,访问了塔什干、撒马尔罕、第比利斯、莫斯科等地。转悠了一圈,感慨万千。他从苏联回来不久,对我说,在苏联的所见所闻使他十分伤感,是童年、少年、青年时期美好梦想的破灭。那个他在青少年时代热爱过、向往过、无数次地歌唱过的伟大的苏联,一旦踏上它的土地,生活了 22 天之后,他感到迷惑和痛苦。那里,陌生人之间早晨相遇互不问好,服务员脸色冷漠,莫斯科的姑娘向往美元,想嫁给西方人。官员们板着严肃的面孔。正像西方人说的，那儿 No smile（没有微笑），No food（没有食品）。令人稍感欣慰的是，在那里，诗人比部长更受欢迎……

我听了他的访苏观感，便建议他写一篇访苏随笔，并希望他捎带谈谈之前访美的印象，再把中国的种种现实放进去，相互比较，把苏、美、中的印象写到一篇里去，读者一定会感兴趣。他答应给我写一篇长文。

六

王蒙终于给《十月》写了一篇《访苏心潮》。1984 年 9 月 24 日下午，我把《访苏心潮》的校样送到王蒙住家虎坊桥作家公寓里。当时《诗刊》编辑部也在那儿。那篇稿子很长，两万多字。王蒙看校样时，我给他的邻居邵燕祥打了一个电话。燕祥我已两三年没有见到了，想趁机去聊聊天。我到燕祥家，聊到了徐惟诚，聊到了胡乔木儿子办的《丑小鸭》杂志，聊到了张贤亮发表在《十月》上的《绿化树》。聊了近两个小时，我回王蒙家，王蒙仍在埋头看校样。我想上厕所，厕所门关着，从里面有一束灯光泻到门厅地面上。我想里面肯定有人，便折返回屋。等了好久，不见有人从厕所里出来。我问王蒙夫人崔瑞芳，什么人在厕所里。瑞芳挨房间转了一圈，见上中学的女儿王伊欢在自己屋里温习功课。家里只有王蒙、我、瑞芳、小伊欢四人。说明家中无人上厕所。那为什么厕所门关着，里面还亮着灯呢？又等了好久，瑞芳便紧张了，认定有外人进了门厅，听到了房间里的人声，便慌忙躲进厕所里。这时我和王蒙也警惕起来，会不会小偷进了家？于是我和王蒙商量了一下，叫瑞芳、小伊欢躲藏起来，挪开门厅里的桌椅，腾出空间，我俩各自抄起了随身拿到的木棍、拖把，分站两边，准备和小偷搏斗。我和王蒙使劲拽开厕所门，让我们吃惊的是里面没有人，也没有开灯。咦，人呢？灯光呢？还是王蒙脑子灵，他望望窗户西开的厕所，醒悟似的说："刚才我们看见的不是灯光，是晚霞的夕照。照进来的霞光透过厕所门的下沿泻到了门厅里，我们误会了。"哦，原来是一场虚惊。于是搬回桌椅，我上了厕所，回到书房，等待王蒙把校样看完，我好带回编辑部发往印刷厂。

幸运的是，那篇《访苏心潮》荣获中国作协第三届（1983—1984）优秀报告文学奖。

七

1985年3月28日，我去王蒙家送奖金、奖章、证书。他劝我们：不要因为某位作家把稿子给了其他编辑部就对他议论纷纷，弄得满城风雨。不要那么狭隘，急功近利，要宽厚些。对刘绍棠也应这样。他有缺点，向往权力。而且据我看来，向往权力者，必然使他创作走上绝路；或者逆定理，创作走上了绝路，必然向往权力。但他家已装了电话，不时跟他打打电话，向他约个小中篇。对人，总应该周到些、厚道些。以后要养成一种风气，作家们聚在一起，要少谈政策，多谈艺术。《红楼梦》之所以是《红楼梦》，常议不衰，就在于看了还觉得糊涂，不知道谁好谁坏，像大海，深着呢。我正在写一部长篇（即后来发表的《活动变人形》），给人以陀思妥耶夫斯基的感觉。矛盾、冲突、纠葛完全纽结在一起，掰不开，读了使人压抑，使人发疯，头皮发麻。我写的旧社会，不是邓友梅的旧社会，也不是沈从文的旧社会。我一泻千里写下去，使人欲罢不能，不可遏制。

几天之后，我和王蒙又在南京见面。中国作家协会在南京举办中篇小说、短篇小说、报告文学颁奖会。在陆文夫主持下，王蒙以中国作家协会常务副主席的身份在授奖会上致开幕词。他说："当代读者欢迎的仍是拥抱着时代、和生活贴得近、能够说出读者心里话的作品，例如《绿化树》《北方的河》《在这片国土上》……中华民族是富有想象力和创造力的民族。艺术需要想象力。最近有的文艺评论家提出要开拓思维空间。我想，文学创作也要开拓艺术空间。这次评奖，部队作家的作品，不论是数量和质量，都处在突出的、引人注目的地位，几个第一名，都是部队作家的作品，值得地方上的同志学习。这次评奖，中篇、报告文学比较丰盛，短篇缺少激动人心、耐人寻味、出类拔萃之作。有的作品有冗长感，短篇宜读，是否可以浓缩一下……"

我听了王蒙的开幕词，觉得他对文坛有居高临下之感。那次金陵之行，还受到江苏作家张弦的热情款待。他和他那位温婉、亲切、窈窕、静洁的夫人张玲邀请王蒙、谌容（《人到中年》作者）和我，到新街口新开张的一家西餐厅用餐。我们围坐一桌，融融乐乐，相谈甚欢。

八

从 1986 年初开始，社会上盛传王蒙要当文化部部长。他感到紧张，当了部长，公务繁忙，还怎么写作呢？最后，经中央领导做工作，王蒙答应干三年，三年之后请中央物色更合适的人选。

1986 年 6 月 25 日，王蒙就任中华人民共和国文化部部长以后，十分忙碌。几天之后，就陪同当时的中共中央总书记胡耀邦在中南海会见并宴请世界著名男高音歌唱家帕瓦罗蒂。除部务会议、批阅文件，还经常率团出访。1987 年 10 月 9 日晚，我去王蒙家聊天。那晚他送我三本书：《王蒙谈创作》《创作是一种燃烧》《王蒙中篇小说集》。他真算得上工作、创作两不误。不知怎么谈起的，我夸他阅读速度快，脑子好使，记忆力强。我说："一个作家，没有好的记忆力，好的想象力，很难设想。汪曾祺曾对我说，写作就是写记忆。"这引起了他的谈兴。他说："我曾当过一段时间老师。暑期里老师们聚在一起评卷子。我早已看完，许多老师还未看完，我只得低头闭眼耐心等待。到了文化部，有的副部长说文件太多，上班时间看不完，每天晚上要带回家中批阅。我却很快能把一大沓文件看完，且能抓住要点，写上批语，指出不当之处。时间就是生命。速读节省了时间，也就等于延长了生命。"

我想起他前几年写的关于许多青年作家优秀作品的札记、随想、杂感，要不是有极强记忆力的脑子，能这样"横扫千篇如卷席"吗？当晚回家读《王蒙谈创作》，感觉他思想活跃，随时接受来自生活的信息，不断观察、感受、发现、触发、联想、想象，故有写不完的素材，作品跳动着时代的脉搏，与时代共前进。信息就是财富。这在他身上得到了生动的体现。

九

王蒙当了文化部部长，从虎坊桥迁居到东四南小街46号小院。那个地方原来是夏衍的住处。房子又宽敞了些，但因它处在南小街和东四三条胡同的交叉口中，市声很闹。院墙外的烤羊肉串摊上，常有吆喝声和烧炭的乌烟飘进来。卖菜声和倒垃圾声也不绝于耳。但不管怎样，居住条件毕竟有了改善。我常去那个长着枣树的小院，脱鞋走进王蒙向南的书斋，或约稿、送年历、请柬，或喝茶聊天。时有崔瑞芳陪坐一会儿，气氛温馨。

1994年10月17日，我受江西朋友李滇敏等人的委托，带着他们到南小街46号邀请王蒙夫妇去访问南昌。我们还在那书斋里合影留念。王蒙和崔瑞芳欣然应邀。同行的还有唐达成、陈丹晨等文友。我们抵达南昌后，参观了滕王阁、青云谱、江中制药厂，并去共青城拜谒了胡耀邦陵园。后赴庐山。我们住在178号楼。上庐山后次日，我们游览了"美庐"、含鄱口，后去庐山植物园。植物园里松柏青翠，红枫灿烂。参观温室里千奇百怪的植物时，王蒙说了一句极有智慧、极富阅历的话："人应多和植物打交道。"站在历史风云激变的庐山上，只有王蒙这样机敏的人，才能脱口说出如此深刻、如此睿智的话语来。

当晚庐山管理局负责人宴请我们。席间有人问王蒙："你出访了哪些国家？有什么感想？"王蒙历数访过的国家，北美有美国、加拿大，中美有墨西哥，欧洲有德国、法国、摩纳哥、英国、意大利、苏联、罗马尼亚、匈牙利、波兰、保加利亚，亚洲有朝鲜、泰国、日本、马来西亚、新加坡、约旦，非洲有埃及、阿尔及利亚、摩洛哥，澳洲有澳大利亚……（笔者撰写此文时，统计了他下庐山后的二十多年，又先后访问了土耳其、希腊、新西兰、韩国、荷兰、比利时、奥地利、挪威、瑞典、印度、西班牙、爱尔兰、瑞士、毛里求斯、南非、喀麦隆、突尼斯、梵蒂冈、菲律宾、尼泊尔、不丹、俄罗斯、哈萨克斯坦、印度尼西亚、越南、立陶宛、爱沙尼亚、乌克兰、伊朗、捷克、斯洛伐克等国。）王蒙说："地球很大，也很小。大国有大国的博大，小国有小国的小巧。彼此迥异，宜取长补短。我出访了那么多的国家，发现我们感觉重要的东西，许多国家觉得不重要；我们觉得不重要的东西，许多国家觉得很重要。赤橙黄绿青蓝紫，世界各国的色彩、习俗是如此的不同，因此我们要互相尊重，彼此宽容……"

王蒙在庐山顶上一席话，使我们大开眼界。

十

处在众目睽睽之下，潮头浪尖之上，名人极其难当。大树最早接触阳光，也最易招来风雨。近 30 多年来，我听到不同的人关于王蒙的种种议论：有人对他作品中瀑布倾泻式的、缺乏节制的语言不以为然；有人对他论辩文章中情绪化的、粗俗的表达心怀反感；有人指责他的议论过于圆熟、圆滑，左说右说，面面俱到；更有人认定他长篇小说《青狐》中的主要人物，是影射自己，对号入座，于是与之隔绝、疏远。更令人啼笑皆非的是，1991 年他不经意间写出的《坚硬的稀粥》，竟掀起了一场风波，受到某些人士断章取义的猛烈批判。但王蒙任凭风浪起，稳坐钓鱼船。有了新疆 16 年底层生活的锻炼，他已学会了与人为善，泰然处之，做到有则改之，无则加勉。

1979 年举家回京之后，他一直怀念新疆，一直怀念伊犁河畔、锦绣绿洲、参差屋舍、纯朴维吾尔人民对他温暖如春的相待。30 多年间他重访新疆十多次，重回伊犁 8 次。他那篇描写重归劳动地点巴彦岱的《故乡行》，充满令人泪下的感恩之情。他说："我又来到了这块土地上。这块我生活过、用汗水浇灌过六七年的土地上。这块在我孤独的时候给我以温暖、迷茫的时候给我以依靠、苦恼的时候给我以希望、急躁的时候给我以安慰并且给我以新的经验、新的乐趣、新的知识、新的更加朴素、更加健康的态度与观念的土地上……好好地回忆一下那青春的年华、沉重的考验、农民的情谊、父老的教诲、辛勤的汗水和养育着我的天山脚下伊犁河谷的土地吧！有生之日，一息尚存，我不能辜负你们，我不能背叛你们……"

十一

1952 年春，王蒙所在的北京东城区委位于东四十一条 39 号，是个三进的大院子。当时全国正在开展"三反""五反"运动。一些学生党员被调入区委搞运动，其中就有女二中当学生会主席的崔瑞芳。王蒙在与之频繁交往中爱上了她，和她一起参加夏令营，到东单大华电影院看电影，深夜步行送她回西单的家。恋爱了四年多，他们终于在 1957 年 1 月 28 日结为伉俪。王蒙被错划为"右派"后到北京郊区劳动。瑞芳不惧家人反对，不怕被人歧视，穿着整齐，带着点心，长途跋涉到门头沟去看望劳动中的丈夫。王蒙激动得泪流满面。

王蒙远去新疆，远去伊犁，远去巴彦岱大队劳动，崔瑞芳毅然取出户口始终跟随在他身边。瑞芳一直分担着王蒙的愁苦和艰辛，温暖着他那颗受难的心。

王蒙回北京复出后，我多次到他前三门、虎坊桥、南小街的家，都受到瑞芳热情接待。我和王蒙或谈稿，或闲聊，有时瑞芳陪坐，静静地给我们削苹果、去梨皮，然后将水果分递到我们手中。她少言寡语，只偶尔有一两句温和的插话。如果议论作协某些人事时，她总是默然离开。王蒙偶尔情绪激动起来，瑞芳总能委婉地使他归于平静。于是我想，如果王蒙身上有火，就会有瑞芳的水来中和、浇灭它。我在多年工作、生活中，很少遇到瑞芳那样高贵、那么贤惠的女性。我认为论心理素质，瑞芳比王蒙更坚韧、更稳定、更平和。王蒙曾把瑞芳西去新疆受苦的行动，比喻为俄罗斯十二月党人妻子从莫斯科东赴西伯利亚与丈夫会合的壮举。在我看来，这绝不是过誉。

2010年，一生默默操劳的崔瑞芳，体检时查出得了结肠癌。其时王蒙正在访美途中，提前回国，陪贤妻化疗、住院、看中医。2012年3月23日，瑞芳辞世，王蒙肝肠寸断，天塌地陷。我亦潸然泪下，痛惜良人仙逝。

唉，生老病死，这就是严酷的人生！

十二

自从王蒙1989年9月4日获准辞去文化部部长职务以后，他就有了充裕的时间写作、出访、研究学问了。2000年，他的长篇小说"季节系列"（《恋爱的季节》《失败的季节》《踌躇的季节》《狂欢的季节》）全部写成、出版。2006—2008年，他出版了自传三部曲《半生多事》《大块文章》《九命七羊》。2013年，《这边风景》出版，并荣获茅盾文学奖。在此期间，他评议《红楼梦》（受到著名红学家冯其庸的赞赏），评点义山（因卓有成就，1992年11月被选为李商隐研究会名誉会长），研究老子，解释庄子。政协常委，纵论创新；港台演说，载誉而归；频繁出访，为去领奖；名校讲课，掌声无穷；文思泉涌，勇攀高峰……

王蒙原籍河北省黄皮县龙堂村。1934年10月15日他生于北平沙滩红楼附近。他父亲王锦第当时正在北京大学哲学系读书。父亲同室好友何其芳，正迷醉于小仲马的《茶花女》。《茶花女》男主人公"阿芒"也被译作"阿蒙"，何其芳便给好友儿子取名为"王阿蒙"。王锦第去"阿"留"蒙"，乃有"王蒙"的现名，一直沿用至今。

写出经典著作《画梦录》的何其芳，绝难想到，他为之取名的那个王蒙，后来竟成为当代文学史上一个旗帜性的人物，何其芬芳，何其辉煌！

刊于《星火》2017年第3期

风吹岁月（延安插队生活片忆三题）

叶延滨

和我睡过一条炕的马德

马德这个名字联系着的是延安插队的事情。快半个世纪了，许多重大的事都忘记了，比方说那时开的什么会，报纸上一版一版的大文章，都不记得了，都变成一种滋味，印在心里。它们伴着样板戏的铿锵音乐，说你小子别狂，那年月你只不过是个接受改造的小知识青年而已。

知青记忆中，不会忘记自己值几文大洋。城市户口变成农村户口，注销，然后给150元安置费。值150元。所以现在更年轻的一代写字的人，笔下说起知青来，都不屑。我也理解，因为他和女朋友看一场"知青题材"的电影，花了150元买了张情侣座票。一个半小时，不值，不好看。两代人能没有代沟么？同是150元，用处就这么不一样。

当年马德对150元很满意。多捞了一笔。马德在北京大街上当"佛爷"（二十世纪六十年代坊间黑暗语，指掏兜儿的小偷）被雷子（警察）当场捉住。在送去劳教还是下乡插队两者之间，学校做了工作，让他跟着我们村这一拨到了延安。他高兴，他那150元安家费，算是不用上街去掏兜，就得的一份外财。

一拨到这村，另一拨到那庄。不知是谁手上的红蓝圆珠笔，把马德和我与另两位拨到一条大炕上。一条大炕上共同生活了一年半，这种缘分，一生中也难有几人。所以，马德就让我一回回地返回延安插队的岁月。

马德的模样很容易让人记住。牙长，门牙因为打架让人打掉了一颗，镶了一颗像是不锈钢做的假牙，白锃锃地亮，地道的"铁嘴钢牙"。眉梢上有个刀疤，把眼角扯着向上吊起。一颗钢牙，一只吊眼，这两个道具打扮出的马德，像是个准汉奸。

　　"哥们儿，到菜市口问问，钢牙是谁？吊眼是谁？不知道就不是江湖上的人。"我插队的这道沟，从沟口到沟尾，五个队，队队的知青里，都有一两个"进过局子"的。提起钢牙，都知道，说起吊眼，也知道。但从北京到了这山沟里，才知道钢牙吊眼是同一个马德。于是都来认门，让队里热闹了几天。有提酒瓶来的，喝醉了，把酒瓶一敲，扎出一炕的血花子。有提镢头来的，一照面，二话不说，当场就把一只胳膊砸断了。等到队长叫来民兵连长，一推门，打人的和被打的正喝在兴头上："送我进医院呀？不用！给家里打个电报，邮一只新胳膊来就行啦。"

　　马德有许多违法的爱好，只是那年月也没个什么法律的，就是三天两头的"文件""通告"维护着世间的秩序。公告和文件总是用大概念来对大概念："广大贫下中农，工人阶级，人民解放军……对地主，富农，反革命，坏分子进行改造……"马德爷爷是贫农，父亲是工人，哥哥是解放军的班长，这样一来全部公告都好像对他不管用了。他听谁的？听一个叫吴大力的话，在学校吴大力是工宣队指定的帮教员。吴大力插队到了这个村，马德也跟来。

　　吴大力是个女生，高中，高个儿，像个摔跤运动员。马德听她的话，就像亲姐姐。有一回，另一位知青说："吴大力这名字真准，吴夯，长得就像个夯嘛！"话音刚落，马德的拳头就夯在他的脸上。

　　马德刚认识我时，不理我，给我七个字的评语：眼镜，书呆子，没劲。自从发生了下面这件事后，他特别佩服我，处处给我高度评价，以至于共同在一条炕上睡了一年半，他就从不与我发生摩擦。他对我的友情仅次于吴大力。

　　那天，收工早，大家在羊圈外的平台上散心。马德手上抓了一把炒黑豆，朝天上丢一颗，仰脖一张嘴，咬得咯嘣一响。这把戏逗得一群后生跟他学，谁也没有他那本事。马德扬扬得意冲我说："眼镜，你行么？"我看他太得意，说："我扔，你也行？""怎么不行？来三个！"马德把三颗黑豆放在我的手心。我想了一下，一颗，两颗，三颗，他都用嘴接住了。他刚要咧嘴笑，我随手朝空中扔了第四颗。马德没来得及想，一口咬住。嘴一闭，脸色就变，把嘴一张，又紧闭上。他强打笑脸，自己往嘴里丢了两颗黑豆，嘎嘣嘣地嚼起来。

后来，我们有这么一段对话："眼镜，你敢让我吃羊粪蛋？不怕我花了你？""钢牙，你给我几个豆，三个。对呀！那三个都是黑豆吧？第四个，谁叫你咬的？""你捉弄我？""我试你的功夫。"说到这儿，马德眼一亮，伸出拇指。

……马德是我们这村第一个出去当工人的知青，根据当时阶级路线，他是贫农的孙子，工人的儿子，解放军的弟弟。

他走了。村子里像少了一半人，安静了，也空了……

记忆碎瓷片样坚硬

我记下的只是故事残片。因为它们像床垫下的豌豆，常常硌醒我的记忆，又无法敷衍成一篇单独的故事。也像一堆碎瓷片，破碎而坚硬……

当知青插队时候，会有乞丐在窑洞外走过。知青的狗像警卫，汪汪吠走他们。不久以后，知青窑洞前不再有乞丐经过。某日，村里的老乡过生日，请我去他家做客。陕北农家吃饭，一般情形是蹲在院里捧着一只大碗，或粥或面汤，呼呼拉拉了事。正式的吃饭在炕上，火炕中间摆一矮桌，大家盘腿围坐在一起。男人坐在里面，女人依着炕沿，一条腿曲坐在炕上，另一条腿支撑在地上。尊卑有序，穷富一样。走进窑洞，主人便招呼，上炕！上炕！这是敬语也是实在邀请。刚动了筷子，听见门外有乞丐摇响骨板。依坐炕沿的女人便放下碗，迎出门去。不一会儿，一老一少俩乞丐进了门。"哪儿的？""绥德的，遭下年馑，没办法了。"男主人站起来，躬下身子说："上炕！上炕！"两个乞丐把讨饭的布袋放下，手在衣襟擦了几把，脚后跟一蹭，两双破布鞋摆在炕沿下。他俩爬到炕桌前，抓起筷子就夹菜。我有些回不过神来，呆呆地听他们聊天。主人说："我也是上头米脂寻吃食寻下来，到了这沟安下家。这村原先五户人家，现在十九户人家，都是寻吃食，从米脂绥德下来的受苦人家。啊，现今二十户了，知青点还有几个娃。可怜娃们从城里到这沟里寻食，凄惶得很。"那个晚上，我才明白，在这个偏僻山沟里的农民眼中，我也是个乞者。

也是插队时，某日在延安给知青点办点事，办完事天色已晚。不能再摸黑走三十里夜路回村了。只好到县政府的"知青办接待站"过一宿。知青接待站在知青办公室旁的一个院子里，一排四孔的空窑洞。进了窑洞，一侧有一通青砖砌成的大炕，炕上铺着苇秆编的炕席。炕席上散落几块砖头。电灯坏了，拉不亮。天气不冷，已有两三个早进来的人躺在炕上了。还没睡着的那人，嘴上叼着报纸卷的蓝花烟。烟头暗红的火光和他嘴里吐出的呛鼻烟气，让人感到窑洞惯常散发的人气。我摸到一块砖头，解开扎在头上的毛巾，垫在砖头上当枕头，和衣躺下。半夜里醒了，走出窑洞，冲着树根撒尿。夜风很硬，让人打了个寒战。抬起头望满天的星星，像刚被擦过一般晶莹明亮。月光像水，泼在身上，从头到脚感到高原夜晚的凉气。回到大炕上，蜷曲身子也躲不开寒意。睡不着的直接后果是肚子饿。饥饿像一只猫用爪子挠人的心肝。想起村里老乡的口头禅：傻小子睡凉炕，全凭火力壮。我真是一无所有了，除了还有一点年轻人的"火力壮"。我对自己说，你头下无枕，身上无被，兜里无钱，腹中无食，就剩一口热气，到这个份儿上了，还能更倒霉吗？真好像悟出什么，对自己说，睡吧，天会亮的。想到这里，居然又睡着了。天亮时才被躺在这条大炕上的另外一个人吵醒了。这个人不是知识青年，穿当地农民的大折裆裤子，白汗衫已经成灰褐色。他正把一个褡裢搭在肩膀上，褡裢里鼓鼓地装满东西。他没有理我，径直走出窑洞。我又躺了一会儿，直到阳光穿过窑窗的破纸射在脸上。我起身，心想，太阳好，对谁都一样。回头望一眼大炕，又想，光板冷炕好，不招虱子。想好就心情好，于是揣着好心情往外走。走到窑洞外，看见刚才那个人，正靠在墙边，把一大块土布铺在地上，然后从褡裢里倒出一堆干粮。倒出的东西，有馍馍、窝头、烧饼……他把这一堆干粮摊开在太阳下晒。原来他是一个乞丐，这些都是他讨来的吃食，没吃完，攒下来的。时间长了，有的都生出霉点。哎呀，我和一个乞丐在一条大炕上睡了一夜，不同的只是他带着一褡裢干粮而一脸满足，我饥肠辘辘只揣着一个好心情。

与乞丐同桌讨食，与乞丐同炕而眠，境遇甚至不如乞者。这曾让我觉得不堪的记忆，把"知识青年"身份残存那一点自尊撕成碎片。自那以后，不敢轻视乞者，也绝不与各式各样的乞者为伍，哪怕是锦衣玉食的高级乞者，皆因有那一餐一晚的经历……

一条狗叫达尔文

我写过一首关于狗的叙事诗——《达尔文的故事》，写这首诗，是因为总会在眼前浮现出它那一双忧郁的眼睛。我与这条狗是在长途汽车站认识的。那是"文革"中插队的年月。陕北初冬，收完了庄稼就没有什么农活可干了。北京的插队知青纷纷回城探亲，我送同村的知识青年到了公社长途车站。车一辆又一辆地开走了，车场一下子变得空旷冷寂，阵阵寒风卷起散落的黄叶，还有我，还有一条狗。

这条狗是知青养的狗。在陕北，知青养的狗和知青一样，很容易被识别出来。农民养的狗，不咬自家人，但对其他人，特别是陌生人，不管是谁，都会汪汪叫。知青养的狗，不咬知青，不管是哪村哪庄的知青，它都会迎上去摇尾巴。这个现象让当地一些人很不爽，我曾写过一篇《狗鼻子》议论过这件事。看来，这条狗的主人回北京去了丢下了它。我也没有回城，父母都在"牛棚"里挨批判受审查。我看了这狗一眼，它也用忧郁的眼神看着我。"回去吧！"我对它说了一句，转身离开大路进了沟。我的生产队知青点在这条沟里，距公社有小十里山路。不一会儿，我发现那条狗没有回它自己的家，它远远地跟着我，低着头夹着尾巴也进了沟。我停下，它也停下。"你走错了，回你的家去。"它不叫，只是用忧郁的眼睛望着我。我拾了一块土疙瘩吓唬它，它也不躲，仍然用那双忧郁的眼睛望着我。它的两双眼睛好像能说话，像个绅士，所以叫人能记住。天色暗下来，月亮升起来，月光下的冬夜，凄清而寒意四散。月光把拖在地上的人影渐渐缩短，把另一条狗的影子悄悄靠近人影，等到一声又一声的狗吠从村子里传出来，我对这条狗说："到家了，别怕。"……这条狗从此成了我的伴侣，我给它取了一个名字"达尔文"，因为那双忧郁的眼睛。这个冬天，因为有了达尔文而多了几分温暖。

想起这双眼睛，是因为爱护动物的讨论引出的"善良"话题。常听到收养被遗弃动物的好心人的故事，在公园里散步也会看到每天都有人给流浪猫喂食。善良是一种美德，行为是利他和施与。而我以为，就我这个修行不足的书生而言，善良首先是因为"对自己"，"为自己"，有利己的原因。就说这个忧郁眼睛的事吧。那时我正烦着呢，它不就是一条丧家狗嘛，它跟我走，我又跟谁？这些念头让我一次次轰它走！但是，走着走着，我想：没有主人的家它肯定进不去了，它会怎么样呢？会被人撵，会被人打，还会死掉？它跟着你，信任你，你却不管？我最后收留它，是我确信，如果不收留它，我这一晚上会做噩梦。对动物如此，对人也一样。常言说"与人为善"，我以为这首先是自我的一种需要，让自己"心安"！在这个世界上做男人，还是个做事情的男人，会遇到各种事情。帮人一把，有时可能会一把拉起一条落水狗，最后被狗咬一口；让人一步，也许你好心让的那个人会得陇望蜀，得寸进尺……所以，对小狗小猫做点善事相对容易，当真事时"与人"为善，也许最后还落一个"东郭先生"名号，被人说是"农夫与蛇"的现实版。有时很让人纠结。

人其实是在两个世界里活着的，一个是充满现实利益的外部世界，一个是属于自己的内心世界。有的人在外面风光倜傥而内心不得安宁，有的人日子坎坷多舛内心平静安详。善举是人们看得见的利他行为，善良是心宽安宁的自我感受。在处理各种"与人"的事情时，我对自己定出底线：不要做自己都看不起自己的事，不要做夜里睡不着觉的事，不要做无法坦然面对各种猜疑非议的事。做事要做得让自己心安，让自己心宽，让自己心净，这样做的事也能够与人为善了。有这样的心理底线，与人为善会成为一种习惯，能让一步让人一步，能拉一把拉人一把，能忍一下忍耐一下，这个世界多一些和平安宁。也许有人较真说："你拉起来的是条落水狗，上来就要咬你怎么办？"其实真的遇到这样的事，再找个棍子也不迟。如果把需要帮助的人都当成骗子，把老太太跌跤都当成预谋讹诈，人心也太窄小了吧？善行是一种值得肯定的行为，千万富翁散尽钱财为慈善，拾荒穷汉收养弃婴如己出，都是了不得的慈善奇人。对于如我这样的普通人，面对事情发生，拉一把，让一步，忍一下，成为一种习惯，人心向善也就成为一种社会风尚。

再回到"忧郁的眼睛"这个故事吧。那个冬天因为有那条狗做伴，不再漫长而孤寂。我甚至想，不是我收留了这条被主人遗弃的狗，大概是这狗看见我在车场茕茕孑立于风中而找上门来？半年过去，春暖花开，有一天"达尔文"躁动不安，呜呜地低吠，晚上出走了，再也没有回来。后来据老乡说，那天有几个外庄的知青从村头路过。我知道了，那里面有它的老主人。好狗恋旧？好心没好报！是的，开初我也这么想，然而，事件过去越久，回想起来越有一种让自己感到温馨的安慰，善行不是生意，也不是交易，善行出于内心而不求回报，善行是你给这个世界的祝福，而这个祝福也让你的内心宁静而幸福……

刊于《作家》2017 年第 8 期

和父亲猴年说猫

阎　纲

1992 年，猴年，我的本命年。小时候叼着妈妈的奶头不放，妈亲昵地推揉着说："多大的娃了，多大的娃了！"转眼 60 周岁。

人活多少是个够呀！但愿人长久，多活一天是一天，就像七婆病重时说的："死就死吧，就是丢心不下这个世事。"

瞿秋白 36，李大钊 38，显赫如列宁，54，德邵如鲁迅，55，国父孙文，59，舜曷人耶，余曷人耶，却苟活于今？

人生一世，忠孝二字，活着就得尽忠尽孝，报效社会，感恩父母。

我特别想我的母亲。

只有住着爷爷奶奶爸爸妈妈兄弟姐妹的陕西省咸阳市醴泉县（今改为礼泉县）聚族而居的"阎家什字"，才是我灵魂深处永久的家。

母亲殁了。1976 年母亲弥留期间，打电报想最后把分散多年、在干校受苦的二儿我看上一眼；正是天安门前悼念周总理激情似火之时，我的胃失血过多住院抢救。我所在的《人民文学》编辑部不得不两边瞒着，从此天上人间，母子阴阳相隔。

所幸家父尚在，年近九旬，孑然一身，自炊独处，予心不安。感谢时运，终于搬进新居，便极尽小儿天真娇憨之态，拜请老父北上颐养天年。父亲怎么也不肯，故土难移。我接二连三驰书催请："望求老父北上团聚。在父，以尽堂前训子之责；在儿，以尽膝下娱亲之孝。天伦乐事，时不我待，不孝子涕泣跪请，胡不归！"

我将老父从老家接到京城。老父在堂，晨昏定省，朝夕陪伴，推轮椅拔牙镶牙，接电源开电视播放秦腔，说话儿、解闷儿，照例的一日三餐，买菜做饭，洗衣洗脚，扫地擦桌子，提壶倒垃圾，全方位的侍奉，多层面的保健，尽心尽力，无所不干，集女儿、保姆、大少爷、小跑腿的职能于一身。我也吃惊：这么多的角色我竟然扮得有模有样儿。自己几十年来形成的一套生活习惯该冲破的就得冲破。我自己吃饭简单，只要有面食＋辣椒就行，但给父亲的饭食必须清淡多样；我自己不爱洗洗涮涮，但每天晚上十点钟必须把水温适度的烫脚水恭恭敬敬地放置在电视机对面的父亲脚下；我即使再忙、再累，也要记着沏茶倒水，在父亲烫完脚后立即将水端走倒掉，等电视机屏幕出现"再见"二字时将电视机关掉。

父亲白内障手术前，一只眼睛什么也看不见，另一只眼睛视力仅有 0.02，但是喜欢读书看报，术后尤甚。真不敢相信他一只手捧起砖头，另一只手执放大镜，将 32 万字的长篇小说《雍正皇帝》几天之内齐齐扫了一遍。他还在自己的小屋里时不时地写点什么。一天，我收拾他的房间，一组文章映入眼帘：《说戏迷》《演出遇险记》《巡回演出记盛》等，记述当年在西安同秦腔名角友好交往以及与《松花江上》作者张寒晖组织话剧团进行抗日演出活动的趣闻轶事。

父亲的起居饮食极有规则，休息、娱乐、学习搭配得当，吃饭不过量，处事不过头，不偏不倚，中庸之道，不惹是生非，遇事顺其自然，易地亦然，雷打不动。这也许就是他的长寿秘诀。

我却差远了。父亲来后，我的生活全部打乱，又当孩子又当保姆，是 60 岁的儿子兼保姆，我乐意，我多方位地异化本我，所以，当父亲读书看报写作时，我感到自己远不到倚老卖老的时候。

8 月 14 日，猴年本命年期满，年届花甲，似水流年。日前，儿子阎力和女儿阎荷要给我做寿，说"60 大寿不可不过"。我不客气地训斥他们一通："我什么时候过过生日？乏善可陈嘛！"电话里的对方颇感不解和委屈。翌日，儿女又来电话，质问道："你说过，活到 60 大宴宾客，自己许的愿竟然忘了？"

一点不假，我承认。1979 年 7 月，在协和医院，我的胃部恶瘤手术。原计划全胃切除，将食道和小肠联结，每顿吃一两饭，进食后有痛感，饭后只能平卧。手术有危险，我的同窗好友谢永旺代表《文艺报》战战兢兢签了字，但结果比预料的要好。主治大夫的手术刀非常高明，神不知鬼不晓，竟然使我的 3/5 的胃得以保留，真不知怎样感谢他们才好。术后，夏大夫教我鼓起驾驭生命的勇气来，我说："再坚持 17 年，活到 60 岁。"大夫说："那不成问题。"闻之大悦。我保证说："活到 60 岁，1992 年，我请客，大摆宴席，首先恭请诸位医师大人！"

正是这 3/5 的胃支撑这羸弱之躯挣扎奋斗了 13 年——整整一个"延安时期"。固然，13 年，只不过我的一个短暂的人生段，但生活内容驳杂，悲欣交集，极富戏剧性，说好听点，如白居易诗云："婆娑绿阴树，斑驳青苔地。"生命力顽强，艰难却有意味。我烧香念佛也不敢想入非非，鬼门关前居然一个大转身，一来二去，忝在了健康老人之列。

我并没有忘记"活到 60 岁大摆宴席"的承诺，可是我还是拒绝做生日，往事如烟，人生苦短，人狂没好事！何况老父在堂，不敢言老，如此这般，孩子们再没有说什么。

生日那天，冷冷清清，照例的粗茶淡饭，正常的刷锅洗碗。天依然很热，头顶大太阳到医院做肠胃钡餐造影。医生问："家属怎么不来陪同？"我说："谁也没告诉，今天我生日！"医生莫名其妙。

不久，儿子送来一只白猫，说是专为我和爷爷弄来的。他说，没有给老爸过生日，很过意不去，这只猫权当生日礼品，没事时逗逗玩玩、解解闷儿。"不然，你和爷爷太寂寞。"爷爷没说什么，他一向寡言。我无奈，说："那就留下吧。"接着，儿子把养猫须知一一详述，要我照办，要有不明白的，随时给他打电话。

一只雪白的小猫，跳跳蹦蹦，给室内平添了生气。但是，当着儿子的面不好直说，我和老人都不喜欢猫，特别是猫的那副媚态，猫不如狗，狗比猫义气，我和父亲不约而同地道出40多年前看秦腔《义犬救主》，还有我极喜爱的苏联影片《白比目与黑耳朵》。猫不行，有奶便是娘，狗则不然，狗不嫌家贫。

我最讨厌猫们谈恋爱时难耐的、发嗲的、假模假式又如泣如怨的尖叫声，真让人受不了。

又过不久，女儿送来刘心武的新著《风过耳》，也说是给我解闷。我不寂寞也不沉闷呀！我的事情做不完，而且生性好静，你们忘了？但《风过耳》来得是时候。有作家告我说，里面的故事热闹着呢，备写文坛风流。果不其然，官自悦、匡二秋、简莹、欧阳芭莎这伙"新潮"人物，刻画得活灵活现。这伙人物我们见多了，人见人骂，人人又拿他没有办法。

再过不久，儿子又送来一只猫，黑白相间，刚出生不久，毛茸茸的一副憨态，精灵般的，煞是好玩。

慢慢地，我还是讨厌猫了。每天从17层楼上下来换土，时时在菜市搜罗鱼头鱼尾鱼杂碎给猫备餐，弄得我不胜其烦。屋子里尿臊味越来越大，给老人做饭还得给猫煮食；特别是两只猫求食时喵喵叫的那副嘴脸，不堪入目，尤其是一对男女的嬉戏以及其充满柔情的尖叫使人烦躁不安，但屡禁不止。后来，它们对我的殷勤急剧降温，而且越来越不畏呵斥，绝对无视我的存在。它们经常跳上我的书桌抓碎稿纸，经常蹿上饭桌在父亲的菜盘里争荤。我烦透了这对"狗"男女，一见它俩就像遇见官自悦和匡二秋。我准备读完《风过耳》后将二猫送人，免得产生不愉快的联想。

父亲和我正相反，你越着急的事他越不着急，你越烦心的事他越有耐心，他对猫的反感丝毫不亚于我，可是他从不对猫公子、猫小姐下逐客令，而且劝我遇事要忍，要知足，知足者常乐，忍一忍，风浪就过去了。

不几日，又一个讨厌的人物闯进我的生活，就是华威先生。为了编书，我和张天翼的《华威先生》不期而遇。要说做人，华威先生让人讨厌；作为艺术典型，华威先生让人叫绝。

华威先生整天忙于开会、赴宴，是职业的"会议阀"。他一天开几十个会，总是迟到早退，所以来去匆匆。谁不请他开会，谁就是"秘密行动"，要追查背景。他总是坐着一辆光亮的包车在街头闪电般地疾驰。他永远挟着一根老粗老粗的黑手杖。他始终以热心抗战的面目和庄严的姿态出现在各种各样的集会场合。他是大后方官场的宠儿，又是国统区官气十足的文化人。他煞有介事地为抗战奔波，实际上是鬼混其中成了抗战的障碍。他浅薄、庸俗、无聊，令人喷饭，却装腔作势，附庸风雅。他到处伸手，然而什么事情也干不了。

放下《华威先生》，再拿起《风过耳》，官自悦之流也不示弱。此辈，朝叩富儿门，暮随肥马尘，奔走华洋之间，往来主奴之界。在主子面前，他可能是奴才；在奴才面前，他当然是主子，在主与奴、名家与同类与弱者之间，他是变色龙。

是呀，他官自悦五十大几的人了，为什么活像个"小字辈"似的，活蹦乱跳于这个老、那个老之前？为什么东奔西跑，一会儿担任这套丛书的挂名主编，一会儿担任那个社会活动的倡议者和发起人，一会儿到这个场合，一会儿到那个场面上频频亮相曝光？为什么忽而同这个人结盟，从调情瞎逗到签订委托书，似乎好得合穿一条裤子还嫌肥；忽而舍此就彼，把原结盟者视作陌路乃至反目成仇，又与新友如胶似漆、打得火热？

华威先生有后，后生可畏。他们都是"会议阀"，好摆官僚架子，自诩正人君子，实乃江湖文丑。但官自悦们尤甚于追慕名位的华威先生，情系官场，一身的荤腥。官自悦们的鬼心眼连同贪欲、好色与势利，一概被推向市场。在他们眼里，文坛连同名家非名家、合法非法、已婚未婚、活人死人、善人恶人、好心歹心都是商品，都可巧取豪夺、买入卖出，大兴纵横捭阖之术，一展坑蒙拐骗之方，兼济姓名厚黑之学。要是说华威先生是官气十足的文化人的话，官自悦们则是流气十足的文化商，他们买卖的商品既包括名家的遗稿，也包括别人的情爱和他们自己的逢场作戏。

孙犁说得好："离开文艺的圈子，才是文艺的天下……有稿子交出去，比什

么都好。何必站在文坛之上，陪侍鞠躬如仪？"（《致康濯》）

公白猫又同母花猫做异性的追逐，小姐大呼小叫冲着我求救，很快地，小姐又同公子齐声向我讨要，惊恐立时变成软语，憨态可掬，妩媚可掬，诌谀可掬。顷刻又幻化为文场、官场、情场、赌场、商场上一些颇为熟识的面孔。

父亲走过，二猫毫不理睬，继续对我纠缠献媚。父亲从来不喂它们食，不理它们，它们自然也不理他。

这两只猫，我是决计不能留了。马上给儿子打电话，限三日内来人带走，逾期，无偿出让，甚至放生。好，就这么办，不能手软。

大前天、前天、昨天没有人来。我要贴告示了。取来一张硬纸板，上写：

今有白猫（公）、黑白花猫（母）各一只。身体健康，活蹦乱跳，善解人意。愿无偿捐赠爱猫的主儿。有意者请到本楼1701室叩门。

刊于《人民文学》2017年第10期

起先我调金虎，后来金虎调我

黄亚洲

我调王金虎的事情发生在 2005 年左右。那一天，应该是一个傍晚，在我的省府四号楼十一层那个办公室，我问他愿意不愿意来作家协会工作，从事创作联络工作，也就是负责与会员们的日常沟通那一块。听了问询后他显得有些激动，说当然是愿意的。他说其实杭州市文联很多年前也曾经要调他而他没有答应，失去机会了，这一回如能到省里来工作，那倒是好事。他的脸本来就红光满面，夕阳一反射，那张浓眉大眼的脸就更加生动。

我说你要想好，你杭州拱墅区上塘街道文化站站长虽说级别不高，但在基层，经济上七七八八的补贴，可能就相当的实惠，到省级清水衙门来，收入要少掉一块，这事儿可是实实在在的，你要想好。他在听我介绍了省作协的工薪状态后说，经济肯定丢一块，而且丢一大块，但眼下自己年龄已到五十五，总不能永远当个"王站长"，许多同行的站长后来早就当这个长那个长了，有的都是区领导了，总不能我到退休了还是一个街道文化站长，这也太有点"那个"了。

我还是劝他回去想想。五十五岁能调到省级协会确实是不容易的，这意味着工作五年后就要办退休并且要由新单位"养"起来，这对单位显然是个压力，作为书记我虽然可以提出用人议题，但是党组讨论最终通过不通过也是疑问。我说你金虎本人也该明白其中的不容易。

几天后他有答复了，说是认真想了一想，还是不打算来了，笨嘴笨舌的，在基层可以吆五喝六，在省级机关一开口就是这文艺理论那文艺理论，就说不上嘴了，太有难度了，对此该有自知之明；可当晚，又打电话来说，再想了想，还是要来，机会实在难得，想想现在除了省作协还有什么单位肯再要他？然而，过了两天，他又面红耳赤地专程跑上门来赔不是，说一晚上睡不着想想还是不要动了，自己实在不是坐机关的料，回到家忽然又接他电话，说是下决心调了，一个人一辈子搞文化站直到办退休总归不是事情，就这样吧，破釜沉舟了。

在我召集的党组会上，大家果然也是作了反复的斟酌，五十五的年龄毕竟是个坎儿，但是王金虎热爱文学组织工作的那股劲儿与效率却又是有目共睹的。

我记起了十年前的他来找我。那时节我跟他还不很熟，只知道他写诗，诗写得也不是那么出类拔萃。他那天开门见山就说他与几位诗友商议了一下，有个计划，就是在他们拱墅区那儿建一个"浙江诗人之家"，经常组织一些诗人聚会、联谊、采风、研讨等活动，希望省作协能够同意并且支持。诗人之家，这个构想在我看来倒是个新鲜事，因为我们省作协已经有一个诗歌创作委员会，每年也有活动，但听他介绍，这个诗人之家并不是作协会员的创作门类分类组织，而是自由参与，聚散更加灵活，有相对固定的场所，有"家"的味道，这设想还是有点味道的。我问经费来源怎么考虑，他说他们上塘街道的优秀企业浙江建华集团对文化建设比较重视，可以支持。我怕虎头蛇尾，问这种支持是否可以视为长效机制，他说没问题。我当时觉得，诗歌活动是个只有硬投入没有硬收益的事儿，王金虎既然有那么大的热情，那就让他试试，浙江诗歌之家的名头就给了他吧，尽管杭州拱墅区上塘街道并不算是浙江诗歌的一个热点。

于是下决心支持，不久就下发了省作协党组的文件，将"浙江诗人之家"作为"省作协的内设机构"予以建立。这样的批准其实是一种擦边球，避开了种种烦琐的审核登记。否则，上塘街道真还难以建立这种省级"之家"。

后来就听说诗人之家办得很活跃，经常举办诗人雅集，还组织省市部分诗人沿京杭大运河一路北上采风，直到扬州，创作了大量运河诗作。我也应邀参加了部分雅集，记得有一次参加的是"海峡两岸诗人中秋聚会"，金虎组织得很精彩，包括台湾"中国文艺家协会"理事长绿蒂在内的一大帮诗人在运河畔又吟又诵又谈又唱，尽欢而散。我后来听薛家柱老师也数次回忆起这场别开生面的联谊活动，认为极有意义。

又记得在那以后，才隔两年，金虎又跑来找我，说又是一个计划，想建立一个"浙江诗人作品陈列馆"，收集浙江当代诗人的诗集、手稿，集中陈列展示。我大惊，这可是基础建设，花钱贴本的事儿，只有政府才可能有这般的计划啊。我说地方呢？他说建华集团老总已经表态了，可以在他们的集团总部大楼专门拨出地方，而且面积还很大，足够陈列。我问人呢？他点点自己鼻子，说他自己就顺便管理了，不用专门养人，为诗人与诗歌多干点活儿，没啥的。

我倒再一次被他说得感动了，于是我们党组又为此议了一下，专门下发了关于建立"浙江诗人作品陈列馆"的文件，动员浙江诗人往这里送作品送手稿。记得陈列馆开幕的那一天下着淅淅沥沥的小雨，金虎专门从北京请来的年届七旬的贺敬之老师也举着伞，认认真真站在上塘文化站前的小庭院里。我到场后猛然见着贺老当然大吃一惊，一个正部级干部来到杭州参加文学活动按规矩是要从我这个口子上报省委的啊，要由省委接待办统一安排下榻五星级宾馆的啊，按惯例还要由省委书记会见宴请一次的啊，怎么就由街道文化站与建华集团做了东道主？金虎见我吃惊连说黄书记您千万别认真，一讲您那个排场人家贺老就不来了。人家住一晚就走，不碍事的，建华集团已经安排贺老住下宾馆了，出事我负全责。我心里想，你负啥责啊，真要出了事儿还不是我作深刻检查？当然后来我又被感动了，开幕式后贺敬之老人与我们一起围坐于拱墅区街上的一家小菜馆的油乎乎的小木桌，在一张用塑料封着的小破菜单上快快乐乐点菜，吃得稀里哗啦，啥都不讲究，真是一场不拘一格的诗人之聚。我问金虎，你敢就这样招待？金虎说贺老就喜欢这样，又说你去下面县里，不也就喜欢这样？

想想倒也是。诗歌讲究的其实就是真性情，反对装。

记得打那以后，过了几年，金虎又来找我，一张脸又激动得通红，说看见进城打工的农民兄弟也有喜欢文学的，说应该花点力气关注打工文学，或者叫民工文学，拉他们一把是城里作家的责任，那么，能不能就成立一个"浙江民工文学创作基地"，让农民工作者有个"回家"的感觉，有个地方坐坐、聊聊。这个基地还可以办义务辅导班，上义务文学课，城里作家应该愿意辅导。他又说，要办民工文学创作基地，就可以放在上塘街道文化站，可以专门辟出一间房间。我当然又一次被感动，我这个做省作协书记的怎么就不能率先考虑到这个问题呢？

同意建立"浙江民工文学创作基地"的红头文件又下发了，老办法，仍然是作为"省作协的内设机构"。后来就听说金虎在这方面花了很大的力气，各地热爱文学的民工也根据报上刊发的简单报道一路寻到杭州拱墅区来找"娘家"，有的民工还用麻袋装来了自己平时写的诗，抖开麻袋飞出一大片雪花，诚惶诚恐问："请王金虎老师您看看这算不算是诗歌。"于是郭祥勤、西芒、麦秸等一大批民工诗人、散文作者就在这个平台上迅速起步而崭露头角了，《浙江日报》还以很大版面为他们中的佼佼者开了专栏，有的民工作家还在全国性的文学赛事中得了奖。

我也赶紧要求省作协创联部与民工文学创作基地密切合作，趁势举办民工文学讲习班，出版民工文学作品选。我自己也根据授课安排，几次去讲习班讲课。我从心里感激心思细腻的王金虎，让我们的文学组织工作补上了这重要的一环。

金虎心思细腻，身形却敦实，一副力大无穷的样子，因此我每每筹办浙江作家节，都请他打着"浙江作家节"大旗，走在上百号采风作家队伍的最前列，他知道这是个花力气花时间的苦差事，但每年都乐于担任，说只要需要，你就叫我，没问题。也因此，许多省内外的作家都是从"旗手"这个角度开始认识王金虎与走近王金虎的，知道这个力壮如牛的诗人踏实，不讲得失，乐于助人。

也因此，虽然金虎五十五了，年龄条件不利，但作协党组会经过反复斟酌，还是通过了将这位有创见有干劲的杭州优秀基层文化干部调来省作协机关的人事动议。

于是过了几天，我专门请金虎来一趟，当面向他传达了省作协党组的同意调入的意见，商量具体安排。我以为金虎会喜形于色，谁知他挠头抓腮，摆出一副特别内疚的表情，说黄书记实在对不起了，我想来想去自己实在不是一块坐机关的料，现在我们拱墅区强调弘扬运河文化，我想自己这几年还是为运河文化多做一点实事为好，我也习惯这样做了。

那天我气得差点被白开水呛着，我说金虎你真不是在开玩笑吧，他却一直红着脸，挠头抓腮，做着孙悟空的动作。直至我送他到电梯口，他还一个劲说不好意思实在是给您书记添麻烦了，一遍遍地说，一遍遍地摸自己的后脑勺。一张脸红如晚霞。

调金虎来省作协的事情就此作罢，对这个过程我也无话可说，但是金虎的那种舍不得离开基层、对弘扬运河文化的那种异乎寻常的热情与执着，倒还真给我留下了难以磨灭的印象。

你说这印象还能磨灭么？

春来秋去的年岁增得快，我渐次地由书记而主席而又名誉主席，直至被聘为省文史馆馆员，说得动听一点就是进入"德高望重"行列了。这样，一个如何老有所为发挥余热的课题就摆在了面前。恰是这时候，金虎又跑来找我了，连说要我去拱墅区上塘街道那边搞个工作室或者书院什么的，说你在任的时候对拱墅区的文化那么关照，曾经连下三个红头文件批准三个组织，现在退下来了怎么先不考虑到拱墅区呢？

我并没有考虑去拱墅区，因为那个时候有人建议我去文创产业集中的滨江区设个工作室，我也对那个区大力推动的白马湖生态创意城感兴趣，所以在滨江区宣传部前任陈部长与后任卓部长的先后陪同下，连续三次考察选址，金虎就是在这个节骨眼上跑来的，说滨江那么远你去干什么，我们以后要见你也不方便，还不如来我们拱墅区呢，我们拱墅区现在搞文化建设的决心在杭州算是最大的了。于是他就介绍了建华集团即将开设的一个文创产业园，说两栋五层楼的建筑已经结顶了，说建华集团许荣根董事长诚心邀请你去，在那两栋五层楼里你可以任选半层甚至一层，如果你在那儿建一个工作室，对我们弘扬运河文化帮助就大了。他说他不当文化站站长之后，也受聘到建华集团当文化顾问了，以后也可以帮助我的工作室运转。

听他说了之后，我略有动心，我知道拱墅区做文化这些年确是实实在在的，但是跟着金虎实地察看了位于拱墅区七古登的建华文创园那两栋五层楼房后，又觉得不很理想，小巷道里，地段太偏，城区的空气也没有滨江区白马湖那里好，所以就说"再说吧"，搁了下来。

但是一个月后金虎又跑来找我了，说是黄书记你哪儿都不能去，你要建工作室那就是我们拱墅区了，许总是诚心邀请你去，我是一定要请你去，那房子真的是可以的，要不然你再去看看，我今天就陪你再去。那里有的楼层已经招商了，有的商家已经开始装修了，附近道路也比过去好多了，大门口造桥的建议也要报到市里去了，造好桥那交通就更加方便了。

我拗不过金虎的热情，只好又跟着他去看了一下，从一层走到五层，但感觉还是不强烈，于是对金虎说，如果这底层的六七百方可以给，我可以考虑；第二，如果设计方面，按照我所认可的设计公司来做方案，我可以考虑。金虎说这两条应该问题不大啊，我马上向建华集团报告。

我看金虎欢天喜地的样子，心里很是感慨。当年，我调金虎，怎么就反反复复那么难，今天金虎来"调"我，却是赶着鸭子硬上架啊。

没过几天，金虎就来电话了，说是黄书记你讲的两条都没问题，你就过来吧，跟许总见见面。

我跟许荣根董事长本来就熟，见过多次，知道这位杭州市工商联副主席、市劳模特别热衷于文化建设，一谈，就更加明确他的意思是文创园除了招商有经济收益外，还有一个重要的功能是积极开展文化活动，推动当地文化建设，所以不是每一寸面积都得用来赚钱的。

所以我就下了决心，此余生除了继续个人的文学创作外，就是投身一些公益文化活动，残余的热量就按照金虎的调度放在拱墅区大运河畔吧。

现在我除了在西湖区从事业余的"土默热红学研究"外，主要的社会文化活动就是在大运河畔主持与推动各种文学研讨会、座谈会、朗诵会、纪念会、报告会、策划会、书画会、讲座、采风、出书；陆续成立的"中国电影文学学会杭州创作基地""浙江文学志愿者中心""中国作家书画院浙江分院""中国诗歌春晚浙江分会场组委会""亚洲学堂""浙江知青诗友会"都是其中的品牌与活动平台。其中大多数文化活动，金虎都是策划者，或是参加者。当然，最近一两年，他常常缺席，电话里总是说黄书记啊我是很想来啊，又有一段时间不见你了啊，但是身体还是不行啊，头晕啊，你也要保重啊，身体第一啊。

金虎啊，现在你我阴阳两隔，距离稍稍远了一点了。到时候你也把我调过去啊，不由分说果断一点啊。

还记得，在金虎生病之前，我就跟他说，你也写了一辈子的诗歌了，有的不错，有的一般，你得来个精选，编一本《王金虎诗歌精选》，算是艺术道路上对自己的一生交代，你若认可，我抽时间好好来帮你编辑一下，他说好啊好啊，我一定。在他生病期间，我见他几次，每次都说，你趁眼下养病，就可以静下心慢慢整理文稿，哪怕每天坚持整理一首，两个月下来也就完成一本诗集了，完成了就赶快发给我，他说好啊好啊，就你黄书记还这么关心我的创作，其实我也就是这么想的。

我没有等到诗集，等到的是噩耗。

金虎啊，现在你有时间了，在那里也安静，你慢慢整理吧，然后等我赶来的时候，就可以慢慢帮你编辑了。

金虎啊，我知道你目前还不急于调我，所以诗集依旧整理得很慢，我听得出你在敷衍我，说好啊好啊。

你那里没有夕阳，脸依旧很红，心依旧很善。

刊于《浙江散文》2017 年第 2 期

君子慎独

龙　一

　　来到福建省安溪县，有两件事是要做的，一是品尝铁观音，二是拜访康熙朝定鼎之臣、文渊阁大学士李光地的遗迹。李光地是清初理学大家，于《易》学下功夫最深。许是因为他出生在朱熹治学之地，而朱老先生号"晦庵"，于是他便自号"厚庵"。在下此次探访安溪的目的，主要是因为一桩旧公案。浙东学派重要史学家全祖望先生十三岁时李光地去世，多年后他对李光地的评价是："其初年则卖友，中年则夺情，暮年则居然以外妇之子来归。"（《鲒埼亭集》）后边两条罪状甚牵强且与本文无关，而"其初年则卖友"的真实境况，则是在下所关心的。因为，在当今这个大变革、大危机、大发展、大进步的时代，"卖友"之事频发，参详前人所为，有益今人慎思慎行。

　　全祖望指称李光地出卖的友人，乃清初最为重要的文献学家陈梦雷。事情的原委并不复杂，虽然论争者的记述有所不同，但大致经过是：康熙十三年（1674）耿精忠叛乱，攻占泉州等地。三十二岁的翰林院编修李光地正在家乡泉州，与二十四岁的"同年"编修陈梦雷相约为朝廷效命。陈梦雷身陷叛军，出任伪官，据说曾传出情报交给李光地。李光地草拟密折，独自署名，暗藏蜡丸之中，遣人送至北京，通过内阁学士富鸿基上奏皇上。耿精忠兵败请降之后，陈梦雷作为附逆官员，送京问斩，后减罪发往奉天尚阳堡效力。在关外苦寒之地，陈梦雷将他对李光地的所有怨恨，凝聚为五千言的《与李厚庵绝交书》。康熙二十二年《绝交书》传出，一时轰动朝野，争相传抄，被誉为嵇康《与山巨源绝交书》之后的又一名作。此事所引发的是清初最大的一场"伦理"大讨论，由个人事件升级为有关大是大非、忠义伦常的思想根本论证。同时这件事也成为安溪宰相李光地的名臣生涯中几乎辩无可辩的污点。

陈梦雷在《绝交书》中道："（李光地）夫忘德不酬，视危不救，鄙士类然，无足深责；乃若悔从前之妄，护己往之尤，忌共事之分功，肆下石以灭口，君子可逝不可陷，其谁能堪此也……年兄至是已矣，知人实难，择交非易。张耳陈余凶终，萧育朱博隙末。读书论世，谓其名利相轧，苟能甘心逊让，何至有初鲜终？岂知一意包容，甘心污斥，而以德怨，祸至此极！"若用白话文来说，此文可算是一场极具观赏价值的"痛骂"，为此举国叹赏奇文，探究其事。然而，事情的真相到底如何？

就像绝大多数史事一样，三百多年前李光地是否当真"欺君负友"，这种私人私事的真相无从得知。因此，判断此事的是非曲直，只能从史实考据中来。例如，李光地为什么在蜡丸密折中要独自署名？据说密折中所献计策，切实帮助康亲王在仙霞关与耿精忠的决战中取胜，让李光地自此"简在帝心"。从中国士人借以修身的"慎独"观念上讲，君子当"诚其意""毋自欺"。李光地独自署名是否背弃了与陈梦雷的约定，行了"小人闲居为不善"之事？陈梦雷为此骂道："独不思当日往返，众目共瞻，今不恤舆论之是非，但思抑一人以塞漏。"然而，当时的局面是，"三藩之乱"先后引发了京师朱三太子、台湾郑经、蒙古察哈尔布尔尼的叛乱，以及新疆噶尔丹的异动，这是清朝定鼎以来面临的最大危机，战乱波及半个中国，历时八年之久。当此之际，从常识的角度来讲，李光地身居叛军占领的泉州，用蜡丸密折上奏朝廷，如果奏折被叛军劫获，署名者必死，而且会累及家人。那么，李光地是不是为了掩护出任"伪官"的陈梦雷，而甘愿自担风险才独自署名？或者如李光地后来自辩所言，虽当日与陈梦雷有约，但起草密折之时，陈梦雷因叛军势大，首鼠两端，避而不见了呢？真相无从得知。我们此刻所能知道的是，君子慎独指的并不仅仅是"思无辱"，而是指人在做出决定，面临选择的时候，必须先在"诚无垢"和权宜之计之间做出选择，这是行动的出发点，是行为善恶的基石。李光地当时是怎样做出的选择？他到底为什么甘冒此险，独自署名？

耿精忠兵败投降，陈梦雷作为"伪官"被捕入京时，李光地尚在泉州辅助康亲王的下属都统拉哈达与台湾郑经的军队死战。陈梦雷日后骂道："遂至巧言以阻僚友，而不及人议己之薄；造端以欺师相，而不虑人疑己之诬。阳为阴诽于大帅之前，而不思人恶我之反覆。"如果李光地和陈梦雷当年真有密约，并一致行动，此时李光地便应通过上司，直达天听，上奏陈梦雷为朝廷尽忠，不惜辱身事敌的真相。在这里有一点需要特别指出，汉文化传统中的所谓"君子"，指的绝不是愚忠愚孝，死读圣贤著作的书生，而是能够"修身、齐家、治国、平天下"的干才，那么，作为被康熙皇帝誉为"谟明弼谐"的安溪宰相，会不会一时糊涂，贪功负友，隐人之善呢？因为陈梦雷所犯乃大逆之罪，虽然只将他一人逮赴京城候审，然一旦定谳，抄家灭门是必然的结果。李光地难道当真见友人将死而不肯略施援手吗？不会吧，否则就是大恶。我更愿意相信其中必有隐情，只是李光地无法说，不便说，说多了反倒可能加重陈梦雷的罪行。违心言事，君子不为，李光地有口难言，这也就必然导致了陈梦雷对他深刻的怨毒和世人对其品格的无节制猜疑。

康熙十九年，李光地回京直接升任内阁学士，成为康熙皇帝的参赞近臣。陈梦雷此时仍然在京候审，据说李光地曾施以援手，使陈梦雷免死流放，但也有人说，李光地对陈梦雷坐视不理。于是陈梦雷骂道："此时身近纶扉，缩颈屏息，嗫不出一语，遂使圣主高厚之恩，仅就免死减等之例，使不孝身沦厮养，迹远边庭。老母见背，不能奔丧。老父依闾，不能归养。而此时年兄晏然拥从鸣驺，高谈阔步，未知对弟子何以为辞？见仆妾何以为容？坐立起卧，俯仰自念，果何以为心耶？"

"何以为心"，这话在当年理学、心学兴盛的时候，是很厉害的。不论是考据史料，还是以常理人心揣摩，我相信，当年捧读陈梦雷这篇《绝交书》的李光地，心中必定焦苦。因为那是康熙二十二年，距明末四大公子之一侯方域愧悔而亡只过去二十八年，"文字狱"尚未兴起，流行于明末的士林风气仍盛，口诛笔伐，党同伐异，遗民和清流终于找到了李光地这样一个靶子。于是，陈梦雷这篇文采飞扬，才华横溢的《绝交书》，便自然而然地引发了一场大讨论。表面上看是讨论"君子在明明德"和朋友之义，而实际上，这应该是一场有关朝代更迭之际士人伦常的深刻讨论。我相信，李光地在当时不论说什么，都不会有人听，他不得不充当自身事件的看客。

我相信康熙皇帝必定读过这篇《绝交书》，不论是李光地的政敌还是幸灾乐祸之徒都必定是要想方设法将这篇宏文奉上御览的。幸运的是，康熙皇帝对李光地非常信任，成就了他"谨慎清勤"的相业和程朱理学著述的历史地位。另一方面，陈梦雷在《绝交书》公布之后十六年，被康熙皇帝赦回京城，侍奉三皇子胤祉读书。这是他人生最重要的机遇，让他有机会编纂中国历史上最大的一部类书《古今图书集成》，长达一万卷之巨，保存了汉文化传统中大量珍贵的内容。据说，康熙皇帝曾赐给陈梦雷一副对联："松高枝叶茂；鹤老羽毛新。"或许这"羽毛新"中便有诫勉他放下与李光地的旧恩怨，消除《绝交书》在遗民中的影响，专事著述的意思，于是陈梦雷借此自号"松鹤老人"。只可惜，书成前夕，因"夺嫡之争"受牵连，陈梦雷被流放黑龙江，《古今图书集成》刊印时，编纂者也改由蒋廷锡署名。

李光地和陈梦雷的这段公案到底真相如何，真的不知道。但这段公案在汉文化伦理论战中，确实有着相当重要的贡献。有人会问，康熙皇帝知道真相么？最难猜测帝王心，但是有痕迹可寻。康熙五十五年，李光地以七十七岁高寿病逝，皇上赐其谥号"文贞"。依照"谥法"，"清白守节曰贞"，也许这个谥号便有为李光地平生唯一"污点"正名的意味。此议决非妄自揣测，也不是孤证，因为，到了雍正皇帝继位之后，对李光地追赠太子太傅，祀贤良祠，并且称其为"一代之完人"，这"完人"二字也应该是针对这桩旧公案数十年未能消除的深刻社会影响吧。这场伦理论战很重要，但并没有在思想上解决清朝统治的合理性和遗民问题，然后嘛，然后就是"文字狱"了。

事件的另一方当事者陈梦雷老先生一生著作甚丰，是中国学术史上非常重要的历史人物。在安溪宰相去世二十三年后，即乾隆六年，这位松鹤老人在黑龙江流放地去世，终年九十一岁。

刊于《人民文学》2017 年第 3 期

信义平遥

苏雪依

一

已是黄昏了，火烧云烈烈地燃在屋顶，风趑来，云的衣梢被掀动，眨眼，云变成了一片红的海。

有些静寂，然而分明有什么在悸动。明天，赵易硕——X 票号的少掌柜将带着精挑细选的 232 名镖师远赴沙俄，去赎回分号王掌柜唯一的儿子王思平。他们望着天上的云，风倏溜溜地钻进裤管，贴上胳膊，有一丝凉意。他们深吸一口气，感到心也是凉凉的，又莫名涌现一种紧张的暖潮。

233 名汉子，离开了古城平遥，将自己交给万里黄沙，和不确定的命运。平遥的男女老幼望向他们背影的眼睛，多了一层潮意。

然而，生活还是要继续，日子总在前方不徐不疾地招手。发酵，拌曲，酿醋；蒸煮，除菌，做牛肉……婚丧嫁娶，衣食住行，平遥人在时光的磨洗中增添了几许皱纹，说话的嗓音，也由高亢变成低沉。

终于，七个 365 天之后，王掌柜唯一的儿子王思平回来了。人们看到他孑然一身，身后拖着长长的忧伤的影子。只见他踉跄着爬上平遥城楼，张开双臂，让一腔泪水在低矮的天空簌簌而下：天呀，我回来了——可只有我，回来了！……同样是如血的残云，同样是暮色初生的向晚，可是景遇是多么不同！232 名青壮的汉子，把魂儿丢在了万里之外的异国，只有他，王家的独苗儿，被这群汉子们义无反顾地保了回来。他对不起他们呀，此后的人生，情何以堪！

他仿佛听得到那些汉子轻声的话语：我想家，我要回家，我要回到平遥……往事不可思，他无法想象他们遭遇了怎样的痛楚和折磨，而一腔义气终于将被称为北方之熊的俄罗斯镇住了，同意放他南归，只要他们留下。

这当中的故事，是一段空白。因为过于揪心，似有意进行了省略。但这并不妨碍人们对远去汉子们的牵念。他们永远记着这些为义献身的勇士，将采用一种特定的方式，永恒地纪念他们。

这种方式，据说就是实景剧《又见平遥》。

二

平遥，很大程度上是信义之城。信义，成就了平遥，也成就了几百年间屹立不倒威震中华的票号，使得它作为一种标格传承下来。以至于现今人们说起平遥，首先竖起大拇指啧啧赞叹的便是票号。票号是平遥鲜活的血肉，平遥城则是票号的身躯。

陪我的导游叫苏木槿，是个花的名字。想象她的母亲在硬朗的四合院里，在九月柔情的花树下将她生下，长成一个圆脸睫毛卷曲的女孩。高跟鞋踩在南大街上，发出橐橐的声响，她边走边兴奋地说：这里可是中国的华尔街呢，当年聚集着全国百分之五十以上的金融机构！协同庆，蔚泰厚……它们都在这里开设总部，又将汇兑的触角伸到全国各地……她的眉毛微微挑起了。这个打小在平遥城长大的女孩，对故乡天生有着一种热爱。她的语速微快，像春天里的小喇叭，而那被岁月湮灭的票号，在这春日的清晨轻轻地拨开烟云，飘了过来。

我们来到日升昌票号的旧址。天东抹着一缕淡紫，四周一片静寂。人们仍微醺在梦中，等待清凌的日常节奏将其唤醒。黑色廊坊立柱，黑门黑框，黑底金字，显出一种静默的盛大。180年前的这个院落里，名叫李大全的东家和叫雷履泰的掌柜，一合计，将垄断京津颜料市场的"西裕成"颜料铺毅然改为了"日升昌"票号，从此，开启了中国最早的金融业务，创下一纸汇票汇通天下的奇迹。

感觉李大全是个敢于放手颇讲信义的山西汉子。因为记载上，这位东家把一切事务全权托付给了大掌柜雷履泰。在他的屋檐下，雷履泰完全是自由的，有着说一不二一手遮天的权势。他可以随意调控人，把控全局，探幽寻微，对一切业务做出处理。大全东家只负责在红木榻上抽抽烟斗，逗逗笼中的画眉鸟儿。事实证明，雷履泰也不负所望，倾注了他全部的才华和精力，与票号共发展、共壮大。可以说，日升昌票号如一枚新日冉冉升起的一刻，也是雷履泰平步青云的一刻，而他的抽身，也必会使票号陷入中天陨落的境地。

雷履泰——这李大全挑选的商界奇人断不肯闲着，他悉心研究票号——这新生事物，总是有毛茸茸的夹钳。他不断地思索，敢想、敢干，在一番调查研究后，创立了股份制、所有权与经营权分离制等一系列颇具现代企业性质的制度，后来成为全国票号遵从的制度典范。何况，他本身厚道，总是先人后己，懂得舍得之理，于是，他首创的"平色余利"汇兑标准，在日升昌今后的发展中占了盈利额的四分之一。他又视票号的信誉如命，用"谨防假票冒取，勿忘细视书章"十二个字分别代表一年的十二个月，隔一段时间便换一次密押。这严格的保密制度相当奏效，在日升昌运营的一百多年历史上，竟然没有发生过一次被误领、冒认的现象，堪称奇迹。

我的视野中恍惚出现一个影子，那是一位衣衫褴褛的老太太。她端着一个破旧坑洼的碗，颤颤巍巍地来到日升昌票号门前。她相当不自信地叩了叩门，伙计们应声问她何事。她嗫嚅着，从兜里掏出一张包裹了好几层又脆又薄的汇票。伙计放到阳光下看了看，不禁惊讶地张大了嘴巴，他快速地跑到掌柜那里。没一会儿，掌柜请老太太来到院里，仔细询问这张汇票的来由。原来，这位老太太递给他们的是一张数额 5000 两同治七年的张家口分号汇票。光阴如梭，已经过去了 30 年。30 年如梦似幻。老太太说，她的丈夫原先在张家口做皮货生意，后客死他乡。她苦煎苦熬，最终却沦为了乞丐。有一天，她收拾丈夫留下的唯一一件夹袄，发现了这张汇票，便抱着试试看的态度来到了这里。掌柜听完，二话没说，吩咐伙计如数给老太太兑换了银两。

事情传出去，人们唏嘘感叹。白云苍狗，人事沧桑，可是，总有"日升昌"票号伫立在那儿，给人们以心安，以金钱的保证。从此，日升昌名声大振，客户更是络绎不绝了。

"日丽中天万宝精华同耀彩，昇临福地八方辐辏独居奇。"一些精干的平遥人，看到日升昌的创举，纷效其后，众多的票号雨后春笋般成立。蔚泰厚、天成亨、日新中、协同庆……一时形成了全国票号的平遥帮。有这样一个统计：咸丰十一年（1861），平遥的票号分号总数已经有 367 个，遍布全国 68 个城市和商埠重镇。而到了光绪年间，全国总共 51 家票号总部，有 22 家便设在了平遥。平遥，这个小小的城镇，一度执掌中国金融界之牛耳！

票号的竞争其实相当残酷，看不见的硝烟在弥漫，在伙计们奔来跑去的步伐中，在噼噼啪啪的算盘声里，他们在暗暗较劲，都想在这小小县城辐射的大中国一杵矗立，震慑对手。可是，"夫商与士，异数而同心。故善商者，处财货之场，而修高洁之行，是故虽利而不污；善士者，引先王之径，而绝货利之轻，是故必名而有成。故利以义制，名以清修，恪守其业，天之鉴也"。不知哪位商人说过的这段话，道出了票号们内心的想法——竞争，不仅是事业、气势之争，更重要的是诚信和品行之争。诚信倒了，票号也就完了。不乏见平遥史上票号惺惺相惜的例子：有一个票号，因为一些原因欠了另一家票号白银六万两，到后来却无力偿还了。这借方的掌柜便到贷方掌柜那里深深做了一个揖，说明情由，告知无力偿还的原因。贷方掌柜深惜同道之谊，又愿助其一把，便大手一挥，六万两白银的债务从此勾除。

很难说贷方掌柜此后不会获得丰厚的回报。借方从此必倾力而为，以便东山再起，涌泉相待。以君心换我心，以信取信，山西票号，才能进入一种正常、有序的循环，才能开创票号百年不败的大业。

三

霞光渐次散去，旭日腾在了空中，洒下柔和温煦的光。我来到彼时最大的票号协同庆。几盏灯笼高挂在屋檐，显出端庄静雅之美。檐梢沾了金晖，衬着背后的蓝天，仿如一只巨鸟振翅欲飞。而历史上，协同庆，真的如一只翱翔天际的雄鹰，资本量和盈利额在当时都首屈一指。

一进院子连着一进院子，两边又有账房。每院前面，都有元宝形状的石瓮，既可防火，又有特定的含义。因为经常有驻外人员回总部处理事务，特辟了四院为其临时居住地。协同庆，好像一张巨网，撒到海角天边，将大把的金钱捞了回来，所以它的金库，号称"大清第一金库"。

但是，这张网网罗的更是人才。人才在协同庆发展史上占有着首屈一指的地位。王米二东家颇不简单，他们把人才当成真正的摇钱树。像日升昌票号那样，这两位东家对掌柜们亦是赋予了全部信任。看看协同庆的门联："众力聚英才，知人则哲；一心共天位，仰国之光。"名曰刘庆和的贫寒小子和年轻后生孟子元，以及后来几位总经理的倾力付出，协同庆才能从区区万金的小号一举成为遮蔽平遥一片天的大号，在历史上留下响当当的名声。

按照国人的观点，有人的地方便有争斗，便有不谐，协同庆如同它的名字，奇迹地打破了人际关系的这个"魔咒"。前后一共七位总经理，始终团结一致，共谋发展。他们之间又互相举荐，招聘的伙友也是量才而用，知人而任。协同庆的氛围是友善的，美好的，以至于不少人结为了亲家。

莫名地想起三国曹操，他虽被称为"奸雄"，但其手下荀彧、程昱、贾诩、徐庶等一干嘉士无不遵从其命，绕其团团转。原因也在于他对他们的不二信任。一个团体，内部团结了，信任有加，外部的一切险厄便会迎刃化解。

在协同庆金库的一面墙上，我看到光绪二十六年闰八月初九日慈禧太后的口谕："一个协同庆票号，筹款支差，比得上山西藩司，也快比得上我大清户部了，余后应予奖叙。"

真的很难想象，在这座看似普通的宅院里，在这百余年前深幽的历史角落里，曾有过多么繁华的商业风景！嗒嗒的马蹄声清脆地敲响在地面，大珠小珠落玉盘的算盘上扬着激昂的旋律，风风火火的伙计们脸上洋溢着红彤彤的笑容。信任，扎就了繁华的根。

四

如果说，平遥票号自行业展示的是一种"信"，那么，在面对民族和国家危难时，展示出来的更是一种"义"——义薄云天，大义凛然，义不容辞。

光绪三年（1877），山西大旱，饿殍遍野，骨肉相食，形成了中国历史上的丁丑奇荒，1600万居民中死亡数竟有500万。在这人寰绝厄的关头，协同庆拿出白银50万两赈灾。一粒粮食，便象征着一条生命。那些饿得两眼昏花四肢无力的人们一时看到了沙漠的绿洲和复生的希望。

而相助老佛爷，更是将票号的"义"展现得淋漓尽致。

那是光绪二十六年（1900）的八月，大地蒸腾，八国联军卷起的硝烟已滚过通州，据说，很快就要袭向北京。慈禧和光绪帝——这些龟缩皇城享尽人间富贵的主儿吓得屁滚尿流，连夜扮作农妇农夫，悄悄逃出了京城。往哪里？山西！山西自古以来便是军事重地，东依千里太行，西附九曲黄河，南自银湖之畔，北迄长城脚下，对京师的拱卫作用不言而喻。慈禧一行慌慌张张地过昌平，经怀柔，驱大同……最后，来到了平遥城。一路上，他们受尽艰辛，颇为困顿，完全没有了皇家的气派和形象。来到了平遥，平遥知县沈士嵘立即接旨，又传来乡绅宋梦槐和各商号的财东们接驾。日升昌、蔚泰厚、天成亨、百川通……几十家商号的大财东百十号人亲至洪善驿，听候西太后吩咐。

慈禧打量着平遥城，青砖灰瓦，四大街，八小街，七十二蚰蜒巷，人们在不温不火地生活着。酱梅肉、包皮面、握溜溜、猫耳朵、水煎包……各色小吃充斥着她的眼睛，陈醋的香味传来，使她禁不住咽了一口口水。平遥的醋，早已有名了，北魏的时候，贾思勰就在《齐民要术》中总结了22种制醋法，据说就是山西人的酿造方法。薄润的质地，茶清的颜色，平遥的醋托起的是美味的历史。还有牛肉，入口醇香，意味悠长。慈禧一时觉得这个小镇是一座天堂。她暂时忘却了八国联军要对其"算账"，乐滋滋地徜徉在平遥的大街小巷里。哦，还有呢，你看马面敌楼那么坚实，高高的城墙依旧那么稳固，瓮城闷闷地显出一股朴拙。两千多年前的尹吉甫真是有经世之才，他建造的城池，怎能像通州那样，被八国联军的炮火轻易地毁了？慈禧感觉心里很踏实，她暗暗舒了口气，深信山西是她坚实的堡垒，即使不再回京师，她照旧可以过得逍遥自在，作威作福。

慈禧在协同庆票号总经理赵德溥儿子赵鸿猷的院落里下榻下来。她很快入睡了，发出轻微的鼾声。等到醒来，她开始打起了票号的主意。一路上，她之所见，无不惊呆了久在皇宫的她的双目。票号之富庶，商业之繁荣，使她产生一种冲动，她叫来知县，提出要借银。

票号们很快凑足了银两，呈给慈禧。慈禧满意地眨了眨眼睛。

其实，她不知道，票号是最讲忠义的。莫说国家危重，两宫不济，就是出现了普通灾情，他们也绝不会坐视不管。他们竭慷慨之心，尽全身之力，为国分忧。在自身资金周转不善的情况下，国家的利益也总是第一位。

票号给慈禧留下了难以磨灭的深刻印象。她感激，并将这种感激上升到了政治层面。回宫后，她下达了一道旨令，要求在京开设票号的商人"克期来京，归复旧业，以便京民"。票号们打点行装，纷纷北上复业，又主动开展了庚子赔款的新债汇兑业务。

"庚子之乱，天子西巡，大局岌岌，各商停滞，而票商之持券兑现者，上海、汉口、山西各处云会雾急，幸赖各埠同心，至是之后，信用益彰，即洋行售货，首推票号银券最是取信，分布便放通国，名誉著放全球。"李宏龄的这段话彰显了票号的信义，也向我们展示了世界对山西票号的赞誉。

慈禧以亲身经历尝到了票号的甜头，她对票号的信任，使其与清政府有了斩不断的联系，票号由此发展到一个鼎盛阶段，并一度参与了经济命脉的把控。每当清政府又签订不平等条约赔款不能按时上交时，便想到了票号，请票号垫汇。交付票号承汇公款的省关骤然增加到 39 个，1894—1911 年，票号承汇的公款达 141864475 两，数额之大，令人瞠目。这些汇款，大部分是汇往外国银行，票号，很大程度上充当了清廷的银行功能。

五

然而，扶也清廷，毁也清廷。渐渐地，清政府视票号的"义"为理所当然，开始吹胡子竖眼，为所欲为地对其盘剥。

它摆开了蛮横、高高在上的架子。咸丰二年，蔚泰厚去向粮道倪某公关，回来讲述了自己的"冤屈"：当时，蔚泰厚为争得一点海运经费，托了王家佩老爷、钟大老爷和贾太爷三位地方上有头有脸的人物前去说情，没想到，"倪大人恼咱甚重，但提及蔚泰二字大动其火……去岁倪二少爷进京，不知是何号要借银三百来两未付。及至粮道进京，二少爷告诉是向咱号借用，咱号未与，粮道知情大为生气……"官家把票号当作自家银库，想借就借，借了却很难还款。票号成了一种权贵性的社会资本，一旦形势有变，便被抛开。后来，清政府又成立了户部银行、交通银行，对票号更是极尽褫夺，令人心寒。

如果你不相信，让我们来看一组数据，看看清政府——这至高无上的权力机构是如何滥用权力的：甲午战争以后，仅户部就向京城银号、票号借银 100 万两，在此后的息借商款中，仅银号、票号提供的贷款占到了其总额的 10%。1911 年 12 月，仅度支部欠京师各票号的款项就达到了 700 多万两……名震华夏的票号，终于被它的"主子"送上了断头台。

写到这里，不由得深深吸了一口气。在政府的无赖强势面前，再不断臻善自己的票号也无能为力。政府像一把锤头，轻轻一擂，票号便难以承受。

自然，票号败落还有很多其他原因，比如战乱对它的打击和破坏，民族资本主义损伤对其的连累，等等，但是，究其衰落的直接"导火索"，竟然也是因为信义。

民国三年（1914），辛亥革命已然取得了胜利，受到冲击的祁县合盛元票号北京分庄涉案。与合盛元票号风雨同舟、和衷共济的日升昌票号北京分庄，为了维护其数十年的信誉为它举债担保。没想到，合盛元北京分庄经理却消失无踪了。日升昌北京分庄随即遭到查封，总经理郭树外出躲避，财东李五典、李五峰遭到关押。11月12日，已离号的原协理梁怀文为了救财东挺身而出，进京前往审判厅报到。日升昌票号被迫破产整顿。

日升昌，曾经，山西票号们跟随它冉冉而起，而今，它陨落了，山西票号也如同失了领头羊，慢慢陷入一蹶不振的境地，并整体性地退出了历史舞台。到1934年，已彻底地见不到票号的身影。

六

我本有情有义，忠信不二，广交天下，没承想，一朝风云俱变，华厦顿倾，风光难觅。可是，历史的烟云中，毕竟曾有过我的身影。在中华民族的几百年间，我赫赫地占有着一席之地。谁敢说，现代金融业的繁荣没有票号的功绩呢？你看，《又见平遥》，展现了我信义卓著的一面。你们不要为我悲，不要为我伤，我从容地走过，我不后悔，我骄傲。

仿佛听见票号化成了一个人，在这样轻轻地说。走在平遥古老的土地上，看着门檐依旧，院宅依旧，恍不知今夕何夕。

刊于《散文家》2017年第2期

良性的感觉就是恩

石　英

说起"恩"字，稍有良知者必都会油然心动。自然联想到人生境遇中有益于己的他人之赐之助之善举。大者拯救生命于水火，济以钱帛解燃眉之急，以正义行动使己转危为安，等等都是。令受惠者感恩莫名，乃至终生不忘，纵然有所回报仍觉难达之万一。至于忘恩负义、恩将仇报之类，自为正义人士所不齿，所谓"小人"者恐亦为此类中之一种表现。

而我题目中之所指，从表面上看似乎没有那么重大，或则少为人所知而近于无形，在施予方主观上并无特别意图，在接受方感觉是"润物细无声"的真诚与温暖。在我本人的大半生中，有幸经遇过他人给予的难忘的"良性感觉"，尤其是在我成长期的青少年时期，在故乡解放区，有几个人、几件事，给我的感觉堪称刻骨铭心。

我永远忘不了那只稳稳托住我的大手——

那是二十世纪中期解放战争时期，大约是 1946 年 12 月吧，北平发生了美军强暴北大女学生沈崇的事件，这件事也牵动了解放区人民的心。我们同仇敌忾，举行各种活动进行声援，与国统区的抗议声浪遥相呼应。记得那天风沙大作，我所在的九里镇完小的师生一早就集合了队伍，高呼口号，在各村中游行，然后直奔县城，在城东门外河滩上举行万人大会，声讨美蒋，鼓动士气，军民以更大的力度投入人民解放战争。我作为小学生的代表，上台演讲，那台子是临时搭建的，其实就是在靠河堤处搭了两张大八仙桌。当时我具体讲了些啥今天已忘记了，无非是满怀激情地声讨、控诉、支援、鼓动，落点是美蒋的阴谋行动一定破产，我们一定会取得最后胜利。

讲完了话，我当即从八仙桌上跳下，却未料到有一只大手托了我一把，使我稳稳地落地，我定睛一看，原来是一位三四十岁的"大男人"，一位穿军装的首长（我在小时候，看任何比我岁数大的人，都觉得人家"老"了），腰扎的宽皮带上挎着"撸子"（手枪），面带诚挚的笑意对我说："小同学，讲得很好！"我觉得自己肯定是脸红了。这时带队的女老师告诉我："这是军分区孙司令员。"（其时胶东北海分区地委、专署、军分区的均驻我县。）我一时不知所措，只是"哦哦"地说不出话来，更不知与首长握手什么的（因为这是我有生以来遇到的"大官"之一啊）。但孙司令员并不介意，他接着又对我说了一番话，印象最深刻的是其中这样两句："成长要从少年时代开始，奋发努力才能成为有用的人才！"在我们整队回返的途中，女老师还和校长重复着司令员的这两句话，她感慨地说："有人说我们的军队中都是大老粗，才不是呢。"

然而，也仅就这一次，我再也没有和孙司令员见过面。如果说是缘分，也仅只是一面之缘，或者只是"寥寥数语之缘"。但就这一面，这寥寥数语，却使我受用不浅，随后在我身上产生了很大的动力。

在这以后，战争形势继续发展，在我们胶东也曾一度恶化，有相当长一段时间没有听到孙司令员的消息，但我心中始终纪念着他，偶尔听大人们说他已调至野战军工作，戎马倥偬，自然是不可能有机会见面。直到四年之后，我在某军区司令部机要处任译电员，有一次在收译一份朝鲜战场第五次战役战况的电报中，得悉他任志愿军81师师长，率领所属部队于完成既定任务后，边撤边打，又歼灭敌军数千人，然后完整归建，受到志司嘉奖，他本人也破格地记功（因为我军高级将领一般情况下是不记功的）。我看后无语，却由衷地高兴，特别特别地高兴，深深感念中的高兴——他是师长，也是我成长中的"师长"啊。

随后又是若干年、若干年，又没听到他的消息，直到前几年，有一次与一位相对年轻的同志一起出差乘火车去外地，听说他手机玩得极熟，我请他"搜"

一下关于孙端夫将军的讯息，结果得知他在二十世纪七十年代即已逝世。我听后愕然，凝然，岁月何其冷峻！

但作为我精神上终身受益的师长，在我心中并没有因此而逝去。

另一位终生忘不了的人相识于与孙司令员相见大致同时，他就是时任胶东北海军分区政委兼北海地委书记的刘坦同志。1946年秋，蒋军第八军李弥部由胶济线中段的潍县出动，向我胶东解放区腹地进犯，于连续侵占昌邑、沙河、掖县（山东莱州市旧称）之后，仍有觊觎龙口等地之势。为应对新的事态，军分区及所属部队向接近前线地区移动——由县城转移至西南方向的九里镇。其时我正在九里镇完小读六年级，为了配合形势宣传，我们师生排练了小型话剧等节目。记得是一个星期天，我们正在加班排练，刘政委事前没打招呼就突然来了，李校长忙不迭地请他坐下，他含笑谢绝，自管站着静静地看。等我们排练一遍之后，李校长（兼临时导演）征求他的意见，他才与校长小声说了几句，然后客气地走了。这时校长才对我们说，原来刘政委见扮演被抓壮丁的"老农"那位同学气色不太好，估计身体较弱，要我们注意他不要太累，扮演蒋军连长的演员对他呵斥也别太凶，防止吓着他。我听了觉得刘政委心特细，连这样的小地方都想到了。

也就是过了两三天，我从学校后操场小门进校，正碰见刘政委在操场上踱步，身后好像有警卫员在一定的距离跟随着。他一看到我，便主动叫我的名字，我一惊，站住了，政委这才说："听你们校长说你特别爱看报纸，我那里报纸比较多，如果你愿意的话，课间可以到我那里去看。"我不好意思地犹豫着："那方便吗？"他说："有啥不方便的，只要不妨碍你的课程。"这时我才料到必是校长告诉了他我的名字。

次日下午只有一堂课，我下决心去刘政委那里看报，但其实内心还是有点忐忑。他的办公处就在操场小北门的对面，是一家人在天津的富户，村里临时借用这家的部分房屋驻军之用。我向大门左首的耳房（类似传达室）的一位通信员说明来意，他态度温和地告诉我政委在第三进西间办公。我进去一看，首长正盘腿坐在炕上，好像在批阅文件，一见我来了，很热情地让我坐在他的对面，中间是一个挺大的炕桌，看来他早已把一摞报纸准备好了，我规规矩矩地坐下来翻看，彼此好像心照不宣似的各不相扰。

就这样去看了有两三次吧，但有一天，我抽报纸时越是小心越出纰漏，报纸的角儿竟带倒了桌上的墨水瓶，钢笔水立即洒出……我当时心情紧张手忙脚乱可想而知。正无措之际，刘政委一面连连说着"没事儿，没关系"，一面拿抹布擦着墨水，然后又用废旧报纸擦拭干净。但他显然担心我有顾虑日后再不好意思来了，又反复叮嘱我："日后照常来啊。"我虽然点头答应，此后却真的不好意思去了。

然而，人虽未去，心里头的反思和感念却久久萦怀。表面上的一桩小事，几个动作、几句话，成了数十年间挥之不去的影像，这就是我经历的战争年代的领导干部，党政军的首长，对一名普通小学生，平易、平和、平等，爱心、爱护、爱之深切，不只是讲大道理，更是用细致入微的行动；注意到基层群众演剧活动中演员的身体，关注一个酷爱看报求知若渴的学生；没有壁垒森严的警戒，俨若亲人似的对坐心心交融。成长中的我，感受到的是慈爱、温暖，无尽的感激，抑制着的泪水，内心奔腾的热流，最后是积聚起信仰的因子，凝结成回报与献身的精神，这样的一些人代表的主义和精神，为之奋斗乃至献身：值！！！

与孙司令员一样，就这么一段际遇，随后由于战争的变换，莱芜战役之后，蒋军为了收缩战线，自侵占的掖县、昌邑等地后撤，局势出现暂时的和缓，军分区机关和部队又回到县城附近驻地，自那以后，我再也没有与刘坦同志见过面。

全国解放前，他升任胶东行署主任，这是战争年代解放区的一级机构，介于大的解放区和分区之间，党政军分别称为区党委、行署和军区，大致类似副省级机构，全国解放后五十年代初期即告撤销。刘坦同志在全国解放前后调南方工作，"文革"中受到严重迫害和极度摧残，"四人帮"倒台后不久即与世长辞，至今已过去三十余年矣。

以下我要说的是同时期的本县县长王佐群同志。在战争时期，我与王县长有过几次接触。他总是穿着一套解放区本地生产和制作的灰粗布干部服，通身上下连帽子都是挺括整齐的。他面色有些黝黑，但身材精干、步履轻快，仿佛时刻都在行动中。平时他的话语并不多，更不啰唆。最典型的一个例子是：有一次他和县教育科李科长来我们完小，好像是视察吧，我们李校长把我叫过去，向二位领导介绍：最近全县高小毕业生会考，我名列前茅啥的。王县长看了我一眼，态度既不热情，也不冷漠，只是很平常地说了两个字："可以。"但我觉得已经很"可以"了。一县之长，现在不讲了，在旧时代那是"县太爷"呀，对一个毛孩子的评价能说个"可以"还要咋的？后来事情的发展证明他对我的印象其实很深的。

1947 年春节刚过，全县召开主要是由青壮年参加的反蒋保田大会，我们的李校长为表现先进积极，带领高年级的五六名积极分子也被破格允许参加了，去往十多里外的南乡城镇。大会由县委书记张竹生同志主持，但在会上没见到佐群县长，经过几天的动员讲话，由蒋占区掠县的受害者声泪俱下进行控诉，张书记站在大方桌上号召青壮年踊跃参加中国人民解放军，上前线英勇杀敌，为受害的父老乡亲报仇！……这时，我们的李校长郑重地问我："石恒基，敢不敢带头参军？"我当即回答："敢！"话音未落，早已站起身来，一溜烟儿地就往土台子上跑去。那时我刚十二岁，虽说个头比一般孩子蹿得快些，现在估计也就一米六吧，我在台前挥舞拳头，大声地喊："大哥哥们，赶快参军呀，上前线打老蒋呀！"随后，"大哥哥"们陆续"咚咚咚"地跑了上来，再过了一会儿，这些山东大汉们将我挤到了后边，遮蔽了我的视线……

最后，这些自愿参军的人们分别乘上几辆破旧的日式卡车奔赴县城。在过"兵检处"这一关时情况并不理想，人家还是因为我年龄太小，安抚我："过两年再来。"我正与他们争辩，一看我所熟悉的王县长过来了，原来他没在大会上，可能是在县里主持工作，他似乎已经听到了，便开门见山地对我讲："过两年再参军也不晚。"我急着说:"晚啦,仗也打完了。"他说:"打不完,再说上前线那还不容易,机会有的是。"我觉得他话里有话,反正是被他劝回去了。

果然,也就是三个月后吧(当时我已参加了试建期处于秘密状态的新民主主义青年团),有一天,学校接到县里指令:全县支前大军即将出发,决定以青年团员为骨干组成"少年儿童宣传队",随支前大军开赴鲁中前线,云云。我敏感地意识到:这多半是王县长提的名,看来他说话是讲信用的。对于此行,我自然是喜出望外。

我县支前大军一路朝西南方向,穿过胶东数县,越过了胶济铁路,逐步接近鲁中前线。在这当中,我很少见到王县长,他是总领队、总指挥,上千的担架,胶轮大、小车,人和骡马,肩上的担子不轻,偶尔见到他,我知道尽量不要去打扰他,整天就是跟宣传队的小伙伴为支前队伍唱歌、演活报剧,逗他们乐也是好的。最忘不了的是一天傍晚在昌邑县南部的一个村庄宿营,这里刚被蒋军和还乡团洗劫过,空气中还弥漫着血腥味。村干部中只剩下一位"财粮"与我们事务长打交道,看来连铺草都很困难。这时,王县长突然出现了,他径直来到我们少儿宣传队的大屋子里,连看也没看我一眼,只伸手一摸薄薄的一层铺草,一皱眉头说:"这哪儿行!孩子们还是长身体的时候,弄坏了咋办?"事务长正要申明理由,县长一挥手:"情况我听说了,咱们不是还有些钱吗?再想法买一些,走以前把铺草也还给人家,我想就没问题了。"果然,这个办法很奏效,新鲜的麦草铺上去,厚度增加了两倍。

虽然白天行军很累,但当晚我还是难以入睡,我在想我们的"一县之长"他这时睡着了吗?一路之上,虽没说上几句话,但他的心完全用在他人身上:想后代人所想,尽量满足后生的正当愿望,心疼离家千里的"孩子们",真是情如己子,想着,闻着麦草的清香气息,我才渐渐地入睡了……

孟良崮战役之后,已渐入夏季,我华东野战军好像又在酝酿着新的大战、恶战(后来才知道是南麻、临朐战役),王县长与带队领导商定:鉴于雨季即将到来,他们决定先遣支前大军中的老弱病残和"少儿宣传队"返乡,以应对新的战役更加艰难的形势。

谁知我们返乡两个月后，蒋军对胶东腹地空前疯狂的进攻开始，我县终于沦入敌手，乡亲们度过了血腥的七十二天。至于整个支前大军何时回故乡，我一直未获准确消息。

直至我正式参军后，很长时间也未得王县长的真确情况，更谈不到与他见面了。二十世纪七八十年代之交，"四人帮"倒台之后形势比较稳定，我才听说佐群同志早已南下在上海工作，我当即致函我的老朋友、上海诗人宁宇兄代为打听，他回信说佐群同志曾任上海市政府副秘书长，现在已经离休居家，目前身体不是太好……八十年代初，我与妻子赴上海和苏杭等地旅游，去看"老县长"也是此行的重要目的。

仍是由宁宇兄引路，来到上海旧市区的一处旧居宅，幸运地见到了三十多年未见的老县长，他由于身体欠佳，一直半卧在被子上与我们叙话。他还能叫得上我原来的名字，并问："什么时候改了名？"我告诉他："是中间上了大学毕业以后，把用的笔名改为真名。"过了一会儿他又问："我记得你眉头上有一颗蓝痣，怎么没啦？"我说："早就拉掉了，是在左眉上，有人说蓝色的痣不好，就拉了。"我接着又提起当年的一些事情，他立马做出反应："我这人就只能是做些服务型的工作，服务，还是服务。"最后，他忽然想起了一件重要事情，提高了声调："我当时决定先叫你们返回，本来是为了保护你们的安全，可没想到敌人推进得那么快，结果反而把你们推到火坑里，真是对不住，当时还不如留在前方，人多总能护着你们……"

想不到事过这么多年，老县长还在想这一层，叫我说啥好呢。

最后，他舒了一口气说："还好，总算没出什么事儿。"

我告别他回去后，彼此只通过一封信。终于有一天，又是宁宇兄来信说"佐群同志病逝了"。

他走了，一个生前总是想着、关切别人的人，就连本心出于保护却未料到事与愿违，过了许多年还心存歉疚，还觉得"对不住"那些后生们。这就不仅是一般的"服务"之心，而简直就是生为他人——以心系他人安危为使命。一个很少扯闲话的人（也许少了些幽默），但一句有关我本人逗趣的话，至少我听他说过两次——"那个眉头上有颗蓝痣的小孩"，至今音犹在耳。

到我老了的时候，便更想起他和他们来。因为他，因为有像他那样的一些人，我才更庆幸能够生长在血与火的年代，能够有幸接受到那么多"良性感觉"。也许他们的性格各有特点，但有一点我觉得是共同的，这就是：坚定的信念，忘我的精神，淳朴的作风，再加上丰美的人性。而信仰与人性的自然融合，使之更觉可亲，更富有感染力。

良性的感觉就是恩：表面上的一件件小事，对"有心人"而言却是情撼肺腑的大恩大德。

刊于《散文百家》2017 年第 8 期

天下蔚州

梅 洁

1

京西 200 公里处的蔚县，在雍正六年以前，属山西省所辖，为山西省蔚州。民国之后化归直隶察哈尔省，1952 年化归河北。历史上商周时的代国、秦汉时的代郡均指蔚县。北魏时，原代郡所辖的怀荒、御夷第一次改称蔚州，侨置平遥，北周静帝（公元 579）时，正式移置今蔚州城。蔚州作为"城"存在，距今已有 1436 年。

地理意义上的蔚州属恒山山脉以北寒凉的塞外。由山西境内自西向东横贯而来的苍茫恒山走到蔚州时分了个小岔，蔚州就是嵌在这个山岔里东西长 160 华里、南北宽 40 华里的一带平川。

在很长的历史时期中，匈奴人万马奔腾，他们铁骑滚滚从这一带平川飞驶而过；当"燕云十六州"被割让给契丹人之后，"十六州"之一的蔚州（那时蔚州辖四县）就归了同样是"铁骑滚滚"的辽国；再后来，又归了依然是"铁骑滚滚"的蒙古人；直到明清之后，这"一带平川"从东到西才逐渐形成了八大商业集镇，其中之一就有那个 2800 多年前的代国国都代王城。在长达 500 多年的明清时期，八大集镇始终维持着繁华的古代商贸，而古代商贸的发展共同铸就了生活在这块土地上的汉人——或许有匈奴人、契丹人，抑或是蒙古人的后裔——沉稳、冷静，勤奋、节俭，精明、强干，思想多于言语，喜怒不形于言表，独立孤傲的自我意识以及敬业、责任、吃苦、耐劳、意志力和生存力等作为人的优秀素质。故此，蔚县人有"张家口的犹太人"之称。甚至说："天下十三省，能不过蔚县人。"我们从这些"说法"中应该可以领略到蔚县这一地域里人群的出色。

20世纪60年代末、70年代伊始，京、津、冀1300多名大学毕业生被分配到张家口，其中70多人分到了蔚县，我是70人中一员。我们那个年代的分配，包含有"发配"和"知识分子接受贫下中农再教育"的旨义，而蔚县当年是张家口地区最贫困的县域。我在蔚县一待就是14年！我在那里与我的大学同班、一个极具蔚州人优秀素质的青年结婚、生子，14年和以后的许多年里，蔚州无数"谜"一样的文化现象和人文景观都令我惊诧不已。

首先是遍布蔚州的古建筑，这些古建筑包括古塔、寺庙、古堡、戏楼和民宅。如果说那座建于辽代的十三层古塔和一些寺庙我们在别的地方也可以找到的话，那么，那些古堡、戏楼和民宅就实在为中国一绝。在蔚州，无论高山还是平川，无论山地还是丘陵，有堡就有村，有村就有庙，有庙就有戏楼。蔚州历史上有八百城堡之说，这足以说明蔚州曾经是冷兵器时代战事频繁发生的边地。八百古堡最终成为八百村庄，20世纪50年代初进行的文物普查发现，蔚县有738个村庄，村村建有古城堡，有700座古戏楼。这些古城堡、古戏楼全部为明清建筑。经过十年"文化大革命"的浩劫之后，1984年蔚县再次进行文物普查，发现保存完好的古戏楼仍有300余座。那座屹立在古代国遗址上的代王城戏楼是一座三面戏楼，就是说它的东面、北面、南面都可以唱戏、看戏，这座建筑极其精美，如同古代亭阁般的戏楼是蔚县古戏楼中最独特的一个。"文革"时为保护这座戏楼，人们用土泥糊住戏楼四壁，然后在上面写上"革命口号"，才幸免破坏、摧毁。蔚州还有诸多造型别致的穿心戏楼、排子戏楼、庭院戏楼，真是洋洋大观。戏楼在蔚州也被称为戏台、乐楼、歌台，这些青砖筒瓦、雕龙画凤、飞脊斗拱、彩绘纷呈的古代文化娱乐设施，星罗棋布般出现在蔚州，这不能不使人深思：这里究竟发生过什么？这里的人在崇尚、敬畏着什么？它身后博大深邃的历史文化背景又是什么？

蔚州的民宅建筑也极其独特，明洪武年间建成的蔚州城为州城，这整整一城池的民居，全部仿老北京的四合院建成，这些四合院如今大部保存完好。当你穿行在一街一巷的灰墙黑瓦、古石老砖的院落中间时，你不能不产生这样的畅想：这会不会是当年被召到京城建元大都、故宫的三千蔚州男儿的遗传？在蔚州地域的西端，有一个与山西接壤的古镇暖泉镇，暖泉镇是蔚州八大商业集镇中最独特、最美丽的地方，它的独特、美丽在于它有南方水乡之韵：当你看到绕街的小河从人家的门前汩汩流过，当你聆听一街一河的杵衣声和村妇们此起彼伏的欢笑声时，你无法不生出"塞北江南"的快乐与喜悦。暖泉镇最令人惊异的是它无与伦比的古民宅古民居，镇里的西古堡村是蔚州八百古城堡中最耀眼的一个，它的城堡呈"瓮城"形，"瓮城"建筑应追溯到元代。在瓮城内的民居民宅大都为明清古建筑，高大的木门楼、大青砖砌墙、无处不在的砖雕木刻……西古堡村至今保存完好的古代民居民宅院落有180多个，走进这些四进四出，甚至九院相连（当地人称为"九连环"院）的古民居古院落，你无法不产生如同走进山西祁县乔家大院一样的历史感和沧桑感，你无法不想去追问：是谁在这里建造了如此的气宇轩昂？它们背后庞大的财政支持如何而来？

我想说的第二个方面是蔚州的民间艺术。"大红灯笼高高挂"在这里的许多古镇有数百年的习俗，每逢春节，成千上万的各式灯笼把大街小巷挂成了一个灯的海洋，惹得京、津、张家口的城里人年年络绎不绝地赶来看灯；蔚州的剪纸艺术应该说是中国民间艺术一绝，由民间艺人手中上百把小巧玲珑的雕刀、刻刀（而不是其他地域剪纸用的剪刀）在白纸上雕刻出来的数以百万、千万计的花草、鱼虫、戏剧人物，用快乐饱满浓艳鲜活的大红大绿的色彩点染之后，便走向了世界。蔚州剪纸最富吸引力的是古代戏剧人物脸谱。蔚州人从王老赏始，世代相传，已将中国戏剧中的2400多个古代人物的脸谱刻成了剪纸，那脸谱上瀑布般流泻的黑胡须、白胡须根根细如发丝，蔚州人可以在这方寸白纸上，以阳刻法刻下近千刀！于是，那黑胡须、白胡须硬是有了飘拂感。现在，不仅在中国的旅游商店、机场、国际商贸活动场合无不出售、交换、展示着写有"中国剪纸"的蔚县剪纸，就是前些年北京大学百年校庆，也将校内的六大景点以蔚县剪纸的艺术样式向国内外朋友和全校师生赠送了20万套。

蔚县继王老赏之后，又出现了周永明、任玉德、仰继、陈月新，以及周永明之家族、子女（周河、周广等），焦氏家族、卢海、李闻等一大批大师级人物和艺术新秀。蔚州剪纸人才济济，薪火相传，大师辈出。这是蔚州剪纸的大幸，也是中国民间文化的大幸。

我收藏了一些蔚县剪纸，一有闲暇，我就喜欢翻弄出这些艺术品陶醉一番，我常常想，这原本由大姑娘小媳妇们绣鞋上的纸"花样"，怎样在数百年里发展成为蔚州男女老少都能从事的，且有了绝妙艺术造诣的民间艺术？我还想，由绣鞋的纸"花样"最后走上了遍及城乡人家的彩色"窗花"，蔚县人对生活有着怎样的审美追求呢？

还有"蔚县秧歌"，这是一个蔚县在明清时代发展、完善起来的地方剧种，这个剧种在20世纪50年代被中国文化巨匠郭沫若评价为"百花丛中一点红"。"秧歌"的发展也是一个谜。你想，一个没有水泽的塞北高寒地带，何以将南方的"秧歌"、将江西的弋阳腔（后发展为京腔）、将元代在民间广泛流行的道家音乐"道情"以及今天家喻户晓的"山西梆子"，水乳般交融成为自己数百年不衰的一个剧种？蔚县曾经经历着怎样的南北文化大流通？

我想说的第三个方面是关于蔚县的能工巧匠。前面说过，在张家口一带，几百年来都流传着一种说法，即"天下十三省，能不过蔚县人"，随着这一说法的另一种说法，叫"凡是鸡鸣狗叫的地方都有蔚县人"。还有人说，"蔚县人尿泡尿捏个狗头哨都能卖钱"。在计划经济年代，凡说这话的场合，人们都是带有嘲讽或戏谑的意味。但在商品经济发展的今天，我们完全应该将此理解为蔚县人顽强的生存能力。蔚县工匠艺人之多、门类之全、分工之细都是中国的许多县市无法企及的：木匠、石匠、铜匠、锡匠、银匠、画匠、麻绳匠、柳编匠、毡匠、箩匠、靴匠、帽匠、笔匠、油匠、香匠、纸匠、席匠、饼匠，还有烧砂锅的匠、捏瓦盆的匠、剪窗花的匠、卷花炮的匠，当然，最多的还是毛毛匠。蔚县匠人常常是一村一镇地集合性出现，如瓦盆窑的烧窑匠，辛庄的砖瓦匠，小贯头村的泥匠，纸店头村的纸匠，而南张庄家家户户是剪纸艺人……

蔚县人在古代就懂得了我们今天依然遵循的商业法则，那就是专业化分工和规模经营，蔚县匠人最反对"样样精通，样样稀松"，蔚县人的生命里深深地潜隐着"凡事追求极致"的生存要素。蔚县人历来是忙时为农，闲时为匠，当他们在土地上刨不出食来时，他们就身怀绝技走四方。他们曾数千人到京都参与建造皇宫，小贯头村的泥匠们盖起了一个张家口市；他们织的麻布数百年里都是朝廷贡品，北京前门的绳麻店全是蔚县人所开，纸店头村的白麻纸销到了大江南北；遍布蔚州大地的古建筑、古民居、古戏楼、古庙宇都是蔚州工匠艺人自己的创造，他们甚至可以将盖好的戏楼仅拆去边墙，再整个地移到指定的地方……

2

当然，最了不起的还是那些为张家口成为驰名中外的"皮都"做出了历史性贡献的"毛毛匠"。

我在《张库大道》一文中曾写道——

是张库商道的繁华，使寥廓草原兴起了偌大的城市乌兰巴托、恰克图、呼和浩特、包头和沿路无数的县、镇、旗、盟，其中，最大的受益之一是张家口成为驰名中外的"皮都"。从乾隆年间（1728）始，张家口的皮毛作坊已鳞次栉比，从业皮毛的工人已数以万计。此时的张家口已开始由军事营堡向商业市镇过渡。这个时期的张家口，毛皮业的声誉已响彻海内外，由此出现了一个这样的现象：即全国各地的皮市价格，非经张家口定价而不进入交易。张家口的毛皮业在中国毛皮业发展史上的地位由此可见一斑。

在张家口从事毛皮行业的人员多半来自今天由张家口市辖的蔚县、阳原、宣化、怀安等地，而其中蔚县人是最为辉煌的成功者。在张家口近800家毛皮行业中有一半以上为蔚县人所开，在三万多从事毛皮业的人员中，有近两万人是蔚县人！在很长的一个历史时期中，蔚县的"毛毛匠"几乎遍布中国，而中国最出色的毛皮商清一色为蔚县人。这曾是一个历史现象，也曾是一个商业奇迹。

当年，仅蔚县城内的毛皮商号就达百余家，从事毛皮行业的有5000余人，多达半个城。一批又一批技术精湛的毛皮匠人被张家口的大商号纷纷聘请去当了经理、案头（皮货裁剪技术人员）。在晋商风云天下的时候，蔚县的"皮小子"们以自己独特的毛皮手艺和顽强的意志一个个走向了人生的成功：蔚县下平油村田旺高开设的"谦生义"皮号，从咸丰、同治、光绪、宣统、民国一直经营了下来，蔚县的许多村镇都有"谦生义"的作坊，生产的羔皮百分之八十销往山东。当年，济南皮货商们非"谦生义"货不买；"逯元昌"皮号生产的鼠皮、红狐皮、白狐皮、沙狐皮、黄鼬皮等细皮货一直远销欧美；而"德巨生"皮号生产的皮袄、皮裤、坎肩等一直是抚顺、大连、内蒙古、新疆、库伦、恰克图的抢手货；宣化、张家口的"德兴斋""德兴玉""德寿隆"蒙靴业老字号为蔚县人李盐房所开，当年张家口、宣化有蒙靴业字号80余家，从业人员2000多人，多半为蔚县人，每年销往蒙古地的各式蒙靴20余万双。蒙古活佛、四十八家王爷每年轮流去北京朝贡，路过宣化时都住李盐房家，一律免费吃住。

最显赫的要数王朴（当地口音念po）。蔚县城乡四处流传着一句俗语："不吃不喝，赶不上王朴。"王朴是蔚县涌泉庄人，自小挑着扁担随父卖煤，常常躺在城门洞里睡觉。十三四岁时王朴就领着十岁的三弟到宣化府学皮毛手艺，弟弟学细皮行，王朴学老羊行，每天从老羊皮上铲肉渣、泡皮、鞣皮，又臭又熏又累，吃尽苦头。后因不忍欺辱和人打了架而被老板开除，走投无路的王朴一狠心就用几张老羊皮和已学会的手艺在张家口自己租房干了起来。王朴的故事很长，王朴的发达不无传奇，我这里暂不细说。我们只需知道王朴后来开的"德和隆"皮货商号最终发展成为张家口、北京、天津最大的商号之一，在王朴四个兄弟共同经营下，他们在天津拥有了三家合资企业和庞大的进出口贸易，他们和晋商一样，在天津开了银号。他们在北京大栅栏开了有名的"德聚隆"商号，经营皮革和进口百货，其四弟王槐成为名满京津的"王四爷"。王朴兄弟用在北京、天津、张家口、蔚县开办皮货店、百货店、绸缎铺、面铺、鞋帽铺、盐坊、银号的钱，开始大量购置房地产：在蔚县老家涌泉庄、阎家寨、南留庄、北方城等村镇购买土地达3000余亩，在张家口坝上大青沟购地一万多亩。王朴涌泉庄的庄园占地60多亩、14个院落、220多间房舍，在阎家寨有房180余间，在张家口、宣化有房100余间，在蔚县有房产40余处、500余间，另在北京、大同、呼和浩特、包头、大青沟的房产不计其数……

那年夏天，蔚县文联副主席田永翔陪同我走过了古代王城，走过了涌泉庄、北方城、宋家庄，走过了"江南水乡"般美丽的暖泉。一路我都在想，蔚县人普遍具备的钻研精神、精益求精精神、锲而不舍的创业精神，绝对是那些遍布蔚县城乡的工匠艺人精神的世代传承。蔚县人这种精神的形成与传承，绝对是遇上了一个经久不衰的商业竞争机制。没有竞争，他们何以求精？没有求精，他们何以生存？那么，他们遇上了什么样的竞争时代呢？

综上所述，蔚县的"古建筑之谜""民间艺术之谜""古老而现代的商业精神之谜"都曾让我困惑、追问了很长时间，终于有一天，我在瀚海般的阅读里，在十几年的行行复行行中，一切都豁然开朗。原来，这一切都与古老的张库商道有关。

3

张家口的国际商贸活动应追溯到明初。如果从明洪武年间开始移民山西人到张家口计起，这块原为匈奴人、契丹人、女真人、蒙古人来了去了的马踏之地便成了汉人与北方多民族的融合之地，这段历史已达600余年。而作为商埠的张家口，如果从明嘉靖三十年（1551）明廷批准在今张家口大境门外正沟、西沟与成吉思汗败北的子孙后裔们开办"以布帛易马"的边界"贡市"（后称"马市"），到1929年中俄（苏）断交、商贸停止，一条从张家口至库伦，一直延伸到恰克图的长达4300多华里的中俄贸易商道，整整运行了377年！如果说张家口是中国北方丝绸之路的"旱码头"，那蔚州绝对是搭在码头和航船上的一块坚实的跳板。

蔚州坐落在恒山余脉和燕山余脉的夹缝之中，层峦叠嶂的恒山、燕山，屏障般把蔚州乃至张家口地域千万年地挡在了寒冷的塞外。然而，大自然奇迹般地在蔚州南北的山脉中，留下了八大通口，古时叫关隘，这八大关隘在南边自西而东有石门峪、北口峪、九宫口峪、松枝口峪、金河口峪，在北边自东而西为鸳鸯口峪、榆林关、五岔口。所谓峪，即是恒山、燕山山脉中"蛛曲蚁穿"般的百里大峡谷。在没有路的年代，在有路而没有火车、汽车的年代，人类是从这些大峡谷中艰难地走进来又走出去的，最终走向了文明。由于这些"峪"的存在，蔚州自古成了军事上的锁钥重地，也成了张库商道上重要的商贸基地。

从南边穿越"千夫拔剑，露立星攒"的北口峪（历史上著名的飞狐峪），就到达保定的涞源；穿越悬崖如刀劈斧砍般的石门峪，就通往了山西的灵邱、太原；松枝口峪通往易县、保定；金河口峪通往涞水、高碑店。在北边过鸳鸯口峪经宣化到达张家口、库伦和恰克图；过榆林关往阳原东城到怀安、经大青沟直达内蒙古草原；过五岔口经阳原西城直达山西大同。

我们由此可以想见当年精明的晋商、饶舌的京商、沉稳的蔚商以及南来北往的外国商、中国商们通过蔚州境内的八个大峡谷稳步走向张家口、走向库伦、走向恰克图，折转身，走向北京、天津、上海，一直走到武夷山的茶山、走向苏杭的绸缎和走向武汉、襄阳的码头时的情景。在数百年的走来走去中，走出了商道上蔚州古老的繁荣、古老的文化、古老的生命精粹，走出了蔚州大地上繁华的八大商业古镇，走出了驰名中外的百年"皮都"！

刊于《散文百家》2017年第7期

庄子的魅力

陈世旭

对庄子的注意始于《史记》。司马迁说庄子学术上没有不熟知的，国王让人带了很多钱去请他做宰相，他居然说别逗了，我宁愿在脏兮兮的小沟里自寻快活。这么个牛人，据说让秦汉以来的一部中国文学史差不多大半是在他的影响下发展。就为这，有机会上大学时我特地选修了先秦的课程，直奔庄子而去。

至人：透彻的人生观念

庄子的时代，各类野心家、阴谋家上蹿下跳，"……争于气力"（韩非《五蠹》）。"无耻者富，多信者显"（《庄子·盗跖》）。但这一切都被所谓"仁义"，所谓"圣人之道"的帷幕遮蔽了起来："彼窃钩者诛，窃国者为诸侯，诸侯之门而仁义存焉……"（《胠箧》）

庄子以哲人的睿智看穿了这一切，采取了他所在的那样一种时代那样一种社会地位的士所能采取的最积极的处世态度：不同流合污。"天下有道则与物皆昌，天下无道则修德以闲。"（《天地》）即便穷得面临变成臭干鱼的危机（《外物》），也不肯趋附权贵。他不仅看到了"仁义"的虚伪，同时揭露了"仁义"的残酷：所谓"仁义"，乃是对人性的扼杀。他以十分鄙夷的口气说："余愧乎道德，是以上不敢为仁义之操，而下不敢为淫僻之行也。"（《骈拇》）

基于这种认识，庄子提出了保持心灵完善而不被扭曲，使精神获得充分自由的法则：物物而不物于物。(《山木》) 顺其自然而处世，不管荣辱毁誉，取消"寿"与"夭"的差别，像龙蛇那样时隐时现，或进或退以顺其自然为原则。支配物而不受制于物："……死生无变于己，而况利害之端乎！"(《齐物论》)

庄子把"丧己于物""失性于俗"的人，叫作"倒置之民"(《缮性》)。他极力推崇的是"素逝而耻通于事"，即抱朴而行，耻于周旋俗务，"藏金于山，沉珠于渊，不利货财，不近贵富，不乐寿，不哀夭，不荣通，不丑穷，不拘一世之利以为己私分，不以王天下为己处显"(《天地》)。这种人，全心全意守持着自己的人生信念，执着专一，心无旁骛。"既雕既琢，复归于朴。侗乎其无识，傥乎其怠疑。"(《山木》)

这样的一种专注，一种矢志，一种诚朴，本身就显示出一种极高的人格美。不妨说，这是对艺术献身者的一种形象的描绘。

至乐：极度的心灵自由

庄子的哲学尽管"其要本归于老子之言"(司马迁《史记》)，但老子的"道"派生出政治哲学，庄子则是纯粹地从精神方面加以发挥。

老子以"无""有"为"道"的别称，庄子则在"无"之上更提出"无无"(《知北游》)。这就使得"道"在庄子这里有了其更广大的开放性，以至于无穷性的意义。真正体现了"道"的精神的人，纯真无邪如同新生的小牛，对什么也不加以追究，只是顺着自然的规律，把握六气的变化，以游于无穷的境域，什么也不依待。这样的人就是"抟扶摇而上者九万里"(《逍遥游》) 的大鹏也比不上。大鹏只有乘着风力才能飞往南海，"风之积也不厚，则其负大翼也无力"(《逍遥游》)。而真正的精神自由是无所待的，没有任何物质条件能够限制。依庄子的理想，这种人甚至"不食五谷，吸风饮露，乘云气，御飞龙，而游乎四海之外"(《逍遥游》)，"堕肢体，黜聪明，离形去知，同于大通"(《大宗师》)。

作为哲学概念，庄子的"道"包含着两个方面的意蕴，一是超越世俗，二是自然无为。前者是要求挣脱一切精神桎梏（无所待），后者是将自然作为心灵的归宿（道法自然）。正是在这个意义上，庄子建立起了自己的美学观。可以说，庄子的文艺思想是同他的"道"浑然一体的，他的某些哲学见解也即是他的某些文艺见解。

庄子说过"五色乱目，使目不明，五声乱耳，使耳不聪"（《天地》），说过"擢乱六律，铄绝竽瑟，塞瞽旷之耳，而天下始人含其聪矣；灭文章，散五采，胶离朱之目，而天下始人含其明矣"（《胠箧》），也说过"彼知矉美而不知矉之所以美"（《天运》），说过"淡然无极而众美从之"（《刻意》）。很显然，庄子并没有排斥美，否定美；相反，他把他极力推崇的那种美认定为"天地之道，圣人之德"，他所说的"众美"没有理由认为不包括艺术美。

庄子对美的指斥和对美的推崇，同样基于他的愤世嫉俗。他指斥的是用粗鄙的感官享乐取代精神性审美愉悦。他视用钟鼓敲出的音乐，用羽旄装饰的舞蹈是"乐舞之末"（《天道》）。同时，他赞赏洞庭之野的"咸池之乐"（《天运》）。说这种大自然在广漠的原野上奏出的乐章，初听感到惊惧，再听便觉松弛，最后听得迷醉了，心神恍惚，不能自主。这即是所谓天乐。这种天乐用的是阴阳的和谐来演奏，日月的光明来烛照，声调可长可短，能柔能刚，变化有规律，又能翻陈出新，乐声充满坑谷，约制感官，凝守精神，以顺自然。

从这段表述我看出两层意思：1. 美是自然之乐；2. 自然是无为的，即无意识无目的的；也就是说，美是按照这个自然无为的规律化育而成的自然美。自然无为是自然美的原因，是美的本体。"夫虚静恬淡寂寞无为者，万物之本也。"（《天下》）它一方面是无意识无目的的，另一方面又自然而然地达到了美的境界，而且是美的最高境界："朴素而天下莫能与之争美。"（《天道》）

摆脱了一切功名利禄缠绁的庄子，于淡泊宁静的极处，心神不禁融化于自然，与大自然同呼吸，共节奏，"静而与阴同德，动而与阳同波"（《刻意》），自然即我，我即自然，从而使自己的全部身心真正进入自由王国。这自由不同于宗教的把欢乐和希望寄予彼岸世界，也不同于西方烦琐枯燥的玄学思辨，更是绝对排斥了世俗社会的目的论。庄子热爱自然、热爱生命、热爱生活，把人生当作了一次审美。而这美，是最高的美，即心灵的无限自由："且夫乘物以游心，托不得已以养中，至矣！"（《人间世》）

这是人生观，也是美学观。从"原天地之美而达万物之理"（《知北游》）的逻辑出发，庄子提出了一系列的美学主张：

一、反对以伦理教化为艺术的唯一目的而伐害美。庄子指出：因为圣人出现，汲汲于求仁为义，天下就开始迷惑，人心失去朴实。好比做酒具，毁坏了完整的树木，制珪璋毁坏了洁白的玉，而礼乐则离异了人的真性情，宣扬"仁义"的文章和体现礼乐的六律破坏了与天地之德相和谐的色彩和声音。相对于儒家以伦理教化经世功用为中心的文艺观，庄子更多地揭示了文艺的内部规律。

二、肯定艺术直觉的作用。针对儒家理性对心灵活动的钳制，庄子指出并肯定了艺术直觉的存在和作用。"若一志，无听之以耳而听之以心，无听之以心而听之以气。耳止于听，心止于符。气也者，虚而待物者也。唯道集虚。"（《人间世》）一种在虚静状态下产生的空明（虚）自由的精神境界才能容纳和感悟一切外物的美的真谛。艺术家有了这样一种感觉与理智相融合的超越性的艺术直觉，才能真正做出自己的美学选择。

三、强调美与真的统一。这里的"真"是自然天真，人的真性情。"真者，精诚之至也。不精不诚，不能动人。故强哭者虽悲不哀，强怒者虽严不威，强亲者虽笑不和。真悲无声而哀，真怒未发而威，真亲未笑而和。真在内者，神动于外，是所以贵真也。"（《渔父》）庄子要求"法天贵真，不拘于俗"，认为"功成之美，无一其迹"（《渔父》）。强调"不刻意而高"（《刻意》），"覆载天地刻雕众形而不为巧"（《天道》）。

此外，庄子大力提倡艺术的真诚。把艺术创作的过程看得极为神圣；注重内在的精神美，认为"德充于内自有形外之符验"（《德充符》），以及对艺术家的不受陈规拘束加以赞赏。

至美：恣肆的艺术表现

《庄子》无疑是一部奇书。完全用文学手法表达哲学思想，用形象思维反映逻辑思维，这在哲学史上是绝无仅有的。作为散文，"其言汪洋自恣以适己"，在先秦诸子中独树一帜，是先秦最具艺术意味的散文，后世散文也罕有能与之相比者。

关于《庄子》的风格，《天下》中有一段相当完整的表述（也有可能是庄子后学的总结）：

芴漠无形，变化无常，死与生与，天地并与，神明往与！芒乎何之，忽乎何适，万物毕罗，莫足以归，古之道术有在于是者。庄周闻其风而悦之，以谬悠之说，荒唐之言，无端崖之辞，时恣纵而不傥，不以觭见之也。以天下为沈浊，不可与庄语，以卮言为曼衍，以重言为真，以寓言为广。独与天地精神往来而不敖倪于万物，不谴是非，以与世俗处。其书虽瑰玮而连犿无伤也。其辞虽参差而諔诡可观。彼其充实不可以已，上与造物者游，而下与外死生、无终始者为友。其于本也，弘大而辟，深闳而肆，其于宗也，可谓稠适而上遂矣。虽然，其应于化而解于物也……

显而易见，《庄子》的美学风貌，亦即是庄子的人格体现。

庄子是浪漫的。他对自然、对真性情的崇尚，决定了他的思想活跃，情感率真，最典型地体现了先秦时代与儒家古典主义相对立的充分的浪漫主义。

庄子的浪漫主义同南方"洞庭之野"的楚文化生气相通，而与北方古典的商周文化相对立。商周文化讲究的是数量、理智、秩序。比如用珪来标明爵位和价值；器用不同而合金的比例也不同；街道呢，则"周道如砥，其直如矢"（《诗经·小雅·大东》）。他们的精神重在凝重典实，"实发实秀，实坚实好"（《大雅·生民》）。这种凝重坚实的文化的最好代表可以看铜器，尤其是鼎。楚文化和这恰可作一个对照。它是奔放的，飞跃的，轻飘的，流动的。最好的象征是漆画。这两种文化，也可以说一是几何学的，一是色彩学的。在周文化那里，无规矩不成方圆；在楚文化这里，却青黄杂糅，同大自然生命运动和无限自由相联系的空间美和动态美的高度重视，全然不似北方艺术的色彩和纹饰的庄重沉静。楚文化注重奇特想象，孔夫子则不语怪、力、乱、神。《诗经》形式方正严整，几乎没有神话，偶有，也被理性化、神圣化了。当时少受礼教规范而被称作"南蛮"的楚地，是艺术的沃土。正是在这样的沃土上，孕育了"寓真于诞，寓实于玄"（刘熙载《艺概》）的庄子。"文之神妙，莫过于能飞。庄子之言鹏曰怒而飞，今观其文，无端而来，无端而去，殆得'飞'之机者。"（《艺概》）

庄子是雄浑的。庄子论美，时常同"大"联系在一起。

"秋水时至，百川灌河，泾流之大，两涘渚崖之间，不辨牛马，于是焉河伯欣然自喜，以天下之美为尽在己。"（《秋水》）大，就似乎尽收其美了，如果自以为大，就是丑。

"天地有大美而不言。"（《知北游》）天地何其广大邈远，这是最大的美。

"夫天地者，古之所大也，而黄帝、尧、舜之所共美也。"（《天道》）天地自古以来是最大的，因而也就是最美的，这似乎也成为美的一个法则。全身心沉醉于大自然的庄子感到自己同天地万物融为一体，"精骛八极，心游万仞"（陆机《文赋》），因而有着极大的胸襟，包罗万象，纵横捭阖。这是一种观念，也是一种度量，一种气魄。使一切视野促狭，思想浅薄，蝇营狗苟于雕虫小技、杯水风波者深觉自哀。

庄子是潇洒的。他解释他的哲学思想，不用抽象的逻辑推理，而宣之以充满情感的形象。他深刻地意识到有限与无限的矛盾，有限的逻辑思维、语言能力在表达无限的宇宙万事万物上的矛盾："道不可闻，闻而非也；道不可见，见而非也；道不可言，言而非也。"（《知北游》）他因此聪明地用寓言来表达他的思想。寓者，寄托也。"寓言十九，藉外论之"（《寓言》），不仅如此，庄子甚至将自己的身心、性情、情感的表达直接转移到外物，使自己同对象融为一体。

"昔者庄周梦为蝴蝶……不知周之梦为蝴蝶与，蝴蝶之梦为周与？……此之谓'物化'。"(《齐物论》)

这种移情于物的审美联想，审美想象，不妨说显示出移情说的倾向。"与物为春"(《德充符》)，心灵同外物一样充满盎然春意，有了这种超然的审美态度，才能使对生活的感受能力更为活跃，更为自由。庄子强调的正是这样一种活跃自由的感受：

"若夫人者，目击而道存矣，亦不可以容声矣。"(《田子方》)

看一看就领悟到了，何须要用声音说出来。庄子由此要求别人读他的文章也不要拘泥于字句，而应该忘其言而得其意："筌者所以在鱼，得鱼而忘筌；蹄者所以在兔，得兔而忘蹄；言者所以在意，得意而忘言。"(《外物》)

庄子在自己的生活和艺术中悠然裕如，一如庖丁解牛。为人则一任洒脱，卓然自在，不随流俗俯仰；为文则极尽飘逸，"咸其自取"(《齐物论》)，如同"天籁"(《养生主》)。

"夫得是，至美至乐也，得至美而游乎至乐，谓之至人。"(《田子方》)可以说，庄子自己就是这样一位"至人"。一部《庄子》，也以其汪洋恣肆的"至美"艺术景观影响和激动了一代又一代文学巨匠。鲁迅盛赞"《庄子》汪洋辟阖，仪态万方"。庄子的人生态度、哲学思想以及艺术创造，洋溢着卓越艺术家氤氲大气般的艺术精神。正是这种艺术精神，使得庄子及其美学观在中国真正的艺术家心目中产生了极为广大极为深刻的魅力。

刊于《文学自由谈》2017年第3期

你看风景，风景看你

丁 帆

周游世界，无非就是看两种风景，一种是自然风景，另一种是人文风景。显然，欣赏两种风景是要用不同的心境去体味揣摩的。

此番加拿大之行，我们在位于加拿大安大略省这一边，才真正看清楚了尼亚加拉大瀑布雄奇壮观的真容，记得十几年前在美国纽约州的交界处观赏到的只是瀑布侧面，听说主瀑布最佳观赏点在对岸，果然，到此一观，也算是了却了人生看自然风景的一桩心愿。

看着尼亚加拉河水奔腾不息地冲下悬崖，制造出"世界上最狂野的漩涡急流景观，经过左岸加拿大的昆斯顿、右岸美国的利维斯顿，冲过魔鬼洞急流，沿着最后的利维斯顿支流峡谷由西向东进入安大略湖"。你领略到的不是"飞流直下三千尺，疑是银河落九天"的那种山水自然浪漫的写意，而是人生的渺小和自然的伟大，获得的是一种人生的哲思。

看自然风景能够让你在没有任何人文故事的情境中凭直觉感受造物主的伟大，无须文化的浸淫，在神工鬼斧的自然之境中忘却尘世间的一切，这也算是一种至高境界吧。想当年我们坐着小飞机在拉斯维加斯大峡谷上空，清晰地看到了它让世界震惊的航拍身影，当我们登临大峡谷之巅时，才领悟到它为什么会是一个举世闻名的自然奇观。因为"在它的峡壁上刻着地球发展之历史——大约有三分之一地壳变动的历史被深深地记录在石壁上，谷底的岩石大约经历了二十亿年的岁月变迁，是地球年龄的一半"。

自然风景让你得到的启迪是：风景会说话吗？你看风景，风景会看你吗？

风景的自然属性也是有着两种形态的：其一是客观的、不加任何人工修饰的、原生态的自然风貌，这就是如今活在后现代文明生活环境中被"机械化"了的人，为了摆脱文化的困扰而寻觅追求的那种情景和情境。其二是人类为了攫取、褫夺、利用大自然而对其进行的改造、破坏或美化过的风景。当一个旅游者的目光已然分不清这两种形态之间美丑的根本区别时，也就是人类对自然的掠夺已然失去了歉疚感，麻木甚至理所当然地在欣赏快感中获得大自然给予的"馈赠"。大自然风景之痛，人类能够倾听得到吗？即使能够听到她的哭泣，会触摸到她的痛感吗？你会如近代环保之父奥尔多·利奥波德所说的"像山那样思考"吗？

看人文风景就不一样了，你得需要充分的知识储备，否则便是盲看躯壳而已。

在国内是看山看水看庙堂，在国外也同样是看山看水看教堂。除了皇宫，教堂也是欧美人文风景的重要写照。可惜的是，那世界五大教堂我只去过一个，但作为无神论者，我看教堂就是去欣赏它的建筑美学，而非它的宗教声望。像那个耗时六百年建成的高度仅次于乌尔姆大教堂，雄踞世界第三的科隆大教堂，它的雄伟壮观让我驻足良久而难以置信这人类建筑史上的奇迹，它真是欧洲哥特式教堂建筑中最完美的典范。

而位于巴黎蒙马特高地的既像罗马式，又像拜占庭式的法国圣心大教堂，教堂内的许多浮雕、壁画和镶嵌画让人流连。更重要的是那里有一座法国的民族女英雄贞德的塑像。而去了并不雄伟壮丽的巴黎圣母院，却会让你大失所望，要不是维克多·雨果所著同名小说，异国他乡的旅人会有几个前往并流连忘返呢？这就是人文内涵的魔力所在，因为人是有文化记忆的动物，越是有文化知识储备的旅人，就越会在人文风景中获得比他人更多的愉悦与美感。

游历过世界各地许多皇宫和城堡，它们仿佛都是作家笔下的一碟小菜。且不论诸如圣彼得堡夏宫、莫斯科的克里姆林宫、法国的凡尔赛宫和卢浮宫这些著名的奢华皇宫了，就是德国诸多的古城堡就让你目不暇接。这里面演绎的许许多多人物的历史故事，足以让文学家们书写万代。即便是去看东欧的人文风景，你也会被历史的遗迹所震撼。那年我们去捷克看欧洲最古老最长的查理大桥，桥上有 30 尊圣者雕像，都是出自捷克 17—18 世纪巴洛克艺术大师的杰作，被欧洲人称为"欧洲的露天巴洛克塑像美术馆"，传说只要用心触摸石雕像，便会带给你一生的幸福，桥上的一尊尊铜像的某些部位已被游人摸得锃亮。其中桥右侧的第八尊圣约翰雕像，是查理桥的守护者，围栏中间刻着一个金色十字架位置，就是当年圣约翰从桥上被扔下的地点。倘若你不知道这些故事，那么你的眼中它只是一座普通的桥梁。

欣赏异国风景和风情，之所以与在国内旅游心情大不相同，细想起来，其根本原因就是景大于人，还是人大于景的区别。这次去加拿大才真正体味到了什么是地大物博，风景如画。其实加拿大并没有什么很著名的风景，但却处处皆风景，你随处都可以看见可以入画的镜头，到处都是辽阔的草地和茂密的森林，家家前后都是十几亩或几十亩的花园草场，那里没有游人如织的景象，更无如蚁的拥挤，甚至路上人迹罕至，仿佛能够听到清新空气流动时发出的天籁，俄而听见一声雁鹅的鸣叫，才会让你从梦境中醒来。我在思索的问题是：如果让你像梭罗那样久住在这样离群索居的环境中，每一天都在这种田园牧歌式的浪漫诗意中生活，你会幸福吗？我们一面愤愤上苍分配资源的不公（中国十四亿人口享用的是 960 万平方公里的土地，尚且还有近一半是沙漠戈壁；而加拿大三千多万人享用的却是 998 万平方公里的土地，还占有世界上近百分之四十的水资源），一面又用游历者的眼光看待异国风光，不可不说这是一种风景之痛，我们最终毕竟还是要回归到摩肩接踵的人流中去，享受那蜗居的"幸福时光"。这种文化悖论时时在困扰着我们。

答案也许就在那一天我们游历加拿大那个名为 Elora（伊洛拉）的廊桥小镇里：一边是陈旧的廊桥与星布的别墅，一边是河流与广袤的草地（之所以不是草原，因为草地都是人工栽种的花园草皮），但这却不是自然风景与人文风景分割的天际线，它将人文风景和自然风景高度和谐地统一在你的视觉知觉当中，这恐怕才是人类向往的"诗意的栖息地"吧。其实当 W.J.T. 米切尔在《风景与权力》中"把'风景'从名词变为动词"时，人与自然的关系就富有了另一层意思了："自然的景物，比如树木、石头、水、动物，以及栖居地，都可以被看成是宗教、心理，或者政治比喻中的符号；典型的结构和形态（拔高或封闭的景色、一天之中不同的时段、观者的定位、人物形象的类型）都可以同各种类属和叙述类型联系起来，比如牧歌(the pastoral)、田园(the georgic)、异域(the exotic)、崇高(the sublime)，以及如画 (the picturesque)。"也就是说，任何自然的风景背后，都离不开那个"观者"的"内在的眼睛"的解读，这就是为什么人类总喜欢将寺庙与教堂放在紧邻风景区的缘故吧！在这里，米切尔强调的是一切的"如画"的风景，在每一个人的眼睛里所折射出来的自然风景都是自身意识的显现。

无疑，风景本是与人类的美学感知相对应的不变的自然画面，往往是带着原始浪漫色彩的图景，于是，自然景观与人文景观融为一体的诗情画意，就成了文学艺术追逐的浪漫对象。

席勒说过："当人仅仅是感受自然时，他是自然的奴隶。"当然，我知道席勒这里所说的"自然"主要是在哲学层面上特指人的动物性，但是我宁愿将它借用在物理的"自然"论述层面，用反黏连的修辞手法补充一句："当人仅仅是感受文化时，他是文化的奴隶。"这就是一个旅人的哲学悖论。

毋庸置疑，所谓风景，无非就是自然风景和人文风景的总和在你眼中的景象。在浩浩荡荡的旅游大军中，人们在走马观花的过程中看到的是什么呢？自然风光的愉悦和人文建筑的雄伟，被人们的眼球摄入了大脑的记忆底片之中，使其获得了视觉审美的餍足。但是，我以为这只是浅表层次的审美活动，只有当你透过风景去体味历史和人生况味时，得到了一种哲思的顿悟与升华，这才是一个旅人进入更高层次审美境界的终极旅程。

刊于《文汇报·笔会》2017 年 8 月 18 日

少年鲁迅的家境

张映勤

1. 名门望族的周家

鲁迅的《呐喊·自序》收在高中的语文课本里，这篇写于1922年的散文是他第一次回顾自己的创作经历。在这篇文章中，鲁迅提到自己少年时的家境，"由小康人家而坠入困顿"，给人留下的印象是周家生活艰难、经济窘迫。那么困顿到什么程度？少年鲁迅的家境究竟如何？我们试作分析。

我们知道，鲁迅本名周树人，祖上在过去绍兴的覆盆桥左近购房修建颇具规模的"周家老台门"宅院，人们称之为"覆盆桥周家"。随着周家人丁兴旺，后代繁衍，老宅不敷使用，又在东昌坊同一条街上购建两处宅院，称为"过桥台门"与"新台门"。新台门位于东昌坊口西侧，其规模、结构与老台门大致相同。共分六进，有大小房屋80余间，连同后面的百草园花园在内，占地约4000平方米。里面住着覆盆桥周氏中的六个房族，而鲁迅是兴房的长子长孙，于1881年9月25日出生于新台门西侧的故居。

覆盆桥周家是绍兴城的名门望族，鲁迅的祖上曾经辉煌一时，他的祖父周介孚在1898年曾作《恒训》教训子孙，其中说道："至乾隆年，分老七房、小七房（辐山公生七子），合有田万余亩，当铺十余所，称大大族焉。"周家的祖先勤俭持家，将所得盈余，广置田产，到了后代，有些房族开始投资经营，开设首饰店、钱庄、当铺，等等，到鲁迅的曾祖父、祖父这一辈，周氏大家族因各房门分家析产、奢侈争讼、不事生计，再加上太平天国及清兵在绍兴一带的劫掠烧杀，周家已呈颓败中落之势，"卖田典屋，产业殆尽"，只有鲁迅他们家这一支还能维持小康的水平。

1881年，鲁迅出生的时候，周家的家境如何？

在鲁迅出生前十年，1871年（同治十年）4月辛未科殿试发榜，他的爷爷周介孚33岁时高中进士，被钦点为庶吉士，入翰林院进修。习满三年，散馆后赴江西省金溪县任知县，因与上司顶撞，被弹劾丢官。其后，周介孚变卖家里的田产，举债借贷，不惜重金，在北京捐了个内阁中书的七品官。鲁迅出生时，爷爷正在北京等候补缺，虽说是京官，但有名无实，俸钱不多，收入仅够他和小妾的日常生活。

周作人在《鲁迅的故家·曾祖母》中回忆说："介孚公在京里做京官，虽说还不要用家里的钱，但也没有一个钱寄回来。"周介孚第一次看见孙子，是鲁迅两三岁的时候，他回家省亲，甚至连路费都很困难。1893年，等他再回到绍兴时，是为母亲戴氏奔丧，回老家"丁忧"守制（指古代官员的父母死去，官员必须停职持丧三年的制度）。一年之后，即发生导致周家败落的科场舞弊案。

2. 周介孚科场舞弊案

鲁迅在自传中说："在我幼小时候，家里还有四五十亩水田，并不很愁生计。但到我十三岁时，我家忽而遭了一场很大的变故，几乎什么也没有了，我寄住在一个亲戚家里，有时还被称为乞食者。"亲戚是周氏兄弟的大舅鲁怡堂，先住皇甫庄，后迁小皋埠。

是什么变故让家里变得"几乎什么也没有了"？是他的爷爷犯下了重罪——科场舞弊。

事情的大致经过如下：

1894年，慈禧老佛爷59岁，朝廷特意增开了一科乡试，为次年太后花甲万寿的会试恩科预做准备。周家本是书香门第，走的是读书致仕的老路，周家的几门亲戚子侄都中了秀才，但没有中举，这一次机会来了，想在乡试中得到功名。鲁迅的爷爷周介孚丁忧在家，受亲戚们的委托，想为几个子侄行行方便，走走后门，顺便也为自己的儿子、鲁迅的爸爸周伯宜托托关系。

这一年春天，各省的考官陆续放出，负责江南乡试的官员殷汝璋正好是他的同科进士，两人在京为官，私谊甚厚。有这层关系，9月初周介孚迎着殷汝璋的官船行抵苏州，带着些书信名帖。"计纸两张，一书'凭票发洋银一万元'等语；一书考生五人，马官卷（应试所用特卷）、顾、陈、孙、章，又小儿第八，均用'宸衷茂育'等字样。又周福清名片一纸外，'年愚弟名帖一个'。"（载《光绪朝东华录》）。

"凭票发洋银一万元"是所谓的"空票"，事成以后即可支取。马、顾、陈、孙、章，是他托付照顾考生的姓，当然还有他的儿子周伯宜，"宸衷茂育"是用来作弊嵌在文章中的字样标记。如此行贿舞弊可谓设计得天衣无缝，却不料因为用人不当，闯下大祸！

科举是为朝廷选拔人才，历来备受重视，当时规定，考官不能与地方官员接触，以防徇私舞弊。殷汝璋走的是水路，取道运河，经苏州再到杭州。按例他不能上岸会客，船停在了苏州阊门码头。周介孚以丁忧之身，不便面见朋友，便派了一个仆人陶阿顺去送信。这个仆人是托付他行贿的五位亲戚之一的家仆，脑子不太机灵。他送信的时候，殷汝璋正和副主考官（一说苏州知府）谈事，见了周介孚的名帖和信件，若无其事地收下，陶阿顺被他手下的随从打发出去。陶阿顺心里着急，这么大一笔钱交出去没有下文，怕回去不好交差，他脑子缺根弦，哪里明白官场的那些规矩，上了岸便站在那儿大声嚷嚷："殷大人，怎么不打张收条，信里还夹着支票呢？"这一嗓子闯了大祸，本来殷汝璋心知肚明，老同学投帖写信必有要事相托，重金酬谢已成惯例，这层窗户纸偏偏让陶阿顺这个蠢货捅破了。当着别人的面，殷汝璋只能公事公办，连忙叫人拿下陶阿顺，把周介孚的信件支票交给地方官查办，一场轰动一时的科场舞弊案由此引发。

3. "斩监候"——榨钱的刑罚

科场舞弊历来是重罪，周介孚一案层层上报送到朝廷，光绪皇帝龙颜大怒，决定要从严处置，周介孚被钦定为"斩监候"，相关考生革除功名。

所谓"斩监候"，类似又不同于今天的死刑缓期执行，一般来说，现在的"死缓"即免除了死罪，但"斩监候"是在监里"候"着，不知什么时候要掉脑袋。按照大清律法，死刑多在秋天执行，每到这个时候，罪犯家属都要担心亲人的性命能否保住。"斩监候"一年一审，省里呈报刑部，再呈皇上御览圣裁，皇上"予勾""免勾"，全看奏折上怎么写。周家人要拯救周介孚的性命，不能不上下打点，监里、府里、省里、部里，每一个环节都要花大把的银子，几年下来，本已坐吃山空的周家钱财被渐渐榨干，除了卖田，只能变卖家产了。

周介孚入狱后，周家的水田卖了二三十亩，周建人说："除公共的祭田外，兴房（鲁迅他们家）只剩下稻田二十亩，要靠它吃饭，不能再卖了。"这二十亩，一家人要靠它收租赖以生活。周作人在日记中多次记载了少年时收租要账的情形，1899 年 11 月："19 日，上午小南山佃高秉祥来……楼下陈佃亦来（程七斤）……""21 日，至陈家湾收租，吃点心。租水九分二……又至六禾庄午餐，尝新谷。两共收二十袋……""22 日，往五云门外收租……"这个时候，他们的爷爷关在杭州的监狱，父亲又患重病，家里"只能当当头了"，当头就是指首饰和贵重衣物等。

周介孚一辈子读书做官，生活优裕，没过过一天苦日子，即使关在大牢里也不能让他受一点委屈。他在杭州的狱中八年，小他 31 岁的姨太太潘大凤带着继子、比鲁迅还小的叔叔周伯升在杭州租房住下，时常看望照料老爷子。周作人也曾经在杭州陪伺爷爷两年，潘大凤家里还雇着一男一女两个用人。周介孚除了不能出监自由活动外，生活起居，各方面条件明显优于他人，看书写字，喝酒聊天，会见亲友，优哉游哉，这一切周家没有一定的钱财根本无法支撑。

1901 年，经庚子国变，两宫回銮，大赦囚犯，周介孚因有自首情节，又加上犯罪未遂，"查该革员中途求通关节未成，较之交通关节已成未中者，情节似有区别。其所开洋票，系属自写虚赃，与议单文券不同，且财未与人，未便计赃科罪。揆其事后闻拿投首，尚有畏法之心，应否比例量予酌减科断之处，恭候钦定"。奏上获准，败家的周介孚在几乎花光了家里的钱之后，终于在 1901 年 4 月获释，出狱四年后去世。

4. 为治父病出入质铺

"屋漏偏逢连夜雨"，老爷子出事不久，鲁迅的父亲周伯宜又得了一场大病。

在绍兴，覆盆桥周家是名门望族、书香门第，他们的子弟以读书为本，不用生产劳动。周伯宜读了一辈子书，30 岁时中了秀才，但后来却科场蹭蹬，屡应乡试未中，一直闲居在家。

明清时代考中秀才，代表有了"功名"在身，在地方上受到一定的尊重，享有一定特权，但国家不管分配，不算公务员，所以也没有俸禄。考上秀才并不一定能带来财富，家庭贫穷的一些秀才，多数以设塾教书或坐堂行医谋生，也就是人们常说的穷秀才。周伯宜家境殷实，居家读书，幻想着子承父业，科举致仕，光宗耀祖。

父亲周介孚的"科场舞弊案"让他的梦想彻底破灭。事发之初周介孚潜逃上海，周伯宜儿顶父罪，被关进了监狱。出来后不仅被革了秀才的功名，而且永远不让他再参加考试。这对于一个读书人来说，是最致命的打击，不能参加科举，意味着一辈子再无出头之日了。周伯宜在狱里受了气，遭此重创，心情抑郁，落寞寡欢，每天借酒浇愁，后来又吸上了鸦片，一来二去，身体渐渐垮了，1894 年终于病倒，先是咳嗽，然后吐血，最后水肿，病了两年多，家里花钱诊治，却为庸医所误，37 岁的他于 1896 年去世。

为父亲治病，周家又是一大笔花销，鲁迅在《呐喊·自序》里写道："我有四年多，曾经常常，——几乎是每天，出入于质铺和药店里，年纪可是忘却了，总之是药店的柜台正和我一样高，质铺的是比我高一倍，我从一倍高的柜台外送上衣服或首饰去，在侮蔑里接了钱，再到一样高的柜台上给我久病的父亲去买药。……然而我的父亲终于日重一日的亡故了。"

质铺就是当铺，周家那时因老爷子案发，几乎掏空了家底，水田不能再卖了，唯一的办法就是典当，其实就是低价出卖家中物品，因为已经没有能力赎回了。

鲁迅在《父亲的病》一文中记录了庸医故弄玄虚、勒索钱财、草菅人命的经过，透露出周伯宜治病的一些大致费用。"我曾经和这名医周旋过两整年，因为他隔日一回，来诊我的父亲的病。那时虽然已经很有名，但还不至于阔得这样不耐烦；可是诊金却已经是一元四角。可是那时一元四角已是巨款，很不容易张罗的了；又何况是隔日一次。"

鲁迅记载的只是一位名医、两年时间的出诊费，累计超过了五百元，还不包括那些稀奇古怪的药费。为治父亲的病，周家花的钱，保守估算，也应该在千两以上，这在当时，绝对是一笔巨款。

5. 坐吃山空，有出无进

鲁迅的少年，周氏三兄弟年幼，无力挣钱养家，家里的长辈——祖父和父亲，可以说一辈子只花钱没挣过钱。家里除了日常生活，还遇上了几件数得过来的大事要屡屡花钱，祖父卖田捐官、入狱打点，父亲治病，继祖母、四弟、父亲、祖父去世，三个孩子上学，鲁迅周作人留学、结婚，等等，每一项花销都不是小数目，尤其是为救祖父出狱疏通关系近八年，为父亲治病近三年，花的钱款数目巨大，像流水一般。

鲁迅的爷爷身为翰林，为官多年，但俸禄有限，对家庭经济没有什么帮助，他先后娶了五位太太，鲁迅的祖母孙夫人、继祖母蒋夫人，三个姨太太，薛氏、章氏和小他31岁的潘大凤。周介孚在外科考、做官历时22年，不仅没有给家里寄过什么钱，而且花了不少钱，也就是说光有投入，没有回报。他一半时间当官，清廉公正，俸禄有限，一年的禄米、恩俸加上别敬，刚够日常用度而已；一半时间卖了家里的田捐了个官，在京城候补内阁中书，对家庭经济不仅没有什么贡献，而且花了不少钱。鲁迅的太祖母活着的时候，周介孚回家看望母亲，只是带一点北京的特产吃食，钱是一分也没往家寄过，北京的同乡都知道他囊中羞涩，甚至连坐车都不让他付钱，"科场舞弊案"的发生更是让他花钱无数。所以，鲁迅少年时的周家早已风光不再，有翰林之名，无翰林之实。

鲁迅的父亲周伯宜一辈子坐食家中，不事生产，专心读书，中了秀才，但没有收入，基本上都是"啃老"，靠祖业维持生活。后来又身患重病，典当家财。

鲁迅从 1902 年至 1909 年在日本留学 7 年，周作人 1906 年至 1911 年留学日本 6 年，两人虽然都是用的"官费"，但仅够自己开销，对家庭经济没有帮助。官费的额数，鲁迅在《杂论管闲事·做学问·灰色等》一文里说道："记得自己留学时候，官费每月三十六元，支付衣食学费之外，简直没有赢（盈）余。"据周作人《鲁迅的故家·校对》所记："鲁迅那时的学费是年额四百元，每月只能领到三十三元。在伍舍（周氏兄弟与许寿裳等共五人合租）居住时就很感不足，须得设法来补充了。"两人记载的官费数目出入不大，他们在日本的生活，食宿学费等靠官费勉强可以支撑，家里用不用贴补不清楚，但他们肯定无力挣钱养家。

也就是说，到了鲁迅这一辈，即使没有后来祖父入狱、父亲生病这样的灾难，周氏家族也已经是坐吃山空，有出无进了。

然而，"坐吃"也得有得可吃。周家是破落了，但绝没有破产，不像鲁迅所说的"坠入困顿"，日子过不下去了。

6. 周家的田产收入

周家"坐吃"的是什么？很显然，是祖上留给每一个房族的产业——田产、房产和家产。

先说田产，鲁迅的爷爷很看重田产，他在《恒训》中嘱咐后代，有了钱一定要买田置产，"有恒产者有恒心"，这才是守业发家的根本。鲁迅他们这一房子——兴房，单传到周介孚，继承祖上的田产大约75亩，到鲁迅这一代，"听人说，在我幼小时候，家里还有四五十亩水田，并不很愁生计"。周作人也在《鲁迅的故家·晒谷》中说："大概在前清光绪癸巳（1893）年时智兴房还有稻田四五十亩，平常一亩规定原租一百五十斤，如七折收租，可以有四千多斤的谷子，一家三代十口人，生活不成问题。"收来的谷子中，吃不了的部分卖掉变现，作为家庭的日常开支。

从75亩降到四五十亩，很可能是鲁迅出生前他爷爷为买官职候补而卖掉的。

另外鲁迅他们家还有祖上留给后代的两个共同财产，一是公祭田，一是读书田。

公祭田是家族的共同田产，不属于任何一个房门私有。每家按年轮值，用田产的收益负责家族祭祖扫墓时的各项开支，每一房门轮流管理，轮流纳税，轮到自己管理的那一年，开支以外，剩余的部分归自己所有，它的收益甚至超过了自己家里的田产所得。

周建人在《鲁迅故家的败落·失去了曾祖母》中说："我们覆盆桥周家有两个较大的祭祀值年，一个是三台门公共的祖先致公祭，据说有三百多亩田，由致、中和三大房轮值，这要二十七年才能轮到一回。一个是致房的祖先佩公祭，据说有一百六十亩田，由致房派下智（下面又有兴、立、诚三房）、仁（下面又有礼、义、信三房）和勇（单丁，下面未分房，住在老台门）三房轮值，九年轮到一回。祖宗留下田产，叫作祭田，由各房轮流收租，轮流办理上坟祭扫和做忌日等事情，这就叫作祭祀值年。"

因为轮值的两项祭田多达一百六十亩、三百多亩，可以收很多租谷，摊派到家族祭祀祖先的费用不到收入的三分之一，剩下的就可以留作家用。轮到祭祀值年，这一家可以获得一笔可观的收入，鲁迅他们家属于致房下的兴房独支，佩公祭九年轮到一回，他出生后，共轮到四次：1884 年、1893 年、1902 年、1911 年，更多收入的致公祭至少在他爷爷、父亲两代中肯定轮到过，这是周家除了几十亩水田收益之外的额外进项。这些公祭田每房每支不能变卖出让，但是在家里突遭变故急用钱时可以转让给同族亲戚，获取一定钱财。

读书田的性质也是一样，"各随值年轮收纳粮，以为延师之资"。即使收入不如公祭田，但孩子们上学的费用省下了。

7. 虽困顿，但未破产

俗话说："百足之虫，至死不僵。"鲁迅说的"困顿"是文学语言，是相对于过去周家的富有说的，周家即使彻底败落，有出无进，坐吃山空，遇到危难，靠变卖为生，但是，平时的日子远没有到捉襟见肘、举步维艰的地步，吃饭穿衣总不成问题，比一般的普通家庭要强出不少。

除了上面所说的田产收入，周家还有厚实的家底，几代积累的财物足以抵挡一些不可预测的风险。鲁迅说："我有四年多，曾经常常，——几乎是每天，出入于质铺和药店里……"四年多，几乎是每天去当衣服或首饰，一天一件，粗算应该也在千件左右，这些家当，数量可观，可见周家的家底之丰厚。俗话说："瘦死的骆驼比马大。"经过多少年的折腾，我相信，周家应该还有一些可卖的值钱的东西。直到1919年年底，鲁迅最后一次回到老家绍兴接家人迁居北京时，家里还有赵孟頫、任伯年、赵之谦的画，这些名人字画，即使在当年，也应该价值不菲，这说明周家没有穷到家徒四壁的程度。

另外，除了新台门，鲁迅他们家还有其他的祖传房产以供出租。周作人在《鲁迅的故家·新台门》中说："厅屋三间，迤西一带是大小书房及余屋，后来出租开张永兴寿材店的。"至于是否还有没有其他的房子出租，租金多少，我们不得而知。周家这时是败落了，但是在东昌坊口新台门府邸还有十余间房子，加上外面可供出租的店铺，周家绝没有困难到吃不上饭的地步，否则20岁出头的周氏兄弟不可能在日本留学多年，家里不可能还常年雇着用人帮工。周作人在《知堂回想录·先母事略》中说："虽然家里也很窘迫，但到底要比别房略为好些，以是有些为难的本家时常走来乞借，总肯予以通融周济。"家里虽然经济窘迫，日子不算富裕，但还有些余力帮助亲戚，可见生活不成问题。

到了1909年，周氏兄弟还在日本留学，这时的家里真到了山穷水尽的地步，鲁迅这时已经29岁，结婚三年，还在日本读书，还没有工作和收入，而家里的日子一天不如一天，连仅有的祭田都已经卖绝，这年8月他才不得不从日本回来。

从1893年祖父出事直到鲁迅兄弟1906年同在日本留学，这十几年中，家里没有一个人工作，没有任何额外的收入，正是靠着祖上留下的田产、房产和家产，周家才能保住大宅门不卖，才能继续雇着若干仆人，三个兄弟也不用为生计奔忙，安心读书。

鲁迅所说的"困顿"是和过去相比，周家几经打击，肯定是日渐没落了，但绝对没有断炊冻饿之虞，只是闲钱不多了而已。

刊于《今晚报》2017年5月23日

伪装成幽默的黑色泪水

鲁　敏

无论从哪个角度来说，冯内古特都是离我相当遥远的一位作家。有时人们就会这样，喜欢力不能逮、远在彼岸的异质。我喜欢冯内古特。《五号屠场》三遍。《冠军早餐》两遍。还追着找到他的短篇集子《看这儿，照相啦！》等，虽然后者不那么喜欢。三遍两遍，听上去一点不多，但对我这样一个狗熊掰棒子式的阅读者来说，已算一个了不起的纪录了。

我读冯内古特，不是抱着学习的心态——写作者的阅读，总是难以排除职业化的索取意味的，眼神乱瞟，东摸西捏，反正多少刮点儿什么下来才算完，结构？人称视角？对时间与空间的处理？等等——对冯内古特，我放弃了类似企图。一半愉快一半不甘的放弃。愉快的部分：可以回归到吞咽字纸的本初之乐，一心感受味蕾的颤动，而不计算蛋白质维生素或卡路里构成。不甘的部分，是有点拿冯内古特没办法。他走路的样子、说话的样子、突然一跳的花招，你都看得一清二楚，但想要模仿、辗压、超过吗？恐怕没门。那一定会很拙劣、破绽百出、摇摇晃晃。当然，也可以说，这摇晃正是冯内古特的特点，他的文本，有一种刻意又老实巴交的笨拙感，像一个身材高大的人背驮大山，高一脚低一脚、埋着身子、不见面目地在走，你明知他是有意如此，仍会为之感到心碎，感到压迫，感到黑色的血与疼。

读三遍，除了出于喜欢，还有一个有点儿惭愧的原因：不大记得牢。《五号屠场》包括《冠军早餐》都不是以情节、戏剧与逻辑取胜的。他根本的出发点，大约正是要竭力避免这三者。这是冯内古特撕掉了5000页之后的结果。我相信，在那被他扔掉的5000页里（5000页？我看了好几眼前言，这显然是一个典型的冯内古特式的数据），我们会满意地找到完整的情节、光滑的时间轴、有条不紊的逻辑。但冯内古特毫不留情、如弃破履似的抛弃掉了这些。

他竭力如此，他千方百计如此。

1944年12月，22岁的冯内古特被德军俘虏，送到德累斯顿当劳工，德累斯顿是德国古城，有大量传统的古老欧式建筑，当地既无驻军亦无军事基地，因此德国难民多集于此地，火车也在源源不断地送来各国俘虏，后者残损羸弱，饱经折磨，伤痕累累，满心以为会在德累斯顿获得短暂的喘息，能够像"人"那样呼吸、吃东西、穿衣服、睡眠。冯内古特也是其中一个。

仅仅一个多月后，美英空军即对德累斯顿进行了"彻底清理"的大轰炸，3000吨炸药，13.5万平民，是广岛原子弹轰炸死亡人数的两倍。冯内古特亲历了这场"欧洲史上的最大杀戮"。由于当时躲在一个早已停产的地下屠宰场（编号为五）里，他与别的少量美国俘虏、四位看守还有几挂屠宰过的整尸牲口，神迹般地躲过了大轰炸。灾难结束后，他们爬出地面，开始对炸得"如同月球表面"的城市进行收拾。所谓的收拾，也就是处理一个接一个、一个挨一个的巨大尸坑，在越来越浓郁的腐烂气息中……

这毁灭性的震撼，无论如何夸大都是不够的。二战后，冯内古特一直试图寻找到合适的方式来写下这次经历，由于美国官方一直封锁这一大轰炸的真实信息，也由于他发现他怎么也找不到更合适的表达，这一寻找过程，就是不断地撕毁他所写下的部分，这一撕毁动作，漫长而固执，持续了24年。

直到1969年，冯内古特才写出了《五号屠场》，并且，如我前面所说，他反情节，反戏剧，反逻辑。他压根就不想赋予这场大屠杀任何的前因后果，那会在不知不觉中让战争和恐怖事件具有可阐释性：这是他最不愿意干的。冯内古特在24年的苦苦寻找中，所能找到的最强硬的逻辑就是：关于一场大屠杀，是没有任何顺乎理智的话可说的。确立了这一重大原则之后，冯内古特先生也为他的《五号屠场》确立了最不可模仿，或也是最让人抓狂的冯氏风格——

他玩时间旅行。从头到尾都在故意捣乱，根本就不好好地讲故事。主人公比利只要眨个眼，打个盹，吐口唾沫，或洒几滴眼泪，就会随心所欲地在各个时间里弹荡跳绳。要是脾气不好耐心不够的读者，恐怕气得都要扔书了。

他搞科学幻想。毫不负责地设计了一个莫名其妙的特拉法玛星球，外星人把比利给掳走了，还让他在那里与一位年轻漂亮的女演员在透明装置里表演性爱乃至让后者怀孕生子，他简直就得到了在地球上不可能得到的天伦之乐。他在那个星球最了不起，也是最幸福的发现就是：人的所谓死亡，从来都不是真正发生的；这只是此人的某个不太好的瞬间而已，与这个瞬间所并列的，是在另一个地方、另一种方式的此人的继续存在。

他打破是非观念，毫无同情心，打破基本的条件反射与社会原则。比如，善人却有恶报。恶报只是搞笑。搞笑导致死亡。死亡却是愉快的永生。坏脾气的人，就算在前面能忍住，到这里，恐怕也会要第二次想要发作、把书扔得更远！

但他在小说一开头就预报了这一切，提醒读者他将如何开头和结尾，并且他果真就这么毫无悬念、藐视读者感受地干了。他用词是那样的刻意单调、反向地折磨人的神经，每每到最愤怒最悲剧的高潮，他突然就会干巴巴地、仿佛是最无辜的鹦鹉似的来上这么一句："事情就是这样。"整本小说，他用了一百多次"事情就是这样"。以至于所有那些悲惨的瞬间，都被蒙上了一层影绰的面纱，你看不到抽搐，看不到泪水，看不到破碎，看不到白骨。然后，因为这些看不见，你会在阅读中感到巨大的羞愧，你无法直视和体会这个世界。你以为你跟比利一样，觉得事情就是这样的。

我有时想不明白，我为什么会喜欢冯内古特。我是历史盲，我不了解战争，我不是很幽默，我不看科幻小说，对外星人时间穿越之类的毫无兴趣……但为什么这些东西，被冯内古特糅在一起，在他这种抽风般的、与优雅相反的笔调下，就会混合成一种哀伤的魔力，一种尴尬般的软绵绵的力量。

译林社所出的《冠军早餐/囚鸟》，是冯内古特七十年代的作品，他这回没有再写战争了，他直接写当下的物质主义，他明确地意识到，在和平年代，能够像大爆炸一样全视野范围地毁灭所有人，并且同样能够摧毁得面目全非的，正是该死的物质主义。哈，当然，物质主义同时也是华丽和万能的，是社会与人类不断文明进步的伟大引擎——我很喜欢他找到的这个假想敌。

显然，冯内古特对于他自己的风格，有着孩子般的自信和自恋。他跟对待战争一模一样，用同样的武器瞄准了物质主义——星球假想、科幻小说、极不负责任地放肆搞笑，在这两本完全不同的作品里，他写到了同一位科幻作家，连名字都懒得换，《冠军早餐》跟《五号屠场》里一样，都还是叫基尔戈·特劳特，真是要让读者气得哈哈大笑——然而，通读之后却又证明，这一套火力，是老而弥坚、老而有效的。在咏叹调、大合唱、野心史诗、浅唱吟哦、梦境呓语等众声喧哗的文学长廊里，冯内古特再次以后现代的沙哑烟嗓子赢得了他独特的回声。

谁又知道烟嗓子的背后呢，得吞下森林那样多的劣质烟吧。毫无疑问，冯内古特先生所贡献的，这独一无二、笨拙到浑然天成的幽默，其唯一且必然的源头，是艰辛与残酷。

他少年时代父亲失业，母亲自杀，由于家庭出生是德裔背景，故他在二战中一直处于尴尬境地，他代表美国参战，而后被德国俘虏，然后亲历美国制造的大轰炸，等等。他像挖地洞一样，从黑乎乎的曲里拐弯的生活里，找到了幽默这么个玩意儿，像一件有点松垮的外套，他把幽默给套在了身上，一套上去，从此就再也没有脱下。在2006年出版的《没有国家的人》中，84岁的冯内古特用不少篇幅讲述他的晚年，因幽默"细胞"丧失而产生的大苦。他承认，"逗人发笑，他妈的是一件费力的活计"，他感到非常疲倦了，他承认他是"彻底的悲观主义者"，幽默再也不起作用了。

一年后，2007年4月，冯内古特去世——不，他去特拉法玛星球了。

刊于《文汇报》2017年5月5日

乡野之神

林 森

遗弃的神

这是不需要神的时代。一段时间内，单位边上有一块荒地，乱草中藏着一间无人理会的土地公庙。没几年以前，这里还是菜地、坟墓与牛羊吃草的好去处，还是村落边上一块安静的所在，不远处就是即将流入出海口的一条大江，水面宽阔。有土地，便有村人修建的矮矮小小的土地公庙。后来，高楼种在这里，农民们慌慌乱乱搬迁，一个高档小区立起来，只有那一块地因暂时无用，任其长满了草。草的竭力生长之中，小小的庙地基都歪了，往一边斜倒，随时要发生侧翻。这种小小的庙，我竟然在日本人宫崎骏的动画片《千与千寻》里也看到过，被遗弃在荒野之地，荒芜之中，却有一股难言的破败美。所谓荒芜，往往是指人烟罕至，可天生万物，万物有灵，人来得少了，万物仍旧是繁盛的。人的退却，伴随着荒草与苔藓的进攻，伴随着蚯蚓和蚂蚁的繁衍，也伴随着夏日里蝉的鸣唱和月色下蚊虫的夜舞。假使真有神灵，人消退之后，万物向前，神是兴奋，还是叹息？

小时候看电视剧《西游记》，孙大圣时不时对土地公呼来唤去，土地公也是唯唯诺诺胆战心惊。当时我纳闷的是，土地公不是大地之神吗，怎么地位那么卑下？不但孙大圣，连一个小妖精都可以欺负？后来略微给自己一个解释，或许土地公更像是民间所供拜的境主——一小块地方的看护者。海南乡间，祠堂的边上，或者村头的某个交叉口，往往建有这种不过高一米五、占地不超过三平米的小房子，村人都说里头供奉着土地公，可到底袖是哪位，是哪块地的土地公，村人张口结舌，摇头不止。伴随着城市的扩大，泥土不再生长植物。土地被水泥、地砖封死，在这个时候，一个数百年、上千年的村子，往往就溃散了。多年前，这些村民的先人迁移至此，子孙繁盛，族谱上的"辈分诗"，给一个个人刻上烙印——他们出现在此，都源自那么多年前一对年轻男女眼睛里的电光石火，源自电光石火之后两人在野地里浓郁如植物气息的情欲。一个个打圈的"拆"字，让当初那对男女的因缘开始散开，村民们都忙着上楼，或者忙着搬往更远的地方。一个光鲜闪亮的小区，即将诞生，旧房子都保不住了，每年旧历节日，族人的祭拜，也将不复存在。有些村人心里空落落的，领头的人有些不甘，喊了一句："留下我们的宗祠，否则我们死也不搬。"

房地产商让步了，我们于是看到，新建起来的小区旁边，矮矮地蹲着一座漆色剥落的祠堂。我想象得到，当村民们住进安置房，在十九层高的阳台上俯视祠堂的屋顶，他们的内心有些不踏实——逢年过节，他们还是会下楼来，集中到祠堂里祭拜。可是，可是，他们往往觉得，刚刚好像过了一个假的节日，烧了假的蜡烛、纸钱和线香，也念了假得让人不安的祷告。无论如何，祠堂算是保住了，土地公庙却没这福气。村民们说不上土地公姓甚名谁，当然也就没必要为了袖，说出某句恶狠狠的话。可是，实在没到给小区打地基的时刻，没人愿意去碰那间矮小的瓦房。据说，有某些房地产商，曾无所顾忌，拆掉不少祠堂和村庙，终于有某天，他被撞了、被砍了、得绝症了、老婆跑了、破产了、和某位贪官牵连了、入狱了……这些后来的事情，源头都会追溯到他早些年毫不留情地拆掉一座有神明居住过的老房子。

土地公庙因此还能苟延残喘一些时日。很多次从单位边上的那片荒地上经过，我常常驻足，恨自己不是一个画家，不然可以画下这高楼耸立的旁边，神的居所在荒草间淹没。我甚至没有想到掏出每到吃饭就拍照的手机，来给这间尴尬的小房子留下一个背影。若是土地公就是电视剧《西游记》中那挂着拐杖的老头，在某个月色洒满的深夜，周边寂静下来了，远远近近的高楼上灯光闪烁，祂摇摆着身子，从茅草中走到水泥路上，祂要面对的，是一个已经变得如此陌生的世界。中国的神，好像都是出现于深山老林之中，钢筋水泥的城市，怎么想也不适合祂们的到来——就像我无法想象我一边裤脚高一边裤脚低、趾甲缝夹杂泥土的祖父，进入一间震耳欲聋的酒吧。即使万物仍在，可神会不会对人类更偏爱一些，土地公会不会觉得，被人类遗弃荒野，是祂难以接受的挫折？

这样的遗弃，注定不会很久，很快迎来的，是消灭。房地产商毕竟内心焦急，要把所有的缝隙塞满水泥、钢筋和砖块，并把这些东西兑换成纸张印刷的钱、兑换成卡上的阿拉伯数字。不知哪一天开始，挖掘机开进来了，所有的荒草被挖，那间土地公庙也瞬间消失。一栋栋高楼，已经从荒地上立起，填补了这地段的最后一片"空白"——这块地终于有用了，这块地的庙与神，就终于没用了。从此以后，这里有小区的保安，有水电的维护工，但不会再有一个挂着拐杖无所事事只是蹲守的土地公了。失业的土地公那么多，百无聊赖的祂们，会不会也打打麻将跳跳广场舞？也许，人间的热火朝天，让玉皇大帝不得不思考一个严重的问题：天上的神仙们也得面临老龄化的境地，如何让这些百无聊赖的退休神仙们有事干呢，总是闲着，天宫也要乱的呀！后来，是太白金星提了个建议，要把这些老干部们组织起来，开开会，贯彻贯彻思想，不能精神懈怠信仰缺失啊。

每次从土地庙上面修建起来的房子边走过，我都在想，真是我们遗弃了神吗？也许，这么多年了，祂们不想陪我们玩了。毕竟，总有审美疲劳；毕竟，祂们，也需要一点私"神"空间的。想明白这些的时候，眼前的红灯变成绿色，我快步走过十字路口。

追神记

我们是凡人，都没有见过神的真身——幸好，化身我们还是可以见一见的。

被雕刻好的神的雕像，被摆放在庙宇和祠堂里，被香火围绕，被祭品和鞭炮声喂养。有人说，神像长得怎么样，受限于那个民间手艺人的审美与技艺，即使真有神，这神像和神本身哪有一点关系呢？这样的说法，被虔诚者轻轻地化解——你怎么知道那个雕刻的木工师傅，不是受到了神的指示才那样雕的？神既然无所不能，祂当然也会影响、指导着一个雕刻祂的模样的手工艺者。不管像与不像，那个样子，其实就是神想让我们以为的祂的样子。我们所有的祷告与心愿，都可以通过那尊木头刻成的神像，抵达神那里。神像就是沟通三界的快递，借着烟气，瞬间把我们所有的祈愿送达。

在尽可能的情况下，用以雕刻神像的，都是好的木头。神永在、神天长地久、神在时光的尽头，烂木头怎么配得上？当然得是不易变形的、木质坚硬的、活得长久的老木头。若是名贵之木，当然就更好了——名贵木头，或许也能增加某些神力呢！最好的木头，当然是海南黄花梨。尊贵的海黄被雕刻成型，涂上各种油彩，最后时刻点上眼睛，神像就活了。当然，还得经过某种隆重的仪式，神像才能成为神像，而不仅仅是木头雕成的工艺品。这种仪式，给神像注入神力——就像是一台装配完成的电脑，需要安装一个操作系统，才能真正运行。海南黄花梨雕成的神像，当然就像是顶配的苹果电脑，不仅仅有使用的功能，更多的作用在其他地方，在身份的彰显、在内心的满足感。村人跟外人说起村里的神像是好木头，眼睛和眉角都是上扬的。

当然，这种炫耀都是多年以前的事了，现在谁也不敢往外提了，甚至有外人来问起，也得讳莫如深："哪有这事，你听谁说的？"饶是如此，有一天，B村还是发现村庙里最庄严的那座神像不见了。原先摆放的位置空出一大块，村里某人在烧香祭拜了好久，只是觉得有些不习惯，并没有发觉。等到晚上和村人说起，一起打着手电筒到祠堂里再探个究竟，才开始骂娘："连神像也偷，也不怕雷劈？"全村的人，都聚到了一起，开始追查。那些平常有小偷小摸习惯的，陷入村人的层层逼问之中。那些吸毒的，更是成为重点调查对象——谁不晓得，这些人毒瘾发作起来，神志癫狂，哪管什么神像不神像！可那么多追问之下，神像竟然没有一点下落。村里在省会当官的一个人，在跟县公安局某位副局长提起这件事的时候，言语之中，谈到了村民向心力的问题，谈到了县里治安情况的问题，那副局长去给局长汇报后，也觉得颇为严重，要重视。可重视又如何呢？仍旧是没有追查到一丁点消息，那尊神像毫无踪影。

可以确认的是，木头本身的名贵，让这神的化身遭了累。

村里人能发动的都发动了，他们要寻找这失却神的下落。有人老觉得心里有疙瘩，时不时到村庙里去看，空荡荡的那一块，不是空，是塞在村人胸口的一块大石，是村人心脏部分淤积的一个肿块。"不行了，得找回来……"村子上空笼罩着一层黑压压，其实，没有什么黑压压，可无论天气是晴还是阴，村人都觉得有某件事正在暗地里发生，有某件事正万马奔腾，朝村里赶来。再不把神像找回来，村里要麻烦了。上次村里出现大面积的心灵危机，已经是七八年前的事了，当时一场牛瘟，击倒了村里大批牛。为了避免牛瘟传播，县里下来人，把死去的牛集中到某个空地，挖了一个大坑，集中焚烧了。冲天火光和烟气中，村人手脚发软。但牛生瘟病毕竟是具体的事，损失是不小，但一旦烧了也就绝了后患。这一次就不一样了，神像的失踪，几乎今后村里任何不祥之事，都可以和这件事牵扯上关系。

一个多月的搜寻，没有任何收获。村人筋疲力尽，彼此之间的矛盾也开始加剧——村干部的威信一落千丈，连丢掉的神像也找不回来，他们还有脸说自己给村里做过多少事？村干部每天额头汗淋淋，怕村人问起。实在是无计可施了，有老人淡淡地说："没招了，只能请祂出来了……"

"祂？谁？"

"公祖自己。"

也只能这样了。

捐钱、起事。村人聚集，敲锣打鼓，希望把神请出来。在神终于"附体"在村中某个"童子"身上的时候，村里最说得上话的老人问了："公祖，我们实在是没办法了，才把你请出来。可否告诉我们这些子孙，你的化身哪去了？

我们所有的办法都想遍了，也没能找到。还请您指点迷津，我们也好……迎回……"

"算……了吧！"

"子孙不懂什么意思？"

"我的意思，就是不要找了。找不到了，你们再找木头刻一尊就是，之前的那个，就别追了……追不回来了。"

村人一片哗然。可也正是这句话，让饱受折磨的村里人，渐渐地放下了心结。重新找人雕刻神像的事摆上议程，剩下的，就是挑选良辰吉日来完成这些事而已。后来，也曾有人怀疑，说哪有神像被偷，神自己还不当回事的，莫不是村干部设的一个假局，化解当前的危机？可村里的老人却丝毫不怀疑，他们对着那些怀疑者说："你懂个屁。"他们是见过世面的人，他们都知道，神做任何的决定，都有祂的理由。神无所不在、无处不在，当然也不会拘泥于花梨木雕成的神像。至于为什么祂说出让村人不要再寻找神像的事，村里只有一个老人想明白了，他没跟任何人说。他觉得，这是他和神之间的秘密。他希望某年某月某日某个良辰，有一个合适的时机，能让他把这句话讲出来：神不让追寻那尊神像，都是为了大家好啊。你们想，那么一尊黄花梨，现在得值多少钱？偷走的人得多有手段，村人真找到了，拿不回来还是小事，惹了那些恶人，埋下后患，才是麻烦事。

这位老人更相信，那个偷走神像的幕后操纵者，早已丧生在一场绝症、一次车祸或者跟某个倒台领导的千丝万缕瓜葛之中。万物运行自有理，我们看不到，可报应早已分毫不差分秒不迟，抵达那位贪婪发笑的操纵者身上。

夕阳西下

我能回老家的时间越来越少——无数的理由、无数自我编织的借口，正把我一次次推开。我正是把自己推开的最大的力量。我总是看着无边绿色远远落在身后，看着灰蓝色的烟在身后消散，一栋栋凌乱的房子渐渐潜入深黑。我成了一条开始远航的鱼，独自上路了，游向所有未知的海域。当水波涌动，暗中只有浮游之物感知到我是顺流还是逆流，我成了故乡的流亡者。我忘记了水稻如何插进水田、忘记阳光和雨水如何在稻穗上组合出沉甸甸的食粮。我忘记的那条村前缓缓流淌的江，是怎样一次又一次改变河道，也因此改变了无数先人、动物与植物的命运。我更忘记了，村子南边，越过池塘，无数先人的坟墓在此，于每个夜里，派遣出萤火虫的眼睛，收走村人所有消散的梦。

但无论怎样离开，总有某些夜里，我得在村里度过。夜晚到来之前，总会有日头沉下、落霞满天的景象。蚊虫总是在此时集体出游，聚拢在每家每户的门口，黑色渗满人间之前，它们不会解散。这是它们一天中的合唱，这是它们的理事扩大会议。我们从门前硬挤而过，推开一条路，它们又瞬间把门口塞满。此时的风还是带着热意的，日头在风中所留下的痕迹不会轻易落败，但已经处于凉意进攻的阶段——风在凉热交织。在此时，时间并非是往前的，而是逆流、是倒退、是返回年少的岁月，让我们再看一看当年村头榕树下曾有过的人丁兴旺。这一刻，村里的人已经很少了，年轻人和小孩，都已经进城，只有某些老人，和村子一同老去，他们被封印在岁月和空间里，被万物互联与全球化抛弃、遗忘。

池塘边上的几座祠堂，是天地落霞中光的聚焦点，是绝对的主角。祠堂屋顶贴着的棕色琉璃瓦，反射着落霞的金黄。为什么几乎所有的琉璃瓦都是这种棕色？当你看到夕阳下的祠堂，就会瞬间领悟。这是祠堂的辉煌时刻。我穿过门前蚊虫的游行队伍，走过祠堂的大门，天地空旷，某种庄严在夕阳中一再生起。我想，祖先有灵，山野中的神有灵，祂们此时一定在整理衣装，做着登场前的准备。所有的光，都在给祂们提醒着登场的时间。白天，天地属于人和动物，属于用眼睛感受世间色彩的生物；夜晚，同一片天地，却属于神明，属于用耳朵、嗅觉和心灵来神游万里的神明。我从未亲见神明，但这又如何呢，我们没法见到的东西太多了：原子、电波、风和爱……我们看不到，可谁说它们不存在呢？在这熟人越来越少的世界，我们还如此充满饥渴地活下去，总得有一个理由在远处撩拨和指引。我在这天地变黑前的庄严里，感知到了某种东西。

落霞沉没，天地如墨。

我从蚊虫尽散的门前回家，把天地让给准备登场的祂们。

刊于《钟山》2017 年第 4 期

生命无法错过偶然

乔忠延

一

我三十九岁那年，三十九岁时镇守天津战败、仓皇逃窜台湾的爷爷，三十九年后第一次降落在逃离的大地。走进故乡的老屋，看着陌生的家人，爷爷惊喜，感慨，还有诸多出人意料的叹息。爷爷的诸多叹息，我都不在意，唯有一点我入耳惊心，至今已经过去将近三十年，我仍然没法忘记，仍然有些后怕。爷爷这叹息，是关乎我有无生命的大事。爷爷当然不是和我叙说，是和我父亲聊天，聊的是父亲的婚事。得知我的母亲刘莲香是刘文让的女儿，他嘿嘿一笑才缓慢张嘴，说出的竟是令我吃惊发怵的事体。

爷爷说，他要是在家，无论如何也不会同意父亲和刘文让的女儿成亲。爷爷和刘文让，也就是我的姥爷，当年是山西大学堂的同窗。那年头供孩子上学等于大把大把往外扔钱，普通农户吃饱饭还很艰难，根本没有闲钱让孩子读书。农家子弟能上小学识几个字已很为不易，上大学的一个县里很难超过一只手的人数。村里人形容那会儿的大学生是小米筐里的黑豆，显眼极啦！爷爷和姥爷便是这显眼的黑豆。这显眼的二位同乡去数百里外求学，路上相偕同行，在校互相照应，亲如兄弟。可是学潮一闹，俩人分崩离析。爷爷性情火爆，挽起袖子打头阵。姥爷的做派则如他的名字文让，文静还兼礼让。姥爷劝不住爷爷，拦不住爷爷，爷爷被打得头破血流，还怪姥爷不出手相救。爷爷和姥爷结下梁子，有了心病，他要是没有逃窜台湾，当然不会同意父亲去娶刘文让的女儿。

我的发怵正在这里，父亲不娶刘文让的女儿，不会打光棍。母亲不嫁给父亲，也不会恪守刘门，终老孤身。可是，我的生命将不复存在。这岂不惊怕？从这个视点沉思，共产党横扫千军，把国民党反动派赶到台湾岛上去，大而言之，解放了中国；小而言之，促成了我的出生。看来，时势造英雄这话并不全面，时势还造凡夫，像我一样的凡夫俗子。

往常，我从未思虑过自身的生命。可是，被爷爷这么一惊，突然发现我生命的成型实属偶然。大千世界，芸芸众生，我不知道别人的生命是不是偶然的结晶，我却是偶然的偶然。咀嚼这种偶然，咀嚼出的竟是生命无法错过偶然。

二

让我惊怕的偶然，不只是爷爷逃走，让父亲和母亲有了完婚的缝隙。而是，爷爷和奶奶的结合竟是捆绑成夫妻。捆绑成夫妻在那个年代毫不稀奇，遍地皆是，不过，说法是甚为好听的明媒正娶。事实是青年男女常常连面也不见，双方父母就决断了儿女的终身大事。爷爷和奶奶的婚事遵循这个风俗毫不古怪，也不离奇。离奇的是，爷爷上了城里的学校，思想开化，追求时尚，要开自由恋爱的新风。而且，很快有了心上人，就是在村小教诲孩童的女子师范毕业生张元女。每逢周末，爷爷从县城学校回家恨不得脚踏哪吒风火轮。同学们以为他是急于给在田里劳作的父亲兄弟帮把手，岂不知他是要幽会风姿绰约的醉心花。那时的村校在大庙里，东西厢房是教室，正殿的角落里是女教师的办公室兼卧室。爷爷和她在那私密空间，先是天上打雷，地上下雨。接着是饮食男女，婚丧嫁娶。很快成为卿卿我我，非你不娶，非你不嫁。此时，爷爷打定主意要废掉包办的婚事，我的奶奶面临着风雨飘摇的危机。

最先感觉到风雨飘摇的不是奶奶，而是爷爷的父亲、我的老爷爷。老爷爷从父辈手里承续过来的不是耕读传家，只是耕田而食。他卖掉血汗浇灌出的五谷供儿子读书，不是见识超群，而是吃了一场无辜官司，败落家业，蓦然对"厨房有人好吃饭，衙门有人好做官"有了切身领会。家里若不出个读书人，若是衙门没有人，不只这次，以后还会遭人暗算。这是他供爷爷读书的美梦，岂料美梦还遥不可及，噩梦蓦然突兀眼前。

老爷爷怅叹着劝导儿子，儿子却心铁志坚，非把他的心上人娶回家里不可。老爷爷还算开通，强扭的瓜不甜，只好疏导女方，悔婚，退婚。遗憾的是，这桩婚事愣是悔不掉，退不掉。不是女方的父母不接受，而是我的那个奶奶成亲的意志比爷爷悔婚的意志还坚定。理由是，两人既已换帖，就应寄托终身。我活是乔家的人，死是乔家的鬼。决心是，若不活着进乔家的门，那就死着进乔家的坟。奶奶也读过书，只是没读进城里的新潮学校，只读了私塾，只读到礼义廉耻，只记牢三从四德。所以，固守乡村传统，寸步不让，并且要快刀斩乱麻，立马过门。义正词严，不容推脱，老爷爷只能无奈地顺从。那我的爷爷该如何办？

爷爷先是软磨，磨不掉只好硬抗。新婚这日仍然赖在学校不归，老爷爷识破了他的伎俩，一大早即派人将他推搡回家里。爷爷只好硬抗，坚决不随花轿出门娶亲。僵持，僵持，爷爷和老爷爷僵持，也和奶奶僵持。老爷爷好话规劝不顶用，嗤鼻子瞪眼不济事，爷爷蹲在屋里赖着不动。按我们那一带的风俗，娶亲都是上午的事情，可是日已正午，乔家的花轿竟然还出不了大门。这时，媒人带来女方的口信，如果日头落山不见花轿进门，奶奶将一头撞死，乔家就拉着棺材去抬新娘！说着话，日影已经偏西，老爷爷拗不过爷爷，跳出屋门，拿起院里给众人做席切菜的厨刀，就要抹脖子。幸亏院里人多手紧，慌忙拦住，不然马上会血溅厅堂。眼看一场喜事就要变成两家的丧事，爷爷害怕了，屈服了。乔家的花轿在天黑前抬回了周家的姑娘，奶奶如愿以偿，成为新娘。

即使如此，我也为奶奶提心吊胆，害怕她坠入鲁迅原配夫人朱安那冷寂的深渊。鲁迅娶回了朱安，冷清了朱安。他活着，朱安孑然独身；他死了，朱安更是孑然独身。倘若奶奶遭遇朱安的尴尬，别说我，有没父亲也成了问题。皮之不存，毛将焉附，若没有父亲的降生，何谈有我？可是奶奶没受朱安的冷遇，她成为名副其实的新娘。倘要用军事眼光审视，奶奶不只是战略家，还是战术家。她快刀斩乱麻的战略思想，摧毁了爷爷和心上人的山盟海誓。她的战术手段，摧毁了爷爷情感的最后一道防线。花轿落地，正要拜堂，奶奶的娘家有人喘着气跑来，对着总管悄悄耳语，媒婆上前从奶奶怀里缴获了一把锋利的剪刀。奶奶早就打定最坏的主意，倘受冷遇，就会在洞房血溅花烛。爷爷娶回新娘，仍心存侥幸，想走个过场，免掉老爷爷刀抹脖子的灾难，再从长计议。可是，一上套就被套牢，无可奈何地沦为实至名归的新郎。

一年后父亲呱呱落地，为我的出世提供了最起码的条件。

三

母亲的出生与父亲相比，没有这么凶险，却也不是顺理成章。若是顺过去的理，讲究的是门当户对。青年男女结婚，不是先看二人相貌、智力、学识、般配不般配，而是看家道对等不对等，这确实有点怪异。看着怪异是当今的眼光，那时不用这种眼光娶妻嫁女才是最大的怪异。使用这种尺度丈量，姥姥是无资格嫁给姥爷的。

姥爷家曾是官宦人家，名声大到周围乡村无所不知。先祖刘拔是北魏时的将军，司空奚斤征讨大夏皇帝赫连昌，他奉命去送战马。战马送到，任务完成，本该见好而收。可他见赫连昌坚守城池不出，远道征战的奚斤再耗下去会被拖垮，竟然前去叫阵喝骂。赫连昌被他激怒，杀出安定城战败被擒。我们这个地方曾以禽昌县为名，即是对这场胜利的庆贺，也是对刘拔的纪念。先祖刘拔被冲出来的敌军杀死，清理战场连人头也没找到。于是，太武帝拓跋焘大发慈悲，赐予金头一颗。就是这个金头，引发了啼笑皆非的故事。金头入葬，有人兴奋得怎么也睡不着。想想也是，至今金子都是最昂贵的，那一颗金头价值连城。睡不着的人前来盗墓，可惜担惊受怕掘开坟墓，到手后大失所望，抱回家的竟是铁头。后来众人盛传，皇帝赐给的金头，下到府里变成铜头，下到县里变成铁头。这事或真或假，无须深究，只是由此可以看出刘家府第的不凡。

后来刘家虽然不及先前风光，仍是年深日久的书香门第。耕读传家，代代相续，姥爷家的名声显赫在附近乡村。而我姥姥的娘家却是地地道道的农户，姥姥的父亲、我的老爷爷只是一位精通种地的庄稼汉。如此去高攀书香门第当然是不自量力，当然只能是一厢情愿的徒劳。我的老爷爷没有这么自讨无趣，却欢天喜地将女儿嫁给高门大户的刘家。

据传，姥姥出嫁的时候，姥爷迎亲的是八抬大轿，还是从洪洞县师村请来的吹鼓手。师村离姥爷家苏村路途相距百里，这么远请吹鼓手办婚事实在少有。当然，这么远请来的吹鼓手必然身手不凡。鼓一擂，排山倒海；钹一拍，雷霆万钧；唢呐一吹，简直如凤鸣九霄。不说一对新人有多欢喜，那些围观看热闹的人喜欢得又蹦又跳，又喊又叫。叫喊着再擂一通，再拍一起，再吹一曲；再再擂一通，再再拍一起，再再吹一曲……蹦跳得没完没了，喊叫得没完没了，吹打得没完没了。以致几十年后，我都十几岁了，到了姥姥家还有人捋着胡须说，那年你姥爷成亲，吹鼓手可让我们过足了瘾。

你道这吹鼓手为啥会有这般魅力？向历史深处眺望，就会发现师村是春秋时期晋国的乐师师旷的故里。师旷目盲耳聪，仅凭耳朵就能知韵，知律，知情，知事。晋平公铸成新钟，师旷一听就断言音律不准。晋平公不以为然，可郑国乐师一听，和师旷感受完全相同，这不能不让晋平公对师旷刮目相看。师旷晚年回归乡里，与民同乐，创办了八音会，也就是流行于民间的吹鼓手。这是春秋时期的事情，可到了数千年后民国年间，师村的那班吹鼓手仍旧技艺超群，稍露一手，就令村人四十年后还回味无穷，那该是何等不凡的魅力。

这是支插曲，最紧要的是老爷爷怎么会轻而易举，将姑娘嫁给好多人家不敢高攀的门第？原来我这老爷爷不只精通种田，还精通世故。万般皆下品，唯有读书高，早就成为他行动的指南。他下苦心操持家事，下苦力务植庄稼。打下粮食，摘下棉花，留够自家吃的穿的，剩余的全都卖掉，供养儿女读书。他的儿子、我的老舅与我爷爷、我姥爷都是山西大学堂的同窗。他的女儿、我的姥姥也送进女子师范就读。女子上学，在当时的乡村少之又少，姥姥也就出落为鹤立鸡群的乡村新女性。斯年，姥爷和老舅放假归里，途经老舅家稍作休息，恰逢我姥姥在家。哥哥带着同学回来，她热情地沏茶倒水。姥姥天生水灵灵一个娇人，谈笑风生儒雅得体，与姥爷省城那几个同窗女生相比也毫不逊色。可是，她绝无那些同学的傲气，有的是她们缺少的温煦，一下就击中了姥爷的身魂。没几日，媒人上门提亲，自然这亲事水到渠成。

可见，是老爷爷的远大眼光，成全女儿走进刘家这世世代代的书香门第。然而有谁知道，为了这一天老爷爷如何操劳。五黄六月，他抢收麦子，累倒在地好半天难以挣扎爬起。寒冬腊月，他赶着毛驴驮煤，毛驴驮百斤，他肩上的褡裢就背着八十斤。回到家里，老奶奶端来饭碗，他伸出去的手没有端起，就已呼呼大睡。第二天公鸡一叫，他又抖擞精神赶着毛驴抹黑上路。

日复一日，年复一年，老爷爷用眼光和肢体搭起一座浮桥，儿女们由此通过，一个个奔向了知识的苍穹。真感谢老爷爷改变了家庭的命运，也让我母亲一落地就携带了读书的种子。

四

咀嚼我偶然出生的往事，还有一个不容忽略的情节。如果在这个关口稍有闪失，我的出生也会化为泡影。那时离父亲和母亲的婚事还有一段日子。爷爷突然从天津来信，要父亲赶往那里。信是邻村小樗带回来的，他是爷爷的部下。小樗回来不是探亲，也不是送信，而是要把父亲接过去。他很会说话，见奶奶还在祖辈居住的屋里炊火做饭，马上就说，司令让我先把儿子接去享福，随后再接你们。如何享福？奶奶曾给我描画过小樗的说法，住的是小洋楼，坐的是小轿车，吃的是山珍海味。奶奶描画这风光时，我们乡村还没有立起电线杆子，没有电灯，更没电话，听得我无异于向往海市蜃楼。可奶奶就是没有动心，幼稚的我甚至暗暗抱怨，奶奶为何那么执迷，不放父亲去享福。就没有去想，若是父亲远走高飞，如何能和母亲成为一家人？那自己的生命不就会化为泡影？小樗见奶奶无动于衷，加把劲再说，你害怕这穷光景没人赌受啊，到天津，别人都是给咱过光景。小樗说到这儿，奶奶就把他赶了出去。赶走他的原因，奶奶在我考上初中才告我，喝凉水，贪官钱，终究是害。那时候考初中很难，我们村几年了才考上我这么一人，奶奶又喜又忧地说，看来你要吃公家的饭了，叹口气，这才道出往日的实情。

奶奶说这话时，我并没有意识到她的远见。她的远见是随着我年龄的增长才熠熠生辉的。那一年我混迹于人民公社伏案撰文，阶级斗争是当时的主旋律。有天游斗一个瘦老头，午间也不准回家，蹲在会议室的角落里啃干馍。我给老头舀了一碗面汤，他感动地和我拉起家常。得知我是乔凤藻的孙子，先是惊喜，继而落泪，说他的儿子生死不清。哽咽了诸多话语，我终于听明白了，他的儿子就是那个回家接我父亲的小樗。小樗能追随我爷爷，还是因为他与我爷爷曾是同窗。哽咽完毕，抹掉泪痕，他竖起拇指，夸我奶奶有眼光，说死说活就是不放你爸走。

爷爷从台湾辗转回到故乡时，奶奶早已辞世。他一把鼻涕一把泪地追忆往事，追忆里充满了对我奶奶的恩思。他说若不是你奶奶苦苦支撑这个家，咱哪能有五世同堂的今日。我看着身材魁梧、谈吐阔远的爷爷，向他提出个很难为情的问题，为何天津那么不经打？问过我觉得太唐突，害怕爷爷尴尬。岂料爷爷早已深思熟虑，脱口而出的是，树空自倒，何况还有解放军在外面猛攻。从那时起，树空自倒就牢牢嵌进我的记忆。每读历史，我都关注朝代的倾覆，倾覆的原因无一不是腐败，无一不是树空自倒。

谈说间我忽然想起那个小樗，提及，爷爷先是愣怔，后来才说，兵败如山倒，哪里还能顾及他呢！而后又说，还是你奶奶有主心骨，没放你父亲出去。是啊，倘要是父亲跟随小樗去了天津，生死未卜，哪有今日？

爷爷说的今日和我想的今日不同。他是说，家庭有没有今日；我是想，我有没有今日。

刊于《散文》2017 年第 5 期

天大的一盘沙
——巴丹吉林行吟

漠　月

腾格里沙漠、乌兰布和沙漠、巴丹吉林沙漠，上苍给予它们共同的特征是什么？不言而喻。

金黄，是它们亘古的色泽。沙漠，是它们存在于地球这个大家庭的身份标识，某种时候是一种壮怀激烈的宣言。假设它们是巨人般的三兄弟，谁为长？东西长270公里，南北宽270公里，4.9万平方公里，巴丹吉林沙漠给出的答案是，世界第三、中国第二。那么，腾格里沙漠和乌兰布和沙漠便要俯首称弟了，应该无怨无悔。围绕身边，心甘情愿，仰望和陪伴如此伟岸的兄长，应该是一种幸福。千年万年，这样的陪伴，似乎永远没有终点，必须坚守下去，从遥相呼应直到融为一体。其实，多年前我就知道，三大沙漠已经会师了，如同三兄弟结盟，成为命运共同体。这，也可以认为是巴丹吉林沙漠的一种外延。面对这样的事实，作为人类的我们应该呈现怎样的表情？哑然、沉默？无奈、沉重？如同一个天才雕塑家面对一盘散沙，竟然也束手无策？

当然不止如此。我们不只有沉默和沉重，还有智慧，包括幽默。我们有化腐朽为神奇的能力。因为有外延，就必须有内涵。外延与内涵，是一个同样古老的哲学范畴。哲学是什么？哲学一词源于古希腊，原本就是智慧的意思。那么，接下来的问题肯定是，巴丹吉林沙漠的内涵是什么？同行的朋友告诉我说，奇峰、鸣沙、群湖、神泉、古庙，堪称巴丹吉林沙漠的五绝。这，或许就是巴丹吉林沙漠的内涵。

还有传说。它为什么叫巴丹吉林?

对于巴丹吉林这个名称的来历,一说是巴丹吉林由蒙古语"巴岱"和藏语"吉让"演变耦合而来。另一说是几百年前,有一个叫巴岱(巴丹)的蒙古族牧民不仅在此居住,而且在广袤无际的沙漠里发现了许多湖泊和草地。后来,他将家人都迁移到这里,世世代代繁衍生息,过着天堂般无忧无虑、丰衣足食的日子。因此之故,后来的人们以巴丹吉林命名了这个沙漠,意为巴丹的湖泊。这个传说在当地广为流传,家喻户晓,美誉度极高。不过,据考古学家考证,遗留在沙漠里的陶瓷碎片属于石器时代,由此证明数千年前这里就有人类活动。有乌托邦式的传说,以及考古认定的物证作为前提,再听同行的朋友将巴丹吉林称赞为天堂大漠,就不足为奇了,我表示认同。从世俗的层面讲,天堂是人们最理想的归宿,甚至为之不惜穷尽自己的想象力;从哲学的角度讲,却正因为它的虚无。这种虚无衍生而出的文学品种之一,可能就是寓言。即便是成人世界,也需要寓言,这并非自欺欺人。真的是这样,面对巴丹吉林沙漠,听着朋友们不厌其烦的介绍,其时我的脑海里翻腾的就是这些意念。

然而,巴丹吉林沙漠是真实的,并非寓言。

巴丹吉林沙漠正是因为奇峰、鸣沙、群湖、神泉、古庙这五绝,才从无名到有名到著名,越来越吸引人们的眼球。处处神奇,处处魔幻,处处美景,整个发现的过程,想必充满了几代人的艰辛和曲折,并非一蹴而就。美的存在与发现,既是客观的,也是主观的,如同真理具有相对性和绝对性。我这样表述,巴丹吉林的朋友们也许会不以为然,继而反驳:事实胜于雄辩。是的,这里已经被命名为沙漠世界地质公园,被《中国国家地理》评为"中国最美的沙漠"。是的,公园入口处高耸的地标筑碑上,刻有"巴丹吉林沙漠,必鲁图峰,1611.009m"的字样。不断有三五成群的游客在这里驻足,他们来自周边地区,兴致盎然地阅读碑文、摄影留念。时至中午,阳光普照,地表温度在我们不知不觉间升高,时不时有干燥的热风拂面。这里年降水量不足40毫米,年蒸发量却高达 4000 毫米，如此强烈的反差，令人惊诧和恐怖，也难以置信。尤其雨水中泡大的南方人，对此更是万难想象。举目眺望，晴空万里。如果有一场小雨就好了，会很惬意呢。我这种其实并不算矫情的想法在巴丹吉林沙漠，简直是太奢侈了。参加"醉美巴丹吉林"采风活动的朋友们头顶烈日，大雁一样排成一行，也在这里留下自己的影像。男男女女穿着各种各样的休闲装和运动衣，花红柳绿，像一道突兀的风景。他们的身后就是巴丹吉林沙漠，就是有"沙漠珠峰"之称的世界沙漠最高峰，必鲁图峰。他们个个笑容可掬，朴实而亲切。

有那么一瞬，我的眼睛湿润了。高天无云，滴雨不见。我却想流泪。

我的出生地，其实就在巴丹吉林沙漠所在地区阿拉善，著名的骆驼之乡。因此，我意识深处对于巴丹吉林沙漠，心理和情感方面的认同远远大于地理意义，尽管地理的作用不可小觑，因为人毕竟还是环境的产物。近乡情更怯。早在 1996 年秋天，因为受邀为家乡的电视台撰写专题片《拯救——阿拉善生态纪实》解说词，我和摄制组经过地处巴丹吉林沙漠边缘的雅布赖山脉。我们沿着几乎是拔地而起，然后连绵起伏的雅布赖山脉行驶，才知道雅布赖山脉确实像一道陡峭而厚重的铜墙铁壁，将巴丹吉林沙漠阻挡在了它的西北之侧。山脚下遍布的是造型奇特的花岗岩石，山脊上隆起的是质地坚硬的玄武岩石，山上山下的石头，如两军对垒，剑拔弩张，然后僵持了千年万年。它们终于在历史的风云际会中沉默了，无奈地凝固成了石头。但是，它们吸纳包容了太多远古的信息，因此沉默中又有一种撼人心魄的力量。然而，毕竟时过境迁，当年北方诸多少数民族游牧、狩猎和争战的痕迹，已经荡然无存。令人欣慰的是，举世闻名的曼德拉岩画就在这里。正是曼德拉岩画，将远古时期这里游牧民族的生活情景具象（甚至更抽象）地镌刻出来，被我国著名岩画研究专家盖山林赞誉为"美术世界的活化石"。是的，它们活着。当时可能是受到有关生态方面特定语境的影响，我就隐隐地有一种担心：有朝一日，巴丹吉林沙漠像一头狂怒不羁、横冲直撞的狮子，越过了雅布赖山脉可怎么办？这可是巨大的生态灾难啊，不可逆转，而我这样的担心也并非空穴来风。如果我们不是那么容易忘却，这样的灾难已经发生过，而且距离我们并不遥远。我国新疆地区楼兰古城的消失，最终就是被沙漠淹没的；消失的当然不仅仅是一座古老的城堡，还有悠久的历史和独特的文化，甚至文明。这才是最可怕的。

在庸常世俗的生活中，我是个极简主义的鼓吹者，日子过得越简单越好。还是1996年秋天那次，我和摄制组在雅布赖小镇滞留一夜。雅布赖小镇的清静和简洁，让我流连；在这样的边塞小镇夜宿，是暗合了我的心境的。在高高的有如哨兵一样整齐排列的白杨树的衬托下，处处是原汁原味不走样的乡音。仿若回到久违的家乡，看见任何一个陌生人的背影，甚至一片飘落的杨树叶子，都能够轻易地勾起我的乡情。街边小饭馆里一碗酸溜溜的浆水、一盘黄亮亮的蒿子凉面，都浸透着家乡的滋味，让我情不自禁地想起故去多年的、大善大德的老母亲。所有这些，留给我的印象不可谓不深。这次采风又小憩这里，我偶然听见有人满怀深情地说起白杨小镇时，第一反应竟然与眼下的雅布赖小镇高度契合。问及，果然，这里就是他们离开多年之后恋恋不忘的白杨小镇。我暗自笑了，多少有些得意。街边还有沙枣树啊，它们虽然不及白杨树那样挺拔，甚至灰头土脸的样子，可它照例寄托着浓浓的乡情。在我已有的文学作品里，沙枣树还真是出现不少。譬如，我把母亲比喻成一棵沙枣树，我就是这棵树上的一颗枣；我苦，母亲更苦。情之所系，我便想在这篇文章里补上这样一笔，应该不算多余吧。那一次，因为时间紧任务重，我们始终没有能够进入巴丹吉林沙漠，与之擦肩而过，也算是留下了一桩遗憾。

于是，相隔二十年之后，我又来了。

哦，巴丹吉林。你竟然是我埋藏心中的一个梦！直到决定启程、迈出向巴丹吉林沙漠走去的第一步的那一刻，我才警醒和觉悟。什么叫不容错过？这就是了。

巴丹吉林，天大的一盘沙。这是我突然的觉悟之一。由此推及，将巴丹吉林比喻为一座天大的沙盘也很形象啊。无论怎样比喻，它都是用比针眼儿还小的粒粒细沙构建而成。现在，就让我们掬起一捧沙粒，眼瞧着粒粒细沙从指缝间水般悄无声息地漏下去。没有轰然作响，却可以想见远古，想见日月星辰，想见沧海桑田，无声胜有声。是的，仿佛上苍手执一个巨大的沙漏，然后轻轻地旋转向下，轻轻地流淌，积沙成塔，它的底端便是巴丹吉林沙漠。

不，是海。

沙海。沙的波，沙的浪，沙的涛。波浪翻滚，波涛汹涌，一旦风息浪止，瞬间凝固，便成为海的雕塑。巴丹吉林沙漠不就是凝固的大海吗？问题是，凝固只是它的表象，动才是它的本质。它在动，甚至是无时无刻不在动，只是我们不可轻易地觉察罢了。它在动中雕刻着自己的细部，让表情在微澜中变化多端，令人难以琢磨。这何尝不是它的绝妙之处？面对巴丹吉林沙漠，我不住地思索这样一个看似特别幼稚的问题：这聚集成高山和大海一样的粒粒细沙，究竟从何而来，难道真的是经过了上苍之手吗？犹似大山与一粒微尘之间的距离，谁能说得清？带着这样无解的疑问，我跟随朋友们深入巴丹吉林沙漠腹地，走向它的核心地带。

蓝的天。白的云。黄的沙。

海海漫漫。还有旷野的空阔和寂寥。更有我们穷尽想象力都无法细致描述的壮观和苍凉，尽管时有热风扑面而至。所有这些景象，似乎都能够让人无端地想起"满目山河空念远"的诗句。我们乘坐的越野车从沙漠世界地质公园入口处进入，经过旁边金字塔形状的沙漠博物馆，经过蒙古包形状的游客接待中心。从这里出发，我们必将走进一个曾经人迹罕至的世界。即便是现在，比较而言，它也还远离都市的喧嚣，沉寂于祖国的大西北一隅。从某种意义上讲，这是巴丹吉林沙漠的幸运。但是，这样的沉寂还能够保持多久？我依然固执地认为，这的确是一个问题，问题的背后其实有着太多的隐忧。只是，巴丹吉林沙漠无言，很平静地敞开自己博大的胸怀，伴随朝阳和夕晖，吐故纳新，迎来送往。

有人说，巴丹吉林沙漠是上帝画下的一道曲线。它是那么优美，无与伦比。

现代化的交通工具在这样的茫茫沙海里，简直就是一只微不足道的甲壳虫。

大排量的越野车时而轻盈地盘旋，时而笨拙地跨越。尤其是它在陡峭的沙山上攀爬、俯冲和侧滑的时候，险象丛生，让乘坐者有灵魂出窍、精神虚脱之感。不过，它有一个诗意的表达：沙漠冲浪。那么，沙漠冲浪就是在上帝画下的曲线上舞蹈了。只是这样的舞蹈，太过惊心动魄，太过惊险刺激。乘坐者如果没有一颗健康状况良好的心脏，估计是承受不住的，就不是在上帝画下的曲线上舞蹈了，其结果恐怕不容乐观。我将这样的担心说给陪同的朋友听，他们的回答同样令我汗颜：玩的就是心跳！到巴丹吉林不经历一次惊心动魄、灵魂出窍的沙漠冲浪，等于没来。随后，他们又安慰我说，这又恰恰来自沙漠的柔软，加上驾驶员超拔的技术和对环境了如指掌，几乎没有发生什么意外的可能。即便是这样，我在兴奋和好奇之余，还是免不了紧张和恐惧，甚至错愕，所谓五味杂陈。伴随着沙漠的起伏和越野车的轰鸣，我脆弱的神经开始遭遇翻江倒海般的袭击。起初，我还能够辨识形状各异、千姿百态的沙坡、沙峰、沙棱、沙坝、沙谷、沙壑，后来随着逐渐深入沙漠腹地，我的眼前就只剩下浑黄一片，以致产生幻觉，世界是一个巨大而辽阔的海平面！

每每这时，峰回路转，让我回归人间。

一段惊心动魄的行走之后，越野车停泊在一道相对平坦的沙梁之上。极目远眺，湛蓝湛蓝的天空下面，是浩瀚无垠的沙海，向着无际的天涯奔涌而去，势不可挡；到了夜间，大概就是"星垂平野阔，月涌大江流"了。给予我们人类的警示是，它一旦被彻底激怒了，没有什么力量能够让它改变方向。人定胜天，在这里只能是一个荒诞的诺言。这同样来自沙漠的柔软。就像美艳的罂粟有剧毒一样，柔软往往是一种陷阱，这是常识。沙漠用它的柔软堆积出千姿百态，便已经呈现出和崇山峻岭一样的坚硬，只是我们意识不到罢了。其实，柔软到极致就是坚硬到极致。譬如水。譬如眼前的巴丹吉林沙漠。它今天是千姿百态，明天也许是百态千姿。喜怒无常，有形而无形，就是沙漠本质的性格特征，巴丹吉林沙漠也不例外。在大自然面前，人类是渺小的，更是软弱的，唯一的选择就是适应。也许真正适应了，人类才能够真正变得强大。

不只有警示。还有惊喜。

惊喜不断。这真是再好不过了。这样的惊喜源自比沙漠还要柔软的水，源自绿色，源自生命的昭示。我的担心似乎是杞人忧天。极目远眺之后，再眼睛向下，好风景和诗意不只在远方，身边就有。难怪朋友信誓旦旦地说，巴丹吉林是有生命的沙漠，并非死亡之海。朋友的话，很有道理。我没有反驳，因为我是那么真切地看到了水。水让我感到格外亲切，也让我感到了因为自负的羞愧。我们深入巴丹吉林沙漠的第一站，就是巴丹湖，这里也是巴丹吉林沙漠的门户。巴丹湖边，绿树成荫，有我们司空见惯的白杨树和沙枣树（我在这里又看到沙枣树了，感觉更亲切），也有少量的柳树和榆树。还有不事张扬、一生都默默无闻的骆驼刺。湖的周围则是林立的绵延的大山一样的沙脉。围绕湖水往外延伸的是草地。正值初夏，小草青青，蝶舞蛙鸣，偶有水鸟贴着水面飞过，惊起细小的涟漪，或曰微澜，缓慢地扩散开去，之后重新归于平静。哦，千万别忘了，大漠深处，不仅有湖泊和绿洲、有牛羊和骆驼，还有人家。在湖边，白色的毡包、房屋点缀其间，真的像苍天遗落的星星呢。沙山、湖水、草地、牛羊、骆驼、毡房，或大或小的一片树林，抑或几棵树，甚至孤独的一棵树，它们远离尘世，奇妙而自然地融洽在一起，就是天赐的缘分，就是命运共同体，今生今世不分离。朋友介绍说，巴丹吉林沙漠深处已经探明的湖泊有140多个，未知的湖泊还有很多，这个发现的过程同样很艰辛，有时候甚至是一种机缘巧合，刻意不得的。因此，巴丹吉林又有"沙漠千湖"之称。当地牧民把沙漠里的湖泊称为海子。巴丹吉林里的海子不仅众多，而且各有特色，从它们的名称上就能够体现。随便举几个例子吧：巴润伊克日图（南双海子）、音德日图（神泉）、诺日图（有湖的地方）、苏敏吉林（有庙的湖），等等。不过，我又在想，我作为一个极简主义的鼓吹者，将自己放逐这里，会是一种什么样的结局，会不会落荒而逃？

巴丹吉林沙漠还有佛缘圣地之说。

我们来到苏敏吉林，这里是巴丹吉林沙漠的核心区。著名的巴丹吉林庙就坐落在这里。

　　那么，请允许我多费些笔墨，描述一下巴丹吉林庙的过往和今生吧。巴丹吉林庙始建于清乾隆年间，当时取名为"噶勒丹彭茨克拉布吉林"，藏语意为"上天赐给吉祥如意的湖水"，属于藏传佛教格鲁派寺庙。该庙至今已有二百多年的历史，规模不大，其风格与其他藏传佛教的寺院基本没有什么区别。因为坐落在沙漠深处，方才显得格外突出和特别，引人入胜，故有"沙漠故宫"之称。它的庄严、肃穆和幽静，因了地域的偏僻和环境的特殊，更胜一筹。建庙的过程异常艰苦，其本身就是关乎行善积德的大修行。所用基石、砖瓦、木头等材料不仅要靠骆驼驮进去，而且使用了大量的人力。这不是传说，这是实情，无须想象。自古深山藏古寺，不足为奇。但是在人迹罕至、极其封闭的沙漠深处，这样的古寺就弥足珍贵了。据悉，巴丹吉林庙是阿拉善地区原貌保存得最完整的寺庙之一，另一座是延福寺，在阿拉善盟府所在地巴彦浩特。我这样讲，许多人能够立刻意识到隐含的内容，会联想到多年前那场史无前例、令人发指的浩劫，号称"文化大革命"，拆庙毁寺是其天理难容的恶行之一。巴丹吉林庙正因为沙漠的庇护，才躲过劫难，免遭破坏。巴丹吉林沙漠的柔软和坚硬，是不是由此可见一斑？如今，这里正在规划，不久的将来，是一处集礼佛、避暑、观光、旅游等于一体的多功能休闲胜地。是的，巴丹吉林沙漠曾经的安然与幽静已经被打破，现代化的浪潮长驱直入，人类的足迹越来越密集，各种各样的垃圾也会越来越多。曾经的佛缘圣地巴丹吉林沙漠，还能够保留一方真正的净土吗？对此，我只能表示怀疑。达摩克利斯之剑，总是高悬在我们人类的头顶。

　　目不暇接。关于巴丹吉林，要说的还有很多很多：曼德拉岩画。长犄角的骆驼。陶布秀尔。沙嘎。博克夏力宾……这就是巴丹吉林，天大的一盘沙。

　　夕阳西下，落霞满天。虽然似在天涯，我们毕竟不是断肠人。傍晚时分，在新一轮惊心动魄、灵魂出窍的沙漠冲浪结束后，我们终于返回出发的地方，站在沙漠世界地质公园入口处那座高耸的地标筑碑下。蓦然回首，此时此刻的巴丹吉林沙漠，静若处子，夕阳在它身上毫不吝啬地镀上又一层金黄，一座座沙峰，恰似蒙古族嫁娘的头饰，富贵，吉祥。然而，我却觉得，此时此刻的巴丹吉林沙漠，掩饰不住地有一种忧伤……

原载《醉美巴丹吉林》，甘肃人民出版社 2017 年 7 月版

轻盈的浮动的

朱以撒

　　站在自家的院子里就可以看到徐缓的山坡上一大片的芦苇正在迎着来风。一个人对于居住的选择，有时是游移在具体的房屋之外的，面积、质量、形制这些可以测量的部分被忽略了，而感觉、视觉站出来说话——以前我买临水的房子，是由于水际一株品相周正的大榕树，它的雍容圆满体现了良好的生态。而今我看上这套山居，正是因为在一个蜻蜓乱飞的黄昏，我与满山坡的芦苇相遇。它们在夕阳下闪动着银子般的光泽，使人下定决心不再犹豫。

　　芦花是柔软之物，一阵风起，芦花悠悠，有的就飘进了院子，落在案上，或者我的肩上。如此轻微，宛如尘屑，它们原本可以随风到更为广大的空间，在潮湿的泥土上滋长，可是风向变了，它们的生命也止步于此。没有谁可以驾驭风的力度、走向，风是最无从捉摸的，强弱不一东西随意。运气好的时候，芦花落在适宜生长的地带，开始了新的生命里程，而更多的是不知所终。这么多的芦苇，每年如一地扬花，开了谢谢了开，似乎不这样就没有尽到一个生命母体的义务。宋人黄庭坚曾说兰花之香是国香，生于深山里，不为人知却照样芳香。看来天下万千植物都是如此，顺天适性，和人是毫无关系的。它们与人不同的就在于自然而然，何所来何所去，尽随风来雨往。一朵芦花落在我的袖子上，不是因为它的重量，而是它的柔软被我感受到——柔软往往是使人感到温暖的一种形态，毛茸茸的、蓬松的，使人放心。那些敛约的神情，优雅的姿势，朴素的色调，都在人们乐意接受之列，只是后来坚硬越发突兀，放纵恣肆，攘袖瞋目，也就离柔软渐渐远去。一个人老迈时，坚硬的牙齿全脱落了，又以坚硬的假牙来替代，而一条柔软的舌头却完好如新——道理是可以讲得通的，可是在现实中，大多数人还是争当牙齿，以坚硬面对世界。

自然之力也难以摧折一丛芦苇——这是台风过后的景象，纤细之秆的韧性显露出来，在随势俯仰中成为一道委婉的弧线。有的鸟儿立于上，也只是加深了这道弧线的弧度——除非，倚仗人力。一苇可航一直被我视为一个传说，很多人看到了达摩的法力，他法力很高，却还要借助一秆细小的芦苇。由于细小，它的力量通常会被忽略，只看到达摩站立时的安然神情，却少有琢磨这一秆芦苇，它被踩于脚下、没于水中，只是作为一个工具被使用。如果是一片修篁，当风有声，挺拔清高，按照惯常的思维，一定被引来言说人的品格、境界，往往热闹得多。芦苇就是野草一般的植物，与荆榛莽葛一样，由于过于野而有贱气，人们会在院子里种一片竹子以示高洁，却不会种一丛芦苇。由于不为人栽种，它的野性形成的内部力量越发有劲道，只是向来重外表的人浑然无知。

让芦苇入画的人当然有。这也预示着这个人要有与之相契合的心性，有野的一面，也有细如牛毛的一面。以工笔来再现一丛芦苇，需要几个月的时间，或者更长——人们往往用时间的长短来衡量劳作的难易，不仅是手上功夫，更是内心的契合，能否把这种植物，从秆的坚韧圆劲到花的迷蒙、缥缈、清虚都表现出来。如果不行，说明与这种植物内在缺乏一条相通的路径。那么就不要坚持了，可以改为画竹，竹的硬朗实在比芦苇的虚无柔和更易于把握，而细微正是这个时代的人最难触及的。细而不弱，功力见矣。情不知何起，一往而深，那么，就慢慢来吧，毫厘不爽，纤缕必见，最后连画家也成了一秆芦苇。唐子西说："山深似太古，日长如小年。"为何会有度日如年之感？只缘置身于植物之间，与植物居。植物的生长是看不到的，只能积多了时日才见出不同。那么，一个人终日可见芦苇，他也会多一些徐徐的娴雅，慢慢地做一件事，把它做好。慢的可靠性可以从慢生长态的植物中体现出来，由于内在储存了大量的时日，质地厚实强大，它们成了植物中的精品。

夕阳敛约光线时，芦苇丛中都是声响，归巢的鸟掠过，又停留其间，聒噪聒噪，反而显得芦苇的静谧安详。植物与植物是不同的，静默不语的和发出声响的，共同应对着时光。杨树皮白光洁，一阵风来就哗哗作响悲怆不已，这种与宗教有所关联的植物使人听其声而不安。芭蕉偌大的叶片发出的啪啪巨响，似乎要掀动屋瓦，在空旷里生出寒意来。没有人会听到芦苇的声响，这是一种不出声响的植物。是这个世界太嘈杂了，淹没了它的私语。这也使芦苇的气息素来都往下走，温和、素淡、清凉，还有些许薄薄的寂寥。永远是那般的细腻修长，像极了旧日里清瘦的文人，轻轻地来，轻轻地往，静静地翻书，静静地行文，少与人交接而乐于自处。文人的清高也在于立身不靠曲时阿世和盘根错节的关系，而是靠一己的诗文，它们是立身的坚定之本。修长之形总是能给人愉悦，由于修长，就有了玉树临风的清洁，内含风骨，像唐人褚遂良笔下的点画，细腻脱俗。我一直认为他的身条也是如此这般——尽管褚氏是一个高官，能亲近帝王说一些铁画银钩的风雅，过的是锦衣玉食的时光。有井渫之洁的人，笔下才能有洁净感，我有时也会支持字如其人这一说法。

像水边的人终日可以看到流水，像山里的人终日可以开门见山，时日久了也就成了山水的一个部分。

坐对青山，日子悄然而缓慢，如同满山草木天生天养。如果一个人住在三环边上，可以看到千百汽车蟑螂般地穿梭，声浪向上翻卷，进入房内，心紧了起来，动作紧了起来。谁有当年陶渊明的淡定，心远地自偏呢，把繁华的喧嚣视同安宁的桃源。每一种感受都是很个人的，我相信人都有从坚硬过渡到柔软的一个过程，它是一个朴素的回归，它可以是一家人围在一起的一次晚餐，可以是一次安然无忧的入睡，可以是一次负暄时的陶陶然的心情。一个人在注视芦花的轻柔时，他对于寻常日子的寻常要求，也倾向于如此。

刊于《光明日报》2017 年 6 月 9 日

隐逃的倭瓜

蒋建伟

人会隐藏，瓜，也一样。

可能是长得不好看，圆圆的扁，弯弯的长，也就是圆不圆、扁不扁、弯不弯、长不长的，一副窝窝囊囊的样子，就叫它"倭瓜"。也可能它有自知之明，从夏天的开花结果开始，一直隐藏在浓密肥大的叶子丛中，时刻寻找着逃跑的机会，不想让你逮住它。可惜冬天快要来了，万物开始枯萎了，但，掀开这一丛那一丛的瓜秧，"呀"，瓜秧上、黄叶子背面的许多小刺儿一下扎住了手，但，还是阻挡不住突然的惊喜："倭瓜！满地跑的大倭瓜！"瓜秧上的倭瓜们胆小，立马现出原形，大小老少，慌不择路，东西南北地满地乱跑。黄灿灿的，橘黄黄的，黄绿绿的，那一丁点的绿啊，过不了几天也会变黄的。摘倭瓜的当儿，如果怕遗漏掉，只要你猫下腰，找到老根子往上一拽，"啪啪啪啪"，瓜蔓下的嫩根子一阵乱响，叶子也乱响，黄的绿的"窸窸窣窣"的尘土惹了一身，直直腰，阳光正毒，大汗"稀里哗啦"地乱淌，湿漉漉的衣服和皮肤粘在一起，有点痒痒，可，一看见瓜秧上悬挂的金灿灿的灯笼们，这点脏算什么？只是纳闷：它们，到底是如何隐藏了一夏半秋的？

倭瓜的狡猾远不止这些呢！它常常藏在叶荫浓密处，也就是倭瓜叶子最浓密的地方，一动不动，一直潜伏，悄悄地长大，悄悄地……让你找不到，或者让你找得失望透顶，彻底放弃不再寻找了，只留下它一个个暗地里傻笑。直到摘的一刻，它们不得不哆哆嗦嗦站出来，老的，半老的，少的，嫩的，小小的，大拇指一般大的，从许多肥肥大大的叶子当中出列，集结。好家伙，收获了60多个瓜，沉甸甸而归。老的、半老的摘了也就摘了，但，剩下那些小小嫩嫩的，摘下来多可惜，它们可是还能长大的呀，它们头顶的叶子还积蓄大口大口的营养，太阳还可以勉强毒辣十几天呢，它们都是可以长大的、长老的，这当儿却无路可逃，被判了死罪，唉，太可惜了。除了发黄的叶子，单单看绿得淌油的倭瓜叶子这么多，一片片闪烁着希望，将来，这瓜一准小不了。

倭瓜的叶子，是瓜果类植物中最大的。秋风刮得勤，倭瓜叶子一天比一天刮薄了，所以变成了肥肥大大。其实，叶子们肥肥厚厚的季节不是没有过，比如夏天。

夏天里，瓜秧有节，蛇似的向前爬呀爬，一条两条许多条。节只要贴住地皮，都会伸出五六个嫩根子，像脚，像手，牢牢抓住一小团一小团的泥土、腐草，一节节地获取更多的营养，支持上边的叶子生长。奇迹天天都在发生：一枝发四个杈，吐叶，开花，结果。叶子们长得更不像话了，迎着各自方向的太阳，一片片唱着歌儿，昂起脑袋，扯直嗓子唱，从倭瓜秧上拼命高举起一枝，爬过其他的枝枝蔓蔓，再被别的竞争者爬过去，自己再爬上来，如此反复，一只一只的绿色大手，捧出了一个浩浩荡荡、郁郁葱葱的天下。这是怎样的一只大手呀！朝阳的手面上，是"心"形，七个角，相当于两个手掌加起来的面积大，长满了密密麻麻的小刺儿，好像谁谁谁身上的毫毛；朝阴的手背上，凸起一根根墨绿色的经脉，和主脉络交织成一个网、一棵树、一条爱情船，网结上的每一个点，也长了一根毫毛，只不过有些纤细，不扎手，好像刚刚从某个女孩脸上掉下来似的，有一点点的害羞。即使这样，你也不敢随随便便去摘倭瓜花儿，想想看，哪一朵花下边不是一大片叶子？哪一片叶子浑身上下不是长满了小刺啊？

可是，你咬咬牙决定，哪怕扎手也要摘花儿，一种谎花——说谎的花儿。花儿为什么要说谎呢？这因为，倭瓜开两种花儿：第一种花叫谎花，只开花，不结果；第二种不说谎的花儿，先结果，后开花。所以呀，谎花要想假装成一副不说谎的样子，打开自己的花蕾，怒放全身的金黄色，释放出满世界的暗香，一下子抓住蜜蜂们的眼球，吸引它们纷纷前来采蜜。当然，你也会来采花儿，下厨热水焯一下，小葱蒜泥凉拌，下酒就饭；也会把谎花儿掺和粉芡鸡蛋，油炸，放进冰箱冷冻储存，留到过年时，做一盘反季节的烩菜；也会把谎花儿直接晒干，放到厨房阴凉处，该吃了，就拿热水泡开，跟肉块、排骨一起烩炖蒸炒，横竖都叫一个好吃。也有吃倭瓜叶子尖儿的，叶子尖儿就是朝着太阳昂头最厉害的那一枝，嫩，鲜，滑润，热水一焯，精制凉拌，那些个小刺儿都软了，细细嚼起来，脆、爽、香、咸、苦、辣、涩、甜各味逐个叩开心门。大自然的这类纯绿色食材，就在眼前，你还上哪儿找啊？

不说谎的倭瓜花儿，其实就是小倭瓜，瓜纽纽儿，纽扣一样粗的小小瓜儿。无论开花的，还是不开花的，是谎花儿，还是瓜纽纽儿，你往倭瓜地里一站，立马就看得一清二楚。大自然讲究优胜劣汰、弱肉强食，并不是所有的瓜纽纽儿都能坐果，长个儿。倭瓜也一样。无论是哪一条的秧子上，结的瓜纽纽儿的数量都差不多，但哪一条瓜秧上的叶子肥厚且稠密，嫩根子扎得多且深，就决定了倭瓜的大小、多少。有时一条秧子发四五个杈，能各自结两个瓜，有时一条秧子的几个杈之间只有一个大倭瓜，一个人抢走了整条秧子上的营养，有时一个杈上的瓜纽纽儿长着长着就没了下文，有时一个拳头大的瓜纽纽儿头顶上突然长了个黑心，好瓜变成了坏瓜，实在让你接受不了。真正坐果之后，那些瓜纽纽儿哟，好像吹小气球似的，从瓜屁股开始长，从大屁股开始长，从细腰、粗腰开始长，一鼓作气长到头顶，一天比一天大，十来天的工夫就可以变成一个篮球、一只暖水瓶、一条土豪胖子的大腿、一个弥勒佛的大肚子、一个有着喜怒哀乐的梦中人。它们，该会做什么梦呢？

是绿意萌动的春天？那，才是它们小时候的梦呢。

三四月里，童年的小倭瓜们，身上弥漫着叶子的味道，春风春雨春光，随便做一个深呼吸，啊，满肺腑里都散发着浅浅的甜甜的空气。刚刚钻出大地上的叶子，起先是小小怯怯的两片——鹅黄嫩绿，再是小小而后变大的一片——

油绿，然后是一片一片，一片比一片变大，变肥厚，墨绿墨绿的，大口大口地喝着阳光，喝着雨水露水和风，大手拍着小手，"啊啊啊啊""啦啦啦啦""哟哟哟哟"，赞美着每一天的幸福生活。这当儿，瓜秧子是嫩嫩的呢，叶子还是小鼻子小眼睛的呢，连浑身上下的小刺儿都那么水嫩，风吹来，步子不稳，细细的腰儿怎么也站不直，满世界的嘲笑声一下灌满了两个耳朵。可是，有什么可嘲笑的呢？大地上万物复苏，绿意星星点点的，不成什么气候，再没有什么小草的叶子比它们的大了，其他的瓜类也没有，大家都在生长，理想起起伏伏，谁笑谁都没有什么意义，那么，干吗老嘲笑某一个人？这样一想，它们开始争气，男男女女变得有了骨气，有了思想，有了理想，它们的理想就是长大，长高，把自己所有的叶子都高过嘲笑者们的头顶，让阳光从此只拥抱它们！才几天，无论或抢或扛，或挤或爬，还是彼此擦肩而过或者拥抱取暖，生生抢走了周围瓜果和小草们的阳光，它们做到了。

太阳底下，倭瓜秧上的最上边几片叶子再鼓掌，掌声里充满了对别人的嘲笑，还有胜利后的得意忘形感。并不是所有的叶子都鼓掌，也并不是所有的心都高兴。果然，几片当中的一片突然朝下边看了看，一惊，它看见了倭瓜秧子最初的两片叶子，还是那般大小，微微有一点枯黄，甚至是枯萎。它们俩，为什么这么苍老呢？那可是我们的老大哥啊！有一天，它们俩会离开我们……死吗？

这个小精灵呀，仿佛看见了那两片叶子出生前的一幕：

一个下午，南风寒，零下二度的天气，一个人在北京某小区的一小块空地里，慌里慌张地，种下了20多粒种子。

刊于《人民日报》2017 年 5 月 6 日

最后一程

裘山山

又是清明。屈指算，这是父亲走后的第四个清明节了。

每年清明，我都会回杭州扫墓。站在父亲墓前，我总是在心里默默地说，爸爸，你在那边还好吧？清明的新茶下来了，记着泡一杯呀。晒晒太阳，和陆游一起谈谈诗，一定是你最享受的。

父亲最喜欢的诗人是他的绍兴老乡陆游。在病中他曾赋诗道："放翁邀我赴诗会，潇洒瑶池走一回。临行带上新龙井，好与诗翁沏两杯。"起初父亲写的是"潇洒黄泉走一回"，我们非要他改掉，我们不愿意面对那样的现实，哪怕只是字面上的一个词。

但父亲最终还是赴黄泉了。纵使知道人终有一死，纵使明白他已是 87 岁高龄，纵使清楚癌症无法抗拒，我们依然悲痛万分，心如刀割。也许亲人离去的意义，就是让我们知道有多爱他。

而最让我无法释怀的，是父亲离开人世的最后一刻，我没能守在他的身边，没能送他上路。

从父亲患病到去世，我一次次地去杭州，利用假期，利用开会，利用采风，甚至利用周末短暂的两三天。成都—杭州，杭州—成都，反反复复。仅八月份就两次赴杭。即使如此，父亲离世时，我依然没能在他的身边。这样的遗憾，外人无法理解。甚至会有人问，你为什么不一直守在父亲身边？

我是军人，父亲是老军人，他一辈子严守纪律，也希望我一辈子严守纪律。

春节离家时他就对我说，你不要再回来了，影响工作。回去后该干什么干什么，国庆节再回来吧。我顺从地答应了。为了证明他生病并没有影响我的工作和写作，三月里我去了云南边防，回来后写了两篇人物报道，还写了小说。

但父亲病情的发展让我越来越没有心思了，四月里我借采风活动再次回家，五月里我借开会绕道回家，六月七月，哪怕是利用周末，我也尽量回家。父亲每次看到我，那神情是既高兴又责怪。我待不了几天，他就开始催我，你该回去工作了。怕他生气，我有时只好待在病房外面，等姐姐出来。

最后的时刻来临。八月初的一天，姐姐打电话告诉我，父亲病情加重了，已不能进食，全靠输液维持。我心急如焚，再次回杭。父亲看到我，连说话的力气也没有了，他努力抬起胳膊，点点我。我明白他的意思，他是说：你这个家伙，怎么又回来了？

彼时，杭州正经历着有史以来最炎热的夏天，我的心却冷到极点。更为煎熬的是，每天去医院，上午，下午，站在父亲的病床前，看着在生死线上挣扎的他，束手无策，仿佛在等那一刻的到来。这样的感觉非常糟糕。恰恰那段时间，我工作上又遇到了诸多麻烦，于是在待了8天后，我又一次离开。

可是回到成都仅仅4天，医院就正式下了病危通知书。接到姐姐电话，我毫不犹豫地于当晚飞回杭州，生怕不能见父亲的最后一面。朋友深夜在机场接我，送我到病房时已是凌晨。父亲处于昏迷中，完全不能言语，即使睁开眼睛，眼神也是涣散的。

但生命有时候非常神秘，谁都无法把握。在医生看来已完全没有希望了，父亲却顽强地活着。在下达病危通知后，监视器的那些数据，心跳，血压，血氧，仍显示正常。但我们知道情况不好，因为，我们时时刻刻都能听到父亲因为疼痛而发出的呻唤。父亲本是非常能忍耐的，这样的呻唤一定是痛苦到了极点。只有在注射了杜冷丁后，他才能有几个小时的安宁。很多次，我听到父亲的呻唤，走到床边，抚摸他的额头，或者肩膀，他一下子就安静下来。我不知道是我的抚摸可以止痛，还是因为他感觉到了亲人的担忧，努力隐忍着？

这样的守候，真是备受煎熬的守候。

我不知道自己该怎么办。

我想起了我的两位朋友，都曾经历过与我相同的痛苦。

一位是师政委，常年驻守边关。得知父亲病危，他从边关日夜兼程地往回赶，汽车，飞机，汽车，马不停蹄。一下飞机就接到妻子的电话，催促说，快点儿，父亲已进入弥留之际。可是，当他赶到医院走进病房时，父亲奇迹般地睁开了眼睛，眼里闪出明亮的光芒，还有微微的笑意。所有人都惊呆了。之后，父亲的生命体征又恢复了正常。假期里，他寸步不离地陪着父亲。那是汶川地震的第二年，他率部队救灾的事迹已被写进一本书里，父亲说想看这本书，但已经拿不动了，他就捧着书让父亲读，父亲读完后，脸上露出欣慰的笑容。10天的假期很快就到了，他不得不离开。走的时候他对父亲说，我回去处理些工作，有空再回来看你。其实他和父亲都知道，这句话很难兑现了。父亲闭着眼睛没有说话，他默默转身离开。母亲说，他走后父亲睁开了眼睛，对母亲说，总算是见了他一面，没有遗憾了。

半个月后，父亲走了。噩耗到来时，他竟然因为有重要工作，关了手机。家人费尽周折才通知到他，那一瞬间，他大脑一片空白。

最终，他没能送父亲上路。

另一位朋友，是位师长，入伍几十年，一直与父母相隔千里。父亲病重入院时，家里人感觉已过不去这个坎了，让他做好准备。他便把假期留着。到了九月，母亲感觉父亲已到了最后时刻，便通知所有的子女回去告别，他也回去了。可是，20天后，父亲的心脏依然顽强地跳动着，他的假期却到了。他是师长，不可能那么长时间离开岗位。母亲对他说，你走吧，你也算是送行了。父亲不会怪你的。他只好离去。

没想到，在他走后第三天，父亲就离开了人世。母亲打电话通知他时，他竟然没接到电话，因为当地发生了地震，他正率部队开往灾区救灾，行驶在信号不好的路段。到达后才收到短信。那天夜里，他一个人坐在帐篷里，默默落泪。第二天，他依旧把部队带到指定地点，安顿好，才飞回老家，匆匆参加了告别仪式，即返回灾区救灾。

他也没能够送父亲最后一程。

眼下，我和他们面临着同样的痛苦。

其实，今天的部队已经很人性化了，家里有这样的事，是一定会准假的。可是，你无法确定什么时候请假是最合适的，你不可能一直请假，或一直在家，你毕竟担当着一份责任。

尤其是我的两位朋友。相比之下，我要好一些，所以我想多陪陪父亲，又怕他不高兴。备受煎熬之时，我走到父亲床边轻轻问他，爸，我再陪你几天好不好？他立即把脸扭向一边，表达出明显的不快。但是，当姐姐俯身对他说，我们让山山回去工作吧，他竟然清楚地说了一个字："好。"

这是父亲昏迷10天后说出的唯一一个字，一句话。是父亲留给我的最后遗言。那一天，是8月27日。我心如刀绞，决定走。临走前，我俯在他耳边说，爸爸，我听你的，回去工作了。他闭着眼，微微点头。他听到我的话了！我强忍着泪，迅速离开了病房。

回到成都后的第四天，8月31日凌晨，父亲走了。最终，我没能送上父亲最后一程。虽然我知道父亲不会怪我，但依然很长时间，我都无法释怀，无法走出伤痛。

我，和我的两位朋友，都没能送上父亲最后一程，我们都在父亲告别人世时，远在千里之外，因为我们有着共同的身份，军人。这是我们的宿命。

刊于《人民日报·海外版》2017年4月3日

黄钟大吕听雄安

徐　剑

1

夏季的北方平原，青纱帐一望无际，浮在地平线上。天将拂晓了，可黑云低垂，霾锁城郭，有点想下雨的预兆。从北京城南跑出来一百七十公里了，天穹依然有霾。何处才是原乡，何地可寻归处，何祠可资灵魂供奉？一群犹如白衣隐士的鹭鸶飞到哪里去了？万顷芦苇不见我梦中的荷花淀。冥冥之中，我仿佛看见一行雁翎掠过长天，一个年轻的太子，燕国的太子丹朝我走了过来，擦肩而过；一位风萧萧兮易水寒的剑客横刀在马，兀自而立。

昨晚一梦至燕国，梦到的竟然是一群死士，表情怆然，一副慷慨悲凉状。梦魇压身，一朝醒来，已汗水淋漓。后，竟一夜无眠。燕太子丹、荆轲、高渐离的雄姿不时峭然于夜空。

翌日七时半我们登车朝雄县方向而行。擦身而过的，依旧是熟悉的北方大集镇。太多的后现代建筑连村接城，已改变了旧时模样，在一处题有"宋辽古战场地道旧址"前戛然停下，仰望箭楼拱门，循楼洞而入，忽见一群衰翁老妪，手执笙、箫、笛和镲、鼓及钹和钟磬等乐器在奏古乐，我一听，惊呼，这是大唐工尺曲和洞经音乐啊！

初入雄安听黄钟大吕。然，我此时最想听到的却是燕国古乐。

2

那一年初冬，史军平还在读高中，一天傍晚，他骑车从亚古城越过。突然一缕洞箫声传出，犹如一声声杜宇啼血而鸣，一鹤冲天引颈而唳，时而凄凄切切，时而铿锵激越。史军平骤然刹闸，跳下自行车，伫立于门前，仿佛感受到一股大河之水夺峡而出的千钧之力，一抔大珠小珠落玉盘的清脆之音，一曲胡笳十八拍穿越风雪的悲怆余声，更是大唐宫廷胡曲彻夜不绝的妙音，最后则变成了高渐离击筑惊鬼泣神的绝响，随着石编钟打击乐的划破夜幕，清泉流音，深谷迭瀑。他的心被遽然一击，灵魂之壳被这种重金属敲击之声震得心旌荡漾。于是，他锁好自行车，循声走去，屏气凝神，将一组古燕乐、胡笳、佛乐、大唐洞经听完，脸上绽开悦色。王门立雪，朔风吹过来了，史军平大梦初醒。一个念头在心中猛然浮起：我应当成为这种古乐的传人。此时，古乐霍然而止，陶醉的时刻过去了，史军平冷饿交加，瘫坐在地上。门咯吱开了，一位年过六旬的乐师走了出来，一看到门外有个年轻学子，连忙扶起来，问，你是做什么的，地冻天寒的，坐在我家门口做甚？

我被师傅的古乐迷醉了，忘了回家。史军平说。

哦。师傅沉吟片刻，点了点头，暗忖，此孺子可教。

师傅，我想学古乐演奏。

你什么文化程度？

在读高中。

为何喜欢古乐？

因为被震撼，所以喜欢。

看着这小伙子脸上未拭尽的泪痕，王志信看得出来，他真的是被感动了，这种表情装也装不出来的。自己等了多年的弟子叩门来了。

你既有心学乐，须随我演奏几年，只当学徒，分文不能得。

可以，只要师傅收下我！

先把高中念完。如果考不上大学，就随我去吹箫，敲磬，打鼓，敲锣，合镲，成我这派的传人。

谢谢师傅收留。史军平就这样跨进了雄县亚古城圣乐会的门槛。

那天上午，雄县的天气有些燠热，着白色大汉襟服的大爹大妈围坐在一条长桌前，或手执横笛，或双手合笙，或将大镲高举过头，嘭嘭地合镲而击。一位年逾八旬的老者，敲打一片片小黑石片制造的石编钟，一音独奏，齐声和鸣，一曲文戏后，又一场武戏，轮番登场了。

我站在一侧，倾心静听。一点一击落清泉，一音一波成旋律，波涛汹涌，流音诛心。我的眼前一片朦胧，自古燕赵多悲歌。远处，白洋淀的苇塘，一湖芦花白，有一条小舟向我徐徐驶来。

3

也是像今天这样的黄昏吧，燕太子丹身着白色长袍，伫于船头，头仰得高高的，似在眺望。荆轲、高渐离、秦舞阳三人坐于船尾，都是一身白，与湖中的芦花竟一湖之色。白茫茫的，仿佛每株芦荻都是死士，都在准备与他们一起走进冬天，一齐赴死。酒从早晨喝至傍晚了，离歌击筑，高渐离弹了一曲又一曲了。太子丹起身走至船头，时，西风四起，一抹残阳落在白洋淀里，他的白袍被吹得鹤舞婆娑。白袍壮士，一襟晚照，映在燕国长城的堞楼，更添了几分死寂之美。

太子丹并不喜欢这样的白，他讨厌身上这身白。丧服在身啊，彼可是燕国太子，从小被王室的金黄包裹着，那是高暖之色，是燕国之稻菽黄、芦荻黄、旌旗黄、殿堂黄……可是，所有这些都将很快灰飞烟灭，被秦皇黄土之色埋葬。秦军敢坑四十万赵军，当然也敢坑燕地一国寡民。一滴血，一摊血，一片血，将黄土浸泡成红色、黑色，肥沃千里的黑亮……念此，燕太子丹的手颤抖了一下，他不能再等了。鸡鸣芦苇荡，霜落白洋淀。天将拂晓时，秦军已兵临易水，剑指延芳淀，离白洋淀就只几个时辰的行船距离。养士千日，终有一用，荆轲该出发了。为了这一天，为了保守刺秦这个重大国家机密，自己老师鞠武死了，保荐荆轲的田光死了，刎颈绝口，以示守口如瓶。还有义友樊於期也死了，割头相赠，这是什么样的义啊。三个死士舍身报国，是在救我燕国，为了让秦王相信荆轲啊。蒹葭苍苍，白露为霜，有个壮士，涉水即亡。太子丹无厘头地想着，晓风之中，何止是死一个壮士，亡一群侠士，弱燕与强秦，图穷匕首见，刺秦不成，燕国将毁于自己之手。

燕太子丹招了招手，太子门下的几百幕客全都来了，白衣白巾，幕天席地，欲为荆轲饯行。高渐离是燕国的音乐大师，击筑而弹，众琴师相和。一箫伴一磬，清霜摇芦荻；一笛合一琴，壮士听雁唳；一鼓领铜镲，抚剑尽清辉；一筑一离歌，死士魂成灰。燕太子丹摇了摇头，燕乐太悲，简直就是一曲大悲咒嘛。荆轲的头仰得高高的，那是喋血之吼，是为自己壮胆，还是为燕国壮威？瞧！荆轲已经竭尽全力而歌，唱得脖子上的青筋偾张。高渐离和歌击筑，一击心亦颤，再击心生寒，荆轲的绝唱渐至高潮："风萧萧兮易水寒，壮士一去兮不复还。"

离歌，就这么两句吗？旋律太单调，也太悲凉了。军人出征须得鼓士气，得有气吞八荒之勇。燕太子丹拍了拍手，门客跑了过来，说，太子有何吩咐？

奏一曲古燕乐吧。只许吹奏武场，不许再奏文场。

诺，燕太子丹的门客匆匆走过。

燕乐四起，堞楼高歌：

六月栖栖，戎车既饬。四牡骙骙，载是常服。

獗狁孔炽，我是用急。王于出征，以匡王国。

比物四骊，闲之维则。维此六月，既成我服。

我服既成，于三十里。王于出征，以佐天子。

好！燕太子丹为麾下众幕客鼓掌，和声唱出了多声部。再来一首《小雅·采芑》：

薄言采芑，于彼新田，呈此菑亩。方叔涖止，其车三千……蠢尔蛮荆，大邦为仇。方叔元老，克壮其犹。方叔率止，执讯获丑。戎车啴啴，啴啴焞焞，如霆如雷。显允方叔，征伐玁狁，蛮荆来威。

善哉，美兮！怎一个好字了得。燕太子丹满意地点了点头。

风雅颂，诗三百。出征的号角回荡于燕南赵北的分界线上，燕国的堞楼在震颤，燕国人的心也在震撼。荆轲摸了摸长袍袂袖里的匕首，那是花重金从赵国徐夫人处购来的，削铁如泥，且用毒煮炼、锻打，锋利无比，哪怕划一道血痕，也会让对手倒地而亡。他的眼神与太子丹一对视，彼此会意一笑，小小的匕首一旦刺向强秦，必如一柄青锷横空，寒光闪闪，剑戟般直抵云天，撕破天幕。云罅中，夕阳血瀑般泄下，灿然于白洋淀的黄昏里。晚霞一照，湖在流血，血涌成河，汪洋为白洋淀，一湖浅浅的红，这是浅浅的燕国血海啊。

武场古燕乐，戛然而止。

4

史军平对师傅王志信说，我想学燕乐。

师傅摇头道，先跟我从工尺曲学起吧。大唐宫乐，皆从我燕乐演变而来。先知工尺曲，方可上溯至古燕乐。那才是真正的黄钟大吕啊。慢慢来，我会将一生吹奏技艺传习于你的。

王志信带着徒弟走进正房的一间侧房，在一个古本画像前，让史军平跪下，他先上了一炷香，吩咐道，向师傅磕三个响头吧。

画像上乃是亚古城古乐的老祖宗，明代永乐年间的一位云游道士。有一天，他云游到了亚古城，无饭可吃，一把胡琴，一管竹箫，坐街衢上一吹，箫声动人心弦，将街坊后生马庆后吸引住了。一曲吹毕，马庆后恭敬而上，迎请云游道士到家，好菜好酒侍候了好一阵子。云游道士觉得后生可爱，临走前便将一生的神道之乐传给了他。有燕乐大型套曲《孔子探颜回》《骂玉郎》《回雪》，此为宫廷之音，可登大雅之堂；亦有开堂之曲《大走马》《三行礼》《翠竹帘》《放驴》及反调《小花园》，喜洋洋的民音，可做婚丧嫁娶、寿禄喜宴之用；更有祭祀祖先和亡灵的洞经和佛乐《普坛咒》，此从洞道、佛曲融合而来，儒释道一家；更有气势恢宏的打击乐《讨军令》，此为战争大幕揭开的序曲，风卷辕门，秋风铁马，皆为将士出征而歌。

燕乐源远流长，道统高古，法度森严。当年燕赵先祖从房山周家口店走至幽燕冲积扇平原，远眺燕岭，引吭高歌，咿咿呀呀地乱吼一气，从此成歌，高吟至今。乐起之时，天上飞过一只只妙音之鸟，大荒上行走一位持铜板琵琶的壮汉，高亢的、热血的、雄强的、沉抑的、悲凉的，甚至哀婉、低迷之乐，萦绕于燕赵高天，终日不绝。后来，竟然突破民族、地域、语言的疆界，五千年不绝，有乐之史，胜于有字之载。

出了密室，王志信令徒弟坐下，搬出小管、云锣、笙、笛、大鼓、镲、铙、钹和铛子等乐器，郑重托艺；又搬出六十卷本的《工尺曲》，叮嘱道，就照这个念吧，务必牢记于心，默想成曲，念到无声之时更胜有声，学到无乐之后，心中就有古乐了，就能奏好工尺曲。

学好工尺曲，要多少年？

二十年！

师傅一语成谶。

5

我第一次听工尺曲，是在北京海淀剧院。那是十年前的一个秋天，收完秋的陕西宝鸡农民，被一个村请进京城，演奏大唐宫廷燕乐工尺曲。据主办方介绍，这个村是当年大唐天子李隆基长生殿"教坊"里的皇家乐师，安史之乱后，流落民间，融入黄土高坡。然，流动他们精血里的音乐基因始终不衰，其祖上是唐宫教坊的"梨园""宜春院"和"小部"之子弟，能够全套地吹奏唐宫十部乐的"坐部伎"和"立部伎"。坐部在殿堂里演奏，人数较少，乐器少而音清，对乐师演奏技巧要求极高；立部宜于室外，殿外大众之下演奏，演者众，乐器多而音高，讲求的是一种打击乐的集体合奏。唐明皇将隋炀帝九部大乐改为十部，包括了燕乐（宫廷雅歌）、清商伎（传统音乐）、西凉伎、天竺伎、龟兹伎、安国伎、疏勒伎、康国伎、高昌伎。唯有燕乐和清商伎，是中国的本土古乐，承续了夏商周至春秋战国的祭祀出征的雅歌、颂歌和国风之韵。隋唐年间，大量胡曲传至长安，"弦鼓一声双袖举，回雪飘飖转蓬舞"，雪后长安月，捣衣尽胡曲。然最终胡曲误国，雅乐终成挽歌，唐明皇的江山美人一并入葬，大唐盛极而衰。这群杰出的乐师从此流落民间，一去一千三百年，而今再度入京畿。

那个秋天晚上，我几近麻木、枯萎的音乐之穴，被一缕洞箫的清音激活了，心如止水的音湖，倏地被一股激越的古燕乐吹拂、撞击，狂澜四起，卷起千堆雪。

我开始关注古燕乐，开始试着去了解工尺曲，上溯追源而寻母本黄钟大吕的古雅之声。宋人沈括云："先王之乐为雅乐，前世新声为清乐，合胡部为燕乐。"礼与乐，名与道，乃为人间正道，市井教化，从宫廷到闾巷，从天子到黎民，皆以古乐化人，化德，化己，化心。《礼记·乐记》："凡音之起，由人心生也。人心之动，物使之然也。感于物而动，故形于声。声相应，故生变，变成方，谓之音。比音而乐之，及干戚，羽旄，谓之乐。"毋庸说，燕乐、雅歌起自《诗经》，浮冉于风雅颂之间，那国风周南、召南之南音和意象如此激荡人心，余音绕梁，便由古乐五音六律而来，五音，即宫商角徵羽，十二律分阴阳，奇数为阳，偶数为阴，阳律即黄钟、太簇、姑洗、蕤宾、夷则、无射，阴律则为夹钟、大吕、中吕、林钟、南吕、应钟。奇偶正负，五音俱全，这便是最古老的中国雅歌和燕乐的音乐旋律。隋唐引进胡曲，西风盛长安，但本土音乐燕乐、清商伎与胡曲中外合璧，衍生了工尺曲。"尺上乙五六凡工"笛色七调与现代音乐的融合，随着龟兹乐大行其道，唱遍长安城郭，燕乐二十八调也横空出世，这便是大唐的黄钟大吕。

6

一梦二十年。史军平果然如师傅言，成了雄县亚古城古乐圣会的会长。

师傅病入膏肓了，仿佛知道自己大限将至。那天晚上，他将史军平带至祖师爷像前，磕头，上香，然后郑重地将传承了六百多年的祖先画像和镇会之物、乾隆皇帝的御封，还有宫灯四盏（可惜毁于"文革"年代）及一张老唱片——1958年应中央人民广播电台之邀在高碑店演出的盛况录音，犹如传承衣钵一样，赋予了他。说，军平啊，我观燕赵古乐，唯有我雄县最古，气势最盛，你赶上了好时代。国运盛，古乐兴，师傅九泉之下，会看到亚古城圣乐走出白洋淀，走向世界的那一天……

果然，两年后，亚古城古乐被列入"河北省第一批非物质文化遗产"，并进入国家申遗名录。

师傅乘鹤西去时，史军平也是从文场开始演奏的。

序曲过门，第一曲仍旧《大走马》《三行礼》，套曲《孔子探颜回》《骂玉郎》《回雪》，次第演奏。

史军平合掌捧笙而吹，一马当先，迎宾曲《大走马》古乐响彻云霄。我伫立一角，谛听，远眺。古乐声中，一个上古时代奔来眼底。古燕国平野无垠，穹高天蓝，一匹白骏马腾空一跃，打了一个响鼻，一骑绝尘，向着燕国城郭驰来。天堂之路，朝歌城阙，树树皆染秋色，山山尽落余晖。村庄上空炊烟袅袅，鸡鸣犬吠声回响平原，清脆而又辽远。走马之人，遇到一个牧人，倒骑牛背之上，吹着竖笛，驱赶着一群牛犊而归。一会儿又邂逅一位猎人，打马而来，卷起一阵阵烟尘，金马鞍旁挂满了锦鸡、朱鹮，一只猎狗紧随其后，剽悍之意无出其右。好像站在路旁的是唐朝诗人王绩吧，他目睹这一幕，随口吟出千古杰作："牧人驱犊返，猎马带禽归。"如此雄强的上古气象，只有唐人唱得出来，唯有唐韵的打击乐敲得出来。

不知不觉之中，进城门了，该登堂入室了。文场转场，该奏三行礼了，笙箫独奏，一拜天地，唯有敬畏；铜笛再吹，再拜高堂，还是敬畏；而锣鼓齐奏，钹磬笙箫和鸣，三拜苍生，敬畏之后，更添了一层悲悯。

音乐之中，突然惊现了前不见古人，后不见来者的孤寂。

莽原如斯。夫子该出场了。他要去看颜回，文场最重要的套曲《孔子探颜回》奏响了。这组套曲荡气回肠，动人魂魄，最有人间烟火味，通天心而接地气。颜回去了何处，非让夫子去寻找？文场的笙箫过门，茫茫大荒之中，一位千古大贤踽踽独行，一幕历史画卷在我眼前徐徐拉开。

那是春秋年代的一个黄昏吧，已经垂垂老矣的孔夫子，拄着一根半人高的榆木拐杖，走出孔府大门。子贡挣了大钱，买了一辆豪华马车，停在孔家门口，他扶着老师慢慢爬了上去。

挥鞭欲驰，子贡扭头问老师，夫子，去什么地方呢？

去泗水边吧，我想颜回了。

又是颜回。子贡心里有点酸酸的，妒忌啊，在夫子心中，颜回最重。不过，他马上领悟到老师的寓意。老之将至，逝者如斯夫，学生一个个地走了。颜回走时，才 42 岁，老师悲恸欲绝地说："天恨予！"夫子对颜回的感情超过所有学生，常说："回也视予犹父也！"

夫子坐稳了，子贡扬鞭，驱马绝尘而去，朝着古兖州颜回的老家疾驶。

早年，孔夫子也是这样领着学生，奔于道上，将帝王之术卖给春秋诸霸的，也曾一次次流连于泗河边上，朝云暮雨，朝花夕拾。黄昏落下来，祥云浮冉天际，翩然飞来一只火凤凰，栖在夫子席地之处。老师与学生和歌诗三百后，奏颂歌雅歌，抚琴作乐，梳风而舞。那是多么惬意的日子。可惜一切如梦如电如影如泡了。

　　孔夫子下了马车，拄着拐杖爬到泗水堤上。流水潺潺，泗水依旧清亮，只是水势比春天大了许多。

　　风舞动孔子的襟袍袂袖，博带飘了起来，高冠歪了，未簪牢的鬓丝白也鼓吹起来，拂着他的脸。

　　他想起当年他带子路、子贡和颜回登景山时，问他们三人的志向。子路说他想做一名勇士，子贡想当一个纵横家，凭三寸不烂之舌游走诸侯。而颜回说，自己只想遇一个圣明的国君，辅以道德教化百姓。

　　唉！天妒英才啊。颜回死了，子路也走了……

　　昨晚，夫子又做了一个噩梦，梦见自己躺在棺材里，漫天的冥纸黄叶一样落下，身后尾随着鲁国披麻戴孝的孝子贤孙。

　　"逝者如斯夫啊！真是到驾鹤西去的时候了。"夫子神情凄婉，踽踽独行，这段路程让他爬得有点气喘吁吁。

　　仁性无敌，性乃本善。为了培育人性之仁，夫子一生花了很大精力去编诗三百，去整理损益过的礼乐。"知之者不如好之者，好之者不如乐之者。"用礼乐去引导节制人性，才能使这个世界充满仁爱和美好。在快乐之中接受教化与美感，这便是古燕乐的力量。

　　夫子极目所至，景色与格调都化入了亚古城的古乐里，就是一种"星垂平野阔，月涌大江流"的正大气象、上古气象。史军平领衔的亚古城古乐圣会演奏巧妙表述了这种乐境。

　　一个绝响将远，另一组套曲《回雪》回响，那文场将入尾声。岂有乐府觉天下，忍将功名苦苍生？

7

　　史军平心中一直有个不解之惑，不敢问师傅：为何从师二十多载，师傅传给他的古燕乐，多为悲歌？

在师傅弥留之际，史军平终于将此疑问抛给了师傅。师傅淡然一笑，说，因为燕赵多死士啊！

壮士，死士，猛士，烈士，构成了雄安古乐之魂，镶入了燕赵大地的万里云天。

古燕乐悲调由来已久。我在雄县有关典籍中发现，燕乐诞生于周，从朝歌传至燕赵，最先盛于戎狄之地，就是今天的太行山东麓，由鲜虞人建立的小国——中山国。中山国虽小，血脉中有胡风，崇礼，萱歌，尚武，倒也雄强了好几代，国运盛极一时。太行北麓的五霸之一晋国对其富足虎视眈眈，对其夜夜笙歌觊觎已久。一个弹丸之国，一柄危亡之剑时刻悬在城门上，随时落下。生于忧患，死于安乐，且人生之命如朝露，朔风一吹便零落了。忘战必亡，唯有以慷慨当存，悲歌荡气，能时时提醒国人以图自存。中山国正是凭着这些悲歌苦苦支撑了数百年，虽屡有兵燹，而一次次浴火重生。然，这样的北方平原，兵舆地理，无险可守，农耕文明还是败于骑术高超、骁勇善战的胡人、晋人和秦人。这就是燕赵之地的宿命，中山国如斯，赵国如斯，燕国也会如斯。

中山国亡后，秦国兵锋过太行之南，朝党河而来。长平之战，尚能饭否的廉颇本可与秦师坚壁对垒，然秦使反间计，使赵孝成王中途易帅。赵括率军乘胜追至秦壁，扎于今省冤谷，而秦将白起早已在此布了天罗地网。赵括四十万大军挤于道上，车辚辚，马啸啸，乱成一团。进入秦军的伏击圈后，秦军突然鼓角铮鸣，利箭、乱石、圆木雨点般落下，赵军顿成绞肉机，屡战不利，只好筑垒坚守。围困数日后，赵括打马向前，力争与白起一搏，可还是被秦军一一射杀，四十万大军喋血青天谷。

血流成河，一片血红，从此，青天河被易名丹河。

四十万亡魂。每具白骨上都爬过蚂蚁、蟋蟀，骷髅的眼睛里长满了摇荡的野花。数百年之后，曹孟德弯弓过此地，茫然四顾，依旧骷髅成山。于是他写下短歌《苦寒行》，吟啸赵国冤魂不散。之后，唐明皇路过此谷，马蹄所过，皆踏白骨忠魂，便命官员择山坡建骷髅庙一座，以祀赵国四十万亡魂。

燕太子丹知道，赵国灭了，燕亡的日子便不会远了。连赵国都不是秦国虎狼之师的对手，何况弱燕呢？

太子丹唯有靠荆轲最后一搏了。可是那天在秦王殿上，荆轲捧着樊於期的头颅献给秦王，当他一步步走向秦王时，嬴政的气场太大了，冷瞳如剑，一下就将秦舞阳吓破了胆，他的腿不自禁打了一个颤，脸上掠过一丝惊悼。秦皇大帝窥见了，心中早有了防范。等荆轲拔匕首时，秦皇躲过了一刺。只有这次机会，荆轲已然痛失了，当他再度出手时，已被秦王一剑封喉，杀荆轲和秦舞阳于殿堂之上。那一刻，远方的燕太子丹心一痛，瞬间传递的不祥之兆椎心泣血般刺痛了他，他感到自己的末日到了。

燕太子丹跟着燕喜王逃到了辽东半岛，却最终还是躲不过自己的父王，被割了首级，献于秦皇的朝堂之上。

唉！太多的悲歌，太多的离歌，都化作了一卷卷悲凉的史记、史诗。壮士一去不复还，这回该轮到音乐大师高渐离上场了。挚友已死，高山流水，知音全无，燕国将国之不国，人活着还有什么意思。刺秦，再刺秦，死士就该前仆后继，以身许知己，以身许国人。高渐离这时只想一死，追寻荆轲而去。于是，他对秦王说愿去投秦，愿当其乐师，为彼击筑。秦皇说可，但要以刺瞎双眼为条件，高渐离没有一丝犹豫地答应了。他在刺瞎自己双眼前，往筑里注满了很多铅，重重地，只待殿上最后一击，砸死秦皇。

可惜又失败了。时不运兮天亡我，亡燕国。中国历史没有被重新改写，千古一帝，开封建第一朝，唯我始皇最尊。

燕山雪花大如席，是满天的冥纸在飘散吗？还是众多亡魂青白的眼球，抑或中山国、赵国和燕国女人的泪眼？幽燕降大雪，是在为中山国的众生哭，为赵国的四十万将士哭，为燕太子丹的老师哭，为推荐荆轲的田光哭，更是为燕太子丹的好友樊於期而哭。泪哭干后，就是仰天狂笑，笑燕太子丹眼浊，笑荆轲无剑客侠士风，却高山仰止高渐离，先生有贵族名士风度，真正的琴师之王啊。

自古燕赵多悲歌，我已明晓其真谛。此时，亚古城古乐圣会武场随着最后一记鼓点敲下，辉煌落幕。那一刻，我听懂了燕乐之魂，也明白了千年一梦为何要选择雄安，这是中华民族千古一梦的最后绝版啊。

刊于《中国作家》2017 年第 11 期

不知道的夏天

徐 芳

　　不知道的夏天，属于七十年代的一个个暑假。整天在户外，几乎只有每天后半夜才能迷糊地走进稍稍降温的房间睡觉，骨碌碌地转着眼珠子的时候，摸一把汗，看见一股光的漩涡，盘旋在床头上，在那碧蓝的澄空中，太阳看上去却像一颗明亮的星星……

　　此时所有的木器已开始发热，就像身下的席子已被汗水浸湿，一架父亲自制的收音机在五斗橱上凑着热闹，播音员铿锵有力地播报着《天气预报》，可能是出于敬意，可能是出于游戏，这时候就能听到十几岁、可能上初中的编外播音员妖妖，正字正腔圆地播报每日金句：天大热，人大干！

　　妖妖确实每日都是"天大热，人大干"！

　　那天差一刻中午十二点，他姐站在大门边上，伸出去的手，像被火燎着一样，猛然缩回来。是的，妖妖已经倒在她的脚下，不是天空，不是楼房，不是行道树，不是那把看着很粗糙的椅子……一切都完好如初，只是妖妖，就像一堆破烂，自个儿扔自个儿，就这么摊在地上不起来。

　　妖妖姐（不是大姐，就是二姐；妖妖是独养儿子，却很豪迈地拥有五个姐姐，当他轮番喊起五个姐姐讨欢心时，他可真像一小妖）一直绞着双手，像绞着鸡脖子；或者直接说，就像绞着妖的脖子，却又无从下手般犯难。妖妖姐知道妖妖几乎和全新村的男孩子都打过架（可能还不止，有时就打过界，比如打到了邮电新村，甚至更远），但她俩（我们也是）从来没见过，有人脸上会露出像妖妖那样抱憾而惭愧的神色。妖妖真妖，他痛哭流涕的表演功夫更是一流，但这并不妨碍他在一顿饭后又是和人打得黏糊糊、血糊糊地壮烈归来；然后又是一顿饭后，然后又是一天……

对于我来说，那凉的稀粥，呼呼入口的感觉真是好极了。天气火热火热，没胃口吃饭，大口就着水龙头喝凉水，喝沙滤水的感觉——抬着脸，脸上的皮肤或许已经给太阳烤焦了，大部分黝黑，而部分地方开始起皮；足底的老皮早就褪了，新皮粉嫩，像某种动物的新壳，干净而透明，当然不是晒成这样的，而是走路太多而光脚的缘故（那时竟连出门穿鞋都觉得是麻烦事，悄悄地脱下鞋在门口，然后去爬树，等等），这也真是好极了——一个字，爽！两个字，爽爽！

我毕竟还是个女孩子，天然也有着静女的特征——比如我喜欢花花草草、瓶瓶罐罐之类。

我最早看到的莲花，是邻居阿琪家篱笆墙里的一口大缸。用根红色的橡皮管从北边厨房的水龙头里接水，一路经过走廊、卧房，再到户外，沿着墙根注入墙角的那口大缸中。

那时候我不知道它有个北方的名字叫荷花缸，荷花和莲花的名称，那时我也并非能明白分辨。"实际上它应该叫莲花，莲叶有个缺口……"阿琪小心翼翼地指点，手上被咬了个缺口的玉米棒上的玉米粒，正含在嘴里，发出咕噜咕噜的声音。就像大尾巴金鱼在花叶底下吐泡，噗噗，那是挽留我们的意思，以及留不住时的叹息。

阿琪妈有一把小蛮腰，和其他胖大臃肿的中年孩子妈看上去大不同——她竟然在夏天穿裙子——这在当时本应该是大姑娘的特权，所以就招来了很多千奇百怪的非议。当阿琪妈摇摆着裙裾，走过一扇扇打开着的窗子、大开着的门时，她抬着头看远方，就像是听得见别人的窃窃私语，又偏偏当作听不见似的。

月亮还真出来了，不过月光淡淡的，却给了那个少女阿琪一个晚风习习的美好夜晚，此刻可能刚刚过了七点。我和妹妹们匆匆吃完晚饭，便看见阿琪妈在她家的院子里进进出出，把裙子往下拉一拉，把头往上昂起来。阿琪妈数得出来的怪癖应该还有一条：就是从来不乘凉。她在房间里用台老式的华生牌电扇，吹拂着一本书或者一个针线活儿。那个呼呼响的"电吹风"，该是硬邦邦的，"抓"住她的头发一片上、一片下，来回"荡秋千"。

大个子的阿琪爸，一口气能吃下三大碗饭，家里招来多少孩子，他照样吃他的饭、喝他的酒、干他的活儿。或者拍拍我们叽叽喳喳的小脑袋，说声让开，他拉过水管子到院子的另一角冲出一块干净的水泥地，搬张躺椅躺下了，那竹椅下的水，擦着我们的拖鞋咕咕地流到了缸下，那里有条阴沟。阿琪两脚飞快地蹬着水，却提醒我们又有一朵花儿要开了。小脑袋们一瞬间又围拢起来，手肘推来推去，都想让自己的脑袋伸到别人的前面去。

我看见一个穿泡泡纱短袖裙的小姑娘，趴在地上捡一样东西，只有一个花瓣。黑黑的两条长辫子，齐着腰，扭头朝篱笆墙外望一眼，脸圆圆的，眼睛圆圆的，似乎耳朵也是圆圆的。女孩们都喜欢花儿朵朵，哪怕是一片黑暗中的花叶，美丽地向更暗处开放，直至飘落。

还有那些在篱笆墙外玩耍的男孩子，吵着我们不明白的事，一个小公鸡嗓门，压低着，却很凶："打伊打伊，打得伊认得侬为止……"然后是闷闷的皮肉碰撞声音。手掌、脚板、肩膀、膝盖、胸脯、后脑勺、屁股，不是这儿就是那儿被绊住被击打，真不知道他们是怎么长大的。但就在这之后，他们自然会长大，就像我们的长大与老去一样。

可我再也看不到那时的我们与他们——有关童年，有关夏天，有关这一个角落，有关被点亮的夜晚，有关那时那地成长的气息。我们不了解他们这天的游戏，就如同他们不了解我们那天的赏花，所以我们都不会知道自己的明天后天、将来、下一个夏天将是怎样的。

所谓寂静与喧闹，一概视而不见。一阵风，我记得自己站在篱笆墙下，耳边有轻轻的、丝丝的风掠过，似凤尾森森、龙吟细细，又好像猫爪挠痒。而那几棵美人蕉，像只为我一个人"跳舞"。我甚至熟悉它的每一片大叶子，知道哪朵红花适合哪片绿叶的怎样扶持。我喜欢它们，就是因为花朵大而红艳，甚至在月光下，都能看到它们熊熊燃烧的火焰，却并不是为了所谓美人的名号。

后来对我而言，莫奈《池塘·睡莲》油画中的睡莲，只在那口陶缸里若隐若现，就像一片摇动的光与影。水面绿意融融，色彩斑斓，生机勃勃。我不想忽略掉时间结构不提，因为就在那里，我才感到了那种心有千千结——

每当我们反复推敲记忆时，记忆的形态便会自行重塑。当再三玩味时间空间如何转换之时，理智与情感的精灵也将逐一浮现。你几乎可以不费心思，它就在那里等着了："哎，篱笆！""哎，水！"——有时我伪装成一个怀疑的"病人"，我的老调仍然是："难道记错了吗？"我听得出我的语调，仍是一个说梦人的语调，不过它不同于阿赫玛托娃，她曾说雨会带来小城的气息；而巴列霍则说雨中会有个父亲的身影。但我对这个概念完全无知，也更不了解你的什么"不知道的夏天"！

一遍遍被你问烦了、问傻了："某某年的夏天，你在哪里？"我以为你已完全处在一种回忆的自发状态，好像是在用这个夏天的大太阳，重温了对童年的不熄热情。我却只有那见不得人的心灵勾当——惆怅或在里头。

刊于《青年作家》2017 年第 5 期

通天河畔的藏娘社（节选）

唐 涓

　　这个秋天到来的时候，我在达洛的电脑上看见了一组图片。一个群山环抱中的小小村落，藏式的石头碉楼错落有致，安详、古朴，仿佛停滞在时间的深处。那一刻，我突然有了想置身其中的冲动。然后，我知道了那个能够唤醒人们想象的名字——藏娘。

　　一番准备后，出发时间已接近晚秋。早晨7点，天空清澈，刚刚苏醒的城市里，车流开始驱散夜晚聚集的秋寒。通往玉树的公路正在升级高速的建设中，车速因此变得断断续续。"升级"如今已成为一个社会快速发展的符号，生活在这个时代的我们，常常会在日新月异的"升级"面前显得手足无措。当汽车开始翻越接近兴海县的鄂拉山，天空瞬间阴沉了脸，接着雪花就零零散散地洒落下来，天地间一片迷蒙。离开西宁没多远，世界已经更换了季节，高原的特征随处可见。

　　我要去的藏娘社不在结古镇，它地处仲达乡的歇格村，还需要沿通天河再向北行驶120公里。道路不算平坦，景色却十分别致。不过出发前几天，一场大雨导致的塌方中断了此路，我们只好选择另一条山路。驶出结古镇不远，拐进土路的汽车开始微微颠簸。九月的山峦青黛依稀，静谧如初。在道路深处的一片开阔地，数万块嘛呢石聚集的嘛呢堆在阳光下安卧。很难想象，在这样人烟稀少的山坳里，仍蕴含着强大的宗教力量。嘛呢石大多镌刻的是六字箴言，巨大的石片上，五色的字母鲜艳夺目。近旁有个很小的寺院，来礼佛的信众都会在此转嘛呢堆。有趣的是，那些嘛呢石上落有众多麻雀，见有人来，就会落在脚下，歪起小脑袋看你，期待赐给它吃食，渴望的小眼神里没有一丝对人类的惧怕。我为此感动，急忙从包里翻出饼干捏碎，撒给它们。也许，只有在这片敬畏生命的土地上，你才能感受到万物生命的和谐相处。

接下来是盘山路。山并不高，路却又陡又窄。仿佛一条蟒蛇缠绕在粗壮的树干上。走惯了城市前拥后堵的街道，眼前挂在半山腰上连续呈直角的急转弯不免让人有些心惊肉跳。开车的文扎大约看出了我的忐忑，特意给我讲述了他第一次朝拜藏娘佛塔的经历。关于藏娘佛塔，先前我了解甚少，只知道是闻名于世界的佛塔。但对文扎这些藏传佛教的信众，它的位置可谓举足轻重。文扎说，那时藏娘佛塔不通公路，只能徒步。这条山路，他走了整整一个晚上，黎明时分赶到时，恰好第一缕霞光洒落在藏娘佛塔上。此刻，千年古塔佛光流溢，庄严吉祥，他情不自禁跪下双膝，泪流满面。

我在被文扎虔诚信仰的感动中抵达了藏娘社。正值中午，温和的阳光簇拥着山坳里的村落。图片中的石头碉楼瞬间化为真实，这是一件让人激动的事。电话里传来我们要借宿的房东尼玛的回话，他已早早在家等候。房东家是我的朋友多杰和达洛介绍，先前他们在此调研藏娘唐卡，就住在他的家里，建立了深厚情感。尼玛全名叫杰益·尼玛才仁，是当地著名的唐卡艺人。如今在称多县的一所唐卡培训学校执教，全力培养唐卡传承的后起之秀。知道我们来访，特地从30多公里的县城赶了回来。

突然闯入的车辆，吸引了村民的目光。不是好奇，是因为陌生。畅通无阻的公路如今让汽车变成了一个日常物件，即使在这个远离都市的村落。尼玛家位居村落中央，此时一家人站在院子里，用灿烂的笑脸迎接我们。汽车开进院子，我看见并不算大的院落有石头碉楼，有鲜花菜地，还有牦牛居住的棚圈，人畜共处，其乐融融，令我的心灵充满喜悦。

尼玛家显然为我们的到来做了充分准备，床铺上摞满了新洗过的被褥。在此之前我们还担心突然增加的人口会让被褥紧缺，特意携带了睡袋。刚煮好的大块牛肉和自家地里种的土豆以及青稞炒面、油炸果子、滚烫的酥油奶茶，还有从县城购买的水果、糖块及各种颜色的瓶装饮料，琳琅满目地摆满了桌面。看来使用了色素和添加剂的现代食品在这里已经有了立足之地，尽管传统仍在。

　　午餐后，我们的第一件事就是朝拜藏娘佛塔，这几乎是每一个异乡访客的主题。藏娘佛塔原名为"巴隆吉宝"，汉语意思是"盛德山"，公元1011年由印度佛学大师班钦·弥底迦纳筹建。因为地处藏娘，也就顺了其名。走出村落，佛塔便近在眼前。天空清澈，白色的佛塔与蓝天浑然天成，纯净、庄严。川流不息的通天河在它的俯视下蜿蜒流过，构成一幅令人惊叹的画面。雄居高处，依山傍水，选址的寓意与考究更添加了佛塔非凡的气势。中秋前后，大多人都在为生计忙碌，正是转塔的淡季。直至藏历新年前夕，流淌的通天河冰冻三尺，忙碌的人们才松闲下来，藏娘佛塔也迎来了一年中盛大的节日。尼玛说，最多的时候能有上万人。蜂拥而至的信徒在佛塔周围汇集成一个滚滚向前的河流，场面十分壮观。人们远道而来，不仅仅慕名它是世界著名的三大佛塔之一，更是被它代代相传的神玄加持力所吸引。传说佛塔中藏有弥底大师从印度带来的释迦牟尼舍利子，还有转塔具有治愈胃病的功能，但至少要转1000圈以上方才见效。我粗略算了一下，藏娘佛塔每圈大约208米，那么转上1000圈，则需一周的时间。对匆匆过客，这并不容易做到。尼玛看我们兴致高涨，又告诉说，如果再能吃点佛塔后面土坎的土，效果更好。经他一讲，我才注意到人们在手心舔食的东西原来是土，还有人用饮料瓶子装了准备带走。取土的人多了，土坎已挖出大小不一的洞穴。这时，一个藏族中年男子敏捷地攀上土坎，从洞穴抓出大把的土，捏了一撮放在我手心，并伸出舌头示范给我看。我被他夸张的表情逗乐，用舌尖小心地舔了一下，没有特别的味道，却品出别样的感觉。我想，某些场景下，心理暗示还真管用。就藏娘佛塔的神异之谜，记得中央电视台《走遍中国》栏目还特地拍摄了短片，片中将此土送去化验，说是含有改善肠胃功能的若干种元素。

按照藏传佛教习俗，我应该沿顺时针绕佛塔3圈。秋日的阳光播洒在佛塔还有转塔人身上，这座公元1030年就出现在人们视野里的千年古塔，融入了印度建筑的艺术特色。特别是它的地宫设计，使其成为有别于藏传佛塔的另类风格。那是建造在塔心底部的一个密室，安放着释迦牟尼的舍利子及诸多宝物。我当然找不到进入地宫的任何理由，只好想象它们被黑暗包裹住的琳琅满目。

藏娘佛塔的主体结构如塔基、塔身、塔刹及建造细节，如塔的分层，柱的数字、宝瓶、伞盖、色彩等，无一不深蕴了藏传佛教的教义与意味。同时，那些镌刻在时光中的传说，更是为佛塔涂抹上了神性的光泽。听村民们讲，迎请佛塔的那一瞬，佛塔突然佛光四射，灼目的光芒照亮了山下流淌的通天河，河面如镜，又将佛影投射到河岸的崖壁上，至今清晰可见。为了考证这个传说，我和文扎黄昏时分特地走到河对岸，仰望崖壁仔细寻找，却一无所获。正在焦虑，一个身披袈裟的僧侣驾车停在我们面前，明白原委，立即携我们前往。果然，顺着他的指引，我们看到了遗留在高高崖壁上佛塔的缩影。我眼睛近视看不真切，只好借助相机镜头，它的真实存在令我惊讶。在藏地，神的传说总是那样的不可思议。

就说眼前这条通天河，其声名远播与神话小说《西游记》密切相关。孙悟空大战通天河的精妙想象，成为这条长江源头河段最吸引人的导游词。人们选择在入冬河面结冰时朝拜藏娘佛塔的同时，还会领受到通天河的另一奇观。当地藏族群众无论老幼，从河岸背来细沙，在冰面上堆出巨大的六字箴言。此时天寒地冻，经过阳光照射的沙字很快与洁净宽大的冰面融为一体，沉寂无声的巨幅冰嘛呢铺满河面，从高空俯视蔚为壮观。遗憾的是，这样的场面我还没有缘分见识。

这是一栋残缺不全的老房子，每一处细节都在向我们释放它来自久远年代的信息。我们跟随着房主人，看他小心翼翼打开院落木门锈迹斑斑的大铁锁。门楣上堆积的陈年泥土，长满蒿草，成为鸟族的爱巢。日月轮回，代代相传，房主人也说不上这祖屋的准确年份了。但高大的院墙，坐落的气势，都明示了房主人曾拥有的显赫地位。如今院子里只堆放着一些废弃的日常用品，空寂的老屋人迹荒疏，我们来回走动，日积月累的尘土扑面飞扬。可以看出，时代的变换会消弭许多历史痕迹，但老屋格局距今并无二致。佛堂在整个院落地位尊贵，如同我们现在看到的这样，凋败的残垣断壁间，唯有它完好如初。光线幽暗，借助手机电筒的光亮，那木梁上精美的彩绘和墙上的壁画，带着远去时代的印记浮现在我们眼前。欣喜的是，村民现在有了保护文化遗存的自觉意识，让它们留了下来。

夜色浓浓，村庄陷入了静寂与黑暗，这静与黑的空前，是我们在灯火缭绕和噪音纷繁的城市无法感受到的。如同某位作家形容：连空气都是黑暗的。尼玛家的客厅，我们围拢在一起聊天，燃烧牛粪的炉火将温暖传递给我们。屋顶节能灯散发的微弱光亮，让我在笔记本上做点记录都很困难，这光源取自太阳能蓄电池。尼玛解释说，附近那个太阳能小发电站的电不够用，这些年村民的生活提高很快，电视、冰箱、洗衣机等家用电器让用电量大大增加，村里只好采取分片供电的办法，我们正好赶上他家停电三天的日子。一周时间里，有一半是在无电状态，这在我们的生活里已难以想象。

幽暗的灯光并不影响我和尼玛一家的谈话。尼玛早饭后要赶回培训学校授课，因而这个夜晚对我十分珍贵，我有大把的问题想问，却被语言交流的障碍滞留在了心里。通过翻译的交流是受限被动的，这让我感到沮丧。尼玛的家庭现在是六口人，一对儿女，女儿已经出嫁，儿子也娶妻生子。当了爷爷的尼玛其实只有50岁出头，他的妻子还不满50岁，24岁的儿媳已经是两个孩子的妈妈了。生活方式的不同决定了我们之间人生阶段的错位，这也许是我们生活得与失的错位。在整个村落，尼玛家的生活算是宽裕。尼玛是藏娘唐卡艺人，在当地享有很大名气。他从祖辈传承下来的技艺，如今被儿子接了过去。自己把精力放在了培养年轻唐卡艺人的身上，每年也有可观的收入。我没有见到尼玛的儿子，他几天前被一所寺院请去画壁画了，看来唐卡技艺也到达了较高水准。

除了唐卡，虫草是当地家家户户的主要经济来源。近十年来，虫草价格一路飙升，加之玉树虫草品质卖相远近闻名，销路旺盛，完全改变了村民的生活条件。藏娘社所属的草山，多年来被村民小心呵护，虫草优良的长势绵延不绝。尼玛说，今年他们社平均每人挖到了 1500 根。这时，尼玛的儿媳白玛兴奋地插话说，她一个人就挖了 2400 根。

2400 根？按当下的价格，那该是多大的一笔收入啊，大大超过了我的年工资，我感到吃惊的一刻，也深感保护自然资源有多么重要。

藏娘社只有几十户人家，和江源地区的民居相似，碉楼是藏民族匠心独具的建筑。青石片垒砌的栖息空间造型优美，依地势而建的碉楼高低错落，远远望去，气势雄浑。青石片就地取材，河滩上俯拾皆是。那天我在村外的小路上遇见几个背石片的藏族妇女，正在说笑的她们发现我举着相机，突然羞涩地转过脸去，她们负重的背影令我感到了自己的虚弱。细细触摸这些用石片严丝合缝垒砌起的石墙，我惊讶地发现，它们之间大多没有任何东西粘连，完全依靠天然造型相互咬合。据说藏族人在建造碉楼的时候，没有图纸，也没有脚手架，却能顽强地抵御岁月与地震的伤害。对我而言，这种传统技艺充满神秘。

但 2010 年那场来势凶猛的玉树大地震还是损伤了村里的一些房屋。尼玛家的老房子也出现了裂缝。现在已经不住人了，只当作了堆放东西的仓库。震后，政府补贴给每户人家在原址盖了新房，新的建筑材料和统一模式，可能让生活更便捷些，却也改变了藏娘的古朴容颜。相比水泥不锈钢搭建的平房，我还是钟情于青石片的碉楼。尼玛家的老房子是传统的三层，一楼堆放杂物，二楼是卧室和厨房，三楼洁净敞亮，设有漂亮的佛堂。最有韵味的是楼层间又陡又窄的木楼梯。楼梯两端，固定住一根结实的牛皮绳当作扶手，已被摩挲得油光发亮。我拽紧牛皮绳，但楼梯陡斜的角度仍然让我下楼的双腿发软，却看见尼玛一家下楼如履平地。

老房子里更让人惊讶的是客厅的顶梁柱。彩色相间的纹路盘旋而上，煞是好看。尼玛笑着让我猜是什么材料做的，我仔细辨认，发现竟是我童年用来玩游戏的羊骨节。被染了色，一只只拼接起来。尼玛说，这是他妻子布毛才让的手艺。

布毛才让的确是个心灵手巧的女人。她除了像其他藏族妇女一样，要承担重体力的家务之外，还会缝制各种衣物。他们家人身上漂亮的服装，基本上都是她亲手缝制。其实我尤其痴迷藏族服饰，那强烈的色彩，深蕴的文化，以及倾尽积蓄佩戴的珠宝装饰，昂贵而炫目。节庆日子，它们是一个家族的脸面和女人的魅力。我很想看看布毛才让和她年轻的儿媳身着盛装的模样，但不知该如何表述，也不知这样的要求是否合适。我看过尼玛儿媳和她丈夫新婚时的照片，却穿着汉族服装，这让我心里暗暗失望。其实如今生活在藏地的年轻人，除了特殊的日子，已经很少再穿自己的民族服装了。

尼玛家的生活逾越了我的想象。起先我以为尼玛家的女人每天清晨除了挤奶还会去通天河背水。这样的场景无数次地被画家及摄影家定格，成为藏族女性的形象符号。我没有想到清澈的泉水居然引入到每个家庭的院落。水的通畅提升了他们的生活，至少解脱了女人的重负。现在全家住在政府资助盖的新房里，新房的面积格局大致相同，有客厅，卧房，还有厨房。厨房里摆着从县城运来的天然气罐，生活正在向着城市靠拢。不过，新房仅仅靠拢了人们的起居，并没有为藏族民居不可或缺的佛堂做好准备。这是他们生活空间最尊贵的领域，是平凡日子里最神圣的内容。我曾看见在更偏远的藏地，那些生活依然拮据的藏族人家，佛堂的富丽出乎意料。其实在我心底，我是多么希望这些新房依然延续石头碉楼的传统，那么任凭时光荏苒，我们仍能看到原汁原味的藏娘社。

尼玛新房前的小块地里，种着土豆、青葱、萝卜，还有秋天盛开的菊花，让小院充满生气。土豆足够一家人吃了，新鲜蔬菜却只有去县城购买，所以能吃到新鲜蔬菜便有些奢侈。我们来时，特意带了当地稀缺的蔬菜。因此那两天的午餐，就特别为我们准备了米饭炒菜。尼玛的儿媳还将新鲜牛肉剁碎，拌上葱末，做出的包子十分好吃。在曾经的藏娘，这些都是招待尊贵客人的佳肴。

饭后，布毛才让总会端来一盆自家牦牛的鲜奶制作的酸奶。尼玛那个小孙女只有 5 个月大，一次能吃下一碗酸奶，长得白白胖胖。我发现和城里的孩子一样，也用上尿不湿了。

更嘎扎西，藏娘社的唐卡艺人。我见到他时，他正站在窗前明亮的光线下画一幅即将完成的唐卡。我说没想到你这么年轻。他笑了，说，我 8 岁就跟着舅舅学艺，现在已经 13 年了。他似乎对我全神贯注欣赏这幅未完成的作品有些歉意，又从另一房间抱来几幅画好的唐卡和家里珍藏的古唐卡，甚至有一幅我不曾见过，是画在羊皮上的唐卡。对于唐卡，我并没有鉴赏眼光，只是惊讶它纤毫毕现的精湛画技。据当地人说，藏娘唐卡的画艺流传到此和藏娘佛塔接近，差不多有近千年的时光。也因藏娘佛塔远扬的声名，就习惯称之藏娘唐卡。很多年里，我了解的唐卡只局限在热贡地区，它繁复而漫长的制作过程，令我对这个古老神秘的艺术肃然起敬。面对生疏的藏娘唐卡，我还不能立刻对比出它们的异同，只知道在传承方式上，藏娘唐卡完全局限在家族之内，而且传男不传女。古朴的碉楼里，顶楼光线最好的那间，一般都是男人的画室。热贡唐卡最早的画师是寺院僧侣，为了弘扬宗教教义和信仰需要，以对藏传佛教的热情与虔敬，将创作与修行融为一体，因而唐卡艺术也被称作"笔尖上的修行"。后来寺院所在村落的年轻人渐渐开始学画唐卡，新世纪后，随着热贡唐卡名声渐盛，受到市场热捧，当地先后办起唐卡绘画技艺培训班，并打破传统规矩，女孩也出现在培训班学员里。相比之下，地域偏远的藏娘唐卡，依然存在"养在深闺人未识"的冷清。

我决定去尼玛授课的唐卡艺术培训班看看。培训班在称多县城的最东端，一个叫嘎成宫大酒店的后院，一排简易的活动板房就是他们的驻地。这是称多县目前唯一培养唐卡绘画传承人的地方。它的全称叫"称多县布塔唐卡绘画职业学校"。布塔是学校的投资人，50 多岁，后脑勺留着马尾辫，脸庞清瘦，很有文艺范儿。他受过教育，经商多年，能说流利的汉语。布塔创办这个学校完全是公益，学校只有 8 名学生，都是县里的孤儿或贫困孩子，最小的只有 11 岁。布塔说，孩子们在学校全部是免费，虽然简陋了些，但现在尽能力只有这个条件，慢慢改善吧。我看了他们的宿舍、教室还有饭厅，感觉布塔能做到这样，已很不容易。布塔让孩子们拿来自己的习作让我看，习作画在白纸上，被装订成厚厚一本。看得出还是初学者的基础课，比如佛像的标准比例还有勾线等。习作的内容基本一致，不过每个孩子悟性的不同决定了水平的差异。窗外正在下雨，飘来阵阵深秋的寒意。我要求给孩子们拍张合影，他们望着我的镜头，露出拘谨的表情。只有布塔和尼玛，站在孩子们中间，灿烂地笑着。晚上，我们住在布塔的嘎成官大酒店里。酒店很大，空空荡荡地没什么客人。称多县城的街上，成群的流浪狗在打架，此起彼伏的狗吠声绵延不绝，一直进入了我的梦中。

返回的那天早晨，天气出奇的好。大片云朵在草原的上空变幻出无法言状的美，似乎扑面而来时你一伸手就能抓到。最不可思议的是，天未下雨，我们却遇到了美丽的彩虹，它巨大的弧度竟然跨越了整个草原，久久不曾散去。我想，这福分一定来自我们与藏娘佛塔的佛缘和藏娘社的深情。据说"藏娘"的汉语意思是世界的中心，也有人说是大山的入口。其实，这并不重要，所有的母语翻译成另一种语言，都不会完全的恰如其分。在这个世界，任何事或人，只要占据了你的内心，就是无限的大，哪怕大过了宇宙。

全文刊于《天涯》2017 年第 2 期

那些消逝的声音

余继聪

磨剪子，抢菜刀

磨刀，应该是古老的一种职业，磨刀匠，应该是一种古已有之的匠人。磨剪子、抢菜刀的匠人，一律穿着落后土气，往往还身着褪色的藏青色中山装或者草绿色军装，洗得毛茸茸的，斑驳陈旧，而且一律污渍斑斑。

小城的生活，常常不期而遇这样一些执着甚至可以说执拗的声音，既叫人感动于他们对这些古老职业的执着精神和眷恋情怀，又叫人感到生活的艰辛。我常常被他们的执着和痴情于这古老的职业感动，为他们给生活增添的点点好处和方便而感动，也常常敬佩和同情他们。常常会想：风雨兼程中，他们能找到避风雨处吗？饥渴中，他们能找到食物和水吗？夜里他们能找到暖和安全的住处吗？

我家从来没有请他们磨过剪子，抢过菜刀，不知道他们给人家磨一把剪子、抢一把菜刀，收取人家多少钱。但是我估计他们收费不会太高，因为一把剪子、一把菜刀本来也不值几块钱。

他们不可能有掏下水道的、换水龙头的、清洗抽油烟机的、修电视机电脑的那么赚钱。掏下水道的、换水龙头的、清洗抽油烟机的、修电视机的师傅，上门来服务一次，少则收费二三十元，多则上百元，他们的工作比起磨剪子、抢菜刀收入高，穿着也更体面。他们在城里开的有门面、服务部，安的有座机电话，腰杆上还别着手机，他们在城里四处张贴广告小传单，都清晰印着联系电话，他们上门服务，还会给人家发一张名片，请主人替他们广泛宣传。所以，这些人不会像磨剪子、抢菜刀的师傅一样满大街、一条条街道巷子地去使劲喊叫。

每次听到"磨剪子、抢菜刀"的喊声传来，父亲总是会愤愤地说，这些人太懒太蠢，什么年代了，还在磨剪子、抢菜刀！

而我总是思绪感情很复杂。我为这些磨刀匠的执着于这一种古老的职业而感动，也为他们的执着而悲哀、心痛。没有砧板，没有菜刀，没有锋利的菜刀，我们中华民族没法到今天，几乎一切的蔬菜和肉类，都得放到砧板上，用锋利的菜刀切细切碎，否则我们不容易烹熟吃，否则我们的牙齿不容易咀嚼碎，肠胃不容易消化，我们人类没有狮子老虎等凶猛动物那样的锋利牙齿和可以消化骨头的坚强肠胃。锋利的菜刀帮了我们的大忙，也就是说，这些走村串巷、一条条街道艰难喊叫的磨刀匠帮了我们人类至少是中华民族的大忙，为我们民族的传承延续和进步做出了不可磨灭的巨大贡献。

剪刀，对人类的贡献也很伟大。原始社会，人类不仅茹毛饮血，而且赤身裸体，体质衰弱，而且御寒御暑能力极低，疾病和死亡肯定是随时威胁着人类。有了剪刀，即便最早只有粗糙石头石片做的简易剪刀，人类也可以把一些兽皮剪碎，再用骨针荆条缝制成最简单却很实用的衣服。

我们童年时的磨刀匠，给我们的生活带来多大方便啊！

那时，我们家的菜刀砍缺了，砍钝了，父亲就把它拿到院子里的磨刀石上去自己磨。当然，太钝太缺口的菜刀，也只有请磨刀工具先进、磨刀技术高超的磨刀匠磨。有时是正在切肉或者切菜，菜刀却钝了，母亲或者父亲就会很快拿到院子里磨刀石上去匆匆磨几下，然后赶回厨房切肉切菜。是一块高大的砂石，立在院子里、厨房门外，随着年月而磨损，磨刀石的表面变成了一弯弯弯的凹月形，把人间一家的生活照到天上去。母亲用的镰刀用钝了，也经常是父亲拿到院子里的磨刀石上去慢慢来回磨，有时是母亲自己拿去磨几下。

但是，父亲和母亲却不会磨剪子，没有特殊工具，乡村人不会磨这燕子尾巴。这样无论农民们日子过得怎样艰难，无论他们手有多紧，舍不得多花一个钱，无论他们手有多巧，无论他们有多勤劳、肯自己动手解决任何问题，还是不得不出钱请磨刀匠来表演他们高超的磨剪刀技巧。

那时，要新买一把菜刀或者剪刀，对农家来说都是大花销，不到原来的彻底不能用，没有任何人家舍得再花钱买新菜刀剪刀的。

我想，从古至今，看到燕子在天空和水面剪剪飞，多少次，乡村女子们总是感到很奇怪，总是会有疑问：为什么燕子们那剪刀形的尾巴总是能够裁剪出无数的白云、阳光和时光，却总是那么尖利流畅，总是不会钝，总是不用磨呢？乡村汉子们也总是会感到好奇：是什么帮燕子们磨剪刀呢？是什么帮它们磨出那么快的剪刀呢？是二月春风吗？是流金的阳光吗？还是什么魔法师或者仙子？

磨刀匠不管他们有什么疑问，他们都知道乡村人要生活，就离不开他们。特别是乡村女子们，要把生活过得五彩缤纷，要把生活裁剪设计得新颖别致，要把自己收拾打扮得花枝招展，要把全家人的衣服收拾得整整洁洁，都离不开一把快快的燕子尾巴剪刀。她们就得去请磨刀匠。她们握着一把钝钝的剪刀，满怀希望地拿到村路上去，交给磨刀匠，很快磨刀匠们就能把它磨得银光铮亮，再交还给这些手巧的乡村女子，她们就能够裁剪乡村的蓝天白云、七彩阳光和不管大块还是零三碎四的乡村时光。

美丽的乡村，如果手巧的女子是主角，那么抢菜刀磨剪子的匠人就是她们的帮手或者是导演。

补锅匠

除了临近各个村子里的和本村的匠人比如石匠、泥水匠、木匠、篾匠等匠人之外，乡村里最不可缺的是一些外来匠人补锅匠。

民以食为天，锅对于千家万户来说，是最重要的物件之一。

补锅匠的工具很多，往往要挑着一大担。除了补锅，他们还补盆子，补铁皮甑子，补铁桶，箍木甑子，箍木桶……担子很沉重，如果不放下担子，他们没有力气呼喊。所以他们没有办法像其他小贩和其他艺人匠人进村一样一路走一路喊叫吆喝，或者一路制造出引人注目的声音。他们只有到达目的地村庄镇子之后，缓过一口气，才走村串巷去喊叫："补锅——补盆子——补甑子——倒瓢——箍桶……"这些声音传来，总能打破乡村或者小镇的单调乏味苍白和死寂，人们就兴奋起来，特别是小孩，纷纷像看戏看西洋景一样急切地跑去看。补锅匠虽然是古老的匠人，补锅等虽然是古老的职业，但是对于生活日复一日千篇一律单调乏味的乡村人来说，却是难得一见的新鲜事物。

破烂的锅，不论是大铁锅、小铁锅，还是锑锅铝锅，只要是送到这些补锅匠手里，他们都有办法修补好。

我从六七岁开始帮家里做饭，站在灶前，还够不着去端在大锅里蒸饭的沉重大木板甑子，稍一不慎，甑子滑落大锅里，啪的一声，大锅被砸裂了。甑脚水刺啦一声淋进灶坑里，火就灭了，水汽冲出灶坑门，或者顺着大锅裂缝冲起来，还会熏着眼睛。那时用的是沉重厚实的木板甑子。甑子又重又烫又滑，而且甑子上水蒸气弥漫，蒸熏眼睛，看不清楚。那时人太小，却得经常负责帮家里做饭，当然甑子很容易滑落，很容易砸烂了大锅。家里的大锅就经常是被我们不慎砸烂的。

我们就很盼望补锅匠进村来，就很高兴听到他们满村巷喊"补锅——补盆子——补甑子——倒瓢——"的声音，就很感激补锅匠。贫穷的乡下人家，哪里有备用的锅，每天都得用大锅做饭呢，砸烂了锅，没法做饭，只好懊恼和发愁，母亲往往要狠狠咒骂甚至打我们，但是只要恰好补锅匠来了，锅一补起来，母亲就不会不依不饶地骂我们了。所以只要我们不小心砸烂了锅，就盼星星盼月亮一样盼望补锅匠赶快来我们村。如果当真碰着补锅匠进村，我们真的幸福得要掉泪，几乎要对他感激涕零呢。但是这样凑巧的事情往往极其罕见。我们就不时地因为不慎打破了大锅而要被母亲咒骂甚至打骂。

平时，补锅匠来我们村，我们都会很兴奋，跑去看他神奇的才能和手艺。看着一口口破锅在他手里变为好锅，我们对补锅匠总是很崇拜、很羡慕，崇拜和羡慕得五体投地，许多孩子包括我甚至产生了长大后一定也要做一个伟大的补锅匠的远大理想。

补锅匠也顺带补盆子、补甑子、箍甑子、箍桶，主要是补洋铁盆、锑盆和铝盆，补的甑子也是锑铝一类的金属甑子，箍甑子是箍木板甑子，箍桶也是箍木板桶。

有时甑子被我们不慎滑落到地上，或者跌落滚出去很远，砸散或者碰散，就只好又懊恼又害怕地等着补锅匠来箍甑子。对于任何人家居家过日子来说，甑子、桶与锅一样很重要。

有时我们担着木桶去担吃水，去担水浇菜地，路上一不小心，跌倒滑倒在地，我们跌伤了倒不要紧，最要紧的是要保护好木桶，木桶绝对不能跌散跌烂。一跌倒，一担水就白白担了。村里人家吃水，要到很远的村外水井去担，来回一趟很不容易。去离菜地很遥远的溪流坝塘泉源里担水来浇菜地，也一样只可以跌伤自己，不能跌散木桶。厚实沉重的木桶，长期经水浸泡，更加沉重。担着两只沉重的大木桶，走村中泥土小路，去水井担吃水，下雨天，很容易滑倒。晴天，担着这沉重的大木桶去溪流泉眼坝塘里担水浇菜地，走在狭窄并且长满杂草茎藤的田间小路和田埂上，更容易跌倒。最糟糕的就是跌散了木桶，那就只好等着请补锅箍桶匠来箍桶了，当然此时这些主营补锅的匠人们充当或者说兼当了箍桶匠的角色。但是恰好碰着补锅匠进村的情况很少，家里却每天都得用这沉重的大木桶去水井担吃水，去泉眼溪流担水浇菜地。

有时，我父亲不忙碌，家里又恰好找得到几截适合箍桶的铁线，他就亲自把我们不慎跌散的木桶重新箍起来。我们真的很庆幸，很感激父亲，他临时充当补锅箍桶匠，挽救了我们，避免了母亲对我们兄弟中跌散木桶的那一个倒霉鬼的狠狠咒骂。

我最爱看的是补锅匠铸造锑铝的瓢或者盆子，他们把这些金属放到火炉里冶炼熔化，然后倒进沙子垫成的模子里，冷却铸造成各种形状的瓢和盆子。我从那时至今没有见过真正的冶炼厂冶铁炼钢，最早就是从补锅匠那里观察到了冶炼和铸造的全过程，学习到了一些最简单的冶炼知识。我对补锅匠冶炼铸造盆瓢的这些最简单的冶炼铸造全过程百看不厌，对他们那神奇神秘的技艺惊叹佩服至极，佩服得五体投地。但是，我不敢想自己将来能够做一个冶炼铸造师，也只敢梦想做一个令乡村人特别是令一个个乡村少年佩服的、兼管冶炼废铝废锑铸造铝瓢铝盆锑瓢锑盆的兼职补锅匠。

现在，大家庭已经不多，用大锅、烧柴做饭的家庭也已经不多，多数小家庭人家用小锅，用沼气或者电磁炉，小锅不容易烂了，即便烂了，多数人家也不太在乎，不再那么舍不得花钱买新的了，也懒得修补了，因此，现在已经很难再听到补锅匠的喊声进村来。从那个年代生活过来的我们，反倒有些怀念补锅匠来。他们的声音给童年的我们、给我们童年时的乡村带来多少希望、刺激和兴奋啊！

前几天，突然在海子街、米市街听到传来"补锅——补锅——"的喊叫声，突然感到亲切和温柔的感动，我不由得停下单车，等在路边，想看看久违的补锅匠。当我看到满身油渍灰尘、一身褪色暗淡衣服的一个人拖着个滑轮车向我走来的时候，我很失望和惆怅，亲切感大打折扣，他给我的不是乡亲熟人相见的感觉，他破坏了童年的补锅匠在我心中定格的美好形象和回忆。

叮叮糖

想到童年时老家的乡村，总有"叮叮糖——叮叮糖——"的声音清晰传来，等到那个担着盛装叮叮糖的箩筐的身影逐渐走近，逐渐清晰起来，我就好像闻到了叮叮糖的香甜，感受到了叮叮糖的黏黏长长。

卖叮叮糖的人，总是挑着一对箩筐，两只箩筐上都摆着筛子，筛子里各有一饼麦芽糖叮叮糖，走村串巷叫卖。说叫卖叮叮糖，其实不准确。他们是挑着叮叮糖，一路走，一只手扶握着箩筐绳，一路用另外一只手用划叮叮糖的铲子状的切刀相互敲打，敲打出"叮叮糖——叮叮糖——"的声音，声音清脆，真是巧了，这"叮叮糖——叮叮糖——"或者是"叮叮当——叮叮当——"的声音，跟这种糖的名字读音基本相同。也许前人正是按听到了卖叮叮糖的小贩沿路敲打出的声音才给这种很好吃的麦芽糖命名的。

叮叮糖是用麦芽熬煮而成，香甜黏糯，闻起来香甜，吃起来香甜而且粘牙齿，滋补中气敛汗宁神安眠，中药价值极高。我们儿时，粮食万般稀罕金贵，红糖也万般金贵，叮叮糖就更是稀罕物，但是由于叮叮糖香甜瓷白，色香味都很诱人，我们很少有机会吃到叮叮糖。偶尔从父母亲给我们拿到乡镇供销社去买水火油的钱中节余三五分钱，母亲同意给我们零花，就攒着买一小块叮叮糖慢慢咀嚼品味。那时我们毕竟是小孩，叮叮糖又很瓷糯白黏香甜诱人，得到一丁点叮叮糖，我们总是被吊起极大的胃口和激情，馋涎欲滴，急切地想一口吞吃，像猪八戒吃人参果一样囫囵吞枣咽下，但是叮叮糖吃起来很粘牙齿，很耐咀嚼，根本吃不快。叮叮糖就很经吃，这一点我们也高兴，这样可以延长我们品味幸福的过程。那时的东西就是要经用，裤子衣裳要经穿，要耐磨，食物要经吃。

粘牙齿的叮叮糖，就粘出许多甜美回忆，叫老家乡村的我们那些小孩慢慢品味咀嚼出艰辛生活中的点点滴滴丝丝缕缕甘甜美好幸福。

现在，各种各样的好吃糖果、高级糖果越来越多，城里商店密密麻麻，乡间商店也几乎村村寨寨都有一两家，卖叮叮糖的人失去了许多生意，也很少有人制作叮叮糖，担到乡间村村寨寨来叫卖了。但是由于从那时走来的我们这些人特别是那些中老年人很念旧，偶尔就会还能听到卖叮叮糖的叫卖声从村巷里传来，甚至可以见到担着箩筐、卖叮叮糖的人的身影，我总是会感到很亲切，很感动，为他们惨淡经营着这种营生感动，让我们这些很念旧的人回忆起许多美好时光。

劁猪匠

在老家村里生活了二十多年，早晨总时不时能听到"叮叮——当——""叮叮——当——"的敲锣声由远及近传来，村里人包括我就知道是哪个劁猪匠进村了。然后就是小猪们声嘶力竭痛苦的嚎叫惨叫声由村子哪一头或者哪一家院子里传来。

我父亲也是劁猪匠，所以我们全家人对于进我们村来的劁猪匠感情复杂，对其他劁猪匠到我父亲的势力范围内甚至可以说根据地、大本营来心理感受很复杂。

我父亲既希望别的劁猪匠来我们村，又不高兴他们来。我们也一样。

父亲希望他们来，是因为父亲不愿意帮村里有的人家劁猪，这些人家既想请我父亲帮他们家劁猪，又不尊敬我父亲，他们嫉妒我父亲，又看不起我父亲，因为他们认为我父亲庄稼种植不好，不好好种庄稼，却能凭借劁猪赚钱，日子过得比他们许多人家还滋润。有的人家请我父亲劁猪，甚至连饭都舍不得请父亲吃一顿，愿意请吃的人家，有的又太小气，连腊肉都舍不得炒一盘。父亲帮村里人家劁猪，都不收人家钱，只落下一份人情，最多落得吃人家一餐饭和受到一份尊敬。外乡劁猪匠不吃主人家的饭，但是收费很高。

不高兴外乡劁猪匠来，是因为他们抢走了为村里人家劁猪的机会，叫我父亲给村里人家做人情，没法与村里人家结人缘，而且父亲觉得村里有自己这样一个手艺颇自负的劁猪匠，村里人家还得花这一份冤枉钱，父亲心里很难受。

劁猪匠们总是风雨无阻地走村串巷，有的走路，有的推着一辆破旧斑驳的自行车，雨来时有的披着一件旧雨衣，有的戴个旧草帽。

现在，乡村里还有这种古老的职业，还有劁猪匠，乡村人家都还养猪，劁猪匠就依然存在。我父亲劁猪三十多年，结下不少好人缘，闻名一方，并且以此挣钱供我读完了大学。早些年，外村外乡的劁猪匠几乎都认识我父亲，敬佩他的手艺高超，到我们村里来劁猪，总要抽空到我们家来问候我父亲一声，或者专门来拜会。老一辈的劁猪匠比较重同行之情和友情，老朋友间常走动、交往。现在的年轻一辈劁猪匠更重经济收入，很少真正相互敬佩和交流手艺的。

现在我父亲老了，手抖眼花，一批批年轻的劁猪匠成长起来，他们到我们村来，都不认识我父亲，我父亲也不认识他们。父亲几乎不出手劁猪了，他早已经不走村串巷，到外村、遥远的外乡去劁猪了，看他眼花手抖，我们村里人也担心他劁猪死猪，也很少请他劁猪了。

刊于《草原》2017 年第 5 期

辗转反侧时，古诗是良药

李晓愚

邻居张教授，计算机领域青年才俊，古典诗词发烧友。一日，他给六岁儿子昭昭讲解古诗，我恰巧在座，真正大开脑洞。诗是杜甫的"两个黄鹂鸣翠柳"，张教授让昭昭读了两遍，随即手持粉笔，在小黑板上啪、啪点了两下："喏，'两个黄鹂'描写的就是两个点。"嗖，又画一条横线。"这就是'一行白鹭上青天'，一条漂亮的直线。'窗含西岭千秋雪'的窗户是什么？"张教授迅速画了一个正方形，"就是这个，一个面！"我正琢磨着"门泊东吴万里船"该怎么画时，昭昭已经恍然大悟："我知道了，'门泊东吴万里船'不就是个空间体嘛！"

杜甫写这首诗是为了用一种清晰而诗意的方式分析点、线、面、空间体关系？我不确定。但我知道，张教授的解读方式是他们父子俩最熟悉、最感兴趣的。相比昭昭，我儿时学古诗词的方式要"传统"得多。"传统"是种美化的表达，其实就是，死记硬背。在父母的"威逼"下，或一日一首，或三日两首。无甚讲解，自然谈不上领悟。"鹅鹅鹅"时还兴高采烈，唇齿生香；到了"蓝田日暖玉生烟"，则完全丈二和尚，云里雾里。那情状跟郭靖被老顽童逼着背《九阴真经》差不多，觉得"句句含义深奥，字字蕴蓄玄机"，但是翻来覆去地念诵多了，"虽然不明白句中意义，却已能朗朗背诵，再念数十遍，已自牢记心头"。如此囫囵吞枣地"填鸭"进两三百首诗词，爸妈终于放手，只等着这些诗词在我腹中酝酿发酵，升腾出一股子华美绝伦的气质。他们说，这叫"无用之用"。

作为一个金牛座，现实主义的血液特质使我没有耐心等待"无用之用"的到来。念中学那会儿，我终于为沉积腹中多年的诗词寻得了一个"有用之用"。彼时，男生女生情窦初开，借着传递纸条，开始青春期的恋爱。我是语文课代表，总有些文笔不佳的同学前来求助。我操刀的纸条，除了文通句顺之外，还会根据"用户需求"嵌入适当的古诗词。男生苦苦追求女生，得不到回应："求之不得，寤寐思服"；学渣向学霸表达爱意："身无彩凤双飞翼，心有灵犀一点通"；女生对追求的男生有好感但又暂无恋爱打算："两情若是久长时，又岂在朝朝暮暮"；男生要转学了，舍不得心爱的女生："相思相见知何日？此时此夜难为情"。甭管什么情境，我总能从腹中搜刮出几句古诗词来，手不辍笔，倚马可待。小伙伴们纷纷揣着跳跳糖烤锅巴猪肉脯豆腐干请我帮忙。那两三百首深藏腹中的诗词没能升华成高贵的气质，统统凝结成甩也甩不掉的脂肪。

拽两句诗词，致青春尚可，到了成年人谈情说爱的时候，便没了用武之地。在紧张兮兮的现代生活中，男女恋爱讲实际、重效率，弄清楚职业薪水住房资产家庭背景诸项之后，方决定是否"与子成说"，哪有工夫吟什么"人生自是有情痴"呢！我腹中的诗词就这么沉着，荒着，无用着。不过，它们偶尔还是会从记忆的深渊里扑腾出来，在现实中给我点小惊喜。一个秋日的傍晚，我与友人在杭州西湖畔散步，天阴沉沉的，似乎要下雨。望着远山，我蓦地想起姜白石的那句"数峰清苦，商略黄昏雨"。当诗句在脑海中跳出的一刹那，我眼前的景致竟也大不同了：天空酝酿着醋浓的雨意，湖上的山峰清寂愁苦，无可奈何却也有所不甘的情态，真叫人着迷。是了，人们总是倾向于看见那些已经被描述过的事物。世界芜杂纷乱，很多精微美好的细节，若没有诗词的指引，任凭你怎样睁大眼睛，也未必看得见。

现代人的物质生活不会因为多背几首唐诗宋词而有任何改变，但诗词能推动人们去发现日常生活中被忽略的美。我原以为诗词之"用"就在此，也就仅于此，直到我被诗词拯救。

几年前，因为工作压力和产后抑郁，我患上了严重的失眠症。一旦黑暗来临，害怕睡不着的恐惧就将我深深裹挟。彻夜难眠的夜晚，我坐在床上放声痛哭，不明白为什么像睡觉这样人人会做的事，我居然不会！中医、西医、中西医，神经科、心理科我看了个遍，各种方法都试过，并无改善。在无心睡眠的漫漫长夜里，翻阅古诗词成了一种排遣。我的动机绝不高雅，甚至有那么点幽暗：每每读到"悠哉悠哉，辗转反侧"、"忧愁不能寐，揽衣起徘徊"、"徘徊欲睡还复行，三更犹凭阑干立"之类描写失眠的句子，我的心中就会滋生出无限安慰。从三千年前《诗经》里的君子，到高适孟浩然范仲淹岳飞，统统失过眠，吾道不孤啊！还有陶渊明，别只钦慕他不为五斗米折腰的骄傲，欣赏他"悠然见南山"的潇洒，你晓得他失眠时的痛苦吗？"披褐守长夜，晨鸡不肯鸣"。通宵无眠，不是不想睡，是因为他家"敝庐交悲风，荒草没前庭"，冷得没法睡。他只好披件破衣服，坐等天亮。可公鸡毫不体恤，迟迟不打鸣，显得寒夜格外漫长。古人夜不能寐，或为爱情或为事业或为家国兴亡或为坚守气节，跟他们相比，我的失眠显得那么微不足道。我还从古人那儿得到了一个重要启发：他们虽没有安眠药，却从不为睡不着而焦躁，或弹古琴或观松月或徘徊散步，连陶渊明"披褐守长夜"的"守"字里也透着一种安定和坦然。在无眠的夜晚，这些诗词成为我精神的加持，我不再痛哭，不再焦虑，不再把睡不着当回事。奇怪的是，当我放弃与失眠的种种搏斗之后，竟然轻松地睡着了。

年岁愈大，涉世愈多，我发现古诗词是可以在实际生活中发挥作用的。而其作用的大小，取决于个人的经历。就如王夫之说的："作者用一致之思，读者各以其情而自得。人情之游也无涯，而各以其情遇。""自得"二字道出了读诗的真谛。一首诗，一阕词，都是古人境遇与心思的凝聚，至于后人能得到多少，全凭各自以生命阅历去印证。郭靖死记硬背了《九阴真经》，后来在桃花岛观欧阳锋、洪七公过招，在村野密室看全真七子摆天罡北斗阵，又在一灯大师为黄蓉疗伤时领略其点穴的无穷变化。郭靖在一段段的江湖经历中"自得"出真经妙旨，最终成就了盖世武功。古诗词自然不比佶屈诡谲的《九阴真经》，但若要它有用，读熟背熟不够，还得"各以其情遇"。

儿子五岁时，我也开始用古诗词给他"填鸭"。选诗时，我存了私心。我希望他将来能欣赏"窗含西岭千秋雪"的壮丽，能体会"已凉天气未寒时"的精微，能感受"众里寻他千百度，蓦然回首，那人却在灯火阑珊处"的惊喜，能在困顿中保持"行到水穷处，坐看云起时"的泰然。儿子叽里咕噜摇头晃脑地背过几遍，问我是何意思。容易的，我便讲解两句，难些的，我就学着老顽童的腔调："此刻天机不可泄露，你背熟便了。"

刊于《文汇报》2017 年 3 月 16 日

回望书

简　默

在头顶养鸡

世上总有一些奇葩的人，做着一些听上去不可思议的事。

譬如我家楼下六层的那个女人，竟然在自家的车库打了一眼井。我没去过她在小区内别的楼下的车库，但每天走来走去，我看见过我们楼和邻楼的车库。这些车库一律方方正正，水泥地面，三白落地，一扇遥控电动卷帘门，抖索着身体上下如猴子爬杆。她有一天突生奇想，找来两个打井的在车库的水泥地上向下钻出了一眼井，眼睁睁地看着有些浑浊的水被压水井从深深的地下提升上来，穿过水泥地，汩汩地往外喷涌，她感到了莫名的兴奋。我许多次看见她提着一塑料桶打好的面糊，说是到车库去烙单饼，也见过她推着一辆自己焊的小铁车，轱辘轱辘地载着水上电梯。这辆车结构简单，四个胶皮轮子托起一个平面，上头立着三个圆筒状架子，前面两个小的，后头一个大的，一只倾斜成六十度角的扶手。推时车子在前，她在后，当三只塑料桶都盛着满满的水，被一一固定到架子中时，就像一大两小三个孩子被拴在了摇篮中，总有上百斤吧，回家路上，发出很大的动静，似乎一路都在打雷，也仿佛一点一点地沉入了地下，扎了根，拔得地摇动起来。开始我以为她是在门口那间厕所里接的水，我们小区里有些爱占便宜的人常常提着各种桶到那儿接水，直到有一天下午在电梯上，我听见有人问她在哪儿接的水，她答我在车库打了一眼井。那一刻，我和问她的人都惊呆了，我们的常识和想象力是真的还没到这个地步。

有些日子了，我碰到她不是从十二层下到六层，就是自六层上到十二层，我与她在同一时间乘电梯上下。说实话，对她为何频繁地乘电梯在六层和十二层之间穿梭，我很纳闷，但我不是一个打破砂锅——璺到底的人，想一想也就扔到了脑后，有那么多要紧要忙的事情等着我去做，我没有精力更没有兴趣去关注她和她的举动。直至有一天早晨，外面的天色似亮非亮，像一帧混沌的水墨小品，在卫生间，我听见头顶泻下一串鸡鸣，清清亮亮，不含杂质，仿如天籁，也的确是横空自由落下的，紧接着更多鸡鸣唱和呼应，起起伏伏，天乍然睁开眼，光明之水四泄，冲走了我的睡意。我的好奇涌了上来，起初我猜测是楼上某户人家买了或人家送了几只公鸡，一时吃不完，就暂时关在笼中养了起来，我们这儿有逢年过节送公鸡当节礼的风俗。但当我循声找到它们时，我狠狠地吃了一惊，不禁佩服起它们的主人的心思。我们楼总共十二层，第十二层上面是阁楼，据说这些阁楼没卖给个人，仍在开发商手中。此刻，我楼上的这间阁楼每个房间都养着鸡，空荡荡的门口用木板挡住了，防止鸡们像溃堤似的逃亡。这些鸡有公有母，或立或卧，无不处于青春期，我听见的鸡鸣就是从它们中发出的。严格地说，它们的鸣叫正处在变声中，有点儿初试啼鸣的意味，不像经过成年礼的公鸡叫得那么斗志昂扬，那么意气风发，但因为离得近，就在我的头顶上，也因为四周静悄悄的，所有的喧哗与狂欢都被包裹在了黑暗的琥珀中，尚未被鸡鸣啄破和吼开，听上去倒也嘹亮和真切。

乘着电梯，我没回家，而是径直下到了六层，在她家门口，我看见一大袋饲料，还有一大袋玉米粒，它们都是鸡们的美食。楼大了啥人都有，搬进来前我不认识他们中任何一个人，也不清楚他们都是干啥的，但现在我对六层的她有了一些了解，我基本可以判断她是一个会精打细算地过日子的主妇，她节省每一分钱，自己烙单饼给全家人吃，自己到车库压井水给全家人洗衣服，自己一趟趟地推着车子载着井水回到家中，等等。我感兴趣并记住她的不是这些，而是她在阁楼中，在我们的头顶上养鸡。在我看来，这与在车库打一眼井一样，都是一个大胆甚至有些疯狂的举动，但我更喜欢她的养鸡行为，也许因为它暗中契合了我曾经的某种心愿和渴望。我从小就盼望自己能够养一只大公鸡，它要冠子火红，毛色艳丽，会打架，响亮地打鸣，但我生来便住着各种各样的楼房，家里偶尔买了一只公鸡，因为没地方养，更怕它饿瘦了，不等它和其他鸡打架，也不等听它响亮地打鸣，就将刀磨得锋利如水，还要搁到手指肚上试试，然后一刀割断了它跟尘世的联系。我不知为此哭了多少次鼻子，但有香喷喷的鸡肉吃，便很快啥都忘了。渐渐地，我将精力放在了养蚕和鱼这类体积更小、性情更温驯的动物上，仿佛鸡被拎进我们家就是该被杀戮吃肉的。而最近的一次收养一只鸡的念头，是在临山下一个卖鸡的摊子买鸡，我常到这个曹姓小伙子的摊子买鸡，那天在等候的工夫，铁笼子中的一只公鸡不早不晚地引颈长鸣了一嗓子，听上去高亢而嘹亮，是那种经过成年礼的公鸡从内心喊出的欢欣，一下子便叫到了我心里。小曹的鸡都是他驾驶机动三轮车从农村一户一户地收来的，是真正的土鸡——在农村土地上散养的鸡。我顺便跟他聊起了自己小时候想养一只公鸡的事，他说不久前对面卖香油的大哥，从他这儿抱走了一只鸡，专门养着它每早打鸣唤醒他和他的妻子起床磨香油，比这只叫得还高亢还嘹亮。又感慨道以后养鸡的越来越少了，因为地都被征用了，人都被上楼了，谁来又到哪儿去养鸡呢？我听后内心一动，马上想起了儿时的渴望，冲动地盘算着把这只会打鸣的鸡抱回家，听它每天按时打鸣，将我唤醒，像一只步调精准的钟表，却有体温和活力，不是一件很田园很诗意的事情吗？但我立即浇灭了这差点儿熊熊燃烧上来的念头。鸡抱回家了，我在哪儿养它？这是一个大问题，也是从儿时至今一直困扰我的问题，过去我住筒子楼，现在住的是电梯繁忙地上上下下的楼房，总不能将它养到空中吧？

但那个女人已经替我想到了办法，将那些鸡养到了我们头顶上，叫我们在鸡鸣声中踏实睡去和幸福醒来。她矮矮的个子，黑黑的脸庞，与我平时看见的那些农妇差不多，我不知道她是干啥的，但我至少可以认为她像一个真正的农妇一样热爱劳作，心中残存着对土地和养殖的记忆。

那天早晨，我去买菜，路过一户庭院，只见两扇红漆铁门紧闭，左边贴着：天作之合；右边是：白头偕老。大红色调已然褪色，渐露斑白，唯有这八字墨迹淋漓如新，仿佛甜蜜祝福仍在眼前和耳边。我望之愀然，突然院内传来一长串鸡鸣，我闻之释然，热闹的马路边，红尘滚滚掀起浊浪，有鸡鸣的日子才配叫日子，活色生香，保持着生机与滋味。我现在住的小区，隔着两横一纵三条马路，斜对过是一个回迁安置小区，我漫无目的地散步走到那儿，经常听见自铁栏杆密植的院内传来一串串鸡鸣，此起彼伏，牢牢地固定在某个角落，而不是撒欢儿地到处乱跑。他们原先的平房被征用拆迁了，新房子越盖越高，离土地越来越远，电梯载着他们向天空靠拢，满地奔跑的鸡被收容进了笼子，遣送上了楼，占据了阳台一角，低矮逼仄的空间叫它们窒息，它们第一次感到生不如死，唯一的自由是尚能啼鸣，却无法接触地气，昂首挺胸，闲庭信步，引颈长鸣。此刻，它们的鸣叫中扯着血丝，含着泪滴，就像它们的某些主人。

遍地鸟鸣

相对于绵亘的群山，湖沟仅是个婴儿，躺在大山温暖舒适的襁褓中。

在湖沟的日子，每天早晨，是鸟鸣唤醒了我。

我住在村委会院里，这儿应有尽有，只要储存足够的食物，我可以许多天不迈出两扇大铁门。四面都是围墙，至少比中等身材的我高了几头，轻易攀爬不过去。一幢两层办公楼，坐北朝南，张伟住楼上，我住楼下。我住的屋有三间，外头一间，里面两间，面朝院子的里间安放着我的床。隔着墙壁和围墙，是村民们的土地，白天我已看过了，由于无人侍弄，坝堰横七竖八地倒了，地里生满了荒草，比草更高的是碗口粗的日本杨。这种树是树家族中的乡村男孩，淘气、泼辣、皮实，仿佛见阳光和风雨即长，村民们看重短期效益，正好相中了它这点，在地头田间广泛栽种它，视它为每天生长利息的绿色银行。但也因此带来了一些问题，譬如它幼时尚不要紧，待到枝繁叶茂根扎得深了，遮住了阳光，与庄稼争夺养料和水分，庄稼便不长了，一株株面黄肌瘦，像饥饿的灾民，村民们管这叫泄地了。眼前这些树高大挺直，浓荫蔽日，在风儿吹拂下叶子沙沙响，瞪大眼睛俯瞰着楼房，和矮矮在下的我。

有树便有鸟，有巢，有鸟鸣。我不止一次地抬头望见喜鹊衔着干草和枯枝，优雅地舒展扇动双翅，搅起小小的幸福的旋涡，登上枝头在筑自己的巢。没鸟住时，巢是一棵树空荡荡的嘴巴，除了风吹树叶哗啦啦响，鸣蝉喋喋不休的聒噪，再无其他声音，一旦鸟住了进去，嘴巴长了牙齿，就叫出了声，纷扬如雨，从天降临，唤醒了我。

湖沟的夜晚包容孕育着层出不穷的静。高高挺立的太阳能路灯，白天源源不断地吸纳太阳的光芒，到晚上打开身体滔滔不绝地释放出来，这光渺小而微弱，仅照得亮脚下和周围有限的距离，是一粒米的光。沿着水泥路走过这些散落在乡野的路灯，便进入了湖沟，一路高低起伏，将这些路灯撒在身后，就出了湖沟。路上车辆稀少，偶尔冒出一辆，像萤火虫飞过，两束前灯将黑夜捅开一个小缝隙，几米之外仍沦陷在黑暗中。有星星的夜晚，我喜欢站在天底下，像站在很深很深的井底，四壁石头森然，苍苔寂然，仰望庞大无边的星空，星星稠密而硕大，互相保持着绅士的距离，绽放着各自的耀眼光华，我忽然想到了坐井观天，恍然觉得自己变形为了一只青蛙，披着一袭黑斗篷。谁拄一根拐杖笃笃笃地敲点着路面，深一声浅一声的，村庄里卧着的土狗听见了，兴奋地叫嚣起来，远远近近的土狗都跟着叫了，像点燃捻子放了一挂鞭炮。鸟鸣急促地响了，是布谷鸟，山里人俗称"烧香摆供"，前一只喊着"烧香摆供"，话音没落，后一只立刻接上了嘴，"一壶一壶"，似乎天衣无缝，侧耳谛听，破译得出"阿爹阿哥，割麦垛垛。割麦垛垛，家家吃馍……"的农事密码，这也是山里娃们麦香弥漫的催眠曲。有一种鸟，我从未看见过它的真面目，从白天到黑夜，它都在鸣叫，在远处的山间，在路旁的栗子林中，我蹑手蹑脚地试图走近它，它看透了我的鬼把戏，却不急于戳穿我，待我越走越近，猛地屏气噤声了，茂密的枝叶遮住了它的身影，浓郁的栗子花香熏晕了我，我当然寻不到了，只有它听上去像是"好啊好啊"的鸣叫，回荡在我的耳边，仿佛拼了力在为我喝彩。群山是最好的回音壁，狗吠抑或鸟鸣，都借助它宽阔强劲的肺活量，被无限放大了，撞到对面弹了回来，黑夜愈加沉寂深广了。

我摸着乡村的黑回到城市，迎头痛击我的是满城灯火，急不可耐的汽车鸣笛，夜以继日的工地呐喊，这是我的日常生活，日复一日的喧嚣与骚动。偶然鸟鸣也会唤醒我，譬如说今天早晨，有一只不知什么鸟，栖息在窗台上，厚厚的窗帘挡住了它，我看不见它小小的身体，但它的声音就像在我的枕边，将我从沉沉睡梦中叫醒。从早到晚，斑鸠的鸣叫是我常听见的歌唱，"咕——咕咕——咕咕"，由短促到悠长，最后一声加重了，带着回音，响亮悦耳，反反复复，时间久了，听得多了，我视它为预言家，这样说是因为每逢听见它的歌声破空传来，总有一场雨尾随而至，雨中这歌声潮湿如苔。与斑鸠类似的，还有喜鹊，它不怕人，在路上，在草坪间，它翘着尾巴，蹦跳和觅食，一次次地与我相遇，看我的目光单纯而善良，像一个永远长不大的孩子。举头三尺有神明，说的就是喜鹊，在它的身上神性与佛性兼具。它将巢筑在树木的枝杈间，以及变形金刚似的建筑物上，与我们比邻而居。有一天傍晚，在食堂吃过饭后，我环绕着会展中心转了一圈，这座设计成船形的建筑巨大而冰冷，像一具恐龙的残骸，我数了数，上头总共有十三个鸟巢——都是喜鹊在城市屋檐下的家。它居高临下的生活和视角，使它一眼觑见了我们内心的欢喜，也包括忧愁。但它报喜不报忧，横竖都是好事，沉不住气，迫不及待地喊了出来："喳喳喳喳。"有时听见它的鸣叫，触动我想起一件或几件事，假如喜事真的临门了，我会沾沾自喜地认为它未卜先知，如果事情落空了，又禁不住在心里埋怨它"谎报军情"，这其实是我盼好结果心切了，油然生出的自我安慰与期望，我就是这么一个貌似强大内心却虚弱得千疮百孔的人。

城市是个巨大的发光体。白天，我走过一面面玻璃幕墙，它们一律站立起来，像真正的墙，不会行走，也不会歌唱，映照着匆匆忙忙的人影和车流，反射着炽热白亮的阳光；我住十层，坐在书桌前，目光穿过阳台，能够看见对过那些六层的楼房。首先闯入我眼帘的是楼顶那一排排耸立的太阳能，它们闪烁的筒体令我晕眩，差点刺瞎了我的眼睛。到了晚上，无数灯光彻夜不眠，仿佛另一个白天，我们在声色犬马中溺死黑暗，而那些隐匿于各个角落的鸟也将黑夜当成了白天，一边睁着惺忪的睡眼，一边大声歌唱自己的爱情。

几天后，我回到湖沟，村委会院外的那些日本杨被悉数伐倒了，代之种下的是一株株桃树苗，它们瞧上去单薄羸弱，随风摇摆俯仰，像乡间营养不良的留守孩子，托不住那一树稠稠密密的鸟鸣。

晒麦路上

仿佛一夜之间，城里的一些商铺关门了，在它们门口的两边墙上，红纸黑字地写着：回家收麦，停业一天。

又是一年麦季，麦熟一晌，熟透的麦子像等待生产的婴儿，攒聚在挺拔的穗上。热辣辣的夏季风吹过，没有人收割，也没有铁器撞它们的腰，它们纷纷闭上眼睛弹了出去，似在跳远，比谁跳得远，划过细长的弧线，落入时光偶尔闪现的缝隙中，被从天降临的雨水浸泡，小心地发出牛毛似的芽儿，重新开始一株麦子的旅程。

在湖沟的日子，我一晚一晚地听着蛤蟆的叫声，一天一天地看着麦子成熟。我住的村委会院外，有一口水窖，水泥砌就，呈长方形，四面光滑笔直。它一览无余地敞开内心，接受天空的恩赐，再源源不断地输送给它周围的土地。今年这片土地运气不错，没喊过渴，算得上风调雨顺。水窖储满了水，上头漂着去秋至今的落叶，蚊蝇嗡嗡地绕飞起哄，蛤蟆穿着树叶的隐身衣藏匿其中，是真正的伪装者。个别蛤蟆耐不住寂寞，白天也叫，听上去寥落而稀疏，叫得四周空荡荡的群山更空了。到了晚上，蛤蟆齐鸣，绵绵密密，汩汩滔滔，翻墙越窗，进入室内。在寂天寞地的山里，水窖是热闹的中心，就像一枚石子丢进一池水中，荡开一波一波的涟漪，这个夜晚陡生了无穷的动感，一端连接着我的梦境。我知道，在这个山里，过去人们普遍贫穷，到了青黄不接的日子，总盼着池塘里的蛤蟆开叫，那意味着土地上的麦子就要成熟了。是蛤蟆在青与黄两种日子间穿针引线，以稠密如针脚的呼唤，接续起饥饿和温饱。

墙上的草帽被取了下来。它赋闲快一年了，落满了尘世的灰土，曾经的金黄黯淡了，像个垂暮的农人，但仍条分缕析得出阳光、雨水和农谚；一起被摘下的还有镰刀，它挂在墙上，锋刃向下，像个大写的"7"，现在它被搁到磨刀石上反复磨砺，清水洗去了它隔年的锈与尘，体内的锋利和光芒重新汹涌澎湃。

收割后的麦子面临着脱粒和晾晒。来到湖沟走访了几户人家后，我发现他们的院子小得晒不开麦子，有的人家看得远，想得周全，翻盖房子时在房顶上打了水泥地，可以由房内提了粮食上去摊开晾晒。有一条名为村村通的水泥路，像一根牛绚绳，牵起了山里和山外，湖沟就是这上头的一个绳扣。这条路迎合山势修筑，漫长而曲折，仅可容一辆车驶过。村民偶尔会挑平坦的路段撒上刚收割的麦子，叫来来往往的汽车、驴车、自行车、拖拉机、摩托车碾轧过，麦粒在尘世的履带下应声脱落。他们也没办法，过去固定的打麦场不知不觉地消失了，摇身变成了梳篦似的楼群。他们都被上楼了，住进了像火柴盒一样越摞越高的楼房，整个村庄中再没有那一片地方，没了夏夜劳力们各种话题的集散地，也没了孩子们嬉闹玩耍的乐园。

他们盯上了村委会门前那一片水泥地，尽管它不够宽敞和辽阔，还有两个高高在上的篮球架，但仍叫他们想起了记忆中的打麦场。他们一车一车地拉来麦子倾倒在上头，自然不忍心套上牲口赶着车一遍一遍地碾，更不舍得浪费金贵的油驾驶车兜着圈子地轧，剩下的只有辛苦自己出力流汗了。他们的肩头扯着碌碡，轰隆轰隆地滚过麦子的身体，像平地炸响了一个个惊雷，麦子吓得灵魂出窍，麦粒纷扬如雨。

石榴大道是一条真正的旅游道路，在它的左右前后，自由生长着难以计数的石榴树，五月看花九月摘果，既养眼洗肺又享受丰收的喜悦。上路后我碰见农民在打麦场晒麦，就他和他的妻子，俩人各站一边，操着杈子翻晒麦子。一个好汉三个帮，一根木棍三个叉，说的就是这种桑树杈。作为生活之树上长出的枝杈，它有着三角形的稳定，只要你有足够的力气，甚至能够用它搬运一座小山。

车来车往，一溜烟地。这儿不是天堂，而是尘世。接下来木锨素面登场了，它活在歇后语中：老鼠拉木锨——大头在后边，"大头"是说它的锨面，既薄且宽，高高地扬起麦粒，借助风力吹掉糠壳和尘土，撒下干净饱满的籽粒。

乡村没了打麦场，麦子、玉米、黄豆等鱼贯上路了。水泥公路和沥青公路，条条都能通往你想去的地方——已经有麦子们提前覆盖在上头了。有时，四周会放着石块，圈起它们，似乎在防止它们拔腿逃跑。

车轮滚滚，一趟趟地飞速驶过，带来了丝丝热风，带走了一些麦子，进入了城里。

那个开羊汤馆的中年人，刚刚回家收麦归来，正将扬过的麦粒倒在饭馆门前的水泥地上晾晒。这儿地处城里的腹地，昨晚凭空下了一场小雨，今天上午这一小片麦粒就不偏不倚地落到了这儿，晒着城里的阳光，一点一点地被抽干水分。

中年人熟练地卷起一根烟，迷离的目光越过地上的麦粒，望向高楼阻隔的远方，巨大的阴影像篱笆挡住了他，他突然感到手足无措，内心压抑，只想号叫一声，喉结滚动，却发不出声，泪水无声地划过脸庞，坠落如果核……

刊于《湖南文学》2017 年第 2 期

编后记

编完这一年的选本，终是松了一口气，感觉还是让人欣慰的，尽管盼望的雪一直没有下来。

每年都会有一些好作品出现并被选进来，让人感到散文创作的热情与热闹。当然，大量的阅读中也会有一些遗憾，或在选题或在结构或在文字。

出版社为在有限的容量中，尽可能多地为读者提供套餐文字，尽可能多地介绍散文作家，不得不对一些文字偏长且十分不错的作品忍痛割爱。这些作品多经过报刊杂志和文友的推介，所以只能保存于文档的记忆中，有待机会再介绍给读者。

此外，按照出版者的意思，游记类散文编得也较为谨慎。游记类散文看似简单，操作起来呢，既游又要记，既要显出游的趣味、游的思索，也要体现出记的精妙、记的品质，确乎不是一件容易的事情。

《艺概·文概》云："文之道，时为大。"文学与时代紧密相连。本年度的选文，对带有时代色彩的作品也着意进行了关注。

在这里，还是要感谢文友和读者的支持。

王剑冰于 2017 年岁末

图书在版编目（CIP）数据

2017中国年度散文 / 王剑冰选编.
—桂林：漓江出版社，2018.1
ISBN 978-7-5407-8345-7

Ⅰ. ① 2… Ⅱ. ① 王… Ⅲ. ① 散文集—中国—当代 Ⅳ. ① I267

中国版本图书馆 CIP 数据核字 (2017) 第 288377 号

2017 ZHONGGUO NIANDU SANWEN

2017 中国年度散文

选编者：王剑冰

责任编辑：张　谦
助理编辑：孙精精
书籍设计：石绍康
责任监印：杨　东

出版人：刘迪才
漓江出版社有限公司出版发行
广西桂林市南环路 22 号　邮政编码：541002
网址：http://www.lijiangbook.com
全国新华书店经销
发行电话：0773-2583322　010-85893190
北京大运河印刷有限责任公司印刷
[北京市通州区潞城镇大营工业区　邮政编码：101117]
开本：690mm×1000mm　1/16
印张：20　字数：271 千字
2018 年 1 月第 1 版　2018 年 1 月第 1 次印刷
定价：45.00 元

如发现印装质量问题，影响阅读，请与承印单位联系调换
[电话：010-80584262]